Du même auteur, aux éditions de l'Homme Sans Nom

Le Roi sombre
J'agonise fort bien, merci

www.editions-hsn.com

Oren Miller

À présent, vous pouvez enterrer la mariée

Les Éditions de l'Homme Sans Nom

Collection dirigée par Dimitri Pawlowski

Illustration de couverture : Émile Denis
ISBN : 978-2-918541-56-1
Les Éditions de l'Homme Sans Nom
122, rue de Vincennes - 93100 Montreuil
E-mail : contact@editions-hsn.com
www.editions-hsn.com

« La vie, ce n'est pas seulement respirer,
c'est aussi avoir le souffle coupé ! »

Alfred Hitchkock

Ouverture

Prologue

De ce qu'il reste de la mariée

J'étais une si belle mariée.

Avant que je ne me consume.

Dans ma magnifique robe Christian Dior, j'étais radieuse, telle qu'on m'avait toujours appris à l'être. Au sein de ma famille, le beau est un art de vivre. On ne s'entoure que de beautés : *belles* femmes, *belles* voitures, *belles* pierres précieuses, *belles* maisons au bord de la mer. C'est un fait si banal que nous avons oublié qu'il existait aussi de la laideur en ce monde.

La nature elle-même avait parfaitement intégré la politique familiale, car mes frères et moi sommes nés parfaits et ce fut, j'en suis convaincue, un très grand soulagement pour nos parents. Ils n'auraient pas su quoi faire d'enfants au physique médiocre, si ce n'est accuser la maternité d'incompétence. Car la médiocrité aurait forcément eu pour origine *leur* incompétence, non celle de mes parents. Mon père avait choisi d'épouser une jeune première du cinéma muet italien, c'était bien pour obtenir quelques résultats génétiques.

J'ai été une bonne fille. Je crois. J'ai fait en sorte que tous mes défauts soient camouflés par le génie de la haute couture, que mes ombres soient éclipsées par l'éclat de mes bijoux, j'ai rendu silencieux mes désirs inavoués, et j'ai conservé dans le noir tout ce qui ne pouvait supporter la lumière. Lisse et semblable à la surface du marbre italien que mon père affectionnait tant dans ses demeures. Et sous le soleil de Monaco, la ville qui toute ma vie m'a servi d'écrin, j'ai brillé de mille feux.

Lorsque j'ai rencontré Adam, j'étais certaine qu'il était parfait pour moi. Nous ne nous aimions pas. Cependant, il était tout ce que je désirais : beau, riche, et hautement conscient de l'être. Il avait été élevé dans la même culture que la mienne et fréquentait le même univers cloisonné. À la fin de la journée, je me souviens, après que nous avons eu partagé un brunch et une balade sur le rocher, nous avons convenu que nous formerions un couple magnifique. L'annonce de nos fiançailles, trois mois plus tard, a été accueillie avec une immense joie par nos deux familles. Les gens beaux et riches se marient entre eux. Toujours.

Nos proches furent en tout point d'accord sur ce que devait être notre mariage : hors de prix, et entièrement décidé par eux. Adam et moi avons trouvé cela bien commode, car en ce qui nous concernait, c'était une tâche ennuyeuse à mourir que de décider du repas, de la cathédrale ou du lieu de la cérémonie. Le romantisme, c'est pour les amoureux et la classe moyenne.

En tant que vieille fortune de la principauté, nous devions célébrer la cérémonie à la cathédrale de Monaco, celle-là même où les « vrais » Monégasques sont censés organiser leur naissance, leur mariage et leur mort. Il y avait tant de monde à la messe. Il me semble que l'Europe entière s'est déplacée. Des têtes couronnées, d'autres attendant de l'être, des fortunes colossales mais sans titre et, bien entendu, cette espèce sociale si singulièrement à part : la classe politique.

C'est étrange comme l'esprit s'attache à de drôles de détails. J'étais tellement habituée au protocole de mon rang social que je n'ai pas vraiment vu qui se trouvait dans l'église. J'étais simplement là où je devais être. Les visages ont défilé devant mon voile, les voix m'ont encerclée, mais je n'aurais su dire lesquels appartenaient à qui. La seule chose dont je me souviens, ce sont les fleurs. D'énormes bouquets de lys blancs, mes fleurs préférées. Je ne sais pas qui en a eu l'idée, car je ne crois pas que quelqu'un ait jamais su quelles étaient mes préférences en matière de fleurs. Ou de quoi que ce fût d'autre, d'ailleurs.

À présent, je contemple mon reflet dans le miroir et je réalise que c'est la dernière chose que je verrai sur cette terre. J'aurais aimé me ressembler. J'aurais aimé conserver ma beauté, en emporter un bout avec mon âme. Au lieu de cela, elle s'en est allée sans que je puisse la retenir, et je crains que ce qu'il reste de moi demeure soudé à ce siège, dans ce *bel* hôtel, devant cette *belle* coiffeuse. Est-ce uniquement cette chose abîmée et inerte qui survivra après mon passage ? Et tout ce que j'ai caché, tout ce que j'ai tu, qui s'en occupera ?

J'étais une si belle mariée.
Avant que je ne me consume.

Acte 1
À la fin

2

19 juin 1952, Hôtel de Paris Monte-Carlo, 18 h 15

Pour Adam Bélanger, le plus dur était de passer inaperçu. Et considérant que la moitié de Monaco se trouvait concentrée dans l'*Hôtel de Paris Monte-Carlo*, c'était une chose fort peu aisée à réaliser. Mais la Providence semblait être de son côté, car le couloir s'ouvrant devant lui était presque désert. Il s'y engagea en prenant l'air aussi détaché que possible. Deux serveurs impeccablement – et identiquement – moulés dans leur costume noir et blanc apparurent néanmoins au détour d'un croisement. Adam prit grand soin de les ignorer. Il ne fallait surtout pas croiser leur regard. Ce genre de personnel – celui dédié au service des gens riches – était formé à détecter sur un visage la moindre manifestation de désir. Un tressaillement de sourcil, une vibration d'un coin de bouche dans leur direction, et voilà que vous les retrouviez pendus à vos chevilles, attendant un ordre jusqu'à ce que mort s'ensuive. Or, pour continuer de passer inaperçu, il valait mieux que personne ne s'intéresse à vos chevilles.

Cela faisait une semaine qu'Adam était au cœur de l'attention, et son caractère naturellement secret avait de plus en plus de mal à le supporter. Heureusement, il n'y en avait plus que pour quelques heures. Encore une soirée, une seule, et il pourrait s'en retourner dans l'ombre, là où il se portait le mieux. À mesure qu'il remontait le couloir aux murs clairs et au sol en damier blanc et marron, des bruits de fête s'élevèrent dans l'atmosphère feutrée de l'hôtel. Adam ne put retenir un frisson. Au-delà du hall central, il devrait à nouveau plonger dans la fosse et danser avec les prédateurs sociaux et politiques qui lui tournaient autour depuis qu'il s'était planté devant la cathédrale de Monaco, trois heures auparavant. Il fallait dire que sa viande était tendre et que son front dessinait une cible parfaite.

Quand il passa sous la coupole du hall en vitraux géométriques supportant un immense lustre en cristal en forme de champignon renversé, ce fut comme s'il s'était mis à agiter un drapeau rouge au-dessus de sa tête. Chaque personne se trouvant à moins d'une quinzaine de mètres de lui le salua chaleureusement. Il n'en connaissait presque aucune. Étaient-ce des invités au mariage, ou de simples clients de l'hôtel ? Tellement de questions sans réponse. Ses pensées lui échappèrent, jusqu'à se focaliser sur une énorme chose végétale placée pile en dessous du champignon en cristal. Adam supposa qu'il devait s'agir à l'origine d'un bouquet de fleurs blanches, mais la circonférence de la structure était telle que ce ne pouvait être qu'un montage artificiel. Mère Nature n'aurait jamais supporté qu'une plante fût naturellement aussi grosse ni aussi disciplinée. Il n'y avait que l'Homme pour avoir aussi mauvais goût.

Qui a eu l'idée d'un tel machin ? ne put-il s'empêcher de s'interroger.

Certainement pas lui. Et encore moins Apolline. En ce qui concernait les préparatifs du mariage, aucun des deux n'avait eu son mot à dire, ni n'avait cherché à l'avoir. Il se demanda à laquelle de leurs mères respectives ils devaient donc cette décoration qui criait : « Nous sommes les rois du monde, bénissez nos traînes ! » Comme la réponse ne lui vint pas, Adam se résolut à poursuivre son chemin en direction de la salle où se déroulait le vin d'honneur. Une *petite* pièce de trois cents mètres carrés accueillait la cérémonie. Le plafond de style baroque était étouffé de moulures ocre et de lustres en cristaux suspendus, lesquels éclairaient inutilement la salle, car on était encore en plein jour. La décoration ne laissait aucune hésitation quant aux thèmes de la soirée : surenchère et démesure. En ce samedi de juin ensoleillé, les immenses fenêtres encadrées par des tentures au drapé de scène de théâtre baignaient les lieux d'une magnifique lumière. Mais le cristal des lustres qu'on s'était obstiné à allumer jetait sur le mobilier une sorte de pellicule dorée, comme si tout était plaqué or.

Il y avait foule. Au vin d'honneur, il fallait faire dans le protocole. Adam se surprit à envier sa jeune épouse qui avait pu s'isoler un moment dans sa suite afin de se repoudrer le nez et de calmer une horrible migraine. Pourquoi diable n'était-il familier ni de l'un ni de l'autre ?

L'un des convives surgit soudain devant lui.

— Seigneur, mon ami, où étais-tu passé ? Tout le monde te cherche.

— Pardon ? Je... Eh bien, en fait, je... Qu'y a-t-il ?

Adam fit un effort pour avoir l'air concerné par ce qu'avait à lui dire son ami d'enfance et témoin, Jacques Menestrel, car celui-ci paraissait terriblement ennuyé. Peut-être que, contre toute attente, un problème était parvenu à passer la vigilance intraitable du personnel de l'hôtel.

— Les macarons, annonça Jacques sur un ton exagérément lugubre. Les macarons ont disparu.

Rester sérieux ne fut pas une mince affaire pour le jeune marié.

— Je... Je ne sais pas quoi te dire. Nous avons des macarons ?

Ce n'était pas tant qu'Adam avait manqué d'intérêt pour son propre mariage, mais plutôt qu'il n'avait décidé de rien concernant la cérémonie. Cela impliquait donc qu'il ignorait ce qui composait le menu, et il ne lui était pas venu à l'esprit que cela puisse être important. Devant l'expression atterrée de son ami, le jeune homme sentit bien que c'était une mauvaise attitude.

— Une énorme pièce montée, expliqua Jacques en dessinant dans le vide la taille que devait faire l'œuvre culinaire. C'est apparemment l'élément essentiel de la partie sucrée du vin d'honneur. Enfin, je te dis ça, c'est ce que ta mère m'a expliqué. Elle m'a envoyé te chercher, et je ne vais pas te cacher qu'elle est dans tous ses états.

— D'accord, mais pourquoi venir me chercher, moi ?

Le silence qu'imposa son ami semblait signifier que ce n'était pas la question à se poser en pareilles circonstances.

— Non, je veux dire, pourquoi particulièrement moi, puisque je ne me suis pas du tout occupé du traiteur. J'ignorais qu'on avait des...

— ... macarons. Je ne sais pas, sûrement pour que tu ailles voir la direction de l'hôtel qui devait se charger de la réception, ou alors que tu demandes à Apolline.

— Laissons Apolline un peu tranquille, elle a mal à la tête. Et puis elle n'en saura pas plus que moi.

— Tu en es certain ?

— Absolument. Ma mère espère toujours que je devienne aussi *persuasif* que mon père, c'est pour ça qu'elle t'a envoyé me chercher. En vérité, tout ça n'est pas très grave. Ce n'est que de la pâtisserie.

— Je serais curieux de te voir le lui expliquer.

Adam rendit les armes.

— Bon, d'accord, je vais essayer de trouver le... le...

— Le type qui s'occupe de la coordination du mariage dans l'hôtel ?

— Voilà, cet homme-là, et je vais voir si on peut résoudre l'*horrible* affaire des macarons.

— Au passage, préviens celle qui t'a mise au monde, je ne veux pas avoir de problème. On s'en prend toujours au messager.

— Si je passe une demi-heure à chercher ma mère au milieu des convives, le problème n'est pas près de se régler.

— Oh non, mon ami, tu ne m'entraîneras pas sur ce terrain. Madame Bélanger est là-bas, à côté de ta belle-mère dont on ne peut rater l'énorme chapeau jaune parce qu'il est taché du sang de ceux qu'elle a éborgnés en passant trop près d'eux.

Adam poussa un soupir à fendre l'âme. Il adorait sa mère, elle était la femme qui comptait le plus dans sa vie, mais cela ne l'empêchait pas de reconnaître ses travers, dont le plus marquant était son besoin irrépressible de contrôle et de perfection.

— D'accord, d'accord, je vais lui dire, abdiqua le jeune marié, dont la mine virait à celle du chien battu.

— Les joies de l'organisation du mariage.

— Je saurai te les rappeler quand on te passera la corde au cou.

— Crois-moi, ça n'arrivera pas de si... Attends, mais je rêve !

L'attention de Jacques se fixa brusquement sur un point précis au milieu des invités. Adam eut beau regarder dans la même direction, il ne vit rien qui fût digne d'un aussi grand intérêt.

— Quoi ? interrogea-t-il, piqué par la curiosité.

— Ce n'est pas un macaron qu'il est en train de manger ?

En faisant un gros effort pour se rappeler à quoi pouvait ressembler ce fichu gâteau, le tout jeune marié balaya la foule d'un regard acéré. Comme il mettait un certain temps à réagir, son voisin pointa discrètement le doigt en direction d'un homme en particulier. Même à cette distance, impossible de manquer le fait que l'inconnu tenait effectivement un macaron dans sa main.

— Eh bien voilà, mon ami, lâcha Adam avec soulagement, je crois que nous avons élucidé l'affaire. Allons lui demander où il se l'est procuré.

— Invité par ta famille, ou celle d'Apolline ? questionna Jacques en lui emboîtant le pas.

— Les deux.

Une fois à la hauteur de sa cible, Adam afficha un sourire mondain impeccable.

— Bonjour, maître Fauconnier, entama-t-il. Je suis heureux que vous ayez pu venir.

— *Évariste*, corrigea l'invité. Et je n'aurais raté cet événement pour rien au monde. Je n'ai pas eu l'occasion de vous féliciter à l'église, alors laissez-moi le faire maintenant : toutes mes félicitations à vous et à votre charmante épouse. Je vous souhaite un immense bonheur à tous les deux.

— Merci beaucoup. Je vous présente mon meilleur ami, Jacques Menestrel. Jacques, Maî... Évariste Fauconnier, un ami de la famille qui, de plus, se trouve être notre notaire. Il s'est occupé du contrat de mariage.

— Ah, je vois, enchanté de vous rencontrer, salua Jacques.

— Vous allez sûrement trouver ma question un peu idiote, mais puis-je vous demander où vous avez mis la main ce macaron ?

— Oh, l'affaire des macarons, résuma le notaire d'un air entendu qui surprit beaucoup ses interlocuteurs.

— Comment savez-vous qu'il y a une *affaire* ? s'étonna Jacques.

— Sans grand mérite. Votre mère, Adam, a résumé l'incident à toute l'assemblée, et, en allant régler un problème à l'accueil, j'ai remarqué qu'une énorme pièce montée faite de macarons avait été portée dans la salle du dîner. J'ai supposé qu'ils avaient confondu vin d'honneur et réception du soir, car on ne sert pas ce genre de dessert à un repas de noces, n'est-ce pas ?

Les deux jeunes hommes échangèrent un regard dubitatif. Ils ignoraient totalement le protocole de bienséance à tenir en matière de pâtisseries. Aussi le crurent-ils sur parole.

— Ne vous inquiétez pas, rassura Évariste, dès que votre maître de cérémonie aura constaté le problème, il la fera rapatrier ici.

— Comme souvent, nota Adam avec un immense sourire, il suffit de vous demander. Voilà qui va sauver le mariage.

— Le diable se cache souvent dans les sucreries, mon ami, ironisa le notaire avec un air mystérieux.

Jacques et Adam prirent congé du notaire le cœur bien plus léger. Le drame ayant été évité, ils décidèrent d'aller se servir un verre. Ils remontèrent vers les serveurs, en se frayant difficilement un chemin dans la foule des personnes qui submergeaient le marié de félicitations. Alors qu'ils avaient presque atteint le bar, ils furent arrêtés par Lucette Bartoli, la tante de la mariée. Malgré le fard à joues bien trop rose pour être élégant, elle était étonnamment pâle.

— Adam, mon garçon, articula-t-elle avec une grande difficulté et comme si son souffle ne parvenait pas à se caler sur sa voix, il... il faut que tu me suives. Il... Il y a un problème.

Le jeune homme ne put s'empêcher de lever les yeux au ciel. Sa famille et celle de sa femme partageaient toutes deux un sens aigu du drame et de la mise en scène. Parfois, cela pouvait être distrayant, de temps en temps, c'était drôle, mais le plus souvent cela usait les nerfs.

— Je vous assure que tout va bien, maintenant. L'incident des macarons est clos. Jacques et moi nous en sommes occupés.

Lucette ne sembla pas comprendre de quoi il parlait. Pire, la réponse de son neveu par alliance la plongea dans un profond malaise. Sa lèvre trembla comme si elle s'apprêtait à pleurer.

— Qu'y a-t-il ? interrogea Adam, soudain très inquiet.

— C'est... C'est Apolline...

— Eh bien, quoi ? Apolline ?

— Il s'est passé une chose horrible... Elle...

Brutalement secouée par un sanglot irrépressible, la tante ne put délivrer l'information cruciale, ce qu'elle avait pourtant juré de faire.

3

19 juin 1952, Hôtel de Paris Monte-Carlo, suite de la mariée, 19 h

Quand Anatole Bélanger fut averti par son ami Maurice Granger qu'il y avait un problème avec l'épouse de son fils, il n'imaginait pas que le mot « problème » puisse prendre ce sens.

Au quatrième étage de l'hôtel, dans la suite somptueuse louée pour la mariée et ses proches, le *problème* lui sauta à la figure aussi violemment qu'un chien enragé. Au milieu de la pièce se trouvaient quatre personnes : les parents de la mariée, bizarrement soudés l'un à l'autre, la mariée assise devant une coiffeuse et dos à la porte, ainsi que l'une des demoiselles d'honneur. Face à ce tableau qui donnait l'impression d'en figer les protagonistes, Anatole comprit immédiatement que quelque chose clochait. Ce qu'on voyait n'était pas *exactement* le reflet de la réalité.

Hyppolite et Yvette Bartoli, les parents d'Apolline, n'étaient pas enlacés, ils se battaient. Les personnes n'étaient pas *figées*, elles étaient tétanisées par l'effroi.

Malgré son imposante carrure, Hyppolite ne parvenait pas à contenir les gesticulations de sa femme. Et pourtant, ce n'était qu'une minuscule créature dont la silhouette rappelait vaguement celle d'un bouchon de champagne. Elle ne devait pas peser plus de quarante-cinq kilos. Mais la rage qui émanait de cette petite bonne femme était d'une telle intensité qu'elle lui donnait une force surhumaine. Son époux avait beau tenter de la ceinturer pour étouffer sa colère, elle se cabrait si fort qu'il n'arrivait pas à garder son équilibre. Un cri déchirant ayant pris directement naissance dans les entrailles d'Yvette éclata brutalement dans l'air et glaça le sang de tout l'auditoire. C'était le genre de son qu'un être humain ne poussait qu'une ou deux fois dans sa vie.

Anatole n'était pas un homme impressionnable. Il faisait partie de ces organismes à sang froid qui ne bougent qu'en cas d'ultime nécessité. Aussi la réaction démesurée et irrationnelle d'Yvette ne fut-elle pas de nature à le perturber. Néanmoins, elle le renseigna sur la gravité d'une situation qui lui échappait toujours. Il interrogea du regard son ami Maurice, lequel se contenta de lui désigner la mariée. L'immobilisme de cette dernière, nonchalamment assise devant le miroir, apparut soudain aux yeux d'Anatole comme une chose particulièrement dérangeante. Il avança lentement vers elle, prenant soin d'atténuer le bruit de sa canne sur le sol. À cet instant précis, il était loin d'imaginer ce qu'il allait découvrir.

Dès qu'il fut à la hauteur de la jeune fille, il comprit qu'elle était morte. Il y avait une sorte de mollesse inhumaine dans la façon dont le corps tenait assis, le buste légèrement tassé sur lui-même et les épaules anormalement affaissées. Les avant-bras reposaient lourdement sur les cuisses, telles deux bûches, et le voile recouvrait son visage, comme à l'église. Un détail alerta le sens aigu de l'observation d'Anatole. *Quelque chose sous le voile.* Il y avait *quelque chose d'anormal* sous le voile.

Quand il saisit délicatement un pan du tulle qui retombait sur les épaules de la jeune mariée, Yvette poussa un gémissement de bête mortellement blessée. Sa réaction ne troubla pas Anatole, au contraire de ce qui suivit. Lorsqu'il découvrit le visage d'Apolline, il fit un pas en arrière. En lieu et place du joli minois de la jeune femme, il ne restait plus qu'un amas de chair brunâtre et boursouflée. Les yeux avaient disparu au profit de deux cavités sombres, tout comme les gencives, les oreilles et une partie de la joue droite. Seules les dents étincelaient dans un blanc éblouissant au milieu de la noirceur.

— Mais que… que s'est-il passé ? demanda Anatole à qui voudrait bien lui répondre dans la chambre.

— Personne ne sait, indiqua Maurice. C'est mademoiselle Verdier qui a découvert le corps, il y a quelques instants.

— Qui ?

— Moi, intervint la demoiselle d'honneur d'une voix à peine audible. C'est moi qui... qui...

Elle plaqua brusquement les mains devant sa bouche, et personne ne sut si c'était pour retenir un sanglot ou pour s'empêcher de vomir. Probablement l'ignorait-elle aussi.

— Où est Adam ? poursuivit Anatole.

— Il ne devrait plus tarder, on l'a fait appeler dès que nous avons su.

Pour Anatole, Maurice était bien plus qu'un ami fidèle. Il était son ombre projetée. Bien que d'un milieu social radicalement différent, les deux hommes avaient plus ou moins été élevés ensemble. Physiquement, Maurice avait la taille et la consistance d'un petit immeuble en brique, des mains anormalement noueuses aussi larges que des plaques d'égout, et des jambes courtes et légèrement arquées. Même son visage était rectangulaire, comme si le tout avait été pensé pour ne jamais vaciller. Il était tout le contraire d'Anatole, dont l'allure longiligne, les traits émaciés, les yeux un peu globuleux et le nez aquilin lui donnaient l'air d'un vautour toisant le monde du haut de sa branche décharnée.

Maurice était un homme pragmatique et assez peu enclin à l'émotion, en dehors de la colère, de temps à autre. Pour cet esprit cartésien, chaque situation commandait une action, et, si ce n'était pas le cas, alors cela ne valait pas la peine de s'y attarder. Aussi décida-t-il de revenir à l'essentiel en indiquant discrètement à son ami qu'il fallait s'occuper des parents avant qu'ils n'ameutent tout l'hôtel. Anatole comprit les recommandations silencieuses de son acolyte. Il s'approcha du couple Bartoli et plaça une main glacée sur l'épaule d'Hyppolite.

— Je vous en prie, il ne faut pas rester ici.

— Et... Et... où vo... voudriez-vous que j'aille ? Loin de ma fille ? C'est cela ?

La voix d'Hyppolite était hachée, brisée. Cet homme qui, deux heures auparavant, lors du vin d'honneur, avait prononcé un discours lyrique et puissant semblait à présent savoir à peine comment parler. Anatole comprit qu'il ne pourrait aller plus loin dans la communication avec lui. Il opta pour un autre angle d'attaque :

— Il faut penser à votre femme, mon ami. Je me charge du reste.

La voix d'Anatole s'était faite douce, veloutée, presque hypnotique. Il y avait certainement un peu du serpent dans la façon qu'il avait parfois d'interagir avec son prochain. Dans certaines situations, cette qualité présentait quelques avantages. Comme lorsqu'on voulait endormir la vigilance de quelqu'un. Hyppolite tourna des yeux débordants de douleur vers son épouse, dont le corps sursautait à chaque nouveau sanglot.

— Je... Oui, d'accord. Où...

— Il me semble que nous avons réservé plusieurs autres chambres pour les invités à cet étage, n'est-ce pas ?

Anatole s'adressait à la demoiselle d'honneur, qui tremblait comme une feuille, les yeux perdus dans le vague. Il dut se répéter pour qu'elle entende et comprenne enfin que le message lui était destiné.

— Oh oui, oui, répondit-elle, soulagée d'avoir enfin une raison de quitter la pièce. Je sais lesquelles. Suivez-moi, je vais vous y conduire.

Lorsque Hyppolite fit avancer sa femme en direction de la sortie et que le corps de sa fille entra à nouveau dans son champ de vision, il hésita. Anatole le remarqua et vint se placer juste devant. Il insista :

— Faites-moi confiance, il n'est pas sain que vous restiez ici. Croyez-moi, ce n'est pas votre petite fille. Cette chose n'est *plus* votre petite fille.

Hyppolite acquiesça dans une sorte d'état second, puis entraîna sa femme vers le couloir. En réalité, il la portait plus qu'il ne la guidait, car la pauvre femme avait cessé de hurler, de gémir ou de faire quoi que ce soit. Elle n'était plus qu'une vieille souche qu'Hyppolite déplaça jusqu'à l'une des chambres réservées à la famille.

Une fois seuls, Anatole et Maurice échangèrent un regard sombre.

— Les secours et la police ont-ils été appelés ? demanda le premier.

— Non, je ne pense pas. Je suis arrivé en même temps qu'Hyppolite et madame Bartoli, et je ne crois pas que la petite demoiselle ait été en état de le faire.

— Bien.

— À quoi penses-tu ?

Anatole se rapprocha du cadavre d'Apolline. Il demeura silencieux pendant de longues secondes.

— Ce n'est pas quelque chose qu'on voit tous les jours, finit-il par dire sur un ton absent. Ça non.

Adam fit brusquement son entrée, suivi de près par la tante de la mariée et son ami Jacques. Le jeune homme s'étonna de tomber sur son père et Maurice. L'expression de son visage passa de l'inquiétude à la crainte prononcée.

— Que... se passe-t-il ? Apolline ?

— Maurice ! ordonna Anatole.

Son ami d'enfance vint barrer la route à Lucette et à Jacques.

— Je vous en prie, ne rentrez pas. Inutile de vous infliger ce spectacle, conseilla-t-il, poliment mais fermement.

— Pardon ? s'étonna Jacques.

— Attendez dehors, nous vous expliquerons tout dans quelques instants.

— Pardon ? s'offusqua Lucette. Je vous en prie, laissez-nous pa...

— Madame, coupa Maurice, vous serez plus utile auprès de votre sœur. S'il vous plaît.

Il clôtura la conversation en fermant la porte de la chambre. Resté à l'intérieur, Adam balaya rapidement la pièce du regard, jusqu'à apercevoir Apolline.

— Apolline ? appela-t-il, avant de s'élancer vers elle.

Maurice lui saisit le bras pour le retenir. Adam eut un mouvement de recul et de défiance. Tout dans son être exprimait un puissant ressentiment envers l'ami de son père.

— Père ?

— Je suis désolé, mon fils.

Maurice libéra Adam, qui s'élança vers son épouse. Au moment de s'accroupir à son niveau, il lâcha un hoquet d'effroi qui le déséquilibra et le fit tomber sur les fesses.

— Oh... mon... Dieu... Je... Qu'est-ce que... App...

Il se mit à suffoquer.

— Qui est-ce ? demanda-t-il en essayant en vain de se relever. Ce n'est pas Apolline... Ça ne peut pas être elle.

— Je crains que si, répondit son père.

— Non ! s'emporta Adam. Non ! C'est sa robe, oui, mais ça... cette chose dedans, ce n'est pas Apolline, non !

Anatole fit signe à Maurice de le prendre en charge. C'était ainsi depuis qu'ils avaient dix ans : Anatole ordonnait, Maurice exécutait. Et depuis plus de quarante ans, leur duo fonctionnait à merveille. L'exécutant se dirigea donc vers Adam, lequel se redressa d'un bond, comme pour lui couper l'herbe sous le pied.

— Reculez ! tonna Adam. Vous n'allez pas me faire sortir d'ici, comme les autres ! Il s'agit de ma... ma femme. Vous allez me dire ce qui lui est arrivé, maintenant !

— Nous l'ignorons, Adam, avoua Maurice en tentant d'adoucir sa voix rauque.

— Comment ça ? Mais elle est... elle est... On dirait qu'elle a été brûlée vive et... Oh, non, je crois que je vais...

Adam se précipita dans les toilettes et, quelques secondes à peine après les avoir atteintes, se mit à vomir tripes et boyaux. Demeurés dans la chambre, Anatole se rapprocha de Maurice.

— Il faut appeler la police, nous avons déjà trop attendu, conseilla le premier.

— Entendu. Mais une fois que tu l'auras fait, il va falloir reprendre le contrôle des choses.

— C'est-à-dire ?

— Fais venir Fauconnier et son collaborateur.

Maurice passa sa grosse main tordue sur son menton. Il réfléchissait, ce qui ne lui donnait pas spécialement l'air intelligent. Anatole cala sa canne contre une chaise et s'assit. Se tenir debout trop longtemps finissait par lui provoquer de violentes décharges dans la jambe.

— Nous n'avons pas le choix, confia-t-il à voix basse pour que son fils n'entende pas. Ce n'est pas le moment que quelqu'un s'intéresse à nos affaires.

— Et tu penses que c'est une meilleure idée que *lui*, s'y intéresse ?

— *Lui*, a fait vœu de silence.

Isabeau s'approcha de ce qui fut autrefois un visage. Depuis que le jeune homme travaillait pour Sainte-Cécile, ou plus exactement depuis qu'il travaillait avec Évariste, il en avait vu, des choses dégoûtantes, suintantes et sanguinolentes, mais cet horrible masque boursouflé restait un spectacle difficilement soutenable. Il avait du mal à superposer l'image de la belle mariée sortant de l'église, quelques heures auparavant, son corps baigné dans cette incroyable lumière méditerranéenne, et celle de l'amas de chair noirâtre et calcinée qu'il avait à présent devant les yeux. Le plus étonnant dans ce spectacle déjà fort peu conventionnel était que, si le corps entier de la défunte était noirci de brûlures, la robe quant à elle était parfaitement intacte. Le blanc soyeux du tissu ressortait d'autant plus que le corps était de couleur brune et, aux endroits où il touchait la chair carbonisée, il paraissait irradier.

— C'est une chose bien singulière, mon ami, déclara Évariste, le nez collé sur la robe du cadavre, comme s'il avait voulu compter les minuscules fleurs brodées dessus.

— Ça, c'est certain. On dirait qu'elle a pris feu de l'intérieur, renchérit Isabeau en dégageant le voile des épaules de la défunte pour constater que les brûlures étaient présentes sur toute la surface du corps.

— Les gants ne sont pas du tout assortis à la tenue.

Avec le temps, Isabeau ne se formalisait plus des chemins tortueux que prenaient les raisonnements de son mentor. Évariste s'attachait aux détails que personne ne voyait et qui n'avaient jamais aucun rapport à l'instant précis où ils étaient relevés. Mais il se produisait des liens étonnants dans les connexions de son cerveau, et cela lui permettait de comprendre des choses que les autres ne comprenaient pas.

— Avez-vous remarqué que nous sommes peut-être face à un cas de combustion spontanée ? persista Isabeau en parlant plus doucement pour ne pas rajouter au drame.

— Est-ce qu'elle portait des gants, à la sortie de l'église ? J'ai un doute.

— Je... Je n'en sais rien.

— Ce n'est pas grave, mon cher, vous restez heureusement très beau.

Le jeune homme inspira profondément :

— Cette jeune femme est morte brûlée vive. Aucun signe de combustion sur elle ou autour d'elle.

— En êtes-vous certain ?

Évariste sortit de sa veste un stylo et une loupe. Avec une infinie précaution, il se servit de la pointe du crayon pour faire bâiller le tissu des gants au niveau des poignets.

— Si vous acceptiez de décoller vos yeux de ces gants une petite minute, reprit Isabeau, vous constateriez tout comme moi que la peau de cette pauvre malheureuse est gravement brûlée, contrairement à sa robe. Ce qui est certain, c'est que ça ne ressemble pas à des brûlures de contact. On dirait des lésions dues à des produits chimiques, ou peut-être à de l'électricité... Mais il y aurait des traces aussi sur la robe. C'est très étrange.

— Depuis que vous avez commencé votre médecine, c'est fou ce que vous parlez.

— Elle a brûlé de l'intérieur, répéta Isabeau en faisant les gros yeux.

— Et j'avais entendu la première fois, répliqua son interlocuteur en pinçant ses lèvres d'un sourire en biais.

Évariste se redressa et fixa la personne qui l'avait fait venir dans la chambre.

— Combien de temps est-elle restée seule dans cette pièce ?

— Je ne sais pas exactement, répondit Anatole. D'après la demoiselle d'honneur qui a trouvé le corps, elle s'était éclipsée depuis à peine plus d'une demi-heure. Apparemment, elle souffrait d'une migraine depuis la sortie de l'église et souhaitait se reposer avant la soirée.

— Et personne ne sait si quelqu'un lui a rendu visite pendant cette demi-heure.

— Non, en effet. Cependant, il y a toujours du mouvement dans le couloir. Nous avons loué presque toutes les chambres de l'étage. Je ne crois pas qu'un inconnu errant par ici aurait pu passer inaperçu.

— Et si cet inconnu portait l'uniforme du personnel de l'hôtel ?

Anatole ne répondit rien. Son expression confirma qu'Évariste venait de marquer un point.

— Dois-je comprendre que si vous m'avez fait monter pour constater les circonstances de la mort de votre belle-fille, vous envisagez de faire appel à nos services ?

— Je n'ai pas encore pris de décision, avoua Anatole en durcissant le ton. Je suis un homme qui ménage toutes ses options. Quand la police sera là, j'en aurai beaucoup moins.

— Je comprends.

Maurice ouvrit brusquement la porte de la chambre et la referma aussitôt.

— Les forces de l'ordre sont ici, annonça-t-il avec froideur.

Anatole interrogea Évariste du regard.

— Nous avons terminé, répondit ce dernier en rangeant stylo et loupe.

— Vous êtes sûr ? demanda Isabeau à voix basse.

— Oui, j'ai compris, elle a pris feu de l'intérieur.

— Je vous recontacterai très rapidement, selon la décision que j'aurai prise, indiqua Anatole en ouvrant une autre porte, qui donnait sur la salle de bains, laquelle communiquait directement avec une seconde suite située de l'autre côté.

— Et celle de monsieur Bartoli, nuança Évariste. Je suppose, puisqu'il s'agit de sa fille, que la décision viendra de vous deux.

— Bien sûr. Hyppolite et moi parlons d'une même voix.

— Une dernière chose, cependant, avant de partir. Connaissez-vous une personne dont les initiales sont « OS » ?

— « OS » ? répéta Anatole en fixant Maurice, qui ne réagit pas plus. Non, cela ne me dit rien. Pourquoi ?

— Parce que ce sont les initiales qui sont brodées à l'intérieur des gants que porte Apolline. Or AB n'a jamais fait OS, même avec beaucoup d'imagination.

4

19 juin 1952, hôtel particulier du 22 rue Séguier, Paris, 3 heures du matin

Siloé Leveneur avait toujours aimé le bruit que produisaient les talons de ses chaussures sur le marbre. Et plus il était précieux, plus elle trouvait le son mélodieux. C'était un de ces détails auquel elle accordait une importance démesurée. Pour elle, tout n'était que musique : le son de la pluie contre les vitres, le crépitement du feu dans la cheminée, l'eau qui bout dans la casserole.

Petite, elle avait voulu être ballerine. Et pendant un temps, elle avait imaginé que c'était possible. Qu'une gosse plus ou moins orpheline jouant dans les quartiers ouvriers crasseux pouvait toquer à la porte de l'Opéra de Paris et devenir danseuse étoile. Mais un matin gris, sale et poussif, un matin pareil à tous les autres, elle avait compris que le monde ne marchait pas ainsi. Alors, la gamine *grise, sale* et *poussive* s'était demandé si la Providence avait été assez généreuse pour lui octroyer quelques dons utiles. L'avenir allait lui prouver que, dans certains domaines, elle était extraordinairement *douée*. Cependant, de ce rêve oublié de petite fille lui était resté une démarche de danseuse qu'elle avait mis des années à travailler devant le miroir, tandis que ses camarades de jeu chassaient les chats et les rats dans la rue.

Cette nuit-là, le chauffeur de son futur client était venu la chercher directement chez elle pour l'amener dans un magnifique hôtel particulier datant du XVIIe siècle, rue Séguier. Ce n'était pas un procédé rare, dans son métier. Sa clientèle était naturellement pétrie de mystère et de paranoïa. Cela faisait partie du protocole, auquel elle se pliait docilement. Très tôt, elle avait compris que, dans un univers gouverné par les hommes, il fallait apprendre à jouer leur jeu, avec des cartes truquées, si possible.

À peine avait-elle mis les pieds dans une première pièce aux murs bleu roi et au carrelage de marbre noir et blanc que deux hommes prirent le relais du chauffeur.

Tiens, pensa-t-elle, *il va falloir envisager le tarif de groupe.*

— Mademoiselle Leveneur, entama le plus petit des deux hommes, une créature chétive au teint cireux et au regard de fouine, merci d'être venue si vite.

— Cela paraissait urgent, répondit Siloé en prenant la main que lui tendait son interlocuteur.

— Urgent et... et...

Le second individu, qui cherchait en vain ses mots, était l'exact opposé du premier : grand, charpenté, tout en rondeurs et en couleurs. Siloé remarqua qu'en plus de l'hésitation, quelque chose n'allait pas dans sa voix, comme des fausses notes à répétition dans le morceau de courtoisie qu'il lui servait.

— Et ? répéta-t-elle d'une voix douce.

— Voyez-vous, reprit la petite fouine, il s'agit de quelque chose de très délicat.

— Si j'ai bien compris l'identité du client, cela me paraît effectivement fort délicat. Cependant, je suis loin de manquer d'expérience dans ce domaine.

— Non, ce n'est pas ça... Je ne doute pas qu'une femme qui a, disons, vos *talents* doit avoir l'habitude d'être confrontée à toutes sortes de demandes.

— Des demandes un peu... extrêmes, poursuivit son acolyte, dont les couleurs du visage s'affadissaient à vue d'œil. Mais je crois que ce n'est rien comparé à ce que nous nous apprêtons à vous dévoiler. Nous devons être certains que vous ne fuirez pas.

— J'ai toujours veillé à satisfaire mes clients et, que je sache, aucun d'entre eux ne s'est jamais plaint de mes services.

— En effet, votre réputation est irréprochable.

— Si vous me conduisiez à celui dont je vais prendre soin, messieurs ? Votre temps comme le mien est précieux et coûte cher.

Les deux hommes acquiescèrent en silence et ouvrirent la voie. Ils traversèrent une première salle à manger dans des tons doux d'amande et d'or, puis une bibliothèque dans laquelle aucun livre n'avait dû être lu depuis plusieurs décennies. Les pièces se succédaient les unes derrière les autres, les précédentes débouchant sur les suivantes, sans discontinuer. En vérité, Siloé ne s'habituait toujours pas aux demeures historiques d'un tel standing. Elle avait à chaque fois l'impression de se trouver dans un musée sans avoir payé son entrée et, même si son visage de porcelaine ne laissait jamais transparaître aucune émotion, elle restait la petite fille des quartiers pauvres admirant les vitrines de certains magasins.

Les individus qui l'avaient accueillie ralentirent leur pas. À quelques mètres devant, la jeune femme aperçut trois autres hommes. Deux gardes du corps, et probablement un agent de la DST. Avec le temps et l'expérience, elle savait les identifier rien qu'au son de leur respiration et à la façon dont ils se tenaient. Les noms des services de renseignement changeaient au gré des événements, mais le métier restait le même, et l'hypervigilance qu'il exigeait se repérait de loin pour qui savait la regarder. Plantés en sentinelle devant une porte fermée, les hommes de main en gardaient le passage. Mais un geste discret de la fouine suffit à les faire s'éloigner.

— Je compte sur votre professionnalisme, exigea ce dernier avant d'ouvrir la porte.

La pièce était une chambre aux murs jaune et vert dans laquelle trônait un lit à baldaquin immense. Le regard de Siloé balaya rapidement la scène. Mentalement, elle se mit à noter ce qu'elle voyait. Il y avait quatre hommes en tout. Deux placés devant le lit, costume noir, cravate impeccable mais traits fatigués, un autre se tenant à une chaise, une auréole de vomi à ses pieds, et enfin un dernier, assis à même la moquette en position fœtale et uniquement vêtu d'un pantalon. L'air était vicié, et pas seulement en raison du dîner régurgité au sol. Non, il y avait une autre odeur, une odeur que Siloé connaissait bien.

Portant son attention sur les deux hommes se trouvant devant le lit, la jeune femme comprit qu'ils cachaient quelque chose.

— S'agit-il de monsieur le secrétaire d'État ? interrogea Siloé de sa voix hypnotique et mélodieuse.

— Non..., répondit la fouine avant d'indiquer à ses collaborateurs de s'écarter.

Sur la couche se devinait la forme d'un corps recouvert par un drap qui à l'origine devait être de couleur beige. D'énormes quantités de sang maculaient le tissu en arabesques régulières, comme une peinture abstraite. La plupart des taches se concentraient sur la zone supérieure du corps et contre la tête de lit.

— Prête ? s'enquit la fouine.

— Je l'ai toujours été.

L'homme qui se trouvait le plus près souleva le drap et découvrit ce qui restait du corps d'une jeune femme à la peau brune. À première vue, Siloé nota que le visage renversé en arrière et noyé par une chevelure ébène pleine de frisottis était intact. C'était la seule chose. Le reste du corps entièrement nu avait été considérablement mutilé, plus spécifiquement au niveau des seins, de l'abdomen et de l'entrecuisse. Le visage de Siloé n'exprima aucune émotion particulière.

— Puis-je ? sollicita-t-elle en indiquant d'un geste gracieux qu'elle souhaitait approcher du cadavre.

— Je vous en prie, ma chère, vous êtes là pour ça.

De plus près, les plaies béantes donnaient l'impression qu'on avait violemment arraché des pans entiers de chair. Un sein s'était presque désolidarisé du buste et pendait horriblement sur le matelas. Le ventre n'était plus qu'une sorte de bouillie d'où sortait par endroits une chose visqueuse vaguement ondulée. Une auréole brunâtre se trouvait à la place du pubis, et les mutilations s'arrêtaient brusquement à cet endroit. Les longues jambes parfaitement fuselées ne portaient en effet aucune trace de blessures.

Quelle beauté elle a dû être, pensa Siloé.

Elle ouvrit son sac, ce qui crispa immédiatement les hommes. Elle les rassura en leur montrant l'objet qu'elle venait d'en sortir : une loupe. L'orientant au-dessus des parties les plus abîmées de la dépouille, Siloé entama une longue et méticuleuse inspection. Au bout d'un moment interminable, elle s'adressa à l'auditoire :

— Je crois qu'il est grand temps que vous m'expliquiez comment le corps de cette malheureuse s'est retrouvé couvert de morsures. De morsures humaines.

La fouine soupira tout en détournant son regard dans la direction de l'homme qui se trouvait assis derrière le lit en position fœtale et qui n'avait pas bougé d'un cil. Siloé comprit. Quand elle s'approcha de lui, il se mit à se balancer d'avant en arrière, sans toutefois lever le nez vers elle.

— Faites attention, l'avertit l'un des hommes. Nous lui avons donné un puissant sédatif, mais j'ignore si c'est suffisant. En fait, j'ignore... j'ignore ce qui lui est arrivé. Il n'a pas prononcé un seul mot depuis que son garde du corps nous a alertés.

— Rassurez-vous, ce n'est jamais qu'un homme.

Siloé s'accroupit face à celui que tous désignaient comme l'auteur du carnage. Une fois assez près pour l'observer, elle jugea qu'il devait avoir la vingtaine. On lui avait essuyé la bouche à la va-vite, et son torse ainsi que ses mains étaient couverts de sang. La présence de Siloé ne déconcentra pas le jeune homme, car il continua de se balancer en marmonnant des choses incompréhensibles.

— Que dites-vous ? demanda doucement Siloé, tout en tendant le visage vers lui.

— Vie... encore...

— Répétez, s'il vous plaît.

— J'ai... encore...

La voix du garçon perça soudain l'air en un hurlement puissant et déchirant. Il cria de toutes ses forces le mot « envie ». Puis, comme s'il avait rompu le barrage entre ses pensées et sa parole, il ne s'arrêta plus :

— J'ai encore envie ! Pitié, arrêtez-moi ! Pitié !

Deux hommes se précipitèrent sur lui, le ceinturèrent, et l'immobilisèrent en le plaquant au sol. Il ne se débattit pas longtemps, et sa rage fit rapidement place à de la douleur. Des sanglots remplacèrent les cris, et finalement, au bout de longues minutes, il ne prononça plus aucun mot. Si Siloé ne donna pas l'impression d'être perturbée par la violente réaction du jeune homme, elle avait néanmoins bondi souplement sur ses pieds pour se tenir à bonne distance. Son regard s'était durci.

— Qui est-il ? De toute évidence, il ne s'agit pas du secrétaire d'État à la Guerre, comme vous l'avez indiqué au téléphone. Mais il doit être important, sinon vous n'auriez pas fait appel à Sainte-Cécile, n'est-ce pas ?

— C'est son fils.

— Poursuivez.

— Il y a deux heures, son garde du corps nous a appelés en catastrophe. Lorsque nous sommes arrivés, le garçon était dans cet état, exactement dans la position dans laquelle vous le voyez, et elle, enfin... Elle était morte. Nous avons compris qu'il avait tenté de... enfin que vraisemblablement, il a essayé de...

— De la manger ?

— Il doit y avoir une autre explication. Comprenez bien, ce jeune homme n'a jamais posé de problèmes. C'est un garçon très calme qui n'a pas de vices connus.

— À part celui de consommer des prostituées. Car c'est bien ce qu'elle est, n'est-ce pas ? Les bas de soie sur la chaise, le porte-jarretelles en dentelle noire sous le coussin, et ce parfum capiteux...

— Je n'appellerais pas cela un *vice*.

— Non, c'est vrai, dans votre monde, c'est un passe-temps. Comme le tennis.

— Nous ignorons ce qui lui est arrivé, enchaîna la fouine sans relever, mais il ne peut s'agir que d'un coup de folie. Personne de sensé ne peut faire ça à un autre être humain, n'est-ce pas ?

— Oh, vous seriez surpris des choses incroyables qu'une *personne sensée* est capable de faire.

Siloé marqua une pause qui lui permit de sortir de son sac un élégant étui à cigarettes en or. Elle en alluma une et prit un instant de réflexion. L'auditoire était suspendu à ses lèvres.

— J'imagine que vos services de nettoyage sont déjà en route.

— Nous les avons appelés dès l'instant où nous avons été assurés que vous viendriez. Comprenez, une telle... chose ne peut s'ébruiter. Pour le bien de l'État. Nous sortons à peine d'une crise gouvernementale, le président vient tout juste de prendre ses marques, et les émeutes communistes d'il y a un mois continuent de fragiliser le gouvernement.

— Le cannibalisme ferait effectivement tache dans le prestige de la France, ironisa la jeune femme, dont la douceur du ton tranchait avec la teneur des propos.

— Nous devons absolument savoir ce qui a poussé un garçon sans histoire à de telles extrémités, mademoiselle Leveneur. Nous devons nous assurer qu'il ne s'agit pas là d'une attaque contre le secrétaire d'État à la Guerre, et donc contre la France, et qu'il s'agit juste de...

— D'un coup de folie ?

— Tout risque doit être écarté, et nous prendrons les mesures qui s'imposent selon la nature de vos conclusions.

— Et qu'en dit son père ?

— Je vous parle en son nom.

— Bien sûr.

Siloé fit signe à l'un des gardes, qui s'avança vers elle comme tiré par une force invisible. C'était l'un de ses nombreux dons. Elle pouvait tout demander aux hommes, et très peu lui résistaient. Elle tendit son mégot à l'agent du gouvernement pour s'en débarrasser, avant de poursuivre :

— Voilà une affaire bien épineuse.

— Votre prix sera le nôtre.

— Je n'en doute pas.

Après avoir une nouvelle fois laissé planer un silence, Siloé reprit :

— Je n'étais pas votre premier choix, n'est-ce pas ?

— Je ne vois pas ce que vous voulez dire, se défendit la fouine.

— Vous mentez. Je sais toujours quand un homme ment. Vous l'avez demandé, *lui*, d'abord.

— Maître Fauconnier a peut-être été cité par le secrétaire d'État, mais nous étions plusieurs à penser que vos talents spécifiques et votre nature étaient, comment dire..., plus *adaptés* à la situation.

— Parce que je tue plus facilement et plus souvent que lui ?

— En partie.

— En cela, très cher, vous êtes bien mal renseigné.

5

22 JUIN 1952, MANOIR DES BÉLANGER,
BEAULIEU-SUR-MER, 14 H 30

Anatole Bélanger fixait ses trois associés, Maurice Granger, André Legrand-Mercier et Vilaire Rochefort, avec une insistance croissante. Dans l'impeccable bureau de la somptueuse propriété *Les Pieds dans l'eau* de Beaulieu-sur-Mer, l'ambiance était électrique.

— Je maintiens que c'était une mauvaise idée, persista André, le ton chargé de reproches. Sainte-Cécile fourre son nez partout, sans aucune limite. Ce sera bien plus difficile de garder le projet secret si des informations fuitent. La police de Monaco peut être contrôlée bien plus facilement.

Legrand-Mercier parlait toujours comme s'il était un roi en conseil des ministres. C'était ampoulé et théâtral. Nul ne pouvait ignorer les traces lointaines de sang bleu qui coulaient dans ses veines de par la lignée maternelle, car il prenait grand soin de le rappeler dès que l'occasion se présentait. C'est-à-dire au moins une fois par jour. Anatole et lui avaient fréquenté les mêmes écoles et s'étaient côtoyés presque toute leur vie. Mais contrairement à la relation fusionnelle entre Maurice et Anatole, l'amitié qu'André éprouvait envers Bélanger était toujours empreinte d'une certaine retenue, même après toutes ces années. Malgré tout, ces trois hommes avaient bâti ensemble un véritable empire financier en mettant très tôt en commun leurs compétences et en y ajoutant celles de Vilaire, quelques années plus tard.

Au sein du groupe, André était celui qui doutait toujours des décisions prises et les remettait systématiquement en question. C'était si immuable que la seule fois où il avait acquiescé sans poser de question, le projet avait finalement été abandonné par superstition. André était d'un naturel précieux ; sa peau laiteuse qui faisait penser à une cataracte et ses cheveux blancs lui donnaient l'air d'une vieille poupée de porcelaine à la perruque poudrée. De petite taille et toujours vêtu à la pointe de la mode italienne, Legrand-Mercier avait des manières désuètes, qui avaient souvent été sources de moqueries à l'école. Ces dernières avaient cependant cessé dès le moment où André avait compris qu'en achetant ses proches, on s'assurait leur affection. Du moins en apparence, et c'était bien assez.

— Pas si nous contenons Fauconnier, répondit Anatole avec calme mais fermeté. Il n'a aucune raison de creuser ailleurs. Apolline et ce qui lui est arrivé n'ont aucun rapport avec le reste.

— Si j'en crois sa réputation, ce Fauconnier est plutôt du genre à n'en faire qu'à sa tête, nuança prudemment Maurice, mais il est aussi remarquablement discret.

Dans le couple singulier qu'ils formaient, Anatole avait toujours été la tête et l'ambition, tandis que Maurice s'occupait des poings et de la débrouille. Mais de temps en temps, le fils de l'ancien jardinier des Bélanger se permettait d'émettre une opinion.

— Je n'ai jamais dit que c'était la meilleure solution, plaida Anatole avec conviction. Je dis juste que c'est la moins catastrophique. Il faut limiter l'incursion de la police dans nos affaires jusqu'à ce que tout soit en ordre.

L'argument sembla faire mouche, car les hommes se plongèrent dans un silence à la limite du recueillement.

— Le risque est trop grand. Sainte-Cécile est connue dans le milieu des affaires, et Fauconnier encore plus, intervint finalement Vilaire Rochefort. André a raison, pourquoi ne pas laisser faire la police ? C'est un accident tragique, ce sera vite réglé.

— *Un accident tragique* qui va faire la une de toute la presse et qui va braquer les projecteurs sur mon nom et, par ricochet, sur les vôtres, répliqua Anatole. Quelles que soient les informations auxquelles aura accès Fauconnier, il ne les rendra pas publiques. Sa longévité dans le métier comme l'intégrité de sa personne dépendent de sa discrétion.

— Vous lui faites vraiment confiance? insista Vilaire en triturant les branches de ses petites lunettes rondes légèrement déformées. *Totalement* confiance ?

— Quand les policiers ont débarqué à l'hôtel, hier, ils ont fait appeler mon fils par le personnel à l'accueil et lui ont fait traverser tout le hall devant l'ensemble des invités et des clients. Adam était entouré par pas moins de quatre policiers. Le temps que ces agents soi-disant expérimentés prennent possession de la chambre et du couloir, j'ai vu descendre trois serveurs. Est-il utile que je poursuive ? À présent, la totalité de Monaco sait exactement ce qui s'est passé dans cette chambre. Je vous laisse parier sur la tendance des rumeurs.

Malgré l'exposé, Vilaire ne semblait pas convaincu. Aucun argument ne paraissait pouvoir calmer ses appréhensions. Ce petit homme maigrichon au teint olivâtre n'avait rien pour retenir l'attention. Aussitôt vu, aussitôt oublié. Mais malgré sa propension à la panique et à l'angoisse, il était le technicien du groupe, celui qui avait eu les idées brillantes que les autres s'étaient contentés de développer.

— Bien ! poursuivit Anatole en haussant le ton. Remettons-nous-en à la police. Mais je vous conseille de vous préparer à apprécier le titre « Combustion spontanée dans les rangs de la haute société monégasque, une enquête brûlante dans les coulisses des privilégiés » dans votre journal préféré. Parce que c'est précisément ce genre de parution à scandale qui va nous suivre jusque dans les bureaux des investisseurs européens.

— « Combustion spontanée » ? répéta Vilaire. Comment ça ?

— Façon de parler, éluda Anatole avec humeur. La pauvre enfant avait la peau entièrement brûlée. Juste la peau, comme si elle avait pris feu de l'intérieur, quelque chose comme ça. C'est ce que Fauconnier et son acolyte avaient l'air de dire, en tout cas. Je te rappelle que le scientifique, c'est toi, Vilaire.

— Que... Quelle horreur, lâcha Rochefort avec dégoût.

— Ont-ils interrogé ton fils pendant longtemps ? s'inquiéta André.

— Trois bonnes heures, et ce n'est sûrement pas fini. Ne soyons pas naïfs, quand une personne meurt de façon suspecte, ses proches sont toujours les premiers à être soupçonnés. Pourquoi croyez-vous que je vous ai tous réunis, ici, aussi rapidement ?

— Bien, peut-être que finalement nous devrions faire appel à Sainte-Cécile, déclara Vilaire en jetant un œil absent à travers l'impressionnante fenêtre qui offrait une vue imprenable sur la mer et la principauté.

Il était quinze heures, le soleil régnait dans les cieux et donnait aux couleurs ce supplément d'âme qui faisait la légende du bassin méditerranéen. Quelques imposants voiliers ponctuaient l'immensité de la mer et, de loin, leurs voiles les faisaient ressembler à des insectes ailés en équilibre sur une branche.

— C'est bien triste pour les Bartoli, poursuivit Vilaire après avoir pris une grande inspiration, mais à bien y réfléchir, je crois que vous avez raison, Anatole. La police doit passer rapidement à autre chose pour que nous nous fassions oublier. Demandons à Sainte-Cécile et son Fauconnier de servir aux forces de l'ordre la solution de cette affaire sur un plateau d'argent, et concentrons-nous sur ce qui est vraiment important.

La petite assemblée ne prononça plus la moindre parole et procéda à un vote silencieux, chacun de ses membres validant sa position en acquiesçant d'un discret hochement de tête.

— Entendu, conclut Bélanger. J'appelle Sainte-Cécile et je fais venir Fauconnier le plus rapidement possible. Espérons qu'il soit aussi bon qu'on le dit.

Isabeau claqua brusquement la portière de l'Aston Martin, modèle DB2 couleur bleu pétrole. Après avoir pris un certain plaisir à faire vrombir le moteur, il sortit du parking, s'engagea sur le boulevard du Larvotto, et se dirigea en direction de Beaulieu-sur-Mer.

— Si, pour une fois, vous aviez accepté de prendre le volant, j'aurais pu finir de parcourir ce livre et ce qu'il dit sur les phénomènes de combustion spontanée. Nous aurions gagné du temps.

— Si je prenais le volant, je ne pourrais pas vous reprocher votre façon de conduire, répondit Évariste en observant méticuleusement l'énorme ouvrage que son chauffeur avait laissé sur le siège passager.

— J'ai toute confiance en la puissance de votre imagination pour trouver d'autres sources de reproches.

— C'est Joras qui vous a prêté ce livre ?

— Oui.

— Joras ne prête jamais ses livres.

— Certes.

— Avez-vous volé ce livre à Joras ?

— Oui.

— Vous faites des progrès remarquables, mon ami. Et qu'avez-vous appris en feuilletant le produit de votre larcin ?

— Pas grand-chose, reconnut Isabeau avec dépit. La plupart des scientifiques s'accordent sur le fait qu'il n'existe pas à proprement parler de phénomène de combustion spontanée. Même si le corps brûle sans raison apparente, il y en a toujours une. Certains émettent l'hypothèse que le corps se comporterait comme une sorte de chandelle. La graisse contenue dans l'organisme serait selon eux exothermique, c'est-à-dire qu'en brûlant elle dégagerait elle-même assez de chaleur pour entretenir sa propre combustion.

— Je sais ce que veut dire exothermique.

— Je suis presque sûr que non. Toujours est-il que le phénomène de la chandelle se produirait dans des cas très rares, et toujours *post mortem*. Mais ça ne change rien au fait que d'après la communauté scientifique il faut quand même une source extérieure de feu pour amorcer la combustion.

— Mais autour d'elle, rien ne semblait pouvoir être source d'une intense chaleur. Tenez votre droite, mon ami.

— Vous ne pouvez pas savoir si je tiens ou non ma droite, car vous n'avez pas levé le nez de ce livre depuis que nous sommes partis. Toujours est-il qu'un cas de combustion spontanée a néanmoins été découvert l'année dernière en Floride. Une certaine Mary Reeser a été retrouvée chez elle, assise sur un fauteuil, le siège et elle entièrement calcinés. Mais aucune trace de feu n'a été relevée dans le reste de la pièce.

— Il faut que nous nous procurions le rapport d'autopsie de la malheureuse dès qu'il sera prêt. Nous devons déterminer si ses poumons sont remplis de suie ou non et si elle a des traces de carboxyhémoglobine dans le sang. Bref, si la pauvre enfant a brûlé vive. Ce qui changerait radicalement le sens de l'enquête. Ce n'était pas un stop ?

— Non. Et pourquoi cela ferait-il une si grande différence ?

— Parce que personne ne l'a entendue crier. Anatole Bélanger nous l'a dit : il y avait énormément de monde dans le couloir. Comment aurait-elle pu entièrement se consumer sans que personne ne l'entende hurler ?

— Vous savez, il existe d'autres théories plus, disons, *alternatives*, et qui parlent de fluctuation géomagnétique du corps.

— Ah, là, par contre, je ne vois pas du tout de quoi vous parlez.

— Il s'agirait d'une sorte de court-circuit des champs électriques du corps humain. Une réaction atomique en chaîne qui produirait une chaleur interne phénoménale.

— Votre mémoire photographique ne cesse de me surprendre. Vous voyez que j'ai eu raison de vous obliger à faire votre médecine.

— Oui, je me souviens bien. C'était quand je n'ai pas eu mon mot à dire sur la question.

— Tout cela est passionnant, mais ne nous donne pas la réponse aux questions clefs.

— Quelle a été la mèche qui a déclenché le feu, et qui l'a allumée ? Elle ou quelqu'un d'autre ?

— Je note que vous avez largement eu le temps de lire tout ce qu'il y avait d'intéressant dans cet ouvrage. Vous vous sous-estimez toujours. Là, c'est un stop.

— Et je le marque, soupira Isabeau. Si vous refusez de conduire, pourriez-vous au moins vous comporter comme un copilote digne de ce nom et me rappeler l'adresse du manoir Bélanger ?

— Prenez la direction du port, nous allons passer devant la villa *Kerynos*, et c'est après le casino. L'avantage des manoirs, c'est que leur manque de discrétion se passe de numéro de rue.

— Merci.

Malgré sa position de chauffeur, Isabeau prit le temps de jeter quelques coups d'œil en direction de la mer. Il était presque vingt heures, et les couleurs du soleil en phase descendante poudraient d'or les rochers, le sable et les façades des maisons. La température était encore chaude, et Isabeau se laissa envahir par les embruns iodés. Ils lui rappelaient sa région d'origine et, en même temps, cette mer-là était tellement différente de celle des rives de Saint-Malo. Ce paysage-ci manquait globalement de puissance, de spiritualité et de violence. Tout était lisse, calme, policé, clair. Que pouvait-on dire d'un univers où l'ombre et le vent étaient si peu présents ?

— Que savons-nous de nos... clients ? demanda le jeune homme. À part qu'ils sont riches ?

— Anatole Bélanger et Hyppolite Bartoli sont deux familles de la bonne société monégasque. La famille de Bélanger est assez proche des Grimaldi. Ce sont des industriels qui ont démarré dans les produits pharmaceutiques, puis se sont orientés vers le marché automobile. Ils ont d'ailleurs largement investi dans le projet de circuit de Monaco. Ça leur a bien réussi. Les Bartoli, quant à eux, sont des immigrés de Sardaigne et ont joliment réussi dans la morue.

— La morue ?

— Le poisson.

— O... Oui, bien sûr, le poisson. Je me disais juste que c'était un peu moins prestigieux et... Mais à quoi pensiez-vous ?

— Au poisson.

Le manoir *Les Pieds dans l'eau* surgit sur la gauche. Sise au bord de l'eau, la somptueuse demeure de quatre étages arborait des façades de couleur saumonée que les rayons du soleil rasant enflammaient. L'architecture de la maison datait de la Belle Époque et en respectait scrupuleusement tous les codes. Oriels, placages de reliefs en stuc, colonnades et cariatides, tout était présent et parfaitement à sa place. Deux années auparavant, Isabeau aurait été impressionné par l'élégance des coupoles et des balcons, mais, après avoir séjourné aux *Roches-Brunes*, peu de palais résidentiels l'émouvaient encore.

Lorsqu'ils se garèrent dans la cour, un maître d'hôtel les attendait déjà. Il les fit entrer dans un hall aux dimensions colossales, entièrement couvert de marbre blanc nervuré de gris dont les immenses dalles étaient séparées par de minuscules carreaux rouges. Deux consoles laquées noir, bordeaux et or, ainsi que deux fauteuils Louis XIII vert émeraude attiraient immédiatement l'œil dans cet écrin clair. Un large escalier conduisit Isabeau et Évariste au premier étage dans un salon au parquet luisant et aux mûrs anis tachés de petites fleurs orange. À travers les trois portes-fenêtres, on voyait la mer et les palmiers massés par une légère brise. Anatole Bélanger et Maurice Granger se tenaient debout, au centre de la pièce, dans une posture un brin protocolaire. Anatole brisa la glace en indiquant aux deux arrivants l'endroit où ils devaient s'asseoir.

— Je suis ravi que vous ayez accepté de venir aussi vite, commença-t-il.

— Dans ce genre de cas, le temps est toujours compté, répondit Évariste en prenant place dans le fauteuil indiqué. Je ne crois pas avoir eu l'opportunité de vous présenter mon associé, Isabeau Le Du, lorsque nous nous sommes vus ?

Anatole salua le jeune homme. Une vieille femme d'origine antillaise entra dans le salon en poussant un chariot sur lequel étaient disposés des tasses, un récipient contenant du café, et des mignardises sentant la banane et le sucre de canne. Évariste observa les gestes de la domestique, ce qui finit par la mettre mal à l'aise. Elle avait bien plus l'habitude de l'indifférence que de l'attention.

— J'espère que vous pardonnerez l'absence de monsieur Bartoli, reprit Anatole. Bien sûr, si vous acceptez notre arrangement, vous travaillerez pour nous deux.

— Si je comprends bien, vous me demandez de trouver ce qui est arrivé à madame Bélanger le plus rapidement possible. Ou du moins, pour être d'une parfaite exactitude, plus rapidement que la police.

— C'est tout à fait exact, acquiesça Anatole, dont les yeux globuleux de chouette sautaient d'Évariste à Isabeau à un rythme étonnamment régulier.

— Si je puis me permettre, que craignez-vous le plus, en réalité : l'intérêt trop poussé de la police, ou celui de la presse ?

La question jeta un froid. Maurice montra des signes assez peu discrets de contrariété. Le moindre mouvement de cette barrique se repérait à des kilomètres et lui donnait rapidement l'air d'un éléphant dans un magasin de porcelaine. Mais un regard d'Anatole suffit à le calmer, ou du moins à le brider.

— Je vais me montrer parfaitement honnête avec vous, confia Bélanger en détachant bien toutes les syllabes : monsieur Bartoli et moi-même sommes des hommes d'affaires. Vous n'êtes pas sans savoir que notre pays vit une croissance exceptionnelle.

Les chantiers de reconstruction d'après-guerre étant achevés, le marché offre à des entrepreneurs volontaires de formidables opportunités. Cependant, nous sommes dans une branche extrêmement concurrentielle, et les investisseurs sont une espèce particulièrement sauvage et craintive. Je suis certain que vous voyez où je veux en venir.

— Eh bien, répondit Évariste en joignant les mains devant son visage, j'avoue que j'hésite. Je pensais d'abord que vous vouliez protéger la réputation de votre fils, mais votre explication est parfaitement limpide. Un fait divers d'une telle vulgarité serait catastrophique dans le milieu des affaires et vous ferait sans doute perdre des soutiens financiers.

Isabeau sourit derrière la tasse qu'il posa contre ses lèvres.

— Je suis ravi que nous nous soyons compris, conclut Anatole en se raidissant un peu plus. Cette horrible histoire doit trouver rapidement et discrètement son dénouement, avant que la presse se déchaîne au niveau international. Il m'a semblé d'ailleurs que la discrétion était l'une de vos spécialités.

— Tout comme la perspicacité. Une dernière chose, si vous le permettez. Ma rapidité à résoudre les problèmes dépend de l'entière coopération de mes clients et de toute personne que je juge utile à mes investigations. Il serait en effet plus que souhaitable de pouvoir interroger tous les proches de madame Bélanger ?

— Bien sûr, répondit Anatole en se levant pour mettre physiquement fin à l'entrevue.

Les deux visiteurs furent reconduits jusqu'à la sortie. Si les manières du personnel étaient irréprochables, Évariste et Isabeau comprirent néanmoins qu'il ne fallait pas s'éterniser dans la maison, même pour admirer les tableaux de maître suspendus au mur. Une fois dans la voiture, Isabeau observa dans le rétroviseur la silhouette rectiligne du majordome qui restait plantée là comme pour vérifier qu'ils s'en allaient bel et bien.

— Creuser du côté de leurs petits secrets va être une vraie partie de plaisir, remarqua le jeune homme. Leurs précieuses petites affaires ont l'air aussi nauséabondes que compliquées.

— C'est pourquoi nous reviendrons demain afin de parler à celui dont personne ne doit prononcer le nom.

— Adam Bélanger ?

— Jeanne d'Arc.
— Hilarant.
— Je sais.

6

23 juin 1952, 36 quai des Orfèvres, Paris, 9 h 45

Dans le bureau exigu, il régnait une forte odeur de café. Le genre de café à vous réveiller un mort. L'inspecteur Constant Lapointe en avait déjà bu trois tasses, et il n'avait pas vraiment l'impression que ça fonctionnait sur lui. Peut-être était-il plus mort que vif ? À force de manquer de sommeil, les frontières entre le réel et le cauchemardé s'effaçaient progressivement. Les yeux rivés sur les touches de sa machine à écrire, il rêvait qu'un jour les rapports d'audition se rédigent tout seuls. Cette machine le détestait, il le savait. Il avait tout essayé avec elle, les caresses, les fleurs, les mots d'amour, les menaces. Rien n'y faisait. Cette cochonnerie lui en jouait une à tous les coins de phrase.

— Dites donc, Lapointe, qu'est-ce que vous fabriquez encore ici ? lança son officier supérieur, qui passait dans le couloir. Je croyais que vous deviez aller voir votre cliente ?

Lapointe sursauta et se jeta sur sa montre.

— C'est pas vrai, maugréa-t-il en attrapant sa veste.

En trois grandes enjambées, il sortit du bureau et dévala quatre à quatre l'escalier en colimaçon qu'il montait tous les matins pour se rendre dans les locaux de la brigade criminelle. Il allait être en retard, et l'homme avec qui il avait rendez-vous considérait tout retard comme la pire des ignominies. L'état physique du policier était le résultat de plusieurs mois d'heures supplémentaires qui avaient eu raison de sa solide constitution. Lapointe était un petit gaillard sec de trente ans, particulièrement choyé par sa hiérarchie depuis qu'il avait participé à la fameuse chasse à l'homme de l'ennemi public numéro un : Émile Buisson. Quand ce fou furieux avait enfin été arrêté, deux ans plus tôt, la course-poursuite avait certes cessé, mais avait alors commencé tout le travail de reconstitution de son parcours criminel. Avec le démantèlement du gang des Tractions Avant et l'enquête sur *Mimile*, les heures au bureau ne se comptaient plus. Lapointe n'avait ni femme ni enfant, c'était une machine au service de la Justice, du pain bénit pour la Sûreté nationale qui pouvait user et abuser de ses atouts sans trop culpabiliser. Et des atouts, il n'en manquait pas : pugnacité, résistance, incorruptibilité et endurance. Du moins jusqu'à ce matin.

Le procès de Buisson arrivant enfin, sa hiérarchie avait jugé qu'il était temps de remettre son inspecteur sur le pavé de Paris. Lapointe s'était ainsi retrouvé sur un cas d'assassinat d'un homme par son ex-petite amie, une jeune étudiante en médecine. La *Messaline des hôpitaux*, comme la presse l'avait qualifiée dès son arrestation, avait sans le vouloir collé une énorme pancarte dans le dos de l'inspecteur : « Là où Lapointe se trouve, y'a toujours des embrouilles. »

Une fois dans la cour du 36 quai des Orfèvres, Lapointe s'engouffra dans un véhicule banalisé et déboula dans la rue plus rapidement qu'il n'aurait dû. Il fila à toute vitesse dans le 18e arrondissement, en direction du quai de la Rapée, à l'institut médico-légal de Paris.

Il pénétra dans l'immense bâtiment en pierre, tendit sa carte professionnelle à chaque contrôle d'identité, puis descendit à la morgue comme un automate. Si la Vierge Marie lui était apparue, il ne l'aurait probablement pas vue. Réussir à dormir une nuit entière sans penser aux kilomètres de rapports d'audition à rédiger ou à relire était devenu sa principale préoccupation. Sans qu'il ait besoin de prononcer un seul mot, on lui indiqua la salle d'autopsie où il était attendu. Normalement, il n'était pas obligé de se déplacer. Tout ce qu'allait lui dire le médecin légiste se trouverait dans le rapport d'autopsie qu'on lui ferait passer, mais Lapointe savait qu'il y avait deux catégories de personnes qu'il fallait absolument bichonner : les indics, et les médecins légistes. En cas d'*embrouilles*, il valait mieux les avoir dans la poche, et donc travailler son relationnel avec eux.

Au milieu de la salle d'autopsie se tenait un énorme colosse qui ressemblait à la créature de Frankenstein. L'homme devait avoir la petite soixantaine, il avait le teint cireux, et une touffe de cheveux jaunâtre était plantée au sommet du crâne, tel un nid d'oiseau. Ses mouvements étaient lents et mesurés, comme s'il craignait de briser quelque chose. Vu sa stature, son enfance avait dû être parsemée d'objets cassés.

— Joras ! lança Lapointe. Comment allez-vous ?

— Vous êtes en retard.

La tentative de détournement d'attention de l'inspecteur avait lamentablement échoué.

— Je suis désolé. Depuis ce matin, je n'arrive pas à me réveiller.

— Pourtant vous êtes debout, normalement ça aide.

— Normalement.

— Redressez-vous, peut-être.

— Bien, alors, qu'est-ce que vous avez pour moi ? enchaîna Lapointe en désignant la table d'autopsie.

— Une table d'autopsie.

— Non, je veux parler du corps de la midinette qu'on vous a amené vendredi.

— J'ai fini le rapport, vous l'auriez reçu rapidement.

— Je sais, mais je n'ai pas résisté à l'envie de venir vous voir pour vous saluer.

— Je suis honoré, mais je dois vous rappeler que je préfère les femmes.

Lapointe leva les yeux au ciel. Joras Latreille était pour beaucoup le meilleur médecin légiste de France, une sorte de Sherlock Holmes médical, mais, malgré les apparences, il n'avait absolument aucun sens de l'humour, ni du second degré, ni même des règles les plus élémentaires des rapports humains. En fait, Constant pensait que discuter avec lui était comme discuter avec un réfrigérateur, dans l'hypothèse où les réfrigérateurs auraient pu parler.

— Bon, de toute façon je suis là, alors pourquoi ne pas causer un peu de l'autopsie ? proposa Lapointe.

Joras se dirigea vers un bureau, tandis que Lapointe lui emboîtait le pas. Tout était impeccablement rangé. Les stylos étaient posés à côté d'un porte-document par ordre de taille et alignés les uns à côté des autres de façon parfaitement parallèle. Sur la pile de rapports, pas une feuille ne dépassait, comme si la tranche avait été coupée à la massicoteuse. Chaque fois qu'il venait, le policier était fasciné par cette perfection dans l'organisation de l'espace. Dans son deux-pièces, il pouvait à peine trouver son lit dans le capharnaüm qui lui servait d'appartement.

Joras faisait partie des six médecins légistes qui exerçaient à l'institut médico-légal de Paris, et c'était le seul à être aussi méticuleux, ce qui en avait fait une célébrité dans le milieu, non sans éveiller au passage quelques jalousies.

— Alors, annonça Joras en feuilletant le rapport, notre victime a été torturée un long moment avant qu'on lui tranche la gorge.

— Torturée ? Vous êtes sûr ?

— Je ne me trompe jamais. C'est lourd à porter. Parfois.

— Non, ce que je veux dire… Ça n'aurait pas pu être des coups et blessures aggravés ? L'agresseur, peut-être sous l'effet de l'alcool, aurait pu être pris d'une sorte de rage frénétique, par exemple.

— Cela supposerait que cet agresseur pris *d'une rage frénétique* l'aurait solidement sanglée, aurait choisi judicieusement des aiguilles pour les lui enfoncer sous chacun de ses ongles, puis les aurait arrachés un à un. Il serait ensuite passé aux brûlures – cigarette probablement – et, enfin, il lui aurait tranché la gorge. Je ne suis pas enquêteur, mais cela me paraît un peu trop réfléchi pour *une rage frénétique*.

L'inspecteur soupira.

— Nom de Dieu, c'est de la torture.

— C'est ce que j'ai dit.

Qu'une fillette meure sous les coups d'un amant violent, ou fasse une mauvaise rencontre au détour d'une ruelle sombre, c'était moche, mais pas si exceptionnel que ça par les temps qui couraient. En revanche, si la malheureuse avait été torturée, ça sentait le crime organisé à plein nez. On torturait pour deux raisons : obtenir un renseignement, et faire un exemple. Ses collègues n'avaient pas forcément tort : il attirait les embrouilles.

— Et vous n'avez rien qui pourrait m'aider à identifier cette petite ?

— Elle avait la vingtaine à peine, mais je dirais que la vie l'avait déjà bien abîmée. J'ai noté d'anciennes traces de fractures mal soignées et des cicatrices. Pourtant, je ne crois pas qu'elle était dans le besoin : elle portait de beaux vêtements, des bijoux de prix, et elle a une hygiène dentaire impeccable. Elle a même subi une opération de chirurgie plastique, à des fins esthétiques.

L'inspecteur tiqua.

— Qu'est-ce que vous dites ?

— Elle a été opérée du nez.

— Il manquerait plus que ce soit une fille des quartiers chic.

— Elle a un tatouage.

— Ah ?

— Un croissant de lune traversé par une flèche, au niveau de la hanche, côté gauche.

Le visage légèrement potelé de Lapointe perdit toutes ses couleurs.

— N'êtes-vous pas en train de faire de l'hypoglycémie ? s'inquiéta le médecin en scrutant la figure de son interlocuteur.

— C'est pas vrai...

— Vous en avez tous les symptômes.

— Non... c'est juste que... c'est une pute.

— La morte ?

— Mais une pute de luxe. La bonne nouvelle, c'est qu'elle a sûrement déjà été écrouée, et je vais pouvoir la retrouver dans les fichiers de l'identité judiciaire. La mauvaise...

— C'est que vous faites une crise d'hypoglycémie.

— C'est que le tatouage est un code. Il signifie qu'elle appartenait à l'un des deux plus gros réseaux parisiens de prostitution : le gang des Antillais. Et je crains que ce ne soit un message que son grand rival, les Corses, voulait lui faire passer. Et bon Dieu, si c'est ça, ça va rapidement saigner dans les beaux quartiers de la capitale.

— Sinon, j'ai du sucre en morceaux.

7

23 juin 1952 manoir des Bélanger,
Beaulieu-sur-Mer, 13 h 50

Le panorama offert par la terrasse l'avait toujours apaisé. Après sa mère, c'était la chose qui l'avait rendu le plus heureux dans sa vie. Observer l'immensité de l'océan, l'éclatante luminosité du ciel, et les voiles des bateaux oscillant au gré du vent comme des origamis. Même si, assez vite, il avait souhaité quitter son sud natal pour rejoindre la capitale, ce paysage comptait parmi les choses qui lui manquaient le plus. Il aurait tant voulu pouvoir emporter dans ses valises un peu de la chaleur de ce soleil unique et de l'odeur des pins parasols ainsi que ceux des lys que sa mère aimait tant. Les jours de harassement et de grisaille, il n'aurait eu qu'à ouvrir l'une d'elles et tout se serait arrangé. Bien sûr, il avait trouvé le bonheur à la capitale ; cependant, ses racines demeuraient ancrées au bord de la Méditerranée, et elles savaient le rappeler régulièrement, tel un chant de sirène.

Affalé sur une chaise, la peau détendue par la température élevée, Adam scrutait l'horizon en se laissant distraire par le bruit des feuilles des palmiers remuant les unes contre les autres. Trois allers-retours consécutifs au poste de police de Monaco avaient eu raison de son sommeil et de ses nerfs. Ce n'était pas tant les questions des policiers qui posaient problème, mais leur répétitivité. Celle-ci finissait par vous aliéner l'esprit. Cela sentait l'astuce, une technique de flic mêlant pression et psychologie. Interroger une fois, puis une autre, et encore une autre, toujours les mêmes mots, les mêmes sujets, et ainsi de suite. Ils vous forçaient à raconter votre histoire dans un sens, puis dans le sens opposé, jusqu'à ce que votre fatigue fasse fourcher votre langue. Alors ils s'engouffraient dans la faille, dans l'hésitation, et l'imprécision devenait soudain criminelle. Ensuite, ils creusaient en vous jusqu'à atteindre le plus profond de votre âme et, à partir de là, vous étiez perdu.

Finalement, Adam avait été libéré de sa dernière audition vers onze heures ce matin-là et, depuis, il végétait face à la mer.

— Oh, Adam, tu n'as rien touché à ton assiette.

La voix de sa mère le tira de sa léthargie. Fidélia Bélanger était le genre de femme dont on disait qu'elle était *solaire*. Expression un peu floue pour qualifier la capacité particulière d'un individu à capter l'attention où qu'il se trouve. Un peu comme un aimant à lumière. Bien qu'ayant la cinquantaine, c'était encore une femme séduisante, même si son charme se trouvait plus dans son allure que sur son visage en lui-même. Une chirurgie esthétique, sans doute réparatrice, avait eu tendance à lui figer les traits et n'avait pu retirer complètement quelques cicatrices qui zébraient encore sa peau, surtout au niveau des tempes.

— Je suis désolé, mère, je n'ai pas très faim.

— Eulalie ? interpella Fidélia. Eulalie, pourriez-vous nous apporter une bonne bouteille de rosé, s'il vous plaît ?

— Tu ne crois pas que c'est un peu tôt pour boire ?

— Eh bien, considérant que tu n'as presque pas touché à ton repas, nous allons faire comme s'il s'agissait d'un apéritif.

Fidélia s'assit juste à côté de son fils et tourna son regard vers la Méditerranée. Quand Adam était parti s'installer à Paris, Anatole avait émis l'hypothèse d'y déménager toute la famille. Ses intérêts financiers étant en grande partie basés à la capitale, le choix avait paru logique. Mais Fidélia était née en Martinique, il était hors de question pour elle de vivre loin de la mer ou de l'océan. Elle avait donc calmement expliqué aux deux hommes de sa vie que s'installer à Paris, ou n'importe quelle autre ville située à l'intérieur des terres, signifierait sa mort. Anatole et Adam avaient pris cette menace très au sérieux et n'avaient plus jamais abordé la question. Ils ponctuaient donc l'année de multiples allers-retours, et cela semblait satisfaire tout le monde.

— Maman..., confia Adam en baissant la tête, c'est vraiment dur.

— Bien sûr que ça l'est.

— Je sais bien que tu n'approuvais pas ce mariage, mais c'était... ce qui lui est arrivé est horrible.

Avec beaucoup de tendresse, Fidélia posa une main sur le bras de son fils.

— Tu ne l'aimais pas, Adam. Je sais que tu n'as jamais cru à l'amour, ou, en tout cas, que tu ne l'as jamais vu comme une vertu, mais tu méritais d'épouser une femme que tu aimais. Elle aussi, d'ailleurs. Ces mariages de convenance, je les ai en horreur.

— Aimes-tu encore père ?

C'était une question qui avait toujours brûlé ses lèvres. À ses yeux, son père était l'un des hommes les plus froids que la terre ait jamais portés, et l'imaginer s'intéresser à des choses romantiques était pour lui un vrai mystère.

— Disons que, parfois, les années ont raison de la passion des premiers temps, reconnut pudiquement sa mère. Cependant, j'ai fait un mariage d'amour.

— Apolline et moi n'étions peut-être pas amoureux, mais nous avions beaucoup de tendresse l'un pour l'autre. Nous avions la même vision de la vie et nous... nous aurions fait une bonne équipe.

— À quel moment ai-je manqué à mes devoirs ? s'interrogea Fidélia en soupirant.

— Que veux-tu dire ?

— À quel moment ai-je pu te faire croire que le mariage pouvait se satisfaire de cette tiédeur ? Que la jeunesse pouvait se satisfaire de cette demi-mesure ? Tu mérites tellement mieux, tellement plus de passion. Crois-moi, une fois qu'on y goûte, on se rend compte à quel point rien n'est plus fort que ça.

Le visage d'Adam se renfrogna.

— Tu n'as rien à te reprocher, affirma-t-il avec une certaine solennité. Je suis heureux, mère. Enfin, pas maintenant, bien sûr, mais tu m'as transmis de bonnes valeurs.

— Tu sais, mon fils, tout passe, dans la vie, même la plus grande des douleurs. Ce que tu vis est extrêmement dur et injuste, mais tu dois garder espoir. Tout va finir par s'arranger.

Ladite Eulalie qui avait été interpellée un moment avant fit son entrée avec deux verres et une bouteille. La famille Bélanger l'avait ramenée dans ses bagages lorsqu'elle avait quitté la Martinique, vingt-trois ans auparavant. C'était une solide femme, avec des os épais et des rondeurs sur tout le corps. La couleur dorée de sa peau la faisait ressembler à une brioche beurrée tout juste sortie du four.

— Merci, ma chère. Pourriez-vous l'ouvrir, s'il vous plaît ?

La domestique obtempéra tout en couvant Adam du regard avec la même insistance qu'une louve le ferait envers son petit.

— Bois, mon fils, cela va te détendre, ordonna gentiment Fidélia. N'est-ce pas que j'ai raison, Eulalie ?

— Oh, un bon rhum ferait sûrement un meilleur effet, maîtresse. Plus en tout cas qu'un petit vin de rien du tout.

— J'aimerais autant rester éveillé, merci, précisa Adam. Par contre, si jamais il y avait encore un peu de votre sorbet à la noix de coco…

— Je vais voir ce que je peux faire pour vous, monsieur.

La sonnette de la porte d'entrée retentit. Adam tressaillit.

— Encore la police ? s'inquiéta-t-il.

— Non, je ne crois pas, tenta de le rassurer sa mère, bien que rien ne lui prouvât qu'elle avait raison.

— Il… Il faut que je fasse une pause, murmura Adam. Je ne supporterais pas une nouvelle audition.

— Attendons de voir de qui il s'agit.

Fidélia se voulait optimiste, sauf que, lorsque les forces de l'ordre avaient frappé chez eux la veille, elle n'avait rien vu venir. Adam et elle fixaient le hall d'entrée dans un silence crispé. Des voix d'hommes leur parvinrent. Des voix qu'ils ne reconnaissaient pas. Le corps du jeune homme se tendit à l'extrême. Sa mère dut le percevoir, car elle se plaça entre lui et le salon en un réflexe maternel de protection. Le majordome apparut dans leur champ de vision, suivi par deux hommes qui n'étaient visiblement pas de la police. Le visage de Fidélia s'éclaira brusquement d'un sourire.

— Adam, ce n'est pas la police, déclara-t-elle avec soulagement, c'est Maître Fauconnier et… pardonnez-moi, j'ai oublié votre nom, jeune homme.

— Isabeau Le Du, répondit ce dernier en la saluant.

— Madame Bélanger, quel plaisir de vous revoir, déclara Évariste, même en de si tristes circonstances.

— Fidélia, je vous en prie. Venez vous asseoir, nous sommes si bien sur la terrasse. Eulalie ? Veuillez nous apporter deux autres verres et des rafraîchissements. Nous avions sorti une bouteille de rosé pour... Enfin, il m'a semblé que cela nous ferait du bien.

— Je comprends. Du vin, c'est une excellente idée.

— Bien que ce soit toujours un plaisir de vous voir, reprit Fidélia, je suis étonnée de votre visite. Mon mari ne m'a pas prévenue. Il est absent, et je crains de ne pouvoir beaucoup vous renseigner concernant les affaires de la famille.

— Rassurez-vous, je ne suis pas là pour parler de vos affaires financières. Je suis bien là à la demande de votre époux, mais pour Adam.

— *Pour Adam* ? s'étonna Fidélia. Comment cela ?

— Connaissez-vous la fondation Sainte-Cécile ?

— Non. Attendez, si, il me semble qu'Anatole a déjà évoqué ce nom. Il a dû lui faire un don. C'est un organisme caritatif, n'est-ce pas ?

— En partie, répondit Évariste, dont le visage prit une expression énigmatique. Mais pas seulement. Disons, pour faire simple, que c'est une très vieille organisation, dont une branche des activités consiste à résoudre les problèmes.

— « *Résoudre les problèmes* » ? répéta Adam. Quels problèmes ?

— Pour ainsi dire tous les problèmes. Moyennant un certain prix, vous pouvez faire appel à des experts qui ont l'habitude de démêler discrètement les situations les plus embarrassantes.

— Des sortes d'enquêteurs ? supposa Adam.

— Et tout autre corps de métier utile à la résolution dudit *problème*.

— Êtes-vous en train de nous dire que vous êtes l'un de ces enquêteurs ? interrogea Fidélia.

— Exactement, ainsi que mon associé que voici et qui fait ses débuts. Un peu chaotiques, mais très prometteurs.

— Je suis à côté, indiqua Isabeau sur un ton légèrement blasé.

— Heureusement, il est très beau, c'est un indéniable avantage stratégique.

— Je suis *toujours* à côté.

— Et donc, vous n'êtes pas vraiment notaire, insista Adam.

— Si. Il faut bien une couverture pour ne pas attirer l'attention.

Adam et sa mère échangèrent un regard dubitatif.

— D'accord, mais pourquoi pensez-vous que j'ai besoin d'aide ?

— Votre épouse est morte dans des circonstances extrêmement singulières, expliqua Évariste. Croyez-moi, vous allez avoir besoin d'aide.

Adam soupira et croisa les bras sur sa poitrine.

— Ou plutôt, mon père a peur que toute la publicité autour de la mort d'Apolline soit mauvaise pour ses affaires et contrarie ses précieux investisseurs.

— Peut-être, mais ce n'est pas la raison qu'il a invoquée, en tout cas, mentit Isabeau sous le regard intrigué d'Évariste.

— Vraiment ? Je suis sûr que si.

— Peu importe, renchérit le notaire. Si ce sont ses raisons, laissons-les-lui. L'essentiel, c'est que nous soyons là pour faire en sorte que la police ne s'acharne pas trop longtemps sur vous et, surtout, pour apporter des réponses aux proches d'Apolline sur les circonstances de sa mort.

— Et comment comptez-vous faire ça ?

— Avec beaucoup de talent, sourit Évariste en avalant une gorgée de vin. Pouvons-nous compter sur votre entière collaboration, Adam ?

— Bien sûr ! Tout cela ne me ramènera pas Apolline, mais je veux savoir. Si vous aviez vu... Je veux dire, sa peau... son visage. Je veux savoir.

Un puissant frisson fit tressaillir le haut du corps d'Adam. Il avala d'une traite le contenu de son verre pour tenter de reprendre le contrôle.

— Nous avons vu le corps, nous aussi, indiqua Évariste d'une voix plus douce.

— Alors vous savez que personne ne meurt de cette façon. Je veux dire, c'est... enfin, ce n'est pas naturel.

— Hélas, mon ami, la mort prend parfois des chemins bien étranges.

— Qu'est-ce que je peux faire pour vous aider à trouver ce qui l'a tuée ?

— Eh bien, j'aimerais que vous nous expliquiez tout ce qui s'est passé depuis le matin du mariage jusqu'à la découverte de votre épouse.

— Oh, eh bien, j'ai rejoint l'église…

— Non, non, corrigea Évariste, je veux que vous me racontiez heure par heure et dans le détail ce que vous avez fait depuis le moment où vous vous êtes réveillé, ce matin-là.

— Dans le détail ?

— Oui, il adore les détails, précisa Isabeau en sortant un calepin et un stylo de la poche de son pantalon en coton clair.

— Dois-je vous laisser seuls ? s'inquiéta Fidélia.

— Non, je préfère que tu restes, répondit son fils. Enfin, si ça ne vous pose pas de problème ? Bien, alors, heu… je me suis réveillé vers 5 heures…

— Si tôt ?

— Je n'avais pas très bien dormi. Le stress du mariage, je suppose. L'organisation, les invités, c'est une immense responsabilité dont on n'a aucune idée avant d'y être confronté.

— C'est certain, reconnut Évariste. Je vous en prie, poursuivez.

— Après m'être levé, j'ai pris mon petit déjeuner. J'avais rendez-vous avec Jacques, à 8 heures.

— Qu'avez-vous mangé ?

— Pardon ?

— Les détails, insista Isabeau sur un ton compatissant, tandis qu'il prenait des notes.

— Heu… Eh bien, je ne me souviens plus. Du pain, de la confiture, des fruits exotiques. Je ne sais pas ce que c'était, d'ailleurs. On m'avait offert une énorme corbeille avec plein de choses, mais je n'aime ni la pâte d'amandes, ni le chocolat, alors j'ai juste mangé quelques fruits. Je me suis habillé, j'ai donné la corbeille à ma mère parce que je sais qu'Apolline et elle adorent la pâte d'amandes, puis j'ai rejoint Jacques. Nous sommes allés chez le barbier, ensemble.

— Il était quelle heure ?

— Environ 8 h 30. Nous sommes sortis une heure après, je crois. Nous sommes allés à l'hôtel, celui du mariage. Il devait être aux alentours de 10 heures, à ce moment-là. J'y ai recroisé ma mère, ma belle-mère, la tante d'Apolline, ainsi que mes oncles et mon cousin. Jacques et moi sommes montés dans une des chambres louées, et je me suis habillé. Je ne sais pas combien de temps nous y sommes restés. J'avoue que nous avons un peu bu et avons fumé quelques cigares. Puis nous avons mangé entre hommes dans le restaurant de l'hôtel.

Adam marqua une pause pour fouiller dans ses souvenirs. Il n'était pas certain que son récit serve à quelque chose. Pourquoi ne pas laisser la police apporter les réponses à une question simple : de quoi Apolline était-elle morte ? C'était le travail des médecins. Rien n'aurait pu le convaincre que son père n'avait pas sorti l'artillerie lourde uniquement pour son propre intérêt. Un fait divers aussi horrible allait faire jaser longtemps dans les salons huppés de l'élite monégasque, et à jamais le nom de Bélanger d'un côté et de Bartoli de l'autre serait associé au décès spectaculaire d'une jeune mariée dans sa robe. Toute sa vie, Adam n'avait connu que cette philosophie : être parfait en toutes circonstances. Ou du moins, faire semblant de l'être. Peu importaient les activités sordides, les malversations et autres illégalités en tout genre dans lesquelles vous trempiez, l'essentiel était qu'en public l'image reste lisse. L'aspérité était diabolique. Cela avait toujours écœuré Adam, mais c'était les règles du jeu. Les visages faussement souriants, fardés d'hypocrisie et d'indécence, des masques ridicules autant qu'effrayants, et tellement de non-dits. Au moins, à Paris, le nombre de personnes garantissait l'anonymat.

— Lors de ce repas, qui était présent avec vous ? demanda Évariste pour relancer le récit qu'Adam avait interrompu pour se plonger dans ses pensées.

— Jacques, mon père, mon beau-père et son frère, mes oncles et mon cousin.

— Pas de contact avec votre fiancée ?

— Non, nous nous étions séparés la veille, en début d'après-midi. Je ne l'ai vue qu'au moment de l'église. À 16 heures.

— Donc, si je récapitule, du moment où vous êtes arrivé à l'hôtel vers 10 heures jusqu'à l'église à 16 heures, vous n'avez jamais été seul ?

— Non, jamais.

— Bien, et après l'église ? Votre jeune épouse s'est apparemment éclipsée dans sa suite. Et vous, où étiez-vous pendant ce temps ?

— Avec Jacques. Sur le trajet entre l'église et l'hôtel, Apolline m'a dit qu'elle avait mal à la tête et qu'elle avait besoin de prendre un cachet avant de nous rejoindre à la soirée. Elle avait peur d'être indisposée durant le dîner. Alors je lui ai dit de prendre le temps qu'elle voulait et que je me chargeais de faire patienter les invités au vin d'honneur.

— Quand est-ce que vous l'avez quittée, précisément ?

— Il me semble que nous sommes revenus à l'hôtel vers 17 h 30 environ. Elle est directement montée dans la chambre.

— Et vous ?

— J'ai rejoint Jacques et je suis allé au vin d'honneur, où je vous ai croisé.

— Ah oui, l'affaire des macarons.

— Voilà.

— Excellent. Et ensuite ?

— La tante d'Apolline est venue me prévenir qu'il y avait eu un incident.

— Un *incident* ? Curieux euphémisme.

— Je crois qu'elle ignorait ce qu'il se passait, car elle a été incapable de me donner le moindre détail. Quand je suis arrivé dans la suite, il y avait mon père et son ami Maurice Granger. C'est là que j'ai vu… Enfin… vous savez.

— Nous savons.

Ce fut étrangement à ce moment précis qu'Adam prit le temps d'observer ses interlocuteurs. Le plus âgé des deux, celui qui s'était toujours présenté comme un notaire et qui avait même rédigé son contrat de mariage, était une sorte de dandy d'une quarantaine d'années. Il y avait beaucoup d'élégance et de prestige dans sa personne, mais sous ses manières irréprochables se devinait une forme d'ombre. Adam avait appris à voir derrière le masque social, et cet homme n'avait que *l'air* calme et courtois. De l'orage couvait sans nul doute sous l'épaisse couche de nuages lisses. Dans le duo qu'il formait avec celui qu'il présentait comme son associé, il était clairement le leader, voire le mentor. Son acolyte était bien plus jeune. Adam lui donnait son âge, autour de vingt-cinq ans. Difficile de dire grand-chose à son sujet à part qu'il était, comme l'avait spécifié le notaire, effectivement beau. Il aurait pu faire du cinéma ou être modèle photo. Pour Adam, ils formaient un drôle de couple qui n'était certainement pas ce qu'il paraissait être.

— Est-ce que vous avez déjà une idée de ce qui a pu lui faire ça ? interrogea le jeune homme après une minute de silence.

— Pas encore, répondit Évariste, mais nous trouverons. Nous trouvons toujours.

— Pensez-vous que ce soit une sorte de... maladie ?

— Il y a peu de chances.

— Alors, quoi ? Elle se serait immolée par le feu ? Mais dans ce cas, sa robe aurait été brûlée, le siège et la moquette aussi. Et puis, jamais elle ne se serait suicidée.

— Puisqu'il faut envisager toutes les pistes, quelqu'un aurait pu l'incendier et, au moment de le faire, lui retirer sa robe, avant de la lui remettre après la mort.

Isabeau cessa de prendre des notes et jeta un œil oblique en direction du notaire.

— Attendez, l'interrompit Adam en posant ses coudes sur la table et en plaçant sa tête entre ses mains, vous voulez dire que quelqu'un - un assassin - l'aurait rhabillée après sa mort ? Et que cette personne l'aurait, quoi ? Assise devant le miroir ?

— Vous n'êtes pas sérieux ? intervint soudain Fidélia, la mine horrifiée par ce qu'impliquait cette théorie.

— Connaissez-vous quelqu'un dont les initiales sont OS ? changea brusquement de sujet Évariste.

— « OS » ? répétèrent de concert la mère et le fils, avant de répondre chacun par la négative.

— Bien. Et vous rappelez-vous si votre épouse portait des gants à l'église ?

Adam fronça les sourcils en tentant de se remémorer la scène. Au bout de quelques secondes, il tourna la tête vers sa mère et l'interrogea du regard. Il se sentait gêné d'avoir à avouer qu'il se rappelait à peine à quoi ressemblait la robe d'Apolline ou si elle portait des bijoux ou non.

— Je ne suis pas sûre, répondit Fidélia. Mais quand elle s'est habillée en début d'après-midi, il faisait très chaud, elle les a peut-être retirés un moment. Je n'imagine pas qu'elle ait pu ne pas en porter. Pourquoi cette question ?

— Pour rien. Juste un petit détail.

Évariste fixa Isabeau, et Adam eut l'impression que les deux hommes communiquaient, bien qu'aucun mot ne fût échangé entre eux. Et en prenant soudain la parole, comme si le jeu de l'interrogatoire avait été préalablement répété, Isabeau le conforta dans cette idée.

— Madame Bélanger, interpella-t-il en la gratifiant d'un sourire charmant, ce jour-là vous avez été essentiellement avec Apolline, n'est-ce pas ?

— *Essentiellement*, je n'irais pas jusque-là. Je ne voulais pas passer pour, vous savez, une belle-mère trop envahissante. La plupart du temps, elle était avec sa mère, sa tante et l'une de ses demoiselles d'honneur. Je ne me souviens plus de son nom. Il me semble que mon mari m'a dit que c'était elle qui avait découvert le corps.

— Concernant Apolline, avez-vous remarqué quelque chose de bizarre ?

— Pas vraiment. Je l'ai croisée vers 11 heures, il me semble, elle revenait de sa séance avec l'esthéticienne. Elle s'apprêtait à s'habiller. Je l'ai trouvée radieuse et nerveuse, bien sûr, mais rien de bien exceptionnel pour une jeune femme sur le point de se marier.

— L'avez-vous croisée lorsqu'elle revenue de l'église ?

— Non, j'étais occupée à accueillir les invités pour le vin d'honneur. C'est moi, je pense, qui ai lancé l'*affaire* des macarons, comme vous dites. J'ai peut-être un peu trop réagi à cette histoire, d'ailleurs. Avec le recul, je réalise à quel point ce n'était pas important.

— Vous aviez à cœur de bien faire, rassura le jeune homme, dont les yeux pourtant sombres renvoyaient beaucoup de lumière.

Adam remarqua que sa mère rougissait. Il pensa qu'Isabeau était le genre d'homme qui pouvait séduire n'importe quelle femme de n'importe quel âge, et que c'était probablement ce qu'entendait Évariste par « avantage stratégique ». Il se demanda brusquement si son père avait jamais été charmant. Qu'est-ce qui, chez lui, avait pu la séduire ?

— Sans doute, répondit Fidélia en ajustant la mise en plis parfaite de ses cheveux. Je pense que vous obtiendrez plus de renseignements si vous allez voir la mère d'Apolline. Bien que ce ne soit probablement pas le bon moment.

— Nous le ferons néanmoins, promit Évariste. Je crois que nous en avons terminé. Nous vous remercions infiniment de nous avoir accordé du temps pour répondre à nos questions. Cela va beaucoup nous aider.

L'homme se leva de sa chaise et fut imité par les trois autres personnes présentes sur la terrasse. Adam tendit la main en direction d'Isabeau. Il trouva que sa poigne était ferme et décidée, tout comme celle de son associé. Les deux hommes donnaient l'impression que tout ça n'était pour eux qu'une routine.

— Ne m'en veuillez pas, Évariste, confia Adam en soupirant de lassitude, mais croyez-vous vraiment que vous allez pouvoir démêler tout ça ?

— Oh, je n'ai pas été engagé pour *démêler* quoi que ce soit, mais pour régler le problème.

— Sans vouloir vous offenser, le *problème* va difficilement pouvoir se régler. On ne ramènera pas Apolline d'entre les morts.

— Ce n'est pas ça, le problème. Comme je vous l'ai dit, je suis venu pour vous.

— Moi, je suis en vie.

— Et de cela, je n'ai que faire.

— Je suis désolé, je ne vous suis pas.

— Vous allez être arrêté, mon ami, et inculpé du meurtre de votre femme. Voilà le *problème* à résoudre et pour lequel nous avons été engagés.

8

25 JUIN 1952, RUE DE PARIS, 2 H

Il avait plu toute la journée. Le sol chauffé par le soleil les jours précédents exhalait de la chaleur qui, sous l'effet de l'humidité, avait créé une drôle de brume rampante dans les rues de Paris. Il était près de 2 heures du matin, et une odeur d'eau usagée et d'alcool flottait dans le quartier de Pigalle. La lune était ronde et généreuse. Elle jetait une lumière blafarde et crue sur les reliefs urbains et plongeait la pierre et le béton dans une atmosphère un brin mystique. Dès qu'on s'éloignait des rues principales, les lumières des clubs et autres bars à hôtesses s'amenuisaient, tout comme le bruit produit par les michetons, les chandelles, les aboyeurs, et même quelques truands venus mesurer leur empire.

Vêtue d'un pantalon, d'une large veste grise et d'une casquette engoncée sur son crâne, Siloé aurait pu passer pour un ouvrier venu s'encanailler auprès des fleurs du pavé qui arpentaient le quartier et hantaient les hôtels dans la plus grande discrétion. Être une jolie fille dans un monde d'hommes présentait bien plus d'avantages qu'on aurait pu le croire, mais dans certaines circonstances, comme dans le cas présent, mieux valait se fondre dans le camp du sexe opposé. Le fort. Si une partie de son travail la faisait évoluer dans les paillettes, la lumière et le cristal, une autre la menait sur des chemins sombres et violents. Et sur ces routes-là, il était plus sûr de marcher la tête basse et dans des vêtements couleur de trottoir. L'invisibilité était l'une des clefs de la survie quand on posait des questions à certaines personnes. Tout comme l'était aussi son pistolet MAC, modèle 1950, dont elle ne se séparait jamais depuis qu'elle en avait fait l'acquisition. Siloé aimait les armes à feu et celles-ci le lui rendaient bien, car, dès le départ, la jeune femme s'était montrée extrêmement douée dans leur maniement. Avec le temps, elle s'était mise à les collectionner comme des chaussures ou des sacs à main.

Enquêter dans le milieu de la prostitution, même de luxe, amenait très vite à côtoyer le crime organisé. Il fallait dire que l'industrie du sexe ne connaissait jamais de crise et permettait une source de revenus rapides et faciles qui pouvait ensuite financer des ambitions plus importantes. Et depuis la fin de la guerre, le grand banditisme avait envahi les villes. Des bandes organisées exploitaient les filles, les hommes, et tout ce qui pouvait avoir une valeur quand on le consommait. Ces clans délimitaient leur territoire à coups de meurtres et de fusillades. Gare à l'agneau qui se trouvait entre eux ! Alors, lorsqu'on fouinait, il fallait le faire très subtilement, car chaque ficelle tirée risquait de déclencher des réactions en chaîne potentiellement mortelles, et vous ne saviez jamais laquelle précisément ferait tout s'écrouler. Une autre difficulté s'ajoutait : les filles étaient des créatures terrorisées, et leurs barbeaux transpiraient la paranoïa. Facile, pour communiquer. Néanmoins, Siloé avait réussi à obtenir quelques informations très intéressantes qui lui faisaient penser que la personne visée n'était pas le fils du secrétaire d'État à la Guerre, mais bel et bien ce dernier. Elle avait appris que la victime à moitié dévorée était une prostituée très demandée appartenant au puissant gang dit « des Antillais ». Or, cette fille s'occupait autant du père que du fils. Les bonnes adresses, ça se passait, particulièrement entre membres de la même famille. Le soir du drame, la victime avait initialement rendez-vous avec le père. Celui-ci avait finalement dû décommander au dernier moment. Sans doute pour ne pas perdre sa soirée, la cocotte avait relancé le fils.

Et quelque chose avait mal tourné. Siloé avait bien observé le gamin assis sur le sol dans cette chambre. Il n'avait pas mutilé la fille par déviance, mais bien parce que quelque chose lui avait fait perdre le contrôle de son esprit. Son état s'apparentait à une sorte de *delirium tremens*. Siloé avait déjà été confrontée à ce genre de crises quand elle avait côtoyé certains soldats. Comme le gosse de riches avait été envoyé loin de l'Europe durant le conflit, il fallait écarter la thèse du traumatisme des combats. Restait donc la théorie d'une drogue assez puissante pour provoquer une crise de délire. Et en fouillant, cela semblait assez crédible. Siloé avait appris que le fils qu'on lui avait présenté comme un modèle de vertu, si on mettait de côté son goût prononcé pour les filles de joie, n'était pas aussi pur qu'on voulait bien le dire. Le garçon était non seulement un alcoolique notoire, mais aussi un grand consommateur de drogues en tout genre. Ce qui n'arrangeait ni ses affaires ni sa santé, car l'individu était de surcroît hémophile. D'après les renseignements obtenus par Siloé auprès de plusieurs des poules qui fréquentaient la famille, le fils en était à sa troisième cure de désintoxication organisée dans le plus grand secret. Cependant, les mêmes sources étaient toutes unanimes : les traitements n'avaient pas été efficaces. Facile donc de refiler n'importe quelle substance à un accro qui vous aimait d'un amour inconditionnel pourvu que vous fussiez un dealer.

Si cette piste était la bonne, la question qu'il fallait se poser était : pourquoi infliger ça à ce jeune homme ? Siloé refusait de croire à l'accident, à la réaction chimique inattendue. On ne visait pas le fils d'un secrétaire d'État par hasard. En tant qu'homme, il ne valait rien ; autant s'attaquer à n'importe quel pue-la-sueur des quartiers pauvres. Moins d'efforts, moins de risques. Mais en tant que fils d'un individu qui s'occupait de la question militaire au sein du gouvernement, il valait tout. Pour atteindre le père et entacher sa réputation tout autant que celle de l'État, il était très facile de se servir du fils comme d'une proie. Il restait quand même plus accessible que l'homme politique.

Tout cela était bien joli sur le papier, mais encore fallait-il réussir à remonter ces pistes sans se faire tuer.

Rentrant chez elle après avoir soulevé toutes les pierres intéressantes du quartier, Siloé n'avait pas l'esprit serein. Ce n'était pas sa première affaire sordide, ni ses premiers *clients* de la classe politique, mais, depuis le début, elle se sentait traquée. Comme si des yeux étaient braqués sur elle en permanence, des regards qui l'auraient encerclée sans qu'elle ne puisse jamais les identifier. Plusieurs fois, les jours précédents, elle avait cru apercevoir des hommes la suivre. Impossible cependant de le vérifier. Son instinct lui parlait, il la mettait en garde contre un piège. Mais lequel ? Des agents de la DST ? Ils n'étaient jamais bien loin des personnalités politiques. Non, elle savait les reconnaître à l'odeur. Alors qui ?

Cette nuit, par exemple, elle sentait qu'on l'observait. Ou plutôt, elle était *sûre* qu'on l'observait. Quelque chose dans le noir écrasait de ses pas la même brume qu'elle, respirait le même air saturé d'humidité, entendait le même silence oppressant. Elle empoigna son pistolet, ses sens en alerte tendus vers une menace qu'elle pouvait presque toucher, sans pourtant la voir. Sa respiration ralentit, ses muscles se gonflèrent de sang. Devant ses yeux, l'environnement se figea comme si elle était en train d'observer une photo. Son regard perça la pénombre et scruta le moindre relief, prêt à donner l'alerte au plus petit détail qui ne serait pas à sa place dans le paysage. Les yeux de l'*autre* la fixaient aussi, elle en était convaincue. Ne faisant presque aucun bruit quand elle posait les pieds sur le trottoir, Siloé avança prudemment, sans toutefois ralentir.

Mais l'ultime verre qu'elle avait dû boire avec son dernier contact afin de briser la glace avait endormi sa vigilance. Elle oublia de regarder dans le seul endroit où le danger proliférait toujours : l'angle mort. Le sien, en l'occurrence, se trouvait au-dessus de son épaule droite, là où le propriétaire des yeux menaçants se terrait. Et quand elle réalisa son erreur, il était trop tard.

Un goût de sang se répandit dans sa bouche au moment où elle déglutit. La douleur vint juste après et lui coupa le souffle. Quelque chose avait dû la frapper au visage, tant il était à fleur de peau. Elle tenta immédiatement de bouger la mâchoire et le nez. C'était pénible, mais tout semblait marcher suffisamment correctement pour lui assurer que rien n'était cassé.

Ses sens ayant du mal à reprendre leurs fonctions, elle ignorait encore dans quelle position son corps se trouvait. Petit à petit, la brume qui ankylosait son cerveau finit par se dissiper. En ouvrant les yeux, elle distingua de la lumière. La pièce dans laquelle elle reprenait vie n'était pas très grande. Éclairée d'une lumière jaunâtre par un plafonnier poussiéreux et sommaire, sa surface devait faire à peine trente mètres carrés. Ça ressemblait à une sorte de débarras. Les murs et le sol étaient un amalgame approximatif de bois et de terre, et des objets de toutes sortes pullulaient aux quatre coins de la salle. Chaises cassées, paniers, pelles, pioches, balais, tout et son contraire se côtoyaient pour créer un vrai capharnaüm qui puait le rance et la poussière.

Une cave…, pensa Siloé tout en redressant son cou meurtri.

Elle conclut que le coup qu'elle avait encaissé dans la rue avait dû être sacrément costaud pour la mettre dans cet état. Perdre connaissance n'était pas une habitude chez elle, et savoir encaisser avait été l'une de ses premières leçons de vie. L'individu qui lui avait fait ça n'était pas un amateur.

— Ça y est, on se réveille, petite souris ?

Super… v'là le service d'étage !

La jeune femme tourna la tête vers la voix. Sa perception des choses était encore un peu approximative, mais la silhouette qui se précisa devant elle semblait tenir toutes ses promesses. C'était une vraie montagne avec des cheveux blond cendré coupés au ras du crâne. Détail important, le géant parlait avec un fort accent russe.

— Mon mignon, si tu voulais un tête-à-tête avec moi, fallait simplement le demander.

Dès que Siloé sortait des beaux quartiers, son naturel nourri au langage fleuri des milieux populaires reprenait le dessus. Son interlocuteur plissa ses yeux bleu clair et pointa son gros doigt dans sa direction.

— Ce que je fais, jolie petite souris. Je *demande*.

Son accent lui avait fait ajouter bien trop de « r » à souris. Siloé pensa qu'un russe qui faisait de l'humour, c'était comme un glaçon dans le vin rouge : contre-nature. Il y avait trois catégories d'étrangers qui arpentaient la capitale : les touristes, les agents des services secrets, et la pègre. Et la montagne n'avait pas du tout l'air de vouloir reluquer la Joconde.

— D'accord, t'es qui ? demanda-t-elle en réalisant qu'elle était sanglée sur une chaise qui couinait au moindre de ses mouvements. Pègre ? Espionnage ? Un client mécontent ?

— Moi qui pose les questions.

Remuant sur son siège, Siloé le fit grincer. En situation délicate, elle avait appris à ne jamais se séparer de son sourire ironique, qu'elle utilisait comme une arme. Il ne fallait sous aucun prétexte montrer à son ennemi l'impact qu'il pouvait avoir. Cela lui révélait bien trop de choses dont il pouvait se servir ensuite. Il devait douter de sa puissance et de son pouvoir, même quand tout indiquait qu'il avait largement l'avantage. Siloé avait déjà été en mauvaise posture, elle avait même été plusieurs fois torturée. Le secret résidait dans le contrôle du corps et la dissociation. On se mettait dans une sorte d'état hypnotique qui permettait d'endurer la souffrance. Cela ne rendait pas forcément les choses plus faciles, et ça ne marchait pas toujours, mais parfois assez pour s'en sortir. Excepté que, cette nuit-là, son sourire n'était pas factice. Siloé souriait parce que son kidnappeur avait commis une erreur de débutant. Quand il l'avait ligotée, il ne lui avait pas retiré ses manchettes. Siloé portait toujours de larges bracelets plats en métal légèrement trop grands pour ses poignets. Quand l'agresseur était un peu négligent, ou pressé, il nouait la corde autour des bracelets sans réaliser que ces derniers avaient du jeu. En forçant sur l'articulation du pouce, la jeune femme pouvait se libérer.

Patience, patience, pensa-t-elle, *cette peau de nœud va bientôt passer à la châtaigne.*

Mais la priorité était de découvrir pourquoi monsieur *peau de nœud* en avait après elle.

— Où est le scientifique américain ? interrogea-t-il en haussant le ton pour le charger de toutes les menaces du monde.

Celle-là, tu l'as pas vue venir.

— Qui ?

L'homme tourna les talons. S'éloignant dans le fond de la pièce, très peu distinguable pour Siloé, il finit par revenir en poussant une sorte de desserte dont les roulettes grinçaient bruyamment. Un drap gris la recouvrait sommairement et, sur ce drap, étaient disposés toutes sortes d'accessoires festifs, tels que pinces, tenailles, petite scie chirurgicale, couteau, et une sorte de tige qui ressemblait à une aiguille à tricoter. L'URSS avait décidé de jouer avec la petite Française.

— Attends, attends, mon mignon, on peut discuter, non ? tenta de temporiser la jeune femme. Pas la peine d'en venir à de telles extrémités. Quel Américain ?

— Me mens pas ! tonna-t-il. Je sais que tu es l'une de ses

putes. Je te conseille de vite me dire où il se planque, sinon je fais sur ta jolie petite gueule la même chose que j'ai faite à ta copine.

Siloé serra la mâchoire. Dans ce genre de situation, il lui arrivait de regretter son choix de carrière. Elle était jolie, assez pour faire un beau mariage, se trouver un gentil entrepreneur, faire des enfants, avoir une maison et un chien. Mais Siloé ne pouvait pas avoir d'enfants et était allergique aux poils de chien. Autant dire que son joli minois ne lui servait plus à grand-chose aux yeux des hommes qui tous avaient à cœur de perpétuer leurs gênes. Il ne lui restait plus qu'à les servir, ou à se servir d'eux. Le choix avait été vite fait.

Le problème majeur de cet *agréable* échange était qu'elle ne savait pas du tout de quoi le Russkof parlait. Qui était ce scientifique américain ? Et, surtout, pourquoi pensait-il qu'elle était une prostituée, elle qui mettait tant de prix dans sa garde-robe sur mesure ?

— Tu crois que je suis une pute ?

— Essaie pas de me mentir ! Je te colle aux fesses depuis plusieurs jours. Je connais tes contacts mieux que toi. Dernière fois. Où est l'Américain ? cria l'agresseur en s'emparant d'une pince.

D'une certaine manière, Siloé fut soulagée qu'il n'impute pas le métier de tapineuse à son style vestimentaire, mais plutôt au fait qu'elle arpentait les trottoirs et parlait aux marcheuses depuis plusieurs nuits.

— L'Américain, tu dis ? répondit la jeune femme en feignant l'illumination. Oui bien sûr, je vois, je me souviens. Un gentil gars... un peu... avec des goûts... un gentil gars.

— Il est où ? réitéra le Russe, encore plus menaçant.

— Attends, attends... Je connais pas son emploi du temps par cœur, je suis qu'une pute, après tout. Je crois qu'il devait s'éloigner de Paris. Oui, c'est ça... Il m'a dit qu'il devait quitter la capitale parce que...

L'homme empoigna violemment les boucles blondes de Siloé et tira en arrière pour lui renverser la tête. Elle grimaça en sentant ses cervicales se tordre. La pointe de la lame se rapprocha de son visage et piqua le coin de sa bouche.

D'accord, ma fille, si tu t'actives pas plus, tu risques de pisser des lames de rasoir de travers.

Siloé était restée inconsciente un certain temps, les bras ballants et coincés sur le dossier de la chaise, si bien que ses doigts avaient gonflé. Faire glisser la manchette se révéla plus compliqué que d'habitude. Il fallait qu'elle gagne encore un peu de temps.

— Essaie pas de m'embrouiller, souffla l'agresseur, l'haleine chargée.

— Je t'embrouille pas, je le jure..., plaida Siloé en grimaçant de douleur. Je te dis la vérité. Il m'a dit qu'il devait se rendre à Orléans...

— Orléans, tu dis ? Pourquoi il changerait d'idée au dernier moment ? Qu'est-ce qu'il y a, à Orléans ?

Une magnifique cathédrale, ne put s'empêcher de penser la jeune femme, qui commençait à être à court de mensonges.

— Un autre gars qu'il est censé rencontrer pour son... tu sais, ses affaires.

— Il aurait pu quitter la DST ?

La DST ? s'interrogea-t-elle. *Ce scientifique serait lié aux services secrets français ? Une autre affaire, ou la même que la mienne ?*

Quelque chose dans le regard de Siloé, peut-être un étonnement fugace dans le fond de la pupille, dut alerter le russe, car l'expression de son visage changea. Il ne la croyait plus.

— Dis-moi son nom, ordonna-t-il d'une voix lugubre.

— De qui ?

— De l'Américain. Son nom !

Un filet de liquide chaud glissa sur sa peau. La lame du couteau de son agresseur avait pénétré un peu plus dans sa joue. Elle lâcha un puissant cri de rage et libéra son poignet. Une seconde après avoir récupéré l'usage de sa main, elle frappa de toutes ses forces la pomme d'Adam de son kidnappeur. Celui-ci vacilla et exhala un horrible râle. Tombant à genoux, l'homme fit de gros efforts pour retrouver le fil de sa respiration. Siloé fit un bond de chat hors de la chaise, empoigna la tenaille et l'écrasa sur le crâne du russe.

Sale gueule de raie ! se dit-elle en se massant l'articulation douloureuse du pouce et en s'assurant que l'entaille sur son visage n'était pas profonde au point de la défigurer.

Quel que soit le milieu, le métier ou le pays, les hommes avaient toujours les mêmes schémas de raisonnement concernant les femmes. Dans leur esprit, elles étaient soit des saintes, soit des prostituées. Parfois, ils leur demandaient d'être un peu les deux. Jamais ils n'envisageaient qu'elles puissent être aussi féroces ou aussi violentes qu'eux. Quelle que soit l'occasion, la plupart d'entre eux sous-estimaient les femmes, et cela conduisait, par exemple, à les attacher n'importe comment, sans vérifier si elles pouvaient se libérer ou pas.

— À qui tu crois avoir affaire, sac à merde communiste ? cracha Siloé en faisant coulisser ses bras sous les aisselles de sa victime et en la hissant péniblement sur la chaise. Faut toujours faire gaffe à qui t'agaces les raquettes.

Elle s'empara des cordes et fit des nœuds compliqués autour des poignets et des chevilles de l'homme. Balayant la pièce du regard, elle se mit à chercher dans la cave quelque chose qui pourrait lui servir. Après de longues minutes d'investigations, elle tomba sur un bidon d'eau usagée et croupie. Retournant près de sa victime, elle lui renversa le liquide sur la figure. L'effet fut immédiat : l'homme reprit connaissance et lâcha un juron en russe.

— Allez, fini de piquer une romance, on se réveille ! Inversons les rôles, tu veux ? Je préfère être au-dessus, de toute façon.

Il grogna quelque chose dans sa langue natale.

— Reprenons notre conversation ? Qui es-tu ? Service du contre-espionnage ?

Nouvelle diarrhée verbale incompréhensible pour Siloé. La riposte ne tarda pas. La jeune femme fit tournoyer la tenaille et asséna un coup brutal sur la rotule de l'homme. Celui-ci hurla de douleur.

— Je te préviens, mon mignon, j'suis infatigable à ce jeu-là.

— Je... contre-espionnage...

— C'est quoi cette histoire de scientifique américain ? Pourquoi tu le cherches en interrogeant des putes ? Ah et au fait, je suis pas une pute, précisa-t-elle en ponctuant la phrase d'un coup de poing sur la partie supérieure de la joue de l'espion.

Pas de réponse. Parfait, elle était d'humeur badine. Chaque fois qu'elle se laissait aller à ses pulsions, un petit bout de son enfer la quittait. Après, elle se sentait toujours plus légère. Elle frappa la deuxième jambe au niveau du tibia. Un bruit sec annonça la fracture. L'homme hurla à nouveau et se mit à parler en russe sans s'arrêter.

— Pas si vite, gueule de raie, ordonna Siloé. Mon russe est un peu rouillé, alors va falloir faire un effort pour causer dans la bonne langue.

— La pute... La pute dans l'hôtel parisien, celle qui est morte...

— La pute qui était avec le fils du secrétaire d'État ? C'est une des pépées de ton scientifique, c'est ça ? C'est quoi le rapport avec le bourgeois ?

— C'était... la favorite du scientifique. Elle était payée par le secrétaire d'État. Un cadeau. On... le cherche et... c'est la dernière qui l'a vu.

— Fous-y un peu plus d'explications. Qui est ce scientifique, et quel rapport avec le secrétaire d'État et la mort de la fille ?

L'expression de l'homme passa de la grimace de douleur à la surprise. Il venait de réaliser que, ce soir, il s'était trompé sur toute la ligne.

— Le scientifique... Il est américain... Il a mis au point une formule... Elle... Elle va changer les rapports entre les nations. Elle va changer l'avenir.

— Quoi ? Quelle formule ?

— Une nouvelle utilisation du plastique, quelque chose de révolutionnaire... Le pays qui possédera le brevet prendra vingt ans d'avance sur les autres. Armement, biochimie, industrie, ingénierie, aérospatiale. Le scientifique a mis aux enchères sa formule, mais ton gouvernement joue pas le jeu et l'a kidnappé. On est tous sur ses traces.

— Tu dis « on », qui sont les autres ?

— Je... Je...

— Les autres ! s'écria Siloé en brandissant la tenaille.

— D'accord... D'accord... Allemagne et Royaume-Uni. Je crois...

— Haricots verts et Rosbifs ? Tu parles d'un plat garni... T'es sûr ?

— *Da ! Da !* Je suis sûr...

— Le nom de ce scientifique ?

L'hésitation de l'homme plongea Siloé dans une rage intense. Elle jeta la tenaille par terre et s'empara de la tige qui ressemblait à une aiguille à tricoter. Prenant son élan, elle était sur le point de la planter dans la cuisse de l'espion russe, quand celui-ci s'époumona :

— Roger Ackroyd ! Je jure ! Roger Ackroyd... C'est son nom...

Siloé avait retenu son geste à deux centimètres de la cuisse. Un instant, elle sembla ne pas savoir si la réponse lui convenait ou si elle allait poursuivre la torture. Son corps tremblait de rage, et il lui fallut plusieurs secondes afin de reprendre le contrôle.

— La prochaine fois que tu chasses, fais gaffe à la proie. Où est mon flingue ?

— Non... attends...

— Où ?

— Là-bas... sur la chaise. Au fond.

Siloé suivit les indications de l'homme et vérifia que l'arme était bien toujours chargée.

— Si tu es pas des services secrets français, qui es-tu ? ne put s'empêcher de demander le Russe.

— Quelqu'un de vachement plus marrant, répondit Siloé en pointant son arme en direction de l'homme.

— Je dirai rien ! Arrête ! supplia ce dernier en secouant son corps autant que ses blessures le lui permettaient.

— Mais à quel jeu tu crois qu'on est en train de jouer, peau de nœud ? Dans notre métier, on perd pas la partie, on disparaît.

La détonation mit un point final à la conversation, à la soirée, et à la vie de l'espion russe.

Certaines femmes ne supportent pas qu'on *agace leurs raquettes.*

9

26 juin 1952, Cannes, hôtel Le Majestic, 10 h 20

La terrasse d'une centaine de mètres carrés qui toisait la Croisette était l'un des nombreux avantages de la suite royale du *Majestic*. Pour une somme indécente, dont il n'était jamais question au risque de tomber dans la vulgarité populaire, les résidents bénéficiaient de pas moins de trois chambres donnant sur un salon central, d'une salle de bains qui avait plutôt des allures de thermes, et des services d'un majordome auquel Évariste et Isabeau avaient expressément renoncé. Car depuis maintenant deux ans Georges comblait tous leurs désirs, en étant à la fonction de majordome ce que le diamant jaune était à la haute joaillerie. Georges anticipait et satisfaisait tous les désirs domestiques, de la température du thé jusqu'à la disparition d'un cadavre. Personne n'aurait pu rivaliser avec Georges, pas même une machine.

Isabeau était installé sur la terrasse, le nez plongé dans plusieurs livres scientifiques. Bien que n'ayant pas totalement abandonné sa théorie de la combustion spontanée, il essayait néanmoins de lister tous les cas connus de brûlures généralisées qui n'auraient pas été directement causées par le feu. Et ses recherches ne l'avaient pas amené bien loin. Les brûlures dues à des produits chimiques étaient des blessures dites « par contact », donc localisées sur une partie du corps. Parfois une grosse partie, certes, mais jamais la totalité du corps. Selon la description des chairs calcinées de la défunte,

Isabeau essayait de faire des recoupements, mais elles présentaient des caractéristiques de carbonisation à la fois par réaction chimique et par exposition à une forte chaleur. La morte semblait avoir été autant *rongée* de l'intérieur que *brûlée*. Georges était censé se procurer le rapport d'autopsie, peut-être qu'à sa lecture quelque chose s'éclairerait dans l'esprit du jeune homme, ou, mieux, qu'il aurait la cause de la mort.

Depuis qu'il avait quitté le service de Maître Masson pour se mettre à celui d'Évariste, deux ans auparavant, Isabeau avait accepté d'intégrer la fondation Sainte-Cécile. Cet obscur organisme, dont il savait encore assez peu de choses, ne recrutait que des personnes dont il jugeait qu'elles avaient un certain potentiel pour démêler toutes sortes d'énigmes. Des *énigmes* si épineuses et si sulfureuses qu'elles ne pouvaient se traiter par les voies officielles. Cependant, pour travailler au sein de cette structure discrète, il fallait avoir une couverture. Évariste avait choisi la carrière de notaire, laquelle lui permettait de justifier sa présence à peu près partout en société. Isabeau ne s'était jamais demandé quel métier qualifié il avait envie de faire, dans la mesure où chacune des personnes qui avaient croisé sa route avait tenu à lui expliquer qu'un orphelin n'avait pas à *souhaiter* une carrière. Alors quand Évariste avait soufflé l'idée de faire médecine, ou plus exactement quand il avait *exigé* qu'il fasse médecine parce que « médecin, ça fait toujours bon genre », Isabeau n'avait pas trop réagi. Non pas qu'il n'était pas intéressé, même s'il imaginait mal qu'un orphelin encore mouillé par le ruisseau dont il était sorti pouvait réellement envisager d'être docteur. Mais Sainte-Cécile ne manquait pas de moyens. Le jeune homme avait bénéficié de cours particuliers dispensés par les meilleurs spécialistes en la matière, et le médecin légiste le plus connu de France lui servait de mentor. Au final, et même s'il ne perdait jamais une occasion de reprocher à Évariste son autoritarisme, Isabeau s'était pris dans le jeu des études. Pourtant, la vocation de sauver son prochain ne lui était pas venue. Au contraire, ce qui l'intéressait réellement était de découvrir ce qui arrivait au corps lorsque celui-ci mourait. La médecine légale, dont il ignorait jusqu'alors totalement qu'elle pût exister, l'avait rapidement fasciné. Isabeau laissait à ses collègues de faculté le sauvetage des vivants, lui n'avait de passion que pour le salut des morts.

Il entendit la porte de la suite s'ouvrir. Délaissant ses notes, il aperçut Georges qui traversait le salon dans sa direction. La température extérieure devait déjà dépasser les trente degrés, et cela ne semblait pas avoir la moindre influence sur le majordome. Celui-ci portait toujours son costume trois-pièces noir dont le col amidonné à l'extrême devait être plus tranchant que la lame d'un couteau. En fait, Isabeau pensait que Georges était né avec ce costume et qu'il serait enterré avec. C'était comme une seconde peau, peut-être même la première et la seule.

— Bonjour, Monsieur, voici le rapport d'autopsie.

— Vous m'impressionnez, Georges, reconnut Isabeau en arrondissant la bouche d'admiration. Comment avez-vous réussi à l'obtenir ?

— Le mérite en revient entièrement au pot-de-vin, Monsieur.

— Ah.

— Désirez-vous autre chose, Monsieur ?

— Eh bien, si vous pouviez apporter un peu d'eau fraîche, ce serait parfait. Mais prenez le temps de vous reposer, Georges, vous êtes parti très tôt, ce matin.

— Merci de votre sollicitude, je suis parfaitement reposé, Monsieur.

Évidemment que vous êtes reposé parce qu'en fait vous êtes mort, pensa Isabeau.

— Si je puis me permettre de vous demander, Monsieur Fauconnier est-il là ?

— Oui, il est dans le bureau. Il… Vous savez, il médite.

— Sans vouloir vous contredire, Monsieur, je ne crois pas qu'il ait jamais su méditer.

Ce n'était pas complètement faux.

— Ce que je veux dire, c'est qu'il est plongé dans ses réflexions, comme il fait d'habitude. Vous savez ? On dirait qu'il dort, sauf qu'il a les yeux ouverts. On dirait qu'il est ailleurs, tout en étant réveillé. J'en suis certain, car j'ai fait l'expérience.

— Quelle expérience, Monsieur ?

— De vérifier s'il était bien toujours là.

— Il se trouvait bien devant vous.

— Physiquement oui, mais spirituellement, non. Quand il est dans cet état, il pense parler à sa femme.

— Sa femme est morte, si je puis me permettre.

— Eh bien, ça ne l'a jamais empêché de penser qu'il lui parle. D'après lui, la mort n'est pas une excuse pour mettre fin à une conversation. Ça l'aide à y voir plus clair. De lui parler, j'entends. Moi, ça me va, il discute avec qui il veut tant qu'il n'écarte pas mes théories au profit de celles qu'il tirerait d'une conversation imaginaire avec le cadavre de son épouse.

— Sommes-nous en train de parler de jalousie, Monsieur ?

— Non, pas du t... Si. J'estime simplement qu'étant vivant, mes idées devraient avoir la priorité sur les siennes. Celles de la morte, j'entends.

— Sans nul doute, Monsieur.

Isabeau remarqua que le majordome attendait quelque chose.

— Merci, ce sera tout, Georges. J'ai fini de me plaindre, sourit le jeune homme, ce qui libéra le majordome.

Évariste sortit du bureau, croisa le domestique en le saluant chaleureusement, puis rejoignit Isabeau sur la terrasse.

— Alors ? Que dit le rapport d'autopsie ?

Je ne sais pas, que dit le fantôme de votre femme ? ne put s'empêcher de penser Isabeau avant de chasser rapidement ce hoquet à peine conscient de mauvaise foi.

— Je n'ai pas encore eu le temps de le feuilleter.

— Vous étiez aussi lent quand j'ai décidé de vous embaucher ?

— Absolument. Et vous, vous étiez aussi sarcastique quand vous m'avez embauché.

— Vous réalisez que ce que vous dites n'a aucun lien avec ma question.

— Maintenant, vous savez ce que je vis au quotidien.

Le majordome refit son apparition avec un plateau sur lequel il avait disposé un pichet d'eau citronnée avec des glaçons et deux verres.

— Georges ! s'exclama Évariste. Que dit le rapport d'autopsie ?

— Que la malheureuse est morte d'une crise cardiaque, Monsieur.

— Merci pour cette illustration exemplaire du mot « rapidité ».

Isabeau tordit le nez, mais décida de ne pas rajouter d'huile sur le feu.

— Une crise cardiaque ? répéta Évariste, l'air pensif. Donc aucune présence de suie dans ses poumons, et pas de signes d'empoisonnement ?

— Non, Monsieur.

— Voici votre belle théorie de la combustion spontanée qui part en fumée, mon ami, ironisa lourdement Évariste.

— Je ne peux pas croire que vous l'ayez faite, reprocha Isabeau. Je tiens à vous signaler que je n'ai jamais estimé qu'elle avait *vraiment* été brûlée, au sens classique du terme. C'est-à-dire avec du feu. Je pense que ses chairs ont plutôt été rongées par quelque chose.

— Un produit chimique ?

— Voilà. Si elle a ingéré quelque chose de toxique, le résultat pourrait être cette sorte d'embrasement interne, et la douleur être intense au point qu'elle succombe à une crise cardiaque.

— Alors j'imagine que ses organes internes auraient eux aussi été *rongés*.

Il marquait un point. Isabeau ouvrit le rapport et le parcourut.

— Aucune trace de brûlures internes, Monsieur, répondit Georges, qui n'avait pas bougé d'un poil.

— Donc ce n'est pas une réaction chimique, conclut Évariste en sirotant son verre d'eau glacée.

Tout en feuilletant les pages, le jeune homme soupira profondément.

— De quoi est-elle morte, alors ? demanda-t-il, autant à lui-même qu'à ses voisins. Il doit bien y avoir quelque chose dans ce rapport qui peut nous mettre sur la voie.

— Soyez patient, mon ami, conseilla le notaire en sortant des lunettes de soleil de la poche intérieure de la veste de son costume en lin. La solution se présentera d'elle-même lorsque nous aurons accumulé assez de petits détails insignifiants mais qui mis bout à bout ...

— ... reconstitueront le schéma d'ensemble, acheva Isabeau. J'ai bien appris ma leçon.

— Il y a toujours un schéma, mon cher, toujours. L'univers est organisé de la sorte. Parfois, nous ne sommes pas encore au bon endroit pour pouvoir le voir, mais il y a forcément un schéma, et il laisse toujours des petits indices pour qu'on puisse le découvrir.

— Comme ces fameuses initiales, OS ?

— Apolline était une jeune fille qui avait un sens aigu de la mode. Tout comme moi. Je l'ai croisée trois fois avant son mariage et je ne l'ai jamais vue commettre la moindre faute de goût. Elle n'aurait jamais porté des gants qui n'auraient pas été parfaitement assortis à sa tenue. Si elle l'a fait, c'est pour un motif bien précis. Donc, ce fait nous raconte quelque chose.

— Oui, mais quoi ?

Évariste prit un temps infini pour mettre ses lunettes. Il les repositionna plusieurs fois sur son nez, comme si cela était d'une importance capitale.

— Je n'en ai pas la moindre idée.

Le silence s'installa entre eux et laissa leur attention se perdre dans la contemplation de la Méditerranée, baignée par la clarté exceptionnelle du jour. La Croisette était encombrée de promeneurs dont les tenues estivales coloraient le paysage de couleurs pastel. De beaux voiliers et des yachts ponctuaient la mer comme des fleurs blanches et, au gré de leurs mouvements, ils reflétaient les rayons du soleil en de brefs flashs de lumière.

— Alors quel est le plan ? finit par s'enquérir Isabeau.

— Vous détestez toujours mes plans.

— À juste titre.

— Vous êtes jaloux parce que vous n'avez jamais de plan.

— Vous parlez de ceux que vous n'écoutez jamais ? Ces plans-là ?

— Georges ? Isabeau a-t-il jamais proposé un seul plan ?

— Il me semble que oui, Monsieur.

— Vous êtes viré, Georges.

Le majordome ne parut guère s'émouvoir. Personne n'avait jamais su si ce visage osseux et parcouru de rides profondes était capable d'exprimer un quelconque sentiment. S'en retournant vaquer à des occupations que personne n'identifiait réellement, Georges abandonna les deux hommes.

— Je pense qu'il faut passer au crible les habitudes d'Apolline, lança Isabeau. Quoi que ce soit qui lui ait provoqué ces marques sur la peau ainsi qu'un arrêt cardiaque, ça vient forcément de quelque chose.

— Ou de quelqu'un.

— Si c'est le cas, le motif doit être sacrément haineux. Tuer quelqu'un de la sorte, c'est d'une cruauté incroyable. Et je ne vois pas ce que cette jeune fille de bonne famille aurait bien pu faire pour susciter autant de ressentiment.

— Je croyais que nos petites aventures vous avaient fait comprendre que les gens sont rarement ce qu'ils semblent être.

— Alors je suis vraiment curieux de trouver la part sombre qui a pu inspirer pareille mort. À ce propos, la tante d'Apolline a bien confirmé qu'elle nous rejoignait en début d'après-midi, n'est-ce pas ?

— Absolument. Monsieur Bartoli a été très clair avec moi : il nous a interdit de troubler leur deuil, enfin surtout celui de son épouse, mais il a accepté que sa sœur vienne répondre à nos questions. Découvrons l'autre versant de la médaille, la famille de la mariée.

— Je sais comment vous réfléchissez. Vous pensez que, d'une façon ou d'une autre, Adam est mêlé à la mort de sa femme. Vous tapez toujours sur le mari.

— Et jusque-là, j'ai toujours eu raison.

— Non.

— D'accord, *presque* toujours. Je me demande juste ce qui peut pousser un jeune homme riche et séduisant, donc disposant de l'embarras du choix concernant les prétendantes, à épouser une femme qu'il n'aime pas. Curieux.

— Et quel est le fameux détail qui vous fait douter de son amour ?

— Le baiser à l'église, mon cher. Quand le prêtre lui a donné la permission d'embrasser sa femme, il a déposé son baiser sur sa joue. Croyez-moi, aucun jeune marié de cet âge ne l'aurait fait. À part s'il avait une bonne raison.

Lucie Bartoli descendit de la voiture et n'adressa aucun regard au portier qui la saluait tout en lui tenant la porte de l'hôtel. Se dirigeant droit vers l'ascenseur, elle annonça au groom la suite royale. Elle ouvrit son sac et en sortit un mouchoir brodé qu'elle posta devant son visage. La voilette de son canotier noir lui en couvrait déjà une partie, mais pas suffisamment pour atténuer le rouge intense dont elle s'était servie pour poudrer outrageusement ses joues. *Relève la tête*, se dit-elle, *sois forte*. C'était la première fois que le clan Bartoli lui confiait une mission, et elle entendait bien la mener le mieux du monde. Cinquante-trois ans et des miettes qu'elle attendait d'exister au sein de cette famille, *cinquante-trois ans et des miettes* qu'elle quémandait un peu d'attention. Mais dans de ce clan originaire de Sicile, les seuls êtres qui comptaient étaient les mâles. Non pas que leurs homologues du sexe faible n'aient aucune importance, mais il était convenu que la grandeur et l'ambition étaient une affaire d'hommes. Les femmes n'étaient que des accessoires. Parfois de précieux accessoires, mais toujours juste des accessoires.

Étant l'aînée des trois frères Bartoli, elle avait eu pour tâche essentielle de seconder le travail de sa mère. Elle avait donc été élevée dans le culte des garçons de la famille et avait même participé à leurs privilèges dès qu'elle avait été en âge de bien saisir les mots : « Ma fille, seuls tes frères sont importants. » En retour, ces derniers ne s'étaient jamais montrés ingrats. Lucie ne s'étant pas mariée, elle avait pu s'appuyer sur le soutien matériel et financier de ceux dont elle avait jadis nettoyé les fesses. Depuis dix ans maintenant, elle vivait dans la grande maison d'Hyppolite et aidait sa belle-sœur au quotidien. Bien que la règle n'ait jamais été énoncée, il était acté qu'après le chef de famille, Lucie était celle qui prenait les décisions pour toutes les questions domestiques. Même si Yvette avait offert une descendance au clan, elle n'était pas née Bartoli. Ayant fait en sorte de rendre la cohabitation supportable, voire agréable, les deux femmes avaient fini par se trouver des occupations différentes au sein de la maison. Et l'une des compétences que Lucie s'était attribuées consistait à protéger l'image des Bartoli. Elle était le filtre social entre le monde et eux. Or, cela n'avait pas été si facile. Les Bartoli sortaient du milieu paysan. Ils avaient fait fortune là-bas, en Sicile, dans le commerce de la morue. Du jour au lendemain, leur réussite leur avait permis de prétendre à un niveau social bien supérieur. Sauf que la morue a une odeur tenace ; quels que soient le parfum que vous portez et les bains que vous prenez, il se trouve toujours un nez pour vous faire remarquer l'odeur persistante de vos origines.

Il avait donc fallu quitter l'île, passer la frontière et se refaire une réputation. Et contre toute attente, ce fut dans ce domaine précis de la stratégie mondaine que Lucie avait révélé un réel talent. Et, aujourd'hui plus que jamais, elle allait en avoir besoin. Sa famille venait de subir un terrible coup avec la mort d'Apolline. Cet enfant avait été un véritable rayon de soleil. Elle avait toujours fait la fierté de la famille. Née à Monaco, elle avait été la première génération Bartoli à être nourrie de la haute société monégasque. Apolline n'avait jamais touché une morue de sa vie et elle n'avait pas de restes persistants d'accent italien.

Cela faisait plusieurs jours que Lucie était au chevet d'Yvette. Celle-ci ne parvenait pas à remonter la pente. Cloîtrée dans sa chambre depuis la mort de sa fille, elle était toujours incapable de se tenir debout. La veille au soir, Hyppolite avait convoqué Lucie dans son bureau. Quand elle l'avait vu assis dans son épais fauteuil, il lui avait semblé que son frère avait pris dix ans. Son premier réflexe avait été de vouloir le consoler, comme une mère l'aurait fait, comme elle l'avait toujours fait depuis l'âge de dix ans, mais, dès qu'elle avait croisé son regard, elle avait su que ce n'était pas de ça qu'il avait besoin. Il lui avait expliqué qu'Anatole Bélanger disposait de moyens pour éclaircir rapidement le mystère entourant la mort d'Apolline. De quoi se mêlait-il, celui-là ? Elle n'avait jamais aimé les membres de cette famille. Ils étaient secrets, dissimulateurs, froids et fourbes. Lui, particulièrement. Ne pouvait-il laisser la police faire simplement son travail ? Après tout, qu'ils comprennent vite ou non ce qui avait tué cette pauvre enfant ne la ramènerait pas. Ce qui était important, à son humble avis que personne ne lui avait demandé, c'était de resserrer les liens du clan, afin d'éviter que l'infinie douleur provoquée par la mort d'Apolline ne le pulvérise entièrement. Sauf que ça, c'était ce que Lucie pensait, or ce qu'elle pensait ne comptait pas, contrairement à son frère. Et lui, son idée était de suivre Anatole Bélanger. Au fond, Lucie n'aurait pas dû être surprise. Depuis qu'Apolline s'était mis dans la tête d'épouser Adam et que les chefs des deux familles avaient réfléchi au moyen de monétiser cette union, Hyppolite ne jurait plus que par Anatole et ses associés. Il fallait dire que cet homme représentait tout ce que son rêvait d'être : aristocratique, puissant, riche, respecté. On disait que tout ce que Bélanger touchait se transformait en or. En s'alliant à eux, Hyppolite espérait laisser loin derrière lui le souvenir des morues.

La mort de sa fille dans des circonstances aussi abominables allait braquer l'attention du public sur les Bartoli. Les journalistes allaient creuser comme des chiens affamés le feraient pour récupérer un os. Et c'était exactement ce qu'il fallait éviter, car si en théorie personne ne devait avoir honte des origines de sa réussite, dans les faits les Bartoli risquaient de devenir un vrai cliché. La pauvre famille d'immigrants siciliens, des travailleurs laborieux du poisson qui étaient enfin parvenus à toucher du doigt le rêve de la bonne société monégasque, avait été rattrapée par le sordide. La presse allait transformer leur histoire en un roman de Zola. Pour ces raisons, patiemment exposées par son frère ce soir-là, il était impératif de collaborer avec les Bélanger. Sauf qu'Yvette n'était pas en état. Elle n'était en état de rien. Tout reposait donc sur Lucie.

Un notaire...

Sérieusement, les hommes étaient peut-être des créatures supérieures, mais par moments leurs décisions étaient prises en dépit de tout bon sens. Qu'est-ce qu'un notaire pouvait avoir à faire avec la résolution de l'énigme de la mort d'Apolline ?

Parvenue devant la porte de la suite, Lucie hésita. Si elle n'entrait pas, son frère le saurait. Il serait déçu ; à n'en pas douter. Allez, au cours de sa vie, elle avait dû faire bien pire, bien plus désagréable et bien plus absurde. Il comptait sur elle. Un homme d'un âge certain vint lui ouvrir quelques secondes à peine après qu'elle eut frappé.

Ce majordome ressemble à la Mort, pensa Lucie en observant cette créature grise aux traits émaciés et à la silhouette osseuse.

— Je vous en prie, Madame Bartoli, suivez-moi, déclara-t-il avant même que Lucie se présente. Désirez-vous que je prenne votre veste ?

— Non, merci.

La suite était spacieuse, claire, et meublée de façon très moderne. Le soleil qui entrait par les énormes baies vitrées ouvrant sur la terrasse faisait scintiller le bois laqué, le marbre et les immenses miroirs suspendus aux murs. Elle ignorait combien un notaire pouvait gagner, mais il lui sembla que ses gages, même confortables, n'étaient pas de nature à jouir de pareil espace. Peut-être n'était-il pas uniquement ce qu'il disait être. Cela n'aurait pas été étonnant, pour une créature évoluant dans le milieu des Bélanger. Un homme d'une petite quarantaine d'années vint à sa rencontre. Son costume en lin beige était impeccablement coupé sur lui, probablement du sur mesure. Sa coupe soignée et gominée en arrière à la mode des acteurs de cinéma et son visage rasé de près donnaient une impression d'appartenance à un milieu supérieur. Bien supérieur à celui d'un notaire.

— Bonjour madame Bartoli, salua-t-il d'une voix qu'elle trouva mélodieuse. Je vous remercie de vous être déplacée, surtout dans ces circonstances.

— Mon frère, monsieur Bartoli, m'a expliqué que c'était important.

— Venez vous asseoir sur la terrasse avec nous. Vous verrez, c'est très agréable. Permettez-moi de vous présenter mon associé, monsieur Isabeau Le Du.

Lucie n'aurait su dire ce qui l'interpella le plus chez ce garçon, qu'il porte un nom de fille ou qu'il puisse être un associé aussi jeune dans un office notarial. Lui était bien plus décontracté : chemise blanche légèrement entrouverte et retournée sur les avant-bras, pantalon fluide couleur crème, et chevelure châtain en cascade sur les tempes et la base du cou. Il était agréable à regarder, et cela expliquait sans doute sa position. Après tout, c'était comme pour les femmes : quand vous êtes séduisant, la vie vous offre quelques raccourcis, quelques passe-droits. Lucie n'avait jamais été belle, c'était pourquoi son parcours avait été plus lent et plus laborieux que celui des autres. Du moins, c'était sa théorie, et elle n'avait jamais trouvé personne pour la contredire.

Elle se laissa installer sur une chaise, face à la vue magnifique qu'offrait l'emplacement de la suite. Cela ne l'impressionna guère, car elle savait que la demeure de son frère était celle qui disposait du plus beau panorama à des kilomètres à la ronde. L'individu ressemblant à la Mort leur apporta des rafraîchissements avant de disparaître aussi silencieusement qu'il était apparu dans le salon.

— J'ai cru comprendre que vous vouliez surtout rencontrer ma belle-sœur, déclara Lucie en tentant de cacher sa nervosité et en faisant de gros efforts pour minimiser son accent.

— Oui, mais nous sommes certains que vous pourrez répondre admirablement bien à nos questions. En outre, je suis persuadé qu'il serait très préjudiciable pour madame Bartoli de se déplacer pour l'instant.

— C'est tout à fait exact.

— C'est pourquoi je vous renouvelle mes remerciements. Je suppose que l'enterrement n'a toujours pas pu avoir lieu.

Lucie s'empara à nouveau de son mouchoir et le porta devant sa bouche.

— Non, en effet. Le corps est encore dans les locaux de la police... si j'ai bien compris.

— En fait, les policiers doivent le conserver, car ils ont ouvert une enquête sur les circonstances de la mort de votre nièce. Tant que l'autopsie n'est pas complètement finalisée, ils sont malheureusement obligés de garder le corps.

— Veuillez m'excuser, souffla Lucie en ravalant ses larmes. C'est une situation tellement...

— Dramatique, proposa Évariste en lui servant un verre d'eau citronnée.

— À ce propos, je n'ai pas bien saisi votre rôle dans tout ceci, ni d'ailleurs pourquoi je devais venir. Je n'ai pas voulu contrarier mon frère, car en général il sait ce qui est bon pour la famille, mais j'avoue que je m'interroge.

— Et c'est tout à fait normal. Voyez-vous, mon associé et moi intervenons parfois comme des sortes d'enquêteurs. Nous avons quelque expérience dans ce domaine.

— Il me semblait pourtant que vous étiez le notaire qui avait rédigé le contrat de mariage d'Apolline et Adam.

— C'est tout à fait exact. Cependant, de par ma position et mes relations dans un certain milieu qui préfère régler ses problèmes en interne, j'ai développé une sorte d'activité annexe. Personne ne s'étonne de voir un notaire poser des questions ou évoluer dans tous les milieux. Vous comprenez ?

Non, Lucie ne comprenait rien du tout, mais elle fit semblant du contraire, car c'était la deuxième leçon que sa mère lui avait apprise.

— Messieurs Bartoli et Bélanger, reprit le notaire qui n'était donc pas *uniquement* un notaire, ont jugé qu'il serait judicieux que quelqu'un pouvant enquêter discrètement puisse aider la police.

Les circonstances de la mort de votre nièce sont loin d'être banales. Il est essentiel d'obtenir des réponses le plus vite possible.

— Essentiel pour quoi ? ironisa soudain Lucie, le ton chargé d'amertume. Cela ne nous ramènera pas Apolline.

— Non, en effet, mais les réponses accompagnent le travail de deuil, madame. Toujours.

— Cela ne m'étonne pas du tout qu'Anatole Bélanger préfère s'en remettre à un homme de main plutôt qu'à la police.

— Pourquoi cela ?

— Parce que cet homme n'a confiance en personne. Sauf en ceux qu'il paie, je suppose.

— Vous ne semblez pas le porter dans votre cœur.

— Je ne lui veux aucun mal. Je n'apprécie simplement guère ses manières.

— De quelles manières parlez-vous ?

— Eh bien, c'est quelqu'un de froid et de faux. Comme vous vous en doutez, c'est une petite communauté que la nôtre, tout finit toujours par se savoir. Sa réputation n'est pas aussi bonne qu'il aime à le penser.

— Faites-vous allusion à ses affaires ?

— À ses affaires, à ses fréquentations, que sais-je ? Il a le bras long, de gros moyens et, comme vous dites, des relations et de l'expérience. Il sait comment agir pour que les gens fassent ce qu'il veut. Concentrez trop de pouvoir entre les mains d'un seul homme, et vous en faites un saint ou un diable.

— Ce que vous dites est fort juste, madame.

— Est-ce pour parler de monsieur Bélanger que vous m'avez fait venir ?

— Pas spécialement. Mais nous avons besoin de connaître le milieu dans lequel évoluait votre nièce afin de cerner sa personnalité et d'y déceler des détails inhabituels qui auraient pu conduire à sa fin tragique.

Lucie dévisagea les deux hommes. Il y avait quelque chose de léger qui se dégageait de l'attitude du notaire, comme s'il était en train de converser avec des amis de longue date autour d'un thé et de gâteaux. Son assistant, en revanche, qui n'avait pas ouvert la bouche jusque-là, prenait plein de notes sur un petit carnet. Que cherchaient-ils, à la fin ?

— Si ce n'est que ça, je peux aisément vous donner toutes les réponses que vous souhaitez. Apolline était aimée et chérie par les siens. Elle a toujours été une enfant parfaite, enjouée, lumineuse. Tout le monde l'aimait. Il n'y a rien qui pourrait expliquer les raisons d'une mort aussi monstrueuse.

— Alors comment l'expliquez-vous ?

— Je... Je..., bafouilla Lucie, prise de court. Enfin, je l'ignore ! Déjà, personne n'a vraiment été capable de me dire comment elle est morte. Je n'ai pas été autorisée à la voir. Enfin, ce... Comment s'appelle-t-il, déjà, le chien de garde d'Anatole Bélanger avec des gros doigts noueux comme des tentacules de pieuvre... ?

— Maurice Granger ? supposa Évariste.

— Voilà. Quand nous sommes remontés, Adam, son ami et moi, il nous a purement et simplement flanqués à la porte. J'ignore encore de quel droit il a pu le faire. Apolline n'était pas de sa famille.

— Croyez-moi, même si je ne doute pas de la rustrerie de cet homme, il vous a rendu un grand service.

— Que voulez-vous dire ?

— Qu'il vaut mieux que la dernière image que vous gardez de votre nièce soit une image qui lui ressemble : lumineuse, belle et heureuse.

La femme manqua de souffle. Agitant la main devant son visage comme un éventail, elle avait l'air d'étouffer.

— Mon Dieu... Mon Dieu, marmonna-t-elle.

— Donc, c'est vous qui avez été chercher Adam ? reprit Évariste en regardant rapidement les notes de son associé.

— Oui.

— Qui vous l'a demandé ?

— Marie Verdier, l'une des demoiselles d'honneur. En rentrant de l'église, ma nièce nous a dit qu'elle avait mal à la tête. Nous l'avons laissée se rafraîchir un petit moment seule, avant de redescendre dans la grande salle. Au bout d'un moment, ne la voyant pas ressortir, nous avons voulu savoir si elle allait bien. Marie a décidé d'aller la voir. Nous l'avons entendue hurler quelques instants après. Nous nous sommes toutes précipitées dans le couloir. Marie était sortie de la chambre, Sainte-Mère, je n'oublierai jamais son visage. Si pâle. Et ses yeux, ils étaient... C'était comme si elle venait de voir le diable en personne. Elle criait d'aller prévenir mon frère ainsi qu'Adam. Tout le monde s'est mis à parler fort. Yvette a voulu entrer, mais Marie l'en a empêchée. Je ne l'aurais jamais cru capable d'autant d'autorité. Ma belle-sœur est devenue folle d'inquiétude et s'est mise à appeler Apolline derrière la porte. Je ne savais pas quoi faire, et Marie me pressait d'aller chercher mon frère et Adam parce que *quelque chose* était arrivé à Apolline. J'ai tout de suite compris que c'était grave. Marie est une fille douce et loyale, elle n'aurait jamais réagi de la sorte si les circonstances ne l'avaient pas exigé. L'une de mes cousines et moi-même sommes donc descendues aussi vite que possible, elle pour trouver Hyppolite, moi pour trouver Adam.

À la fin du récit, l'accent italien était bel et bien de retour, et certains mots étaient difficilement compréhensibles. Lucie prit une profonde inspiration. Elle but d'une traite la moitié de son verre. Elle se rendit compte qu'elle avait deux paires d'yeux braqués sur elle qui l'observaient méticuleusement.

— Pourquoi est-ce vous qui vous êtes chargée de retrouver Adam ?

Lucie tiqua.

— Je... Eh bien, je ne sais pas. Pourquoi est-ce si étonnant ?

— Hyppolite est votre frère, et vous semblez très proche de lui. En cas de drame familial, il eût été plus logique que vous le retrouviez vous-même, plutôt que votre cousine.

Avalant le reste de l'eau fraîche, la femme mit plusieurs secondes à répondre.

— Nous ne savions pas où était Adam, je me suis chargé de le chercher, et j'ai envoyé ma cousine récupérer mon frère qui, lui, était à sa place : au milieu des invités.

Le ton de sa voix s'était indéniablement durci.

— Je voulais être certaine qu'Adam ne se défilerait pas, reprit-elle après un instant de silence. S'il vous plaît, pourriez-vous cesser de prendre des notes ?

Isabeau se mit à lui sourire. Il avait l'air si doux et rassurant que Lucie sentit qu'elle s'apaisait peu à peu. Peut-être que tout ceci aiderait vraiment à ce que sa nièce repose en paix.

— Vous pensez qu'Adam ne prenait pas assez au sérieux sa relation avec Apolline ?

Lucie ne put s'empêcher de tressaillir. Fichtre, il savait la faire parler. Pourtant, elle s'était juré de ne rien laisser transparaître de ses opinions quant à ce mariage. Elle se l'était répété plusieurs fois depuis le matin. Rien à faire. Quand apprendrait-elle à mentir ?

— Non ? Si... Enfin, je ne sais pas...

— Je vous en prie, soyez assurée que rien de ce que vous direz ne débordera de cette jolie terrasse. Il est essentiel que j'aie le sentiment de chacun. Alors ne vous retenez pas d'être honnête, ça restera entre nous.

— Eh bien disons que... comme pour tout chez les Bélanger, l'emballage a l'air en tout point parfait, mais quand on y regarde de plus près, on voit les accrocs. Adam nous vendait l'image d'un gendre idéal, mais ce n'était pas le cas.

— Qu'est-ce qui vous fait dire ça ?

— Il n'aimait pas notre Apolline. Je le savais. J'avais surpris des conversations, et puis son attitude... Il ne se comportait pas comme un jeune homme amoureux. Il passait le plus clair de son temps à Paris, pour ses affaires, soi-disant. Mais moi, je l'ai toujours soupçonné d'avoir une vie, comment dire, un peu moins conventionnelle qu'il voulait bien nous le faire croire.

— Avez-vous des preuves de ce que vous avancez ?

— Non, mais je n'en ai pas besoin. Mon instinct ne m'a jamais fait défaut jusque-là, et mon instinct me disait dès le début de ne pas avoir confiance. Ce qu'Adam montre ici, à Monaco, ce n'est pas ce qu'il est ailleurs. J'en suis certaine.

— Si Apolline avait aussi des doutes, pourquoi l'avoir épousé, dans ce cas ?

— Le prestige, répondit Lucie en esquissant une grimace de dégoût. La voilà, l'erreur que nous avons commise avec elle. Dès sa naissance, nous avons tout fait pour l'éloigner de ses racines. Nous lui avons raconté une belle histoire sur Monaco, avec sa famille royale et sa cour. Elle a été élevée dans le culte du conte de fées, vous voyez? Et sur le papier, Adam est un prince charmant. Je pense qu'elle se disait que ses petits mensonges n'étaient pas si graves et qu'après le mariage, comme ils vivraient ensemble, tout rentrerait dans l'ordre.

— Et donc, vous dites que vous ne saviez pas où il se trouvait après être revenu de l'église ?

— Personne ne le savait, même pas son témoin. Il y a eu un problème avec la pièce montée. Elle avait disparu. Sa mère l'a fait chercher partout pendant plus d'une heure.

— Les macarons, lâchèrent de concert les deux hommes.

— Pardon ? s'étonna Lucie.

— Et lorsque vous êtes remontée dans la chambre ?

— Une fois que j'ai réussi à lui mettre la main dessus, son témoin, lui et moi sommes retournés à l'étage, et c'est là que nous sommes tombés sur son père et ce Maurice Granger.

— D'accord. Si je peux encore abuser de votre mémoire, pourriez-vous me dire quel a été l'emploi du temps d'Apolline, le matin de son mariage ?

— Oui, eh bien, elle s'est levée vers 9 heures, et elle a alors profité d'une séance de massage et de relaxation à domicile que lui avait offerte sa future belle-mère, puis se sont ensuite enchaînés le coiffeur, la maquilleuse, et bien sûr la couturière pour les dernières retouches. Ah, et le joaillier est venu directement nous apporter la parure. Un photographe a fait quelques clichés de toute la famille et, enfin, nous nous sommes rendus à l'église.

Pourquoi diable cet homme avait-il l'air aussi satisfait ? Avait-elle bien répondu aux questions ? Ne s'était-elle pas un peu trop laissée aller à la confidence ? Avec un peu de chance, cela ne reviendrait pas aux oreilles de son frère, qui avait tendance à penser que les femmes étaient bien trop souvent les esclaves de leurs émotions. Et force était de constater qu'il avait raison.

— Madame, lança le notaire, sachez que vous nous avez été d'une aide précieuse. Votre mémoire est remarquable.

— Vraiment ? Eh bien, tant mieux si j'ai pu être utile.

— Bien plus qu'utile. Isabeau et moi n'allons pas vous retenir plus longtemps. Georges ? Pourriez-vous appeler la réception afin qu'elle mette à disposition une voiture pour raccompagner madame ?

Lucie se pencha pour vérifier si la Mort ne se matérialisait pas dans le salon. Mais l'afflux de lumière vive accentuait l'ombre de l'intérieur de la suite et gênait la vision.

— Permettez à mon associé de vous raccompagner dans le hall de l'hôtel.

— C'est très gentil à vous.

Les deux hommes lui emboîtèrent le pas en direction de la porte.

— Oh, j'oubliais, une dernière petite question, ajouta le notaire. Connaissez-vous quelqu'un dont les initiales sont OS ?

— OS ? Je connais un TS, mais pas d'OS.

— Ce n'est pas grave, un simple détail.

Lorsque le jeune homme et elle se retrouvèrent dans l'ascenseur, le soudain silence mit Lucie très mal à l'aise. Elle ne put s'empêcher de le rompre.

— Êtes-vous vraiment des notaires ?

— Lui oui. Moi, je suis étudiant en médecine, répondit le garçon de sa voix charmante.

— Pourtant, il vous présente comme son associé.

— C'est exact.

— Il est, comment dire, un peu étrange, non ? risqua Lucie.

— Cela dépend. Si par *étrange* vous entendez insupportable, caractériel, élitiste, sarcastique et, de temps à autre, franchement irrationnel, oui, il l'est.

10

30 juin 1952, parloir
de la maison d'arrêt de Monaco, 9 h

Vissé à son siège, Adam tremblait de tous ses membres. À force de retenir ses larmes, ses yeux lui brûlaient. Un jour, il avait lu un livre dans lequel le personnage principal, un prisonnier, expliquait son ressenti les premières nuits dans sa cellule. Après trois nuits en prison, Adam aurait pu écrire exactement la même chose, au mot près, à la virgule près. L'une des passages disait notamment que le plus dur dans l'incarcération, ce n'était pas la journée, bien que l'ennui fût un ennemi redoutable pour l'esprit, mais bien la nuit. Dans un silence entrecoupé de sons étranges, des *sons* qu'un homme libre n'entendait jamais, la conscience ouvrait les portes de l'enfer qui prenait possession de l'être. La peur, l'angoisse, la paranoïa étaient libérées et vous assaillaient de questions irrationnelles auxquelles vous ne pouviez évidemment pas répondre. Et au cœur de la pénombre, vous n'aviez nulle part où aller, *nulle part* où vous réfugier, et rien pour stopper les bruits produits par la détresse et la rage des autres prisonniers. Dans le noir, tous les cauchemars prenaient vie, particulièrement les pires. Vous commenciez à imaginer qu'une menace était tapie dans l'ombre et attendait que vous vous endormiez pour vous arracher le gosier et vous empêcher de crier votre agonie.

Adam fréquentait des milieux extrêmement différents, mais son positionnement social était invariablement le même : il ne subissait jamais. Il était toujours celui qui bénéficiait, non celui qui donnait. Son rapport aux autres n'allait que dans un sens : le sien. Il n'avait pas cherché cet état de fait, c'était plutôt sa vie entière qui l'avait simplement conduit à lui. Au fond, il en était bien un peu conscient, et c'était pourquoi, aujourd'hui, il *savait* qu'il n'était pas de taille. Son cuir n'était pas fait pour encaisser ce milieu hostile dont il ignorait les règles de fonctionnement jusqu'aux plus élémentaires. Il était perdu.

Quand les forces de l'ordre étaient venues le chercher dans la matinée du vendredi, Adam avait cru à une méprise, une erreur de procédure. Peut-être n'avait-il pas été assez clair et précis dans ses réponses lors de ses auditions précédentes ? *Peut-être* les agents de police avaient-ils oublié de lui faire signer un exemplaire de son audition ? Ce n'était rien de tout cela. Ils étaient venus l'arrêter. Encore maintenant, après plusieurs jours enfermé dans une cage, Adam était toujours persuadé que c'était une erreur. Mais c'était bien pire que ça. La police se servait de lui pour donner le change. Elle n'avait aucune piste, c'était l'incompréhension, le choc dans la principauté, alors elle *donnait le change*. Elle arrêtait la personne la plus logiquement impliquée : le mari. Cela lui donnait du temps pour enterrer le mystère à l'abri de la pression populaire et politique. Personne n'arrivait à expliquer pourquoi et comment Apolline Bélanger, cette jeune fille de la bonne société, était morte. Le prince Rainier avait même directement convoqué le chef de la police. Il fallait dire que les circonstances de la mort d'Apolline avaient été largement relayées par la presse, et pas seulement à Monaco, mais dans toute la France. En cas de drame dont l'horreur était difficilement concevable par le commun des mortels, il fallait une explication coûte que coûte. Alors, comme personne ne parvenait à en trouver une, on venait frapper à la porte de ceux qui étaient les plus proches de la défunte.

Accusé du meurtre de sa femme, Adam avait encaissé la nouvelle comme un gamin encaisse les coups d'un passage à tabac. Il s'était recroquevillé sur lui-même et avait attendu que ça passe en se murant dans le silence. Exactement ce qu'il fallait faire pour énerver les enquêteurs. Le médecin légiste avait écarté la combustion, et penchait plutôt pour une réaction chimique. Donc un empoisonnement. Et dans leur tête, le seul qui semblait avoir un mobile, c'était le mari. Parce que c'était *toujours* le mari.

Tuer Apolline ? Comment pouvaient-ils imaginer une chose aussi horrible ? Le meurtre conjugal survenait essentiellement au sein des familles ouvrières, où l'alcool et la misère avaient peu à peu eu raison des rapports civilisés. Là, ils étaient tous des gens bien éduqués, des personnes pour qui l'honneur comptait. Comment les policiers pouvaient-ils penser que quelqu'un de leur milieu avait un intérêt à assassiner Apolline, et de cette façon ? Adam avait tenté d'expliquer ce point de vue aux enquêteurs chargés de son audition. Ils avaient assez mal accueilli ses arguments. Ils voulaient la vérité, avaient-ils systématiquement répondu à chaque phrase prononcée par Adam. Sauf que ce dernier avait l'intime conviction que ce n'était pas *la* vérité, dont il était question, mais d'*une* vérité, *la leur*, en l'occurrence.

Son père avait immédiatement appelé ses avocats. Il s'était attaché les services des meilleurs, du moins c'était ce que sa mère avait assuré à Adam. La pauvre... Penser à elle troubla son fils. En plein milieu de la nuit, durant les brefs moments où le jeune homme ne s'inquiétait pas pour sa survie, l'image de sa mère envahissait son esprit. Le regard qu'elle lui avait lancé quand la police était venue le chercher était si déchirant ! Il ne l'avait jamais vue perdre sa contenance à ce point. Elle avait crié, supplié, et s'était même jetée sur un policier pour l'entraver. Il aurait tant voulu n'être pour elle qu'une source de bonheur et de félicité. Que pouvait-il faire pour tout arranger ? Comment prouver une chose qui ne s'était jamais produite ? Il n'avait pas tué sa femme, voilà ce qu'il martelait depuis deux jours à son avocat. Et c'était tout ce qu'il pouvait dire.

Le professionnel trouvé par son père ne lui inspirait aucune confiance. Il parlait plus de la réputation des Bélanger que de son sort en tant qu'Adam. Le jeune homme était lucide. Si jamais il se révélait plus compliqué que prévu de le sortir de prison, son soi-disant défenseur se mettrait à défendre les droits du *clan*, donc de son père. Et si cela impliquait de sacrifier l'un de ses membres, cela ne poserait guère de cas de conscience. À la fin de leur dernière entrevue, Adam avait bien senti qu'aux yeux de l'avocat, son innocence n'était pas si importante. Coupable ou non, le travail était le même. Vraiment ? Adam en doutait. Un homme pouvait-il se battre avec autant de conviction et de force s'il était certain que son client était un meurtrier ? Et si c'était le cas, qu'est-ce que cela disait de cette personne ?

Plus tôt dans la matinée, des gardiens étaient venus le prévenir qu'il avait un parloir. Il n'attendait sa mère que dans l'après-midi, et personne d'autre ne l'avait averti d'une visite. En réalité, Adam se fichait de savoir de qui il s'agissait, même le diable aurait fait l'affaire, n'importe qui pour le sortir de sa cellule et l'extirper des regards réprobateurs des gardiens ou de ceux encore plus insupportables des détenus.

Quand il reconnut les deux visages qui se présentèrent à lui, il ne put retenir sa surprise.

— Maître Fauc... Évariste ? lança-t-il dès que ce dernier ainsi que son acolyte furent à sa hauteur.

— Bonjour, mon ami, répondit le visiteur en prenant place sur un siège. Comment vous sentez-vous ?

Adam soupira, et ses épaules s'affaissèrent. Bien entendu, ce n'était pas la première personne à lui poser cette question. Sa mère le faisait au moins cinq ou six fois toutes les demi-heures quand elle le voyait au parloir. La différence, cette fois, c'était qu'Adam pouvait répondre franchement :

— Je... Je ne sais pas combien de temps je vais pouvoir tenir.

— Il faut que vous vous armiez de courage, conseilla Évariste tandis que son voisin posait sur la table deux carnets de notes.

— Je ne peux pas rester ici, je suis innocent, vous comprenez ? Je ne sais même pas pourquoi ils m'ont arrêté.

— Ils vous ont écroué parce que vous ne leur donnez pas ce qu'ils veulent.

— Ils *veulent* des aveux qui pourraient clore l'affaire et calmer la presse et je ne sais pas qui au-dessus d'eux !

— Non, mon ami. Ce qu'ils *veulent*, c'est que vous disiez la vérité.

Adam tiqua.

— Je dis la vérité, répéta-t-il d'une voix glacée. Je n'ai pas tué Apolline. Bon sang, mais personne ne va me croire ?

— Vous savez, lors d'une enquête criminelle, les enquêteurs procèdent de deux manières. D'abord, ils font une enquête de personnalité. Ils étudient le comportement de la victime. Ensuite, ils rencontrent ses proches, et quand ils les auditionnent, ils s'attachent à la cohérence de leur récit. Si jamais un petit détail accroche leur attention, alors c'est comme un bout de tapisserie qui dépasse. Ils s'en saisissent et tirent dessus pour voir jusqu'à quelle hauteur ils peuvent remonter.

— Je ne comprends rien à ce que vous racontez.

— Vous souvenez-vous de la dernière fois que nous nous sommes vus ? Je vous ai prévenu que vous alliez être arrêté.

— Et vous pouvez fanfaronner en me disant « je vous l'avais bien dit ».

— Absolument pas. Vous, en prison, mon travail est un peu mal engagé, n'est-ce pas ? Si j'ai pu vous prévenir, Adam, c'est parce que je savais que les enquêteurs remarqueraient les mêmes détails que moi et que cela *accrocherait* leur attention.

— De quoi parlez-vous ?

— D'une part, Adam, vous n'aimiez pas votre femme. Vous prétendez le contraire, mais tout dans votre attitude prouve l'inverse, et je pense qu'il ne leur a pas fallu longtemps pour arriver à la même conclusion, rien qu'en interrogeant votre entourage. D'autre part, vous refusez de dire ce que vous avez fait entre le moment où vous êtes revenu de l'église et celui où vous avez réglé l'affaire des macarons.

Il y eut un blanc. Adam se racla la gorge et se passa nerveusement la main dans les cheveux.

— Je... Ce n'est pas aussi simple... Et quand bien même vous auriez raison, ces *détails*, comme vous dites, ne font pas de moi un meurtrier !

— Peut-être pas, mais les policiers et moi suivons la même logique : de petits mensonges en amènent forcément de plus gros. Où étiez-vous entre l'église et notre rencontre dans le hall ?

— Je ne sais plus ! Sûrement quelque part dans l'hôtel !

— Le problème, c'est que personne ne peut le confirmer. Ce que la police vous reproche, ce n'est pas le fait de vous être éclipsé lors de votre propre mariage, pile une heure avant la découverte du corps de votre épouse, mais que vous soyez incapable de leur donner une réponse honnête. *Une heure*, Adam. *Une heure* d'un événement récent. Ne pas pouvoir fournir une information claire sur votre emploi du temps n'est pas normal.

Reculant contre le dossier de son siège, Adam croisa les bras sur sa poitrine en position fermée. De longues secondes s'écoulèrent sans qu'aucun des hommes ne prononce un seul mot. Il dut admettre que ses deux interlocuteurs étaient au moins aussi têtus que lui. Évariste soutenait son regard avec une insistance calme, mais implacable, tandis que son associé relisait ses notes sans avoir l'air d'être perturbé par le malaise ambiant. Au bout d'un temps qu'il jugea infini, Adam ne put se retenir davantage :

— Je suis désolé, je ne peux pas répondre à cette question.

Son cœur battait vite, trop vite. C'était l'acte le plus courageux qu'il ait jamais fait, et il priait intérieurement tous les noms de Dieu pour tenir bon.

Évariste joignit les mains devant son visage.

— J'ignore quelle est la personne dont vous voulez protéger l'identité, mon cher, mais je doute qu'elle accepte que vous le fassiez au prix de votre liberté. Personne ne supporte d'être la cause d'une condamnation pénale pour meurtre. Vous comprenez ce que je dis ?

— Mais… Enfin, il n'y a aucune preuve que j'ai empoisonné ma femme ! Ils ne peuvent pas m'envoyer en prison juste parce que je ne me rappelle plus ce que j'ai fait pendant une heure.

— Vous êtes donc aussi naïf que cela. Laissez-moi vous donner un aperçu de l'avenir. Ce sont des êtres humains qui vont vous juger. Des créatures qui auront du mal à comprendre comment une jeune fille sans histoire s'est retrouvée entièrement calcinée dans sa belle robe de mariée, le jour de ses noces. Des *créatures* qui auront besoin d'une explication, parce que c'est comme ça que ça marche. Une action, une explication, une réaction. S'il manque un de ces éléments, alors l'univers se déséquilibre, et l'être humain ne supporte pas le déséquilibre. Et voilà qu'en face d'eux se trouve un jeune homme pour qui la vie a été facile, un individu qui a eu une enfance et une adolescence dorées, au-dessus de celle des autres, et qui a tout pour être heureux. Cependant, cet individu à qui le monde appartient décide d'épouser une femme qu'il n'aime pas. Soit. Mais ce garçon se révèle fourbe, secret et dissimulateur. Pourquoi ? Il lui suffirait de se montrer honnête, et tout s'arrêterait. Or, ce nanti arrogant, qui pense être au-dessus des lois, persiste à mentir sur un détail. Dois-je conclure ? Isabeau ?

— Si vous voulez *fanfaronner*, ce serait mieux, répondit ce dernier sans lever le nez de ses notes.

— Je conclus, donc. Vous serez condamné, mon ami, et en un temps record. Et quand bien même votre avocat serait assez bon pour gagner le procès, imaginez votre vie après une telle affaire ? Vous serez à jamais celui qui a échappé à la justice grâce à ses moyens financiers alors qu'il lui a ouvertement menti.

Adam suffoqua. Sa tête se mit à tourner. Il remarqua que lorsque Isabeau avait voulu tendre une main compatissante vers lui, Évariste l'en avait empêché. Derrière la courtoisie impeccable de cet homme se cachait une dureté difficilement mesurable. Adam prit brusquement sa tête entre ses mains.

— Vous ne vous rendez pas compte, geignit-il. Si je parle… Si cela se sait, ce sera pire qu'une condamnation à mort.

— Je ne crois pas, répondit Évariste d'une voix sentencieuse.

— Est-ce qu'il… Si je vous indique où j'étais, est-ce qu'on pourrait envisager que cela reste dans le secret de l'enquête ?

— Pour que cela ne remonte pas aux oreilles de votre père ? C'est ce que vous voulez dire ?

— De mon père, ma mère, toute ma famille. Vous avez raison quand vous dites que j'ai eu une jeunesse dorée, mais ça ne veut pas dire qu'elle n'a pas eu un certain prix.

— Écoutez, je ne peux pas vous garantir que ce que vous révélerez aux enquêteurs et à moi-même ne fuitera jamais, mais je peux vous donner ma parole que je ferai tout ce qui est en mon pouvoir pour l'éviter. Et si jamais cela arrivait quand même, je mettrais mes talents et mes relations au service du démenti. Cela vous convient-il ?

— Je ne peux pas vraiment faire autrement, n'est-ce pas ?

— Choisissez judicieusement vos batailles, Adam. Vous êtes en train de vous battre pour votre survie.

Le jeune homme vida l'air de ses poumons avant de reprendre une grande inspiration.

— En revenant de l'église, j'ai rejoint quelqu'un… une amie.

— *Une amie* ? répéta Évariste, tandis qu'Isabeau s'était mis à prendre des notes.

— Une maîtresse, pour être exact.

— Sans vouloir passer pour un homme sans aucune moralité, il me semble que ce genre d'affaire ne créerait pas d'Apocalypse, même dans votre milieu. Le jour de votre mariage, c'est sans nul doute de très mauvais goût, mais pas si exceptionnel.

— Elle est noire.

Ses interlocuteurs restèrent une seconde silencieux.

— Oh, finit par réagir Évariste.

— Et ce n'est pas tout, murmura Adam, les yeux rivés à la table.

— Je vous en prie.

— Elle… Enfin c'est une… Pour survivre, elle a dû… Ce n'est pas sa faute, mais…

— C'est une prostituée.

— Oui, souffla le prisonnier en donnant l'impression de se libérer d'un immense poids.

— Je vois.

— Non, vous ne voyez pas ! s'exclama Adam, avant de se ressaisir en constatant qu'il attirait l'attention. Je n'aimais pas Apolline, c'est vrai, enfin pas de ce genre d'amour, cependant nous avions énormément de respect l'un envers l'autre. Et elle savait. Elle était au courant de ma liaison, je lui ai avoué dès que nous nous sommes rencontrés. Elle et moi en avions assez d'être sous la coupe de nos parents et de ne jamais rien pouvoir décider par nous-mêmes. Alors, comme nous avions tous deux des envies de liberté, bien loin des conventions, nous nous sommes dit que nous pourrions faire une formidable équipe. On voyait notre mariage comme une sorte de mur d'enceinte derrière lequel nous cacher pour vivre comme nous l'entendions.

— Apolline avait-elle elle aussi des activités que sa famille aurait pu réprouver ?

— Apolline ne supportait pas l'idée d'une relation amoureuse, vous voyez ce que je veux dire ? Rien que d'imaginer ce genre de rapprochement la dégoûtait. Elle me disait ne pas savoir d'où cette aversion lui venait, mais c'était pour elle insurmontable. Ses parents n'auraient jamais accepté de renoncer au bénéfice d'un bon mariage, car elle était un excellent parti. L'avantage avec moi, c'est qu'elle savait qu'elle serait tranquille de ce côté-là.

— Donnez-moi le nom de votre maîtresse.

— Ah non, ça, je ne peux pas. Vous ne comprenez pas, c'est une victime. J'essaie de la sortir de ce milieu et d'acheter sa liberté pour l'installer confortablement dans un appartement à Paris. Jamais nous ne pourrons être un couple officiel, mais avec la complicité d'Apolline nous aurions pu nous arranger de cette clandestinité. Si la police l'interroge, si son nom devient public, ses souteneurs risquent de très mal réagir. Elle pourrait être tuée !

— Je vous promets que nous serons discrets. Je dois absolument vérifier vos dires pour pouvoir agir avec la police. Laissez-nous vous aider, Adam, et faites-nous confiance.

Se pouvait-il qu'ils aient raison ? Qu'ils soient vraiment en capacité de l'aider ? Quelles étaient ses options, en réalité ? Aucune. Il n'avait plus eu de nouvelles de son amie depuis la mort d'Apolline. Elle avait dû avoir peur et était sans doute retournée immédiatement sur Paris. Lui en prison, comment pourrait-il la sauver ?

— Félicité Levostre, livra-t-il dans un murmure. Elle habite à Paris, dans le treizième arrondissement, et elle va souvent dans un club qui s'appelle le *Sun Kisses* et où elle retrouve sa meilleure amie. Je vous en prie, faites très attention. Depuis le drame, je n'ai pas pu la joindre. S'il vous plaît, quand vous la verrez, dites-lui que tout va bien et que je tiendrai les promesses que je lui ai faites.

— Nous le ferons. Dans l'immédiat, il va falloir vous montrer courageux. Tenez bon le temps que nous la retrouvions et que nous la mettions à l'abri.

Adam déglutit bruyamment, puis finit par acquiescer. Il avait joué sa dernière carte et s'en remettait à deux parfaits inconnus. Quand il les vit s'éloigner, il ne put s'empêcher de penser que c'était une pure folie. Mais de qui d'autre pouvait venir son salut ? De son père ? De sa famille ? Après tout, des inconnus feraient tout aussi bien l'affaire.

— Féli..., murmura-t-il au moment où le gardien vint le chercher pour le ramener en cellule.

11

26 JUIN 1952, BRIGADE CRIMINELLE, 36 QUAI DES ORFÈVRES, PARIS, 10 H 30

— Hey ! Lapointe ! Quelqu'un pour toi au téléphone ! brailla l'inspecteur si fort que les murs du bureau de la brigade criminelle tremblèrent.

En équilibre sur sa chaise, les pieds sur la table de la salle de repos, Constant ne s'était pas aperçu qu'il s'était assoupi. Aussi, l'interpellation de son collègue le tira si brutalement de sa somnolence qu'il manqua de se trouver les fesses par terre. Comme il tenait une tasse dans laquelle restait un fond de café froid, il en renversa le contenu sur son pantalon. Il jura comme un charretier.

— Tu peux pas lui dire de rappeler, bordel !? s'écria-t-il en secouant en vain le tissu imbibé de café froid.

— Le gars affirme que tu l'as appelé plusieurs fois, continua de hurler l'autre policier, à propos d'une fille que tu cherches. Il est de la SRPJ de Marseille.

— Nom de Dieu !

Constant laissa tomber sa tasse et se précipita dans le bureau. Il arracha littéralement le combiné téléphonique des mains de son collègue.

— Allô ? Oui, je suis l'inspecteur Lapointe. Merci de me rappeler. Vous avez mis la main sur Catherine Buisson ?

— Bonjour, répondit l'homme à l'autre bout du fil. Et, oui, nous l'avons retrouvée. Enfin, c'est plus compliqué que ça. En réalité, on l'a depuis quelques jours, mais on ignorait qui elle était.

— C'est-à-dire ?

— Ben, la fille est au frigo. Elle a été retrouvée aux alentours de Cannes, et comme sa mort était suspecte, on a pris le relais.

— *Suspecte* ?

— En fait, d'après le légiste, elle a les mains et les avant-bras entièrement brûlés. Il a conclu qu'elle était morte d'une crise cardiaque. Impossible de dire comment lui ont été infligées les blessures, dans la mesure où aucun témoin n'a remarqué de feu.

— Précisez ?

— Elle est morte sur la place d'un village qui était bondé. Des témoins ont dit l'avoir vue s'asseoir sur un banc, en début d'après-midi. Elle avait l'air d'aller bien. Ce n'est que vers 17 heures qu'un homme a trouvé bizarre qu'elle ne bouge plus depuis un moment et s'est approché.

— Peut-être était-elle déjà blessée en arrivant ?

— Vu la gravité de ses brûlures, je pense qu'elle n'aurait même pas été capable de tenir debout, ou tout simplement de rester consciente. C'était vraiment pas beau à voir.

— Bordel... Et vous êtes certain que c'est bien Catherine Buisson ?

— C'est le détail du tatouage qui nous a fait penser qu'on tenait la bonne fille. Elle a effectivement un tatouage sur la hanche gauche qui représente un croissant de lune traversé d'une flèche. Ça me paraît suffisamment significatif pour supposer que c'est votre fille. En plus, elle correspond à la description que vous nous en avez faite, assez mince, rousse, les yeux bleus, un mètre soixante.

— Est-ce que ça vous ennuierait de me transmettre une copie du rapport du légiste ?

— Je vais voir avec mon chef et je vous tiens au courant. En retour, ce serait bien de nous faire suivre les informations que vous avez déjà sur elle. Est-ce qu'elle était impliquée dans une affaire ?

— Je n'en sais encore rien. Le tatouage est une marque d'appartenance à un gang de trafics en tout genre. C'est pas des rigolos : blanchiment d'argent, prostitution, racket. Catherine partageait sa chambre avec une autre prostituée du même milieu qui a été torturée puis tuée. Cette Buisson était ma seule piste pour tenter d'avoir quelques informations.

— Vous parlez de gang, ça sent le crime organisé. Des luttes de territoire ?

— Trop tôt pour le dire, mais ça fait deux prostituées du même cheptel qui sont retrouvées mortes dans des circonstances particulières. Mon instinct me dit que c'est plus compliqué qu'une passe qui aurait mal tourné.

— Bon, écoutez, je fais le maximum auprès de mon chef pour vous envoyer le rapport d'autopsie. On va se pencher sur cette affaire, et on se tient au courant.

— Merci beaucoup !

Après avoir raccroché, Constant se balança sur sa chaise d'avant en arrière. Il faisait toujours ce mouvement lorsqu'il se mettait à réfléchir. Ses collègues le savaient et, compte tenu de sa réputation, cette gestuelle piqua immédiatement leur curiosité.

— Alors, ton affaire te donne du fil à retordre ? interrogea son voisin de bureau.

— Ma seule vraie piste est au frigo. Retour à la case départ avec un cadavre en plus.

— Des embrouilles en perspective, quoi.

Les autres policiers éclatèrent d'un rire bruyant.

— C'est ça, c'est ça, foutez-vous de moi !

— T'as vraiment rien de rien ?

— Mes investigations auprès de mes contacts dans l'entourage de la fille ont pas donné grand-chose. Juste un nom de bar : le *Sun Kisses*. C'est pas le nouveau nom du *Cotton Club* ? Non mais, au lieu de vous marrer tous comme des baleines, y'en a un qui connaît ?

12

2 juillet 1952, le Sun Kisses, 25 rue Victor Massé, quartier de Pigalle, 0 h 30

Depuis 1947, les maisons closes avaient été interdites en France. Cela n'avait pourtant pas fait disparaître la prostitution, qui s'était retrouvée jetée à la rue ou entassée clandestinement dans des hôtels. Au final, la guerre des gangs corse, parisien et antillais qui avait essentiellement sévi dans les années vingt continuait à battre son plein, en débordant sur le trottoir. Les souteneurs faisaient couler le sang autant que le champagne dans les bars comme le Rat mort et redéfinissaient leurs empires à coups de fusillades et d'assassinats ciblés.

Le quartier de Pigalle concentrait à lui seul l'appétit démesuré du monstre qu'était le cœur humain. *A priori*, ce n'était pas un quartier si différent des autres, à quelques façades de bars près. L'architecture n'avait pas de quoi renseigner sur la vie criminelle grouillante qui s'emparait des noctambules. Cependant, Pigalle était en fait bien plus qu'un *quartier*, il était une bête avec une âme, une créature sombre à l'odeur de vices et de parfums capiteux qui se dressait dès que les rayons du soleil faiblissaient. S'ouvraient alors les gueules béantes de ses nombreuses têtes, celles des racketteurs, des barbeaux et des bandits. Au bout du compte, entre la violence avinée des brigands et les désirs carnivores de la clientèle, c'était toujours les filles qui trinquaient. Coincées à l'intérieur d'une mâchoire ou d'une autre, les marcheuses y laissaient régulièrement des morceaux de chair.

Et tout le monde s'en fichait. Pigalle était un chien plein de puces suçant le même sang à la même source. Nobles noceurs, bourgeois célibataires, vrais et faux artistes aussi bien que grandes figures du chic, du music-hall, caïds, aristocratie des braqueurs et son bas du panier, et aussi des julots-casse-croûte, des vraies femmes, faux hommes, et des créatures de toutes les équivoques convergeaient vers la même jugulaire où coulaient la luxure, la démesure et les excès.

Au milieu des années vingt, dans le quartier de la Nouvelle Athènes, réputé pour l'opium et les différents trafics de la pègre, le *Cotton Club* avait vu le jour. Petite sœur du lieu mythique de New York tenu par le milieu et connu à Harlem comme la scène où s'étaient produits Duke Ellington et Cab Calloway, le *Cotton Club* parisien était vite devenu l'endroit de référence pour qui voulait vivre une nuit décomplexée. Vers 1950, un riche client avait légué l'établissement à l'une de ses prostituées préférées, laquelle avait rebaptisé les lieux le *Sun Kisses*. Nom différent, même ambiance, et, entre le mercredi et le dimanche, il ne désemplissait pas.

Isabeau était fasciné par le récit historique que lui faisait Évariste. Passaient devant ses yeux, comme une projection de film muet, les jours et les nuits de Pigalle, avec ses visages, ses guerres et ses enseignes lumineuses. Tout en sirotant une coupe de champagne au bar du club, il s'étonnait qu'Évariste connaisse si bien ce genre d'endroit. Bien qu'il partageât la vie du notaire depuis deux ans maintenant, il ignorait si ce dernier avait gardé des vices de son ancienne existence, celle de l'époque où il avait perdu sa femme et où il vivait encore au Congo, celle des trafiquants de diamants. Il ne l'avait jamais vu boire plus que de raison, se droguer, ou fréquenter des femmes. Cependant, *deux ans* de vie commune lui avaient vite fait comprendre qu'Évariste était entièrement constitué de mystère. Chez lui, c'était presque un sacerdoce. Isabeau le soupçonnait d'user de ce charme autant par jeu que par utilité. Car il est un fait certain : moins les gens vous connaissent, moins ils vous abusent.

— Alors mes jolis, je vous ressers quequ'chose pour éviter que le gosier s'assèche ?

La propriétaire des lieux, Cathy, la fameuse prostituée qui avait hérité du *Cotton Club*, exhalait une énergie bienveillante et positive. Elle connaissait bien son métier, lequel consistait à rendre l'être humain heureux. Enfin, les hommes surtout.

— Avec plaisir, répondit Évariste en lui offrant un sourire mutin.

— Vous allez continuer de boire tout seuls, ou vous voulez qu'une hôtesse vienne vous tenir compagnie ? Je peux vous donner le cahier, si vous ça tente.

Ce ne fut que lorsqu'elle brandit ledit cahier qu'Isabeau comprit ce dont elle voulait parler. Il s'agissait de la liste des hôtesses du bar, avec leurs origines et leurs spécialités. Le client pouvait choisir sur le papier la fille avec qui il désirait passer un moment privilégié dans les salons privés. Isabeau avait été surpris de l'ambiance dans la salle. La musique était douce, les filles étaient habillées correctement, pas une jupe au-dessus du genou ni même un décolleté. Figures avenantes, sourires enjôleurs et espiègles. Dans ce bar, les hôtesses étaient douées pour ne rien laisser transparaître de la dureté de leur condition.

— Pour l'instant, mon ami et moi allons juste boire, mais laissez le menu, nous allons regarder, déclina poliment le notaire. Un de mes amis m'a parlé d'une demoiselle fort plaisante et qui correspondrait en tout point à nos goûts.

— Dis toujours.

— Félicité Levostre.

— C'est pas une de mes filles, mais elle vient souvent ici. Elle a un barbeau, vous savez, c'est pas la même chanson. Surtout que cette espèce-là, elle est mauvaise. Par contre, elle fait pas dans la passe, elle fait que le couché.

— *Le couché* ? répéta Isabeau, les yeux ronds comme des billes.

— La nuit, mon mignon. Tu paies la nuit entière et tu peux le faire autant de fois que tu veux. Mais c'est pas le même tarif. Faut s'adresser aux Antillais, pour la réserver.

Isabeau piqua un fard.

— Justement, j'aurais aimé éviter de *m'adresser* à son souteneur, je trouve ça terriblement vulgaire, relança Évariste.

Ah oui, parce qu'un bar à prostituées, c'est de bon goût, pensa le jeune homme en doutant fortement de l'argumentaire de son mentor.

— C'est bizarre, d'habitude, elle passe toujours un peu dans la soirée. Elle reste une demi-heure avant de repartir.

— Cela fait longtemps que vous ne l'avez pas vue ?

— Oh, je dirais quelques jours, une semaine, peut-être.

— Ça lui est déjà arrivé de rester absente si longtemps ?

Heureusement pour Évariste, Cathy, à l'image de toutes ses filles, était obligée de boire autant que les clients. Si près de minuit, l'alcool avait donc déjà bien entamé sa vigilance, si bien qu'elle ne trouva pas étrange qu'il pose autant de questions sur une fille.

— Je ne tiens pas un registre, répliqua-t-elle néanmoins en ouvrant une nouvelle bouteille de champagne qu'une de ses hôtesses venait chercher. Mais aussi longtemps, je ne suis pas sûre. Passer ici avant d'aller bosser, c'est pour elle une façon de se donner du courage, vous voyez ? C'est que les clients, plus ils sont riches, plus ils ont des exigences. Vous devriez parler à Jasmine, là-bas, elles sont très amies. Mais d'abord, je vous ouvre une autre bouteille ?

— J'allais vous le demander.

Isabeau anticipait déjà la gueule de bois qu'il aurait le lendemain. Il avait à diverses occasions essayé de boire, et, chaque fois, il avait réalisé qu'il ne tenait pas l'alcool. Il était immédiatement malade. Certains passaient par le stade joyeux, potache, désinhibé, saoul, puis enfin malade. Lui, c'était directement le stade malade à en crever, avec option convulsions. Donc, la plupart du temps, il trichait et faisait durer son verre en prétextant qu'on l'avait déjà resservi plusieurs fois. Le drame dans tout ça, c'était qu'il adorait le champagne. L'amour à sens unique est une chose bien cruelle.

Les deux hommes quittèrent le comptoir et se dirigèrent vers le fond de la salle. Même si les lieux affichaient une apparence de bar comme les autres, les regards affamés que les hommes portaient sur les femmes, les baisers bien trop profonds pour être décents, ainsi que les mains outrageusement baladeuses rappelaient quel genre de commerce on faisait ici. Isabeau sentit un brusque coup de coude émanant d'Évariste. Il leva les yeux au ciel. Le notaire avait une façon très discrète d'user des charmes du jeune homme. En fait, il le prostituait. Intellectuellement et métaphoriquement, mais il le prostituait quand même. Dès qu'il fallait embobiner une femme, l'amadouer ou la manipuler, Évariste l'envoyait en première ligne. Comme si les femmes avaient été dupes un seul instant. En fait, la plupart du temps, elles l'étaient. Isabeau était toujours étonné de voir à quel point un physique pouvait ouvrir les portes, endormir les consciences et contourner la méfiance.

Le jeune homme dégaina son arme la plus efficace : son sourire. L'hôtesse à qui il était destiné approcha immédiatement. Ce n'était pas difficile ; elle était payée trente francs par bouteille de champagne qu'elle arrivait à fourguer à des clients, et trois cent cinquante pour une passe. Le double, s'il y avait deux clients en même temps. Là où Isabeau allait vraiment pouvoir mesurer l'étendue de son pouvoir, c'était sur les réponses qu'il allait obtenir. Alors, le jeu de dupes commença. Au bout d'une demi-heure, les deux hommes avaient collecté les mêmes informations qu'avec Cathy, si ce n'était un élément en plus : Félicité ne restait jamais plus de deux jours sans donner de nouvelles. Jasmine et elle étaient en effet extrêmement proches. Quelques jours auparavant, elle avait été toquer à l'appartement de Félicité, mais personne n'avait ouvert, et le courrier entassé montrait qu'il n'avait pas été relevé depuis un moment. Jasmine évoqua le fait que son amie avait peut-être accompagné son amant dans sa ville natale, quelque part dans le sud, même si cela lui paraissait difficilement crédible. Les barbeaux laissent rarement leurs gagneuses prendre des vacances.

— J'ai un mauvais pressentiment, confia Évariste à l'oreille d'Isabeau.

— Du genre de celui du Caire ou de celui de Londres ?

— Du genre de celui de Sainte-Marie. Arrêtez de me contrarier.

— Bon, d'après Adam, et en admettant qu'il nous a dit la vérité, la dernière trace que nous avons de Félicité, c'est le samedi du mariage, à Monaco. Donc...

— Tiens, tiens, tiens...

— J'adore quand vous me coupez, ça me permet de me sentir vraiment utile.

Isabeau remarqua que le regard d'Évariste venait de changer. Ses iris étincelaient d'une bien étrange lumière, une *lumière* qu'il connaissait bien. Quelque chose de capital venait de se produire dans l'environnement, comme une lampe qu'on allumerait dans le noir, un brusque changement de paradigme. Et en général, c'était toujours pour du pire. Dans ces cas-là, Évariste ne disait jamais rien. Il fallait deviner et suivre les étincelles dans son regard. Droit devant eux, une femme venait de faire son entrée. Élancée, glaciale, blonde comme les blés, portant un carré court bouclé et une marque sur la joue, l'inconnue vêtue d'un tailleur bleu marine était d'un autre standing. Elle bougeait comme une danseuse classique et, en grand amateur de ballet, Isabeau savait de quoi il parlait.

— Qui est-ce ? demanda Isabeau.

— Siloé Levenneur.

— Merci de me rappeler quotidiennement à quel point j'apprécie de devoir vous tirer les vers du nez.

— Une collègue de travail, se contenta de répondre Évariste, la figure plus sombre.

— Sainte-Cécile ?

— Oui, et Siloé est du genre dragon dans un costume de cygne. Elle n'est pas là par hasard, et ça conforte mon mauvais pressentiment.

La blonde glacée traça droit vers les deux hommes avec une assurance de prédateur.

— En voilà une surprise, lança-t-elle d'une voix étonnamment douce et chaleureuse.

— Est-ce vraiment une *surprise*, ma chère? rétorqua Évariste, le ton plein de sous-entendus.

— Il y aura toujours un Levenneur sur les talons d'un Fauconnier, tu sais bien. Cependant, pour ce qui est de ce soir, je jure que je ne pensais pas te tomber dessus. Isabeau Le Du, je suppose ? Enchantée.

— Comment connaissez-vous mon nom ? répondit ce dernier en serrant la main gantée qu'elle lui avait gracieusement tendue.

— C'est notre travail de tout savoir, n'est-ce pas? En vous voyant, je comprends les raisons qui ont poussé Évariste à vous ramener dans le coffre de son Aston Martin.

Isabeau ne releva pas. Avec son mentor, il avait appris deux leçons fondamentales : choisir ses batailles, et observer son ennemi.

— Si tu nous expliquais ce que tu fais ici? questionna Évariste en servant une coupe de champagne à Siloé.

— Vous deux, d'abord.

— La politesse est la dernière chose dont j'accepterais me séparer. Même pour toi.

La jeune femme se pencha vers Évariste, si près que sa poitrine toucha son torse.

— Si tu voulais faire des choses avec une belle créature, mon ami, j'étais là. Inutile d'aller la chercher dans le fondement de la Bretagne.

On ne me l'avait jamais faite, celle-là, grommela intérieurement Isabeau.

— Et abîmer une amitié si exceptionnelle ? Non, toi et moi préférons la vulgarité partout ailleurs que dans les relations. Pourquoi es-tu là ?

— Rien qui te regarde, éluda Siloé en s'écartant après avoir planté un regard froid au plus profond d'Isabeau.

— Laisse-moi une chance de te surprendre.

— Je travaille pour l'État.

— Lequel ? moucha Évariste.

— Range tes griffes, mon gros chat, je travaille *pour la France*.

— Et tu viens dans un bar à prostituées. Je reconnais que c'est d'une logique implacable.

— Je suis sur la piste d'un client qui fréquentait une de ces marcheuses. Quelqu'un d'important. Alors je tire la ficelle et je vois où elle me mène. À toi, maintenant.

— Si tu cherches un client, nous, nous cherchons une fille.

— Et tu viens dans cet endroit ? Oh, Évariste, tu m'as habituée à des sujets d'enquête tellement plus prestigieux.

— Tu juges mal, comme souvent.

Les lèvres de Siloé formèrent un sourire corrosif. Elle but quelques gorgées de champagne. Il s'écoula de longues secondes durant lesquelles Évariste et elle se défièrent du regard.

— Ce qu'elle est jolie, cette tapisserie, interrompit Isabeau. Ni trop chargée, ni trop épurée. Le juste équilibre. Je ne suis pas sûr d'avoir jamais vu une tapisserie aussi bien équilibrée.

Siloé et Évariste le dévisagèrent.

— Tu l'as bien nourri au sein, piqua la jeune femme.

— Et il fait tous les jours ma fierté, pontifia exagérément le notaire.

— Tu permets que je travaille un peu ?

— Bien sûr, fais comme si nous n'étions pas là.

Elle pivota et interpella Jasmine, tout juste abandonnée par un client qui venait d'en préférer une autre. L'hôtesse ne montra aucun signe de surprise. Une des règles de base dans ce métier était de ne jamais juger les pratiques et de satisfaire à toutes les demandes, ou presque. Qu'une femme autre qu'une de leurs collègues les interpelle dans ce genre d'endroit n'était pas répandu, certes, mais pas non plus exceptionnel. Et puis un client restait un client, et l'argent ne possédait aucun genre. Jasmine se para donc de son plus beau sourire et marcha vers Siloé.

Mais elle n'eut pas le temps de l'atteindre, car en chemin sa tête rencontra la trajectoire d'une balle qui lui fit sauter la moitié du crâne et la projeta sur la tapisserie parfaitement équilibrée.

— Je ne peux pas le croire ! s'écria Isabeau. Vous n'avez pas pris d'arme ?

— Je vous ai vous, je n'ai pas besoin d'arme, répondit calmement Évariste.

— Vous avez raison, en cas de fusillade, deux armes, c'est beaucoup trop !

— Dans le cas où vous viseriez juste, absolument.

— Mesdames ? interrompit Siloé. Vous ne voudriez pas fermer vos deux grandes gueules et vous concentrer sur le merdier ?

Isabeau tiqua. Le joli petit rat de l'opéra sentait soudain le caniveau, et le mélange des genres était très déstabilisant. Les balles fusaient au-dessus de leurs têtes et perçaient indifféremment les murs et que les personnes dont l'erreur avait été de ne pas se baisser assez vite. Quand la fusillade avait démarré, Siloé, Évariste et Isabeau avaient eu le réflexe de renverser l'énorme canapé en velours rouge devant lequel ils prenaient leur verre. Ils s'étaient ensuite réfugiés derrière et organisaient la riposte avec les moyens du bord, c'est-à-dire peu, dans la mesure où la rue d'où provenaient les tirs était difficilement visible. Isabeau et Siloé, les deux seules personnes armées du bar, tiraient quelques balles un peu au hasard, juste histoire de signifier aux agresseurs qu'ils n'étaient pas les seuls à jouer à la guerre.

— Il me vient une question, relança Évariste.

— Si jamais vous reparlez maintenant des initiales sur les gants, je jure devant Dieu que je vous tue, rétorqua Isabeau en évitant de justesse le morceau d'accoudoir arraché par les rafales des balles.

— À votre avis, poursuivit le notaire en ignorant la réflexion de son associé, ils viennent pour qui ?

— Est-ce vraiment si important pour le moment ? persista Isabeau en comptant ses munitions.

— Ce n'est pas urgent, mais comme nous sommes coincés ici, autant faire la conversation.

— Je crois que c'est pour moi, avoua Siloé.

— Il faut toujours que tu sois au centre de l'attention.

— Ne sois pas jaloux du fait que mon affaire a plus d'ampleur que la tienne, tacla Siloé.

— Suis-je vraiment le seul à m'inquiéter de notre survie ? questionna Isabeau sur un ton agacé. Juste pour ma culture…

— Sur qui enquêtes-tu pour déclencher une telle attaque ?

— Ne sois pas si insistant ! s'offusqua la jeune femme.

— Au jeu du plus féroce, je ne crois pas avoir jamais perdu, répliqua Évariste, dont l'expression du visage se durcit considérablement, lui ôtant définitivement toute sympathie.

— Très bien ! Je travaille pour le secrétaire d'État à la guerre.

— Affaires de mœurs ?

— Au départ, c'est ce que je pensais, mais visiblement c'est plus compliqué que ça.

— Dites, objecta Isabeau, c'est une idée, ou ils ne tirent plus sur nous ?

Siloé et Évariste tendirent l'oreille. Au-dehors, les bruits des tirs de gros calibres retentissaient toujours, sauf que plus aucun impact ne frappait le club.

— Un troisième joueur ? supposa Évariste.

— C'est vrai que ça manquait de rebondissements, ironisa Isabeau.

Soudain, un « Police ! » perça le brouhaha de la rue et couvrit un bref instant les sanglots des hôtesses.

— La police est déjà là ? s'étonna Siloé. Autant d'efficacité chez eux fout les jetons. Messieurs, la perspective de devoir parler à de la volaille ne m'enchante guère. Je tire donc ma révérence pendant qu'ils essaient de s'entretuer.

Glissant à quatre pattes sur le côté du canapé, Siloé circula de table en table afin d'atteindre la sortie. Mais à peine fut-elle au milieu de la salle que quelques balles vinrent ricocher sur le mobilier en passant dangereusement près de son visage. Après une nouvelle tentative de progression et un peu d'hésitation, elle dut renoncer et revenir se cacher avec les deux autres.

— Très jolie manœuvre, analysa Évariste.

— Au moins, j'ai tenté quelque chose.

— Je crois que ça se calme, indiqua Isabeau.

— Super, maugréa Siloé en étendant nonchalamment les jambes derrière le canapé.

Les tirs semblèrent effectivement s'espacer et s'éloigner. Le bruit des détonations s'amenuisa de minute en minute, jusqu'à disparaître complètement. De violents éclats de voix résonnaient néanmoins dans la rue et s'accompagnaient de sons de portières de voitures qui claquent et de pneus qui grincent. Au bout de quelques minutes durant lesquelles personne dans le club n'osa sortir de sa cachette, ni même bouger d'un poil, des hommes pénétrèrent dans ce qui restait du bar.

— Tout va bien, mesdames et messieurs, c'est la police !

— Ah bah, nous voilà drôlement rassurés, marmonna Siloé en rangeant son arme dans l'étui cousu à ses bas.

— Inspecteur Lapointe, poursuivit le policier qui semblait diriger le groupe d'agents des forces de l'ordre. Je vais vous demander de sortir lentement, les mains bien en évidence, pour votre sécurité.

— Inspecteur Lapointe ? répéta Évariste en apparaissant derrière le canapé. Inspecteur Constant Lapointe ?

— Oui, c'est ça. À qui ai-je l'honneur ?

— Évariste Fauconnier.

L'inspecteur le dévisagea tout en fronçant les sourcils. Le nom ne semblait guère lui dire grand-chose. Puis, au bout d'un moment, sa figure s'éclaira :

— Le notaire ! Celui de l'affaire du vol des bijoux de la Begum.

— C'est tout à fait ça. Ravi de vous rencontrer à nouveau, cher inspecteur.

— Y a-t-il quelqu'un que vous ne connaissez pas ? ronchonna Isabeau en se levant à son tour.

— Vous n'êtes pas assez sociable, je n'arrête pas de vous le dire, rétorqua Évariste avant d'aller serrer la main du policier.

— Mais que faites-vous là au milieu de cette pagaille ?

— J'étais là pour le travail, j'aurais préféré que ce soit pour le plaisir.

— Pour le travail ? Vous venez donc de passer de dommage collatéral à témoin capital.

— Croyez-moi, je serai ravi de répondre à vos questions. Tout comme la jeune femme qui essaie de partir sans que personne ne la voie.

— Je l'avais remarquée, sourit Lapointe en jetant un œil à Siloé.

Cette dernière, qui était presque parvenue à la sortie, dut s'arrêter net. Sentant le poids du regard des trois hommes dans son dos, elle laissa échapper un profond soupir.

— Je sens que cette nuit va s'éterniser.

13

2 juillet 1952, rue Victor-Massé, quartier de Pigalle, 1 h 30

— Vous nous avez certainement sauvé la vie, mon ami. Comment diable êtes-vous arrivé ici aussi vite ? demanda Évariste à Lapointe.

— En fait, j'étais déjà là. Ça fait deux nuits que je planque dans la rue. On a vu arriver trois voitures noires et ça a canardé immédiatement après. Vous avez eu de la chance…

» Et donc, vous êtes là pour affaires. Je veux dire une *affaire* autre que celle qui implique en général une fille d'un bar à hôtesses.

— Nous sommes à la recherche d'une jeune femme qui a disparu.

— Une prostituée, j'imagine ?

— Exact.

— Et vous, mademoiselle ? Vous les accompagnez ?

Siloé leva les yeux au ciel, ne prenant pas la peine de dissimuler son profond ennui.

— Non. Cela étant, je recherche moi aussi une fille. Nous recherchons tous une fille, visiblement.

— Ah, non, précisa le policier. Moi, la mienne, je ne la recherche plus, je sais où elle est, malheureusement. J'enquête sur un meurtre. Enfin, deux, d'ailleurs. Maître Fauconnier, je n'oublie pas le coup de main que vous nous avez donné pendant l'affaire du vol des bijoux. Si vous me livrez le nom de votre disparue, je verrai si on a des renseignements dans le service.

— Je vous remercie beaucoup. Il s'agit de Félicité Levostre.

— Qui ? tiqua Siloé. Quel nom as-tu dit ?

— Félicité Levostre. Tu la connais ?

— Non, non, mentit la jeune femme, mais il me semble avoir entendu l'une des filles prononcer ce nom.

— Apparemment, elle fréquente le *Sun Kisses* très régulièrement, ajouta Évariste.

— Avez-vous eu le temps de voir les personnes qui vous ont tiré dessus ? interrogea le policier.

— Non, de l'intérieur, nous ne pouvions rien voir de ce qui se passait dans la rue, répondit le notaire. Mais ça m'avait l'air d'être très organisé.

— Je crains que ce soit une attaque en règle du milieu. Ce soir, ce bar était leur cible. Êtes-vous certain de ne rien avoir à me dire de plus qui pourrait expliquer cette attaque ?

— Hélas, mon ami, je ne vois rien qui aurait pu mettre le milieu dans un tel état de colère.

— Et vous, mademoiselle ?

— Non plus.

— Bien. Donnez-moi vos noms, s'il vous plaît.

— Isabeau le Du.

— Marie Girard, déclina Siloé.

— Des papiers d'identité, par hasard ?

Siloé soupira exagérément en battant des cils.

— Je suis navrée, je ne sais pas où mon sac a disparu. J'imagine que je l'ai laissé tomber quand les balles ont commencé à fuser au-dessus de ma tête.

— Aucun problème. Quand vous viendrez faire votre déposition, demain à la première heure, vous nous les apporterez. Et c'est valable pour vous tous, bien entendu.

— Vous pouvez être assuré de notre entière collaboration, répondit Évariste, à *nous tous*.

Après avoir noté l'identité d'Isabeau, Constant s'éloigna d'eux pour retourner sur la scène de crime. Aucun des agresseurs ne serait arrêté, cette nuit. Ils connaissaient les rues de la capitale comme leur poche, et même les meilleurs chauffeurs de la police n'arrivaient que rarement à les coincer dans une course-poursuite.

Restés en retrait sur le trottoir, Siloé, Évariste et Isabeau observaient les façades mouchetées par les impacts de balles du *Sun Kisses*, en mesurant la chance qu'ils avaient eue d'en réchapper. Il régnait un bien étrange silence dans les rues environnantes. Le bruit de la fusillade avait terrorisé tout le quartier. Les autres bars s'étaient vidés dès l'arrêt des coups de feu, les volets avaient tous été fermés, et les joyeux noctambules qui arpentaient les rues quelques instants auparavant s'étaient purement et simplement volatilisés. Le danger et la violence avaient fait place nette dans tout le quartier.

Voyant que la police était bien occupée sur les lieux du crime et ne souhaitant pas plus attirer l'attention sur eux, les trois individus décidèrent de s'éloigner suffisamment pour ne plus être visibles.

— Isabeau, mon ami, pourriez-vous me donner votre arme ? demanda Évariste.

Le jeune homme obtempéra, sans poser de question. Évariste vérifia qu'il restait bien au moins une balle, puis pointa le pistolet droit sur Siloé. Celle-ci leva les bras au ciel.

— Je t'en prie, inutile d'en arriver à ces extrémités, protesta-t-elle avec véhémence.

— Avec toi, ce n'est pas une extrémité, juste la routine. Je suis convaincu que tu connais Félicité Levostre, contrairement à ce que tu as dit à l'inspecteur. Que sais-tu d'elle ?

— Tu n'es pas obligé de me menacer pour obtenir une réponse.

— Simple garantie qui nous permet d'avoir une relation saine et franche. J'ai besoin d'être certain que tu vas me dire la vérité, et tu as besoin d'être certaine que je n'hésiterai pas à te tuer si tu me mens. Sain et franc.

— Je ne pouvais pas dire la vérité devant le poulet parce que si je l'avais fait, j'aurais dû dire pour qui je travaille. Or, le secrétaire n'a absolument pas envie que ça s'ébruite, c'est bien pour ça qu'il a fait appel à moi.

— L'inspecteur n'est plus là, maintenant.

Isabeau avait noté que la voix tout comme l'attitude d'Évariste avaient changé. Il l'avait déjà vu réagir de cette manière, à trois ou quatre reprises. Toute sa personne se transformait alors en un bloc de glace dont les angles étaient tranchants comme des lames. Quand cela se produisait, il n'y avait plus de charme, plus de rondeur dans les mots ou de velours dans le ton. Il ne restait que la menace, l'ombre et le silex. Dans cet état, Évariste se montrait aussi inflexible que la justice, et il ne fallait pas compter sur un élan de compassion. Le jeune homme ne fut donc guère surpris d'observer que Siloé prenait très au sérieux les questions du notaire. Elle aussi avait dû voir la *glace* dans son regard.

— Votre Félicité Levostre, révéla la jeune femme, elle est morte. J'ai été appelée en urgence par la garde rapprochée du secrétaire d'État. Son fils était dans une position extrêmement délicate. Il venait d'essayer de dévorer la prostituée avec laquelle il passait la nuit. Félicité Levostre, donc.

— Quoi ? interrompit Isabeau. *Dévorer*, comment ça... ?

— Bouffer, si tu préfères, mon mignon. J'ai vu le corps de la fille et je certifie ce que je raconte. Il a laissé des marques de morsures un peu partout sur son corps. La gosse avait la moitié des tripes à l'air et des morceaux entiers de chair en moins sur les seins et les organes génitaux.

Les yeux d'Isabeau s'arrondirent en deux billes luisantes.

— Quand as-tu été appelée ? renchérit Évariste sans ciller.

— Dans la nuit du 19 juin.

— Qu'est-ce que tu soupçonnes ?

Siloé inspira profondément. Elle fit un signe qui indiquait qu'elle allait ouvrir lentement sa veste. Elle en sortit un étui à cigarettes doré et en alluma une.

— Au début, j'ai cru que pour atteindre le père, ils avaient drogué le fils. Cette nuit-là, le gamin était clairement sous l'emprise de quelque chose qui lui avait fait péter les plombs. C'est un grand consommateur de stupéfiants en tout genre, ça n'aurait pas été bien compliqué de lui faire avaler n'importe quelle substance. Et puis j'ai appris que la pépée s'occupait aussi du père. Une histoire de famille, en somme. Et ce soir-là, c'est le père qu'elle devait voir, sauf qu'il a annulé au dernier moment. Alors peut-être que celui qui a monté le coup s'est trompé de cible. Pour l'instant, je n'en suis qu'aux hypothèses.

Elle fit une pause et tira plusieurs fois sur sa cigarette, jouant avec la fumée qu'elle laissa s'échapper très lentement de ses lèvres. Ni Évariste ni Isabeau ne rompirent le silence qu'elle avait laissé sciemment s'infiltrer entre eux.

— Mais ça, c'était avant ma rencontre avec gueule de raie, reprit-elle.

— « *Gueule de raie* » ? répéta Isabeau, l'air un peu ahuri par le vocabulaire.

— Un espion rouge. URSS. Il m'est tombé dessus, croyant que j'étais moi aussi affectée aux bons petits soins du secrétaire d'État. Ce qui n'est pas totalement faux, mais pas de la façon qu'il croyait. Nous avons beaucoup parlé, lui et moi. Surtout lui. J'ai appris que le secrétaire planquait un Américain, un scientifique qui intéresse énormément de monde. Ce type aurait découvert un nouveau produit dérivé du plastique. Quelque chose de révolutionnaire, visiblement, avec des applications militaires plus que passionnantes. D'après le Russkof, le gouvernement français retiendrait le scientifique pour éviter que d'autres pays lui fassent une proposition financière plus intéressante. Or, ce petit génie semble être lui aussi amateur de sport en chambre. Il tape d'ailleurs dans le réseau du secrétaire. Votre Félicité, elle était sacrément demandée.

Laissant tomber son mégot à terre, Siloé prit un temps infini pour l'écraser d'une torsion du pied.

— Voilà tout ce que je sais, je t'en donne ma parole. J'étais en train de remonter la piste des filles quand tu m'as vue arriver au *Sun Kisses*. Maintenant, si tu rangeais ton accessoire, mon ange ?

— Tout à l'heure, tu nous as dit que tu pensais que les tireurs étaient venus pour toi. Tu crois que les services secrets russes s'en prendraient à toi ? poursuivit Évariste en tendant l'arme à Isabeau, qui donna un instant l'impression de ne pas savoir quoi en faire. Ce n'est pas franchement discret.

— Aucune idée. Le Russkof m'a dit que les Anglais et les Allemands étaient aussi sur le coup. Ce que ce scientifique a l'air d'avoir trouvé semble vraiment passionner les foules. Mais sinon, c'était peut-être toi, la cible ?

— Je l'ignore encore. Et peut-être qu'il s'agit simplement d'un énième bras de fer entre gangs et que nous nous sommes trouvés au mauvais endroit au mauvais moment.

— Oh, je t'en prie, tu ne crois pas à ce genre de trucs. Les coïncidences, la malchance, et tout le reste.

— L'avenir nous le dira, ma chère, conclut Évariste en tournant les talons. Ne sème pas trop de cadavres, Siloé.

— Attends une minute ! Et toi, alors ? Que faisais-tu là ?

— Je te l'ai dit, je cherchais Félicité Levostre. Comme j'imagine que les chiens de garde du secrétaire ont dû se débarrasser du corps et qu'on ne le retrouvera jamais, je vais considérer que ma mission a été remplie.

— Je ne te crois pas une minute.

— Il me semble bien que tu as épuisé toutes tes munitions durant l'attaque.

Siloé posa la main sur sa cuisse, à l'endroit où elle avait rangé son arme, et grimaça.

— Bonne soirée, ma chère.

14

4 juillet 1952, avenue Roqueville, Monaco, 18 h

Le whisky a une drôle de couleur. C'était la conclusion à laquelle était parvenu Vilaire Rochefort après vingt minutes d'observation. *Le whisky a une drôle de couleur.* Après trois jours d'absence, il s'était rendu à son bureau, situé non loin du casino. Il y avait croisé Anatole et Maurice, puis il s'était enfermé et prostré derrière ses piles de rapports d'études et avait fait semblant de travailler. Car il n'était plus bon à grand-chose. Un rien le déconcentrait et, lorsqu'il fallait focaliser à nouveau son attention sur un sujet précis, c'était douloureux au possible. Il ne voulait pas rester chez lui, il ne voulait pas être au bureau, il ne savait pas ce qu'il voulait. Rien ne tournait rond. Il avait donc fini par renoncer et était rentré chez lui, un bel appartement au dernier étage d'un immeuble de l'avenue Roqueville.

Il était sur le point de démarrer une extraordinaire aventure, de prendre un nouveau départ – encore un –, et pourtant rien ne chassait ce vague à l'âme. Son esprit y était englué, et aucune de ses idées n'était claire. Or, elles étaient son seul atout. Il n'était ni riche, ni beau, ni talentueux. Il était simplement intelligent. Brillant, même. Quand il se retournait sur son passé, il avait de quoi être fier. Bien entendu, sa rencontre avec Anatole Bélanger et André Legrand-Mercier avait soutenu son intelligence et lui avait permis de faire de grandes choses. Mais le cerveau, c'était lui. Les autres n'avaient été que des portefeuilles garnis et des prête-noms prestigieux.

Aujourd'hui encore, alors qu'ils s'apprêtaient tous à donner une autre dimension à leur carrière, c'était sur Vilaire que reposait la technique. L'impulsion de départ, la lumière dans le noir, l'étincelle créatrice, tout venait toujours de lui. Alors, quand il arrivait que ses associés le prennent un peu de haut et rient de plaisanteries de nantis – et cela *arrivait* encore –, Vilaire se contentait de leur opposer un silence méprisant. Bien sûr, lui seul savait qu'il y avait du mépris dans son absence de réponse, mais cela lui suffisait. Il avait toujours été plus concerné par les questions de richesse que d'amour-propre. Un paon n'était pas connu pour autre chose que sa capacité à agiter ses plumes. Et Vilaire n'était pas du genre à agiter ses plumes. De toute façon, la Nature ne lui en avait accordé aucune.

Bélanger et Legrand-Mercier étaient des beaux parleurs, mais en réalité ils se révélaient incapables de distinguer une fusée d'un stylo. Cette fois encore, ils avaient failli passer à côté d'un petit miracle. Parfois, Vilaire aurait apprécié obtenir de leur part un peu de reconnaissance. Sans aller jusqu'à l'admiration, au moins une légère pointe de gratitude. Qu'ils se rendent compte des prouesses qu'il avait accomplies, puisqu'il lui était impossible de les dévoiler au monde. Rien de ce qu'il avait découvert ne passerait à la postérité, car rien de ce qu'il avait découvert ne pouvait être révélé. Il aurait pu avoir la gloire d'un Einstein.

La gloire ou la fortune. Existait-il une réalité qui lui aurait permis d'avoir les deux ?

À qui aurait-il voulu laisser une trace de son génie ? À ses amis ? À sa descendance ? Il n'avait rien de tout ça. Il faisait partie de ces individus qui passent toute leur vie sans créer de lien, sans laisser d'empreinte, sans marquer, sans manquer. Un grain de sable non identifiable au milieu d'une dune.

Il tourna sur lui-même et jeta un œil par la fenêtre. La lumière était incroyable. Pas aussi magique que dans les îles, mais c'était quand même un sacré spectacle. Il lui sembla qu'une éternité s'était écoulée depuis sa rencontre avec Anatole et Maurice. Au moins deux, ou peut-être trois vies, s'étaient succédé, et au bout du compte, qu'en avait-il retiré ?

Des visages commencèrent à défiler devant ses yeux, sans qu'il puisse retenir ou stopper cette vision. Ses parents d'abord, si fatigués, si ratatinés, et puis le cortège des femmes : Marie,

Ombeline, Lucia, Yvette, Joséphine, encore une Marie. Il aimait les femmes, et les Marie. Presque autant qu'inventer des choses et repousser les limites de la science. Par une curieuse pirouette du hasard, il avait toujours eu du succès, alors même qu'il n'avait pas le physique d'un séducteur. Il pensait que les femmes le prenaient d'abord en pitié, que son physique chétif, son air un peu souffreteux et ses yeux tombants réveillaient en elles un instinct maternel. Ensuite, elles étaient surprises par sa douceur et son écoute. Il imitait admirablement l'empathie. Le problème était que la relation basée sur une méprise ne durait jamais longtemps. Il arrivait toujours un moment où la vie provoquait la séparation. Ses maîtresses ne le quittaient pas vraiment, ils s'éloignaient mutuellement et d'un commun accord. Sans heurt, sans passion, très poliment.

Après plus de trente ans de rencontres, que restait-il de toutes ces folles nuits ? De ces amours, de ces promesses ? Rien. Regrettait-il qu'aucune de ces amantes ne lui ait jamais donné plus que son affection ? Un mariage, des enfants ? Sans doute que non. *Bien sûr* que si. Quelle était la raison d'un tel génie, s'il ne pouvait se transmettre ? Si la mortalité ne pouvait se défier en s'appuyant sur une autre génération ?

Peut-être que c'était cette réflexion qui le plongeait dans un tel marasme émotionnel depuis plusieurs jours. Il approchait de la soixantaine, il approchait de la fin. Alors, comme tous les autres avant lui, Vilaire se retournait de plus en plus souvent sur son passé, car aujourd'hui, quand il contemplait ses mains, il avait la désagréable sensation que tout lui filait entre les doigts.

La porte s'ouvrit.

— Excusez-moi de vous déranger, Monsieur, mais Monsieur Bélanger a de nouveau appelé et veut savoir si vous allez le voir ce soir.

Vilaire grimaça. Il n'avait pas entendu sa secrétaire personnelle frapper. Il avait horreur qu'on ne frappe pas à la porte, comme si ce qu'il avait à faire derrière ne comptait pas. Alors que c'était tout le contraire.

— S'il vous plaît, veuillez frapper avant d'entrer, exigea-t-il d'une voix plus lasse qu'il n'aurait cru.

— Mais… j'ai frappé, Monsieur.

Soupirant profondément, l'homme ne répondit pas, les yeux toujours perdus dans l'horizon qu'il distinguait à travers la fenêtre.

— Monsieur ? répéta la secrétaire.

— Oui, oui, rappelez-le et dites-lui que je m'occupe de tout.

— Bien, Monsieur.

— Comme d'habitude.

— Pardon ?

— Non, rien. Vous pouvez rentrer, je n'ai plus besoin de vous, ce soir.

Il ne l'entendit pas sortir et refermer derrière elle. Fixant le fond de son verre, il se dit que le whisky avait peut-être une drôle de couleur, mais qu'il était très bon. À mesure qu'il avalait les gorgées, il commençait à se sentir moins creux à l'intérieur. Il se resservit un autre verre. Quand il le porta à ses lèvres, il lui sembla sentir le soleil des îles réchauffer son visage et insister sur son front et ses joues. Au loin, à perte de vue, il imagina l'eau turquoise formée de bandes horizontales de différentes nuances de bleu. La meilleure époque de sa vie. La chaleur humide, le bruit assourdissant d'une nature hyperactive, l'odeur tenace du sucre de canne et de la mangue... C'était *la meilleure époque de sa vie*.

Trois grands coups le tirèrent de sa rêverie. La secrétaire avait bien retenu la leçon, à moins que ce ne fût une petite provocation de sa part.

— Oui, lança-t-il en se frottant les yeux.

— Monsieur, une dame veut vous voir, annonça-t-elle, son chapeau déjà en place sur sa tête, prête à partir.

— Une dame ? Qui ?

— Elle dit s'appeler Yvette Bartoli.

Vilaire se détourna de la fenêtre et posa son verre sur le bureau.

— Yv... Faites-la monter, s'il vous plaît.

— Bien sûr.

Vilaire attendit d'être seul pour se passer le plat de la main sur le front. Il se tint une seconde au dossier de sa chaise. Son teint naturellement terne perdit encore de ses couleurs. Il balaya la pièce du regard, rangea des papiers sur le bureau, ébouriffa ses cheveux frisottés.

La porte s'ouvrit.

— Yvette, déclara-t-il, la voix légèrement vacillante.

— Bonsoir Vilaire, répondit-elle sur le seuil de la pièce. J'espère que je ne te dérange pas. J'arrive un peu à l'improviste.

En l'observant, il se dit qu'elle n'avait pas beaucoup changé, depuis vingt-deux ans. Elle était toujours aussi menue, ses formes s'étaient juste un peu arrondies. Son visage avait pris quelques rides, mais elle avait les mêmes pommettes toutes rondes qui l'avaient tant séduit la première fois qu'il l'avait rencontrée, au club nautique de Monaco. Déjà plus de vingt ans. Pour ainsi dire toute une vie. Elle avait l'air si fragile, comme fêlée par endroits.

Pauvre Yvette, pensa-t-il.

Il fit un pas vers elle. Il avait envie de la serrer dans ses bras. Sans doute son corps se rappellerait-il facilement du sien, et sans doute retrouverait-il des réflexes de tendresse. Mais cette époque était révolue et, à présent, il aurait été plus que déplacé de se laisser aller à ce genre de familiarités.

— Je suis surpris de te voir ici, avoua-t-il, gêné de ne pas trouver mieux pour leur premier tête-à-tête depuis près de deux décennies.

— Moi aussi, je suis surprise de me voir ici.

Elle fit quelques pas, jusqu'à se retrouver au centre de la pièce. Dans ses habits de deuil, il trouva qu'elle avait rapetissé.

— Je... Je suis désolé, bredouilla Vilaire. Je ne peux imaginer ce que tu dois endurer.

Yvette lui fit signe d'arrêter.

— Je n'ai pas visité ton appartement, mais il me semble plutôt bien décoré, commenta-t-elle en essuyant discrètement des larmes au sommet de ses pommettes.

— Heu... Eh bien, oui. Il l'est. Enfin, pas autant que ta maison, bien sûr.

— Tu y vis seul ?

— Seul ? Non, enfin, il y a ma femme de ménage, ma secrétaire, le cuisinier...

Son interlocutrice le fixa avec intensité.

— Je vis seul.

— Je me disais aussi que cela manquait d'une touche de vie. C'est un peu... froid.

— Je ne suis pas très doué pour *la vie*, et mes histoires d'amour n'ont jamais duré assez longtemps pour réchauffer la décoration, répondit Vilaire en haussant les épaules pour se donner de la contenance.

— Question de croisement.

— Pardon ?

— Tu sais, lorsqu'on se trouve à un croisement. On doit choisir entre un chemin et un autre. L'indécision n'est jamais possible trop longtemps, car, sinon, on meurt au centre. On ne peut exister au centre, il faut aller soit d'un côté, soit de l'autre.

— Je ne comprends pas bien ce que tu veux dire, Yvette. Veux-tu que je te serve quelque chose à boire ?

— Pourquoi pas. Nous avons des événements importants à fêter.

À cet instant, Vilaire choisit de ne pas répondre. Il la connaissait assez pour savoir qu'elle n'était pas dans son état normal. Et même s'il ne l'avait guère croisée depuis ces dernières années, elle ne pouvait avoir changé autant. Quelque chose résonnait bizarrement en elle, comme les rouages cassés d'une horloge qu'on secoue. Un cliquetis lugubre qui annonce la rupture.

— Tu te rappelles la première fois où nous nous sommes rencontrés ? demanda-t-elle soudain.

— Je n'ai pas oublié. Tu portais une robe bleu ciel, très pâle, et un chapeau avec des bords larges. Je n'ai rien vu de ton visage de tout l'après-midi. Et puis tu as fini par retirer ton chapeau, et là...

— *Et là...*, répéta Yvette, en souriant faiblement.

— *Et là,* je me suis dit que tu étais la plus belle femme de toute la région.

— Tu ne connaissais pas la région.

— Peut-être, mais maintenant oui, et je maintiens mon premier jugement.

— Toi et moi nous ressemblions tellement. Tous les deux déchus de nos paradis et échoués sur ce morceau de côte au milieu de gens qu'on ne comprenait pas.

Vilaire soupira à l'évocation de ce souvenir. Ce sentiment partagé de déracinement était ce qui les avait rapprochés. Elle parlait à peine français et pleurait encore sa belle Sicile, tandis que lui ne se remettait pas de la perte de ses paysages de palmiers et de plages de sable fin. Ils étaient comme des naufragés et, en toute logique, ils s'étaient accrochés l'un à l'autre, attendant d'atteindre un rivage ami.

— Jamais tu ne t'es demandé ce qui se serait passé si nous avions décidé d'emprunter le même chemin ? reprit Yvette en laissant traîner son regard sur tous les objets qui se trouvaient dans le bureau.

— Pas vraiment, répondit Vilaire, en baissant les yeux. Entre nous, ça aurait été si compliqué que nos sentiments se seraient très vite abîmés. Tu ne crois pas ?

— Je n'en suis plus si sûre. Regarde où ça nous a menés.

— Yvette, la tragédie abominable que tu vis n'a rien à voir avec…

— … nous ?

Elle éclata soudain de rire, et le son qui s'échappa d'elle glaça le sang de Vilaire.

— Si tu savais comme tu es loin du compte, mon ami, confia-t-elle, mystérieusement. Tu ne m'en as jamais voulu ? Quand je suis partie, tu ne m'en as jamais voulu ?

Il prit le temps de réfléchir avant de formuler sa réponse.

— Non. Tu étais mariée, Yvette, je ne pouvais pas te demander de tout perdre, ta position et ta réputation, pour être avec moi. À l'époque, je n'aurais pas eu grand-chose à t'offrir. J'ai été très triste, brisé, même, mais je ne t'en ai jamais voulu.

— Ça va venir.

— Que veux-tu dire ?

Yvette s'approcha de Vilaire et s'empara du verre qu'il lui avait servi.

— À présent, je suis morte, annonça-t-elle, la mine sombre. Plus rien ne compte, j'ai perdu la seule chose qui avait un sens dans ma vie. Et voilà que je viens hanter le seul homme que j'ai jamais aimé. Celui qui m'a permis vingt-trois années de bonheur. Il est temps de clore ma vie, Vilaire. Il est temps.

Il la dévisagea. Rien de ce qu'elle disait n'avait de sens. Elle tendit le verre dans sa direction pour l'enjoindre à trinquer. Sans réfléchir, il fit de même, comme s'il craignait que la moindre contrarié la fasse voler en éclats.

— Je t'ai dit que nous avions des choses à fêter, n'est-ce pas ?

Vilaire préféra la laisser aller au bout de ce qu'elle avait en tête.

— Eh bien, trinquons, mon cher amour. Trinquons à ma mort et à celle d'Apolline, notre fille. *Ta* fille.

15

3 juillet 1952, avenue Montaigne,
huitième arrondissement de Paris.
Résidence d'Évariste Fauconnier, 14 h 30

Isabeau ouvrit la fenêtre de sa chambre et positionna les volets en éventail. Avant de voyager dans toutes sortes d'endroits, le jeune homme ignorait ce que voulait vraiment dire « avoir chaud ». En Bretagne, la région dans laquelle il avait toujours vécu, personne ne savait ce qu'était la véritable chaleur sèche, étouffante et corrosive. La mer était toujours là pour anesthésier un peu la piqûre du soleil ou la morsure du froid. Le climat n'était jamais agressif. Il manquait de nuances, parfois, mais jamais il ne heurtait l'épiderme. Mais depuis, le jeune homme s'était frotté à des après-midi si brûlants que le moindre mouvement devenait un calvaire. Isabeau s'était donc familiarisé avec les techniques de survie de base qui consistaient à savoir ouvrir et fermer les volets au bon moment et domestiquer les courants d'air.

Bien qu'à Paris les températures soient moins prononcées qu'à Monaco, la journée s'annonçait très chaude. Isabeau s'était réveillé en milieu de matinée. La fusillade de la veille les avait fait rentrer tard. Il aurait préféré un autre genre de distraction, une qui n'impliquât pas la potentialité d'y laisser la peau, excepté que l'imprévisibilité de sa vie avec Évariste allait rarement dans le sens de ses envies.

Depuis qu'il s'était levé, il n'avait pas croisé le notaire. Il n'était même pas sûr que ce dernier ait dormi là. Il lui arrivait souvent de quitter le domicile et de vaquer à d'autres occupations. Lui et Isabeau faisaient équipe, cependant Évariste possédait un immense jardin secret, une existence parallèle qui échappait encore au jeune homme. Parfois, Évariste se confiait à lui, parfois non. C'était comme une sorte de double vie. Dès le départ, Isabeau avait été assez subtil pour ne jamais chercher à percer ce mystère et ne jamais aller au-delà de l'intimité que le notaire voulait bien lui accorder. Le jeune homme avait toujours été convaincu que pour apprivoiser un animal sauvage il ne fallait jamais lui montrer qu'on était après lui. Au contraire, plus vous lui laissez croire qu'il dispose d'une pleine liberté, et plus il est en confiance. Et petit à petit, il s'approche de lui-même, de plus en plus près et de plus en plus souvent. L'indifférence est le meilleur des lassos. Isabeau avait donc décidé d'appliquer cette théorie à son mentor, et comme les confidences se faisaient très régulièrement, il pensait que c'était la bonne technique à employer.

Il descendit l'escalier et se dirigea dans le salon principal. L'appartement se situait au dernier étage d'un immeuble. Les combles avaient été entièrement réaménagés. Le plafond du salon était en partie constitué de vitres soutenues par une armature en acier dans un style très Art nouveau. De grandes baies vitrées au sommet arrondi ouvraient sur une immense terrasse. La pièce donnait l'impression d'être à la fois à l'intérieur et à l'extérieur. L'aspect industriel des armatures en fer contrastait avec le bois du parquet et des meubles cossus. C'était divinement agencé, mais en plein été l'effet de serre n'était pas des plus agréables. Plusieurs ventilateurs de plafond avaient été installés dès le premier été, mais cela ne faisait pas de miracles.

Évariste était installé dans un des fauteuils en cuir bordeaux, le même qu'il utilisait toujours quand il réfléchissait à une affaire. Face à lui, une large table basse en acajou d'Afrique était couverte de notes. Isabeau s'immobilisa à quelques mètres derrière lui. Le notaire parlait tout seul. En réalité, ce n'était pas tout à fait exact. *En réalité*, il parlait à quelqu'un, et Isabeau savait très bien à qui il pensait s'adresser. Sa femme. Elle était morte des années auparavant, sauvagement assassinée par une famille rivale de trafiquants de diamants du Congo. Isabeau savait peu de choses de madame Fauconnier, si ce n'était qu'elle avait été le grand amour d'Évariste et que son souvenir l'obsédait. Ce n'était pas la première fois que le jeune homme surprenait son associé en pleine conversation avec le souvenir de sa défunte épouse. Quand Isabeau avait abordé le sujet et sous-entendu qu'il n'était pas très normal, voire franchement malsain, de converser avec un fantôme, Évariste lui avait répondu que la mort n'était jamais une excuse pour mettre fin à une relation. Comment trouver une bonne répartie à ce genre de théorie ?

De guerre lasse, Isabeau avait fini par se faire à cette présence invisible, un peu comme une amie imaginaire. Après tout, cela ne faisait de mal à personne et, la plupart du temps, cette lubie aidait Évariste à canaliser la puissance de son cerveau. Le notaire avait offert une seconde vie à Isabeau, et pour cette raison le jeune homme était prêt à accepter toutes ses bizarreries et à le suivre sur n'importe quel chemin.

Mais quand même, parfois sa défunte femme soufflait à l'oreille d'Évariste des choses avec lesquelles Isabeau n'était pas d'accord. Aussi le jeune homme se risquait-il de temps en temps à piquer son mentor pour tenter de le remettre sur les rails de la raison. Et cela ne fonctionnait quasiment jamais.

— Je ne vous dérange pas ? demanda-t-il pour signifier sa présence.

— Absolument pas, répondit le notaire.

— Comment va-t-elle ?

— Posez-lui la question.

Les lèvres naturellement toujours pincées d'Évariste se tirèrent d'un sourire de provocation. Son associé le soupçonnait d'être parfaitement lucide quant à l'anormalité de converser avec une hallucination.

— Vous n'étiez pas là, ce matin, enchaîna Isabeau en s'asseyant sur le fauteuil d'en face et en jetant un coup d'œil aux notes présentes sur la table.

— Je me suis présenté à la brigade criminelle à la première heure, pour voir l'inspecteur Lapointe. Vous devrez aussi vous y rendre, d'ailleurs.

— Le policier que nous avons rencontré hier, commenta Isabeau tout en fouinant dans les papiers posés sur la table.

— C'est un brillant esprit que j'ai croisé lors d'une épineuse affaire judiciaire qui a fait les gros titres, il y a quelques années. Heureusement pour moi, il se souvenait aussi de notre brève collaboration.

— Est-il au courant de vos activités annexes ?

— Non, il ne fait pas partie des initiés. Il est peut-être trop intègre pour être mis dans la confidence. Pour le moment en tout cas, mais son esprit de déduction en ferait un atout remarquable. Il me semble qu'il a compris que j'avais un goût prononcé pour les mystères et, surtout, que j'avais un intéressant carnet d'adresses.

— Donc vous collaborez afin de pouvoir compter plus tard sur lui.

— Les bons policiers sont comme les bons indics, extrêmement difficiles à trouver. Donc, lorsqu'on en attrape un, il faut le soigner. Cela étant, je n'y suis pas allé uniquement pour ça.

Évariste tourna la tête sur le côté et fixa un point dans le vide. Ses iris se mirent à pétiller. Isabeau soupira. Il s'empara de la tasse à café vide et la reposa en produisant un bruit sec qui ramena l'attention de son interlocuteur sur leur conversation.

— Je voulais savoir pourquoi il se trouvait devant le *Sun Kisses*, hier soir, reprit le notaire comme si de rien n'était. Siloé d'abord, un officier de la brigade criminelle ensuite, cela fait beaucoup.

— J'imagine que Pigalle est un quartier propice aux affaires criminelles.

— Surtout aux affaires de mœurs. Or Siloé ne travaille pas sur du menu fretin et l'inspecteur Lapointe est un brillant enquêteur que ses supérieurs n'utilisent que pour des dossiers un peu consistants. J'avais raison. Les meurtres sur lesquels il enquête sont particuliers.

— Catherine Buisson ? déchiffra Isabeau sur l'une des notes d'Évariste.

— Oui. Enfin non. Pas tout à fait. L'inspecteur Lapointe enquêtait au départ sur la mort suspecte d'une prostituée, laquelle avait visiblement été torturée. Ayant appris qu'elle habitait avec une autre jeune femme, elle aussi prostituée, il a donc tout naturellement voulu l'auditionner pour obtenir des informations. Et voilà qu'il apprend que cette Catherine Buisson a été retrouvée assassinée aux alentours de Cannes.

Isabeau dévisagea son interlocuteur. Il avait beau se concentrer, il ne voyait aucun rapport entre cette histoire et la leur. Comme d'habitude, Évariste aimait faire son cinéma devant un public concentré.

— Je vais patiemment attendre que vous fassiez le lien, indiqua Isabeau.

— Vous êtes incapable de faire preuve de patience, mon ami.

— Pourtant, avec vous, je dois en apprendre tous les jours un peu plus sur cette qualité.

— Georges ! s'exclama brusquement Évariste. Un café et une limonade, je vous prie.

Isabeau se cala confortablement contre le dossier du fauteuil et fixa le notaire avec un grand sourire un tantinet crispé.

— Eh bien, puisque vous insistez autant, reprit Évariste après de longues secondes de silence, le lien avec notre enquête se trouve dans les circonstances de la mort de cette Catherine Buisson. La malheureuse a été retrouvée les mains et les bras entièrement calcinés.

— *Entièrement calcinés* ? répéta le jeune homme en se penchant en avant.

— Or des témoins ont certifié n'avoir vu aucun feu, alors que la jeune femme est restée presque toute la journée assise sur un banc en plein milieu d'une place. Personne ne s'est approché d'elle, et ses vêtements ne portaient aucune trace. Alors ? Toujours sceptique sur le lien ?

— Enfin, quel serait le rapport entre la mort d'une jeune fille de bonne famille monégasque et une prostituée parisienne ?

— Aucune idée. Nous avons longuement échangé sur nos deux affaires. Ne s'étant pas trop intéressé à la presse, Lapointe ignorait les circonstances exactes de la mort d'Apolline Bélanger. Un jour, il faudrait que la Sûreté nationale se décide à mettre en place un système de centralisation des affaires des différents services de police judiciaire du territoire. Cela faciliterait grandement les recoupements et résoudrait bien des cas.

— D'accord, recentra Isabeau, donc nous serions en présence de quoi ? Des meurtres à répétition ?

— Je pense que ma théorie sur une substance qui aurait provoqué ce genre de lésions est exacte.

— *Notre* théorie.

— Détail. Le fait qu'une autre femme ait été retrouvée avec les mêmes blessures caractéristiques qu'Apolline nous renseigne sur le fait que l'assassin peut doser la substance. Dans un cas, le produit a brûlé l'ensemble du corps, et dans l'autre, seulement les bras. L'exposition – ou le mode d'administration – est donc différent, selon le résultat souhaité.

— Ou alors la nature des organismes des deux jeunes femmes était différente.

— Âges équivalents, poids équivalents, toutes deux caucasiennes : peu probable.

— L'une était une prostituée, peut-être était-elle aussi droguée. Est-on certain qu'il s'agisse vraiment des *mêmes blessures* ?

— Quand notre inspecteur a appris pour Apolline, il a compris qu'il avait tout à gagner à ce qu'on collabore. Il m'a donc permis de lire le rapport d'autopsie qu'il s'est fait envoyer par ses collègues de la SRPJ de Marseille. Les causes de la mort de la victime retrouvée dans le sud sont exactement les mêmes que celles de la petite Bartoli. Il faut montrer ce rapport à Joras afin d'avoir son opinion de spécialiste, histoire d'être sûrs, mais j'en mettrais déjà ma main à couper. Il faut que nous découvrions quel type de substance peut provoquer ces dommages.

— Et surtout, qui serait capable de la mettre au point. S'il s'agit d'un nouveau produit, il faut une personne qui ait quelques connaissances en médecine, ou en tout cas qui s'intéresse aux plantes et autres actifs.

Évariste joignit les mains devant son visage.

— Tout cela change complètement la donne, mon ami. Jusque-là, nous étions sur une mort isolée au sein d'une communauté assez fermée et restreinte. Cela limitait forcément les pistes. Mais maintenant nous nous retrouvons avec deux cadavres, trois si on inclut la prostituée qui a été torturée. Il va donc falloir trouver un lien. Est-ce une série, ou bien une répétition ?

— *Une répétition* ?

— Dans un cas, le corps est entièrement brûlé, dans l'autre, juste une partie. Dans un cas, la cible est socialement plus intéressante mais diablement moins accessible, dans l'autre, c'est une fille de joie qui a peu d'amis et sans doute plus de famille proche. Peut-être que l'assassin a eu besoin de répéter ou de faire des tests.

— La prostituée est-elle morte avant ou après Apolline ?

— Apparemment, très peu de temps après.

— Donc Apolline aurait été la répétition ? Ça paraît moins logique.

Georges se matérialisa dans la pièce et déposa sur un coin de la table basse une tasse pleine d'un café odorant ainsi qu'un grand verre de limonade.

— Mais ce n'est pas notre unique problème, hélas, reprit Évariste.

— Vous pensez à la mort de Félicité Levostre ?

Le notaire acquiesça.

— Ça va briser le cœur d'Adam, commenta Isabeau sur un ton navré. À moitié dévorée ? Est-ce vraiment possible ? Du cannibalisme à Paris ?

— La monstruosité, mon ami, n'épargne pas les villes sous prétexte qu'elles ont de jolis bâtiments et de bons restaurants. Enfin, ce n'est pas tellement le cannibalisme qui m'interpelle.

— Oui, c'est si peu interpellant.

— Siloé a dit une chose très intéressante. Le fils du secrétaire était, selon elle, dans un état de délire. Une crise de folie qui lui avait fait commettre l'impensable. Elle soupçonnait qu'il avait peut-être pris quelque chose qui avait provoqué cet accès de démence.

— Et alors ?

— Alors nous avons les cadavres de deux femmes portant les mêmes blessures, peut-être provoquées, selon notre hypothèse, par un produit chimique. Puis une autre victime, elle aussi féminine, agressée par un individu qui semble avoir agi sous l'emprise d'une autre substance. Deux filles sont des prostituées de Paris, et deux des trois victimes ont un lien avec Adam Bélanger.

— Est-ce que vous êtes en train de dire qu'il serait le lien ?

— Combien y a-t-il de chances pour que ce ne soit pas le cas ?

— Très peu, je suppose.

Isabeau but plusieurs gorgées de limonade, ce qui lui fit un immense bien, compte tenu de la température ambiante. S'il avait tenu entre ses mains l'architecte qui avait eu la brillante idée de coller des vitres un peu partout dans la pièce, il l'aurait étripé.

— Mais Catherine Buisson, alors ? Que vient-elle faire au milieu de tout ça ?

— J'ai l'impression de faire tout le travail.

— En réalité, je vous rends service. Vous adorez vous écouter parler.

— Catherine Buisson est aussi une prostituée. Tout comme Félicité Levostre. Peut-être qu'elles se connaissaient, peut-être qu'elles étaient amies. Peut-être qu'Adam ne s'est pas contenté d'une fille.

Isabeau prit quelques secondes de réflexion.

— Cela ne vous paraît pas étrange qu'au moment de parler de substance chimique, votre amie la blonde nous sert une histoire à propos d'un scientifique américain qui aurait inventé un nouveau composant ?

— Ce n'est pas mon amie.

— Ça avait l'air, pourtant.

— Ne soyez pas jaloux, je n'aime que les brunes.

— Je me sens harassé par votre humour.

— Non, ça c'est la chaleur. N'oubliez pas, mon ami : le hasard est comme les coïncidences. Pour les imbéciles.

— Et donc, en résumé, il faut trouver le rapport entre Paris, Cannes et Monaco. Entre la piste de votre amie, celle de l'inspecteur et la nôtre.

— Demain, vous allez vous rendre au cabinet de Joras avec le rapport d'autopsie d'Apolline et les notes que j'ai recopiées concernant celui de Catherine Buisson. Tâchez d'obtenir un maximum d'informations sur la nature de la substance que nous recherchons. Quant à moi, je me charge d'interroger le secrétaire d'État à propos de l'existence de ce fameux scientifique américain.

— Et vous pensez qu'il va vous renseigner ?

— Bien entendu.

— Parce que vous êtes poli ?

— Parce que je suis sympathique.

Isabeau roula des yeux.

— Vous ne l'avez jamais été.

Évariste gratifia son associé d'un sourire jubilatoire, avant d'enchaîner sur un ton plus sérieux :

— Néanmoins, il va d'abord falloir nous occuper du plus urgent.

— Je suis d'accord, approuva Isabeau, il faut absolument trouver un moyen de rendre cette pièce supportable en été.

— Il faut appeler Adam et l'avertir que son amante est morte dévorée par un client.

— Je ne saurais trop vous conseiller de légèrement nuancer votre propos.

16

3 JUILLET 1952, PLACE FRANÇOIS IER,
HUITIÈME ARRONDISSEMENT DE PARIS,
APPARTEMENT DU SECRÉTAIRE D'ÉTAT À LA GUERRE, 23 H 45

Pierre Chevigné écrasa son mégot de cigarette dans le beau cendrier que lui avait offert son épouse au moment de son investiture au poste de secrétaire d'État à la Guerre. C'était en mars dernier, juste après la chute du gouvernement Faure. Un battement de cils du temps, et pourtant l'impression d'avoir déjà vécu tout un mandat. Il se souvenait très bien du soir où ils avaient fêté cette victoire. Son fils leur avait fait l'honneur d'être présent, et durant un instant la famille avait oublié les difficultés qu'elle s'empressait de cacher dans les placards dès qu'il y avait des témoins. Quand même… Avec tout ce que cet enfant leur avait fait subir, il avait espéré que le pire était derrière eux.

Il alluma une deuxième cigarette. Sa femme était sortie voir une pièce de théâtre, il avait intérêt à ouvrir pour que l'odeur de la fumée s'atténue. Il lui avait promis de ne fumer que pour les grandes occasions. Une catastrophe pouvait-elle s'apparenter à une grande occasion ? Bien sûr, il n'avait pu se résoudre à dire la vérité à sa femme. À lui dire que son fils avait tenté de dévorer une prostituée avec laquelle lui-même avait l'habitude de passer ses nuits. Il s'était contenté de lui expliquer vaguement : *« Il a replongé, il s'est mis dans une situation délicate, il a agressé une amie sous l'emprise de la drogue...* » Autant dire qu'il avait sacrément tourné autour du pot. Il soupçonnait sa femme de ne pas être si dupe, elle était même très intelligente. Il était certain qu'elle avait compris qu'il lui mentait pour cacher une réalité infiniment plus grave. Mais elle avait fait semblant de le croire, sans doute parce qu'elle savait qu'elle n'aurait pas la force d'en entendre plus. Il lui avait assuré avoir pris les choses en main en envoyant leur fils dans une clinique privée très réputée en Suisse. Une de plus. Que faire d'autre ?

Sous ses yeux étaient étalées ses notes préparatoires pour la signature du prochain plan quinquennal du nucléaire. Cependant, il lui était impossible de se concentrer. Si seulement il pouvait obtenir des réponses, maintenant. *Si seulement* il savait quelle drogue avait mis son petit garçon dans cet état, quelle substance l'avait transformé en monstre dévoreur de chair.

Il lui fallait de l'alcool. On frappa à la porte, ce qui arrêta son geste.

— Oui ! tonna-t-il plus rudement qu'il ne l'aurait pensé.

L'un de ses domestiques, dont il ne se rappelait plus le nom par manque évident d'intérêt, fit son entrée. Il se dirigea silencieusement vers lui et lui tendit une carte. Le sang de Chevigné ne fit qu'un tour.

— Faites-le entrer immédiatement, ordonna-t-il avec empressement.

Cinq minutes plus tard, le secrétaire d'État accueillit Évariste avec plus de chaleur que ce que le protocole républicain le commandait.

— Je suis très surpris de vous voir, Maître Fauconnier, entama Pierre Chevigné.

— Évariste.

— C'est vrai. Puis-je vous servir un verre ?

— Avec plaisir.

— J'ai cru comprendre que vous étiez très occupé et loin de Paris.

— Je suis de retour depuis peu. J'ai cru comprendre que vous aviez fait appel à une consœur.

— Par défaut, Évariste, croyez-le bien, confia le politicien en tendant un verre à son interlocuteur. J'ai apprécié chacune de nos collaborations. Mais puisque vous ne travaillez pas pour moi, j'en conclus que vous avez besoin d'un renvoi d'informations.

S'asseyant sur un fauteuil, ou plutôt se laissant choir sur lui, Pierre soupira de lassitude. À mesure que les heures de la journée s'étaient écoulées, son visage avait semblé vieillir. Des rides étaient apparues vers midi, alors qu'elles n'existaient pas deux heures avant.

— Je pense plutôt que nous allons nous aider mutuellement, si vous le voulez bien.

Le regard de Chevigné s'alluma soudain.

— C'est-à-dire ?

— Par un étrange et singulier concours de circonstances, je crois que l'affaire sur laquelle je travaille est intimement liée à la vôtre, et qu'en résolvant la première il se peut que je résolve aussi la seconde. Bien entendu, ce sera sans surcoût ni interférence avec les méthodes de mademoiselle Levenneur.

— Je vous écoute, encouragea le secrétaire, après quelques secondes de réflexion.

— Pouvons-nous parler librement ?

— Oui. Ici, je n'ai que deux personnes susceptibles d'écouter aux portes, et j'ai toute confiance en elles.

— Bien, alors afin d'éviter toute approximation et pour vous prouver ma bonne foi, je vais vous dire ce que je sais. *Je sais* que votre fils a été victime d'une crise de démence qui l'a poussé à tuer la prostituée avec laquelle il passait la nuit. La crise a été si violente qu'il a tenté de dévorer sa victime. Or, il se trouve que vous connaissiez bien cette jeune femme, car cette nuit-là c'est avec vous qu'elle devait passer la nuit. *Je sais* aussi que votre fils a des problèmes de drogue qui lui faisaient sans doute rencontrer beaucoup de fournisseurs, et donc qu'il était particulièrement vulnérable. J'ai enfin entendu dire que vous gardiez caché dans vos jupons un scientifique d'origine américaine dont les découvertes auraient une valeur stratégique telle qu'elles seraient de nature à intéresser plusieurs autres gouvernements. Gouvernements qui ne voient pas d'un très bon œil que vous ne laissiez pas le jeu de la libre concurrence s'appliquer avec le savoir de cet homme. Excellent whisky, au fait.

Pierre se passa la main dans les cheveux. Une ride de plus s'était matérialisée sur son front. Un silence un brin tragique s'installa entre les deux hommes avant qu'un nouveau soupir ne vienne le rompre.

— Comme d'habitude, vous êtes extrêmement bien renseigné, conclut le secrétaire sur un ton fataliste. Mais ce n'est pas l'ensemble des faits.. En réalité...

Il s'interrompit pour finir d'avaler, d'une traite, son verre.

— ... En réalité, lorsque je l'ai envoyé dans cette... dans une clinique, immédiatement après l'incident, mon fils a fait l'objet d'analyses de sang. Il fallait qu'on détermine ce qu'il avait pris, car tout le monde craignait une overdose. Il était incapable de communiquer. Et les résultats ont parlé d'eux-mêmes : il n'était sous l'emprise d'aucun stupéfiant. Tout au plus un peu d'alcool. J'aurais tellement aimé pouvoir en vouloir à la drogue et à ceux qui lui en avaient fait prendre. Sauf qu'en vérité tout est sa faute. Pouvez-vous le croire ? Pouvez-vous croire qu'on puisse se transformer en un tel monstre ?

Sa voix s'érailla. Il inspira profondément et alla se servir un autre verre. Il se sentait observé par son interlocuteur, et pourtant il était certain qu'aucun jugement de valeur n'accompagnait cette observation. Il avait travaillé à de nombreuses reprises avec Évariste, et, d'aussi loin qu'il s'en souvenait, ce dernier n'avait jamais projeté sur autrui sa conception du Bien et du Mal.

— Je ne crois pas que votre fils ait eu conscience de ce qu'il faisait, confia le notaire.

Une lueur d'espoir perça dans les pupilles de Chevigné, qui retourna rapidement s'asseoir près de son invité.

— Que voulez-vous dire ?

— L'affaire sur laquelle je travaille me donne à penser qu'il circule une substance chimique extrêmement puissante aux effets dévastateurs. Il ne me paraît pas inconcevable que votre fils ait été exposé à ce type de produit. Bien sûr, je n'ai pas encore la vision d'ensemble, ce ne sont que de vagues hypothèses. C'est la raison pour laquelle j'ai tant besoin de vous.

— Vous ne croyez pas que s'il avait effectivement consommé quelque chose, on l'aurait vu aux analyses ?

— On trouve un poison quand on sait qu'on le cherche. Il y a quantité de substances qu'on ne peut détecter parce qu'on ignore tout simplement où regarder.

— Il faut m'en dire plus, pria Pierre sans chercher à cacher son profond désarroi.

— Pour cela, il va falloir répondre à mes questions, le plus honnêtement possible.

— Je suis prêt à tout pour ne jamais avoir à dire à ma femme la raison pour laquelle elle ne peut toujours pas voir son fils.

— Parlez-moi tout d'abord de ce fameux scientifique américain.

— Il y a un an, nos services de renseignements ont appris qu'un Américain avait fait une découverte majeure dans le domaine de la synthèse de copolymères du polystyrène. C'est une découverte extrêmement intéressante car elle peut avoir de multiples applications tant militaires que civiles. Nos chercheurs avaient eux aussi fait de grands progrès en la matière, sauf qu'en réalité cet homme a découvert un nouveau matériau : le polycarbonate. C'est un polymère dont les premières propriétés seraient, selon nos spécialistes, absolument révolutionnaires. Si nous possédons le brevet, cela nous donnera des années d'avance sur à nos voisins. Et vous savez que les prochaines guerres seront économiques.

— Que vient-il faire en France ?

— Il se trouve que le gouvernement des États-Unis a d'autres priorités budgétaires et n'a pas poussé très loin l'offre qu'ils ont faite à cet homme, à l'époque où il leur a présenté ses recherches. À l'occasion de plusieurs voyages effectués en Europe, cet Américain a eu une liaison avec une Française, une juive, avec laquelle il a eu un enfant. Avec la guerre, il a dû rentrer au pays. Il a poursuivi son travail, est parvenu à ses fins, et est retourné en France pour chercher sa fille, qu'il n'a pas trouvé en raison des modifications de certains documents d'état civil pour sauver les juifs des rafles. Il a sollicité notre aide en monnayant ses découvertes. Les gouvernements de certains pays voisins ont eux aussi découvert ce qu'il savait et se sont mis en tête de lui faire une meilleure offre.

— Alors vous lui avez proposé de retrouver sa fille, et, en attendant, vous lui avez offert le gîte, le couvert et les services particuliers de dames de bonne compagnie.

— C'est un homme qui a certains besoins que nous sommes en mesure de satisfaire.

— Et où se trouve-t-il en ce moment ?

— Nous n'en avons aucune idée.

Évariste tiqua.

— Comment ça ?

— Les gouvernements ne sont pas les seuls à vouloir bénéficier d'un coup d'avance sur leurs concurrents. Les investisseurs et les industriels sont évidemment aussi sur les rangs. Cet Américain a fait monter les enchères. Il a codé absolument toutes ses recherches, et malgré nos efforts il nous a été impossible d'obtenir des informations. Il est resté un moment à Paris, mais il semblerait qu'un groupe de financiers se soit montré plus convaincant que nous. Ils ont largement couvert cet homme de... présents, si je puis dire. L'Américain a donc échappé à notre surveillance. À l'heure actuelle, nous ignorons s'il a déjà vendu ses découvertes ou non. En tout cas, selon nos derniers renseignements, aucun brevet n'a été déposé. Il leur serait impossible de passer cette découverte sous silence. Et, comble de tout, sa fille reste introuvable.

Croisant les jambes et joignant les mains devant son visage, le notaire se mit à réfléchir. Le secrétaire le fixa en n'osant l'interrompre, comme s'il attendait qu'il lui livre la solution à tous ses problèmes. Les minutes s'éternisaient, et Pierre finit par montrer des signes d'impatience, lesquels ne troublèrent cependant pas le moins du monde son interlocuteur.

— Est-ce que vous pensez que cette affaire a un lien avec ce qui est arrivé à mon fils ?

— Cela dépend.

— De quoi ?

— Est-ce que vous avez le nom de ce groupe d'investisseurs ?

— Pas exactement. Il ne s'agit pas d'une entreprise unique. Plutôt d'hommes d'influence déjà connus dans le milieu et qui sont en train de constituer des groupements d'intérêt économique.

— Vous en connaissez certains ?

— Je ne les ai pas tous en tête, mais voici trois noms qui me reviennent : Richard Pottin, André Legrand-Mercier, et Alexandre Louvois.

Les pupilles d'Évariste se rétrécirent soudain.

— André Legrand-Mercier ? répéta-t-il.

— Une grosse fortune monégasque et un touche-à-tout dans le milieu des affaires. Son nom est ressorti quand mes services de renseignements ont enquêté sur ceux qui avaient approché le scientifique. Vous le connaissez ?

— Oui. Connaissez-vous un certain Anatole Bélanger ?

— Non, pas que je sache, pourquoi ?

— C'est un associé de Legrand-Mercier. Ils travaillent ensemble depuis une bonne vingtaine d'années.

— Comme je vous l'ai dit, je n'ai pas la liste en tête, mais il me sera facile de vérifier si son nom est apparu sur nos radars. Donc, vous pensez que mon fils a pu être victime d'une sorte d'empoisonnement, et que cela aurait un rapport avec les découvertes de ce scientifique. Ai-je raison ?

— Vous savez, parmi les choses que j'exècre au plus haut point se trouvent les *coïncidences*. Ce mot abject que les imbéciles emploient pour accepter les limites de leur compréhension. En réalité, tout s'explique toujours, même l'impossible. Il suffit d'avoir les bonnes clefs pour comprendre le schéma global.

— J'ai peur de ne pas vous suivre.

— La prostituée que vous fréquentiez votre fils et vous était aussi la maîtresse d'Adam Bélanger. Ils étaient un couple et avaient l'ambition de la libérer de ce milieu. Or, il se trouve que ce jeune homme est le fils d'Anatole Bélanger, un associé de l'un de vos investisseurs. Et ce n'est pas tout. La fiancée officielle d'Adam a, elle aussi, trouvé la mort dans des circonstances vraiment exceptionnelles. Et, depuis, quelqu'un semble semer des cadavres de prostituées ayant ou un lien avec un Bélanger ou un lien avec votre Américain.

— Mais alors, dans tout ça, qui aurait intérêt à mettre mon fils dans cet état ? Et qui a intérêt à tuer des prostituées ?

— Sans doute un autre joueur. Si votre invention intéresse autant de monde et est aussi exceptionnelle, tous les coups sont permis, n'est-ce pas ?

— Elle l'est vraiment.

— Vous voyez, c'est tout le problème. Le schéma d'ensemble est juste devant nos yeux. Seulement, nous ne regardons pas encore sous le bon angle. Celui qui nous le fera voir dans son intégralité.

— Alors que proposez-vous ? Que dois-je mettre en place pour démêler tout ça et protéger autant les intérêts de la France que ceux de mon fils ?

— Vous ? Absolument rien pour l'instant, si ce n'est continuer à faire ce que vous faites le mieux : étouffer l'affaire. Laissez-moi tirer les fils de ce nœud. Après tout, je suis payé pour ça.

— Justement, permettez-moi de vous solliciter officiellement.

— Je ne travaille jamais pour deux employeurs en même temps. Rassurez-vous, Monsieur le secrétaire d'État, vous aurez vos réponses quand j'aurai trouvé les miennes, et je peux vous assurer de la compétence de mademoiselle Levenneur.

— Croyez-vous que cela soit réversible ? demanda Chevigné en frottant l'un de ses yeux.

— La mort ne l'est jamais.

— Je voulais dire, pour mon fils.

— Je n'en sais rien. Je suppose que si nous parvenons à identifier la substance qui l'a mis dans cet état ainsi que la personne qui l'a utilisée, les médecins sauront contre quoi ils se battent. Vous ne devez pas perdre espoir.

Évariste laissa planer un silence, ses yeux braqués sur son interlocuteur.

— Je ne sais pas comment je vais parvenir à réparer tout ça, avoua le politicien dans un souffle tendu. J'ai vraiment tout fait pour protéger ma famille. Même si j'ai cédé à la tentation classique des hommes influents : les filles, l'alcool, toutes ces excuses pour supporter la pression des autres et naviguer en eaux troubles. Ça ne fait pas forcément de nous des créatures totalement dénuées d'émotions. Je ne sais pas comment je vais pouvoir *réparer tout ça*... Non, vraiment pas.

— Vous ne pourrez pas. Vous pourrez seulement survivre, cicatriser, et sans doute boiter un peu.

17

4 juillet 1952, rue de La Boétie,
huitième arrondissement de Paris, 10 h

Isabeau effleura le dos en cuir du livre.

— Ne déplacez rien, s'il vous plaît.

Le jeune homme dissimula maladroitement une envie de rire. Le salon de Joras Latreille l'avait fasciné dès la seconde où il y était entré, un peu plus d'un an auparavant. Tout y était scrupuleusement rangé selon un ordre implacable. Les livres étaient alignés par couleur et par taille. De loin, ils donnaient l'impression d'une sorte de tapisserie en dégradé. Isabeau soupçonnait le médecin légiste de les acheter sur le seul critère esthétique de la couleur de leur dos. Les quelques bibelots présents étaient tous exposés selon une orientation dont Joras seul connaissait la signification. Même les plis des rideaux étaient strictement symétriques, et jamais ils n'étaient censés être *à ce point* symétriques. Un petit jeu était alors né dans l'esprit d'Isabeau. À chaque visite dans cet endroit, il avait remarqué que les objets ne changeaient jamais de place, même ceux que Joras manipulait. Et *à chaque visite*, il avait essayé de déplacer légèrement quelque chose juste pour voir si le médecin s'en apercevrait. Il s'en apercevait toujours. Pourtant, Isabeau prenait garde de ne s'attaquer qu'aux plus petites choses, celles qu'on ne touchait presque jamais et dont on oubliait l'existence. Bien que spacieux et ordonné, le salon était parfaitement encombré, mais rien n'y faisait, l'homme avait une sorte de sixième sens. Il sentait toujours quand un détail de son environnement n'était pas exactement là où il devait être.

Joras était concentré – mais pas au point d'ignorer ce qui se passait autour de lui – sur la lecture des rapports d'autopsie d'Apolline et de Catherine Buisson. Isabeau vint s'asseoir en face de lui. Il trouvait cet homme attachant, bien qu'il n'ait jamais réussi à savoir pourquoi. Le légiste était plutôt froid et indifférent. Il avait une façon bien à lui de communiquer avec autrui. Toujours à côté. Isabeau soupçonnait que ce n'était pas un genre qu'il se donnait ; c'était simplement sa façon d'interagir avec ses congénères. D'ailleurs, à part un énorme chat roux borgne et une vieille aide-ménagère, Isabeau n'avait jamais croisé personne lors de ses visites. Il n'imaginait pas que Joras puisse se montrer sociable assez longtemps pour avoir une famille. D'une certaine manière, le jeune homme trouvait qu'il avait quelques points communs avec Évariste. La seule différence venait du fait que le notaire savait faire semblant de composer avec ses semblables, de s'intéresser à eux et de les apprécier. Mais en réalité, Évariste ne vivait guère mieux en compagnie des autres. Probablement depuis la mort de son épouse.

— C'est fascinant, lâcha Joras après un long silence.

— Je trouve aussi, répondit Isabeau avec un certain enthousiasme, lequel aurait paru déplacé face à quelqu'un qui n'aurait pas été intéressé par la médecine légale. J'ai lu quantité de choses sur les cas historiques de combustion spontanée. La conclusion est que c'est scientifiquement impossible. Cette hypothèse écartée, il nous resterait la piste du poison. Sauf que, dans ce cas, il faudrait une substance qui agisse rapidement et simultanément sur toutes les parties du corps. D'après les témoins, Apolline n'est pas restée plus d'une heure toute seule. Et Catherine, qui n'a eu quant à elle que les avant-bras brûlés, est restée seule tout un après-midi sur un banc public.

Isabeau avait parlé très vite et sans reprendre son souffle, si bien qu'à la fin il dut s'arrêter pour éviter de perdre connaissance par manque d'oxygène.

— Il doit s'agir d'un produit qui mélange les propriétés de plusieurs autres dans le but de générer un maximum de dégâts en un minimum de temps, exposa le médecin légiste. Vous m'avez dit que personne ne les avait entendues crier, n'est-ce pas ?

— Effectivement. Catherine Buisson était pourtant en plein milieu d'une place publique et Apolline se reposait dans sa suite, mais les murs ne sont pas insonorisés au point que personne dans le couloir ou dans la chambre d'à côté n'aurait entendu ses hurlements.

— Pourtant, à en juger par l'état des chairs, je dirais que ces malheureuses ont souffert le martyre. C'est probablement d'ailleurs le haut niveau de douleur qui a dû provoquer l'arrêt cardiaque. La substance que vous cherchez implique donc non seulement un principe actif extrêmement corrosif, mais aussi un puissant paralysant ainsi qu'un non moins puissant anesthésiant. Car il n'y a aucune trace de gesticulations ou de mouvements brusques désespérés qui se serait retrouvée sur la posture des corps.

— Est-ce que vous avez une idée du cocktail qui pourrait combiner tout ça ?

— À ma connaissance, aucun poison ou produit ne provoquerait les trois états en même temps. Les marques sur la peau font penser à de l'acide, mais aucun d'entre eux ne paralyserait totalement la personne. D'autant que l'autopsie de cette Catherine Buisson me laisse à penser qu'elle n'a pas perdu connaissance.

— Oui, elle a été retrouvée assise bien droite sur le banc, les yeux grands ouverts. Apolline, quant à elle, était à peine tassée sur elle-même. À première vue, on aurait pu jurer qu'elle se regardait dans son miroir. Il est difficile de savoir si elle avait les yeux ouverts ou fermés quand elle est morte, puisqu'elle n'avait plus de paupières. Comme la posture était plutôt naturelle, j'aurais tendance à penser qu'elle a dû rester consciente un moment après que le poison a commencé à agir.

— Donc il faut oublier toute la famille des solvants. J'irais même plus loin : je pense que vous pouvez éliminer les substances qui s'ingèrent.

— Une sorte de gaz ?

— Plutôt quelque chose qui se porte. Je lis que le corps d'Apolline Bélanger présentait des traces de brûlures sur la totalité de son corps, exception faite des parties génitales et de l'intérieur de la bouche. Il y a des lésions même entre ses orteils ou derrière ses oreilles. Sur un laps de temps aussi court, une heure si j'ai bien suivi le récit de son emploi du temps, je ne vois pas quel poison ingéré aurait pu faire presque simultanément toutes ces marques sur l'intégralité du corps en dehors des zones internes.

Joras s'interrompit pour relire une énième fois un paragraphe du rapport d'autopsie d'Apolline.

— Vous savez, sous l'Ancien Régime, reprit-il en restant concentré sur les lignes, les crimes politiques étaient souvent réglés à coups de poisons parce que, compte tenu des connaissances scientifiques de l'époque, c'était ce qui restait le plus difficile à prouver. Les empoisonneurs déployaient des trésors d'ingéniosité afin de contaminer l'environnement de leur victime. Bien entendu, la nourriture était un des supports traditionnels, mais, très vite, cela s'est montré assez périlleux, car les personnes les plus exposées disposaient de goûteurs. C'est là que c'est devenu intéressant. Ils se sont mis à empoisonner les pages des livres, les encres, les vêtements ou les mèches des bougies. Croyez-moi, nous sommes face à quelqu'un qui a beaucoup d'imagination et de talent.

— Évariste a émis l'hypothèse que l'assassin a déshabillé Apolline, pour ensuite la rhabiller après sa mort. Elle portait des gants qui semblaient ne pas lui appartenir, ce qui pourrait corroborer le fait que l'assassin s'est peut-être trompé lorsqu'il lui a remis sa robe.

— Pourquoi pas ? Si c'est un produit qui a touché sa peau, il lui a bien fallu un support. Le tueur ne l'a pas laissé sur place, donc il faut trouver la chose qu'il a empoisonnée et que la jeune mariée a posée sur elle.

Isabeau passa la main dans ses cheveux et les ébouriffa. Soudain, son regard s'alluma d'un feu intense.

— Des draps ? s'exclama-t-il.

— À condition qu'elle ait été entièrement nue en se couchant, ce serait possible.

— Apolline a dit qu'elle avait la migraine et est allée se reposer un moment dans sa chambre. Peut-être qu'elle s'est allongée, et, comme elle ne voulait pas froisser sa robe, elle l'aurait retirée.

— Il faudrait faire des analyses. Où sont ces draps ?

Isabeau soupira profondément.

— Probablement déjà lavés un million de fois par l'hôtel. Je doute que la police les ait emmenés. Ils n'avaient aucune raison de le faire.

— Si une femme de ménage a touché les draps, elle devrait elle aussi avoir des marques de brûlures sur les mains. Elle a forcément dû s'en plaindre. Si ce n'est pas le cas, alors votre tueur les a échangés juste après le passage de la police.

— Ce qui prouve qu'il était dans l'hôtel et qu'il pouvait circuler librement sans se faire remarquer. Donc soit c'est un faux client, soit c'est un des invités, soit il s'est fait passer pour un employé.

— Ou un employé qui serait arrivé il y a peu.

Isabeau enfouit sa main dans la poche de son pantalon et en sortit un calepin auquel était relié un crayon par un élastique.

— Et si je vous suis, poursuivit le jeune homme, la différence de blessures de Catherine Buisson s'expliquerait par le fait qu'elle a dû avoir moins de surface en contact avec le produit empoisonné.

— Très certainement. Peut-être que l'assassin a été interrompu, voilà pourquoi les blessures se seraient arrêtées. Le fait que les plaies soient localisées sur les mains et les avant-bras a tendance à suggérer deux choses. Ou bien la victime a plongé les bras dans la substance, ou bien elle l'a tenue.

— Ou, si on suit la théorie du tissu, on pourrait imaginer qu'elle portait des gants empoisonnés. Sauf qu'il n'y en a aucune trace sur la liste de ses vêtements.

— C'est exact.

— Je vous remercie pour toutes ces informations, Joras. Cela nous donne quelques pistes. Cette affaire se complique de jour en jour.

— Je vais faire quelques recherches de mon côté et lister les actifs qui une fois mélangés pourraient produire un effet similaire.

— Une dernière chose : pensez-vous qu'il faille nécessairement à l'empoisonneur des connaissances scientifiques ?

— Certainement, mais cela n'implique pas qu'il ait suivi les voies officielles. Il pourrait être un parfait autodidacte. Ce qui serait la meilleure des couvertures.

— Oui, des fois qu'on aurait une piste facile à suivre. Où avais-je la tête ?

— Sur vos épaules, mon ami. Je n'ai pas reçu vos derniers devoirs.

L'art et la manière de sauter du coq à l'âne, pensa Isabeau. Cet homme n'avait que du mépris pour les mots de liaison.

— Désolé, j'ai pris un peu de retard avec cette affaire, s'excusa l'étudiant en essayant d'y mettre un peu de conviction.

— Vous aurez toujours une affaire. Il va falloir apprendre à mieux répartir votre temps de travail.

Isabeau leva les yeux au ciel et inspira profondément.

— Je sais…

— Vous êtes brillant, mon petit. Je ne vous aurais pas pris sous mon aile, sinon.

— Vous n'aviez pas plutôt un service à rendre à Évariste ? plaisanta Isabeau.

— Non.

À côté, comme d'habitude, se dit le jeune homme en calant son menton sur sa main repliée.

— Je vais faire un effort. C'est juste que…

— Que ?

— Je ne sais pas. J'ai du mal à croire que je pourrai aller au bout de ces études. C'est une idée tellement hors de ma portée. Jamais je n'y avais songé. Vous comprenez ?

— Non.

— Ce que je veux dire, c'est que, là d'où je viens, il n'était même pas concevable qu'on puisse faire de longues études, et encore moins des études aussi prestigieuses que médecine. Du coup, j'ai parfois l'impression de ne pas être à ma place.

— Vous venez de l'utérus de votre mère, mon petit, comme absolument tous les êtres de cette Terre. Votre raisonnement est donc irrationnel.

— D'accord, je vois qu'il est déjà tard, je ne vais pas abuser davantage de votre hospitalité et vous laisser faire… des choses, enfin, vaquer à vos occupations.

— Vous donnez l'impression de fuir.

— Sûrement parce que c'est un petit peu le cas.

18

10 JUILLET 1952, MAISON D'ARRÊT DE MONACO, 10 H

Le soleil jeta sur son visage un voile déjà brûlant, de quoi sécher l'intérieur de ses paupières. Adam resta un moment immobile, planté sur une petite place non loin de la maison d'arrêt dans laquelle il avait passé les dernières semaines, bras ballants et épaules tombantes. Le souvenir fugace du jour de son mariage passa devant ses yeux et lui donna l'impression qu'une vie entière s'était écoulée depuis. Celui qu'il était avant s'était évaporé quelque part entre la cantine aseptisée de la prison et le matelas anorexique de la cellule. Et que restait-il de lui, à présent ? Une chose cassée, en miettes, un tas de résidus d'émotions et de chair meurtrie.

Comment avait-il pu en arriver là ?

Quand il reprit pied dans la réalité, il remarqua la présence d'Évariste et d'Isabeau qui l'attendaient patiemment quelques mètres plus loin, dans la rue d'en face. Ils avaient eu assez de compassion pour le laisser fixer le ciel pendant de longues minutes avec un air d'ahuri. Adam redressa ses épaules. Il était temps qu'il reprenne le contrôle de son existence et qu'il cesse de se cacher derrière une éducation de privilégié incapable de prendre les choses en main.

Et sa première décision avait été d'appeler le notaire et son associé pour qu'ils passent le chercher à sa libération. Non pas sa mère, et encore moins son père. Rien que cette initiative marquait un tournant dans la vie du jeune homme. Évariste n'avait montré aucune surprise lorsqu'ils s'étaient parlé au téléphone, la veille. Adam le soupçonnait d'avoir deviné la suite des événements. Mais le jeune homme ignorait encore s'il pouvait lui faire confiance. Il savait qu'il leur devait à tous les deux sa libération, grâce aux preuves qu'ils avaient livrées à la police. Une fois le nom de Félicité Levostre donné aux autorités, Évariste n'avait plus eu qu'à trouver un témoin attestant avoir bien vu Adam et la jeune femme ensemble à l'heure du décès d'Apolline. Néanmoins, ce n'était parce que le notaire l'avait tiré d'affaire qu'il fallait oublier un fait essentiel : Évariste travaillait toujours pour son père et pour ses intérêts. Il était donc capital de régler rapidement cette question.

— Bonjour Évariste. Merci d'être venu me chercher, entama Adam après avoir tendu la main en guise de salut.

— Je vous en prie. Nous sommes garés un peu plus loin.

— S'il vous plaît, pourriez-vous m'emmener ailleurs que chez moi ? Pour l'instant.

— Où avez-vous envie d'aller ?

— Dans n'importe quel endroit... neutre.

Évariste acquiesça. Reprenant la voiture, ils traversèrent Monaco et se rendirent au port. Surplombant la jetée, un bâtiment sur trois étages, entièrement peint en blanc et cerclé de larges baies vitrées pour admirer le panorama, accueillait les membres de l'association du yacht-club de la principauté. Les trois hommes s'installèrent sur la terrasse et commandèrent des boissons fraîches. Aucun d'entre eux n'avait prononcé un seul mot depuis la maison d'arrêt, et il se passa encore de longues minutes avant qu'Adam ne se décide à rompre le silence.

— Je devrais trouver les bons mots pour vous remercier de m'avoir sorti de là.

— Je vous avais donné ma parole, répondit Évariste en nettoyant ses lunettes de soleil.

— Merci de l'avoir tenue. Je vis dans un monde où ce fait est assez rare pour qu'on le note.

Adam patienta plusieurs secondes, avant de reprendre sur un ton plus bas et plus las :

— Vous n'êtes pas trop entré dans le détail, mais j'ai cru déceler dans votre voix quelque chose de très grave. Est-ce que je me trompe ? Félicité n'est pas simplement morte. Elle est morte dans d'horribles circonstances, n'est-ce pas ?

— Adam, connaître ces *circonstances* ne la ramènera pas à la vie.

— Non, mais il me semble que je dois honorer sa mémoire en comprenant ce qui lui est arrivé. Elle n'a pas succombé à une cause naturelle, quelqu'un l'a tuée. Je veux savoir comment et pourquoi.

Évariste mit un temps infini à positionner ses lunettes sur son nez. Adam remarqua qu'Isabeau observait le moindre des faits et gestes de toutes les personnes qui se trouvaient sur la terrasse avec eux. *C'est une bien drôle de paire que forment ces deux-là*, pensa le jeune homme. *Une partition bien étudiée et jouée jour après jour.*

— C'est une affaire complexe, mon ami, reprit le notaire. À l'heure actuelle, nous n'avons pas de réponses.

— Mais vous avez des pistes.

— Quelques-unes.

— Alors ?

— Je pense que votre amie ainsi que la personne avec laquelle elle se trouvait cette nuit-là ont été victime d'une sorte d'empoisonnement. Il est aussi probable que Félicité n'était pas spécifiquement visée.

— Comment ça ?

— Il semblerait que votre amie se soit trouvée, malgré elle, mêlée à une affaire politique et financière extrêmement complexe. Pour résumer, je pense qu'elle s'est malheureusement trouvée là où il ne fallait pas.

— Je savais que son métier finirait par lui causer du tort, souffla Adam dans un soupir à fendre l'âme. C'est la raison pour laquelle je voulais absolument qu'elle arrête. Mais ses souteneurs exigeaient un prix de, comment dire...

— Rachat ?

— De rachat, oui, extrêmement élevé. La fortune familiale est entre les mains de mon père, je n'y ai accès que partiellement et, surtout, je dois en justifier chaque centime lorsque je demande un chèque. Je réfléchissais au moyen de manipuler mon père, car vous pensez bien qu'il n'aurait jamais donné quoi que ce soit s'il avait su pour quoi j'avais besoin de cet argent. Si seulement j'avais réfléchi plus vite...

— Je ne crois pas que ça aurait fait une différence, observa le notaire. Pour être honnête, je ne suis même pas certain que ses souteneurs auraient accepté qu'elle s'en aille.

— Pourquoi dites-vous cela ?

— Une intuition, et un peu d'expérience. Sans revenir sur les activités de votre amie, elle travaillait avec une clientèle de pouvoir. Cette spécialité en faisait une employée spéciale, et on ne laisse pas filer ce genre d'employée si facilement. Je doute que l'argent aurait pu la libérer. Car c'est justement la chose qui ne manque pas dans ce genre de réseau.

Adam se pencha en avant pour poser ses coudes sur la table. Il se mit à parler sur le ton de la confidence :

— Je vous en prie, Évariste, dites-moi ce qui s'est réellement passé.

— Je suis désolé, je ne peux pas vous révéler les informations que j'ai, parce que celles-ci touchent les affaires de votre père.

Les yeux d'Adam se mirent à jeter des éclairs, tandis qu'Isabeau braquait les siens en direction du notaire.

— Mon père ? répéta le jeune homme, en détachant chacune des syllabes.

— Il faut me laisser le temps de démêler toute cette histoire, Adam. Vous finirez par avoir vos réponses.

— Ou pas ! s'exclama Bélanger, ce qui attira l'attention des autres clients du club. Vous savez ce que c'est de ne pas réussir à exister parce que l'ombre de votre père vous prive du soleil ?

Adam s'interrompit un instant. Il passa la main sur son visage, comme s'il voulait se débarrasser d'un voile ou d'une tache sur sa peau.

— Ma mère a eu beau tout faire, je ne respire que l'oxygène qu'il veut bien me laisser. Ma vie avec Félicité, les moments que je partageais avec elle, c'était un espace de liberté. Alors peut-être que c'était lâche de ma part de ne pas assumer et de vivre dans la clandestinité, mais je n'ai pas trouvé d'autre moyen. Même à Paris, je sentais le poids de son regard sur ma nuque. Ma mère et moi ne sommes que ses extensions, des excroissances de chair qu'il tolère sur son corps parce qu'elles lui servent. Nous ne sommes rien de plus que ça. Et maintenant... maintenant, son nom ressort encore dans la mort de la seule femme qui m'ait jamais vu tel que je suis réellement ?

— Êtes-vous certain que votre père ignorait tout de votre relation avec Félicité ? demanda soudain Évariste.

— Absolument. Nous avons été extrêmement prudents, et s'il y a bien une chose qu'il m'a apprise, c'est la dissimulation. Je vous en prie, dites-moi en quoi mon père pourrait être mêlé de près ou de loin à la mort de mon amie.

Un sourire énigmatique éclaira le visage du notaire.

— Comme je vous l'ai dit, pour l'instant je ne peux rien révéler de plus.

Adam lâcha un profond soupir. Il bascula dans le fond de son siège si brutalement que celui-ci grinça sur ses pieds.

— Mais je ne suis pas le seul spécialiste à Sainte-Cécile, reprit le notaire avec un air presque espiègle. Isabeau ne fait rien de particulier en ce moment, et il s'ennuie.

Ledit Isabeau leva les yeux au ciel, trahissant néanmoins plus le fatalisme que l'étonnement.

— Je... Je n'ai pas les moyens de louer les services de cette fondation, répondit Adam avec gêne.

— Il est en solde, répondit Évariste.

— Une fois de temps en temps, essayez de faire comme si je pouvais entendre ce que vous dites sur moi, intervint Isabeau.

— Je suis en train de négocier votre premier client et je vante les mérites de votre jeunesse. Vous êtes d'une ingratitude...

— J'ai l'air de tomber dans le panneau ?

— Je ne sais pas, vous boudez toujours, c'est difficile de déceler une autre émotion.

— Au temps pour moi. Je vais traduire : vous me fatiguez.

— Dans ce cas, faites plus de sport, vous gagnerez en endurance.

Adam assista à l'échange avec une inquiétude mêlée d'impatience. Il savait que ces hommes étaient ses deux meilleures chances d'obtenir les réponses à ses questions. Pouvait-il leur faire confiance ? Il n'en avait aucune idée. Mais, jusque-là, à qui avait-il pu faire entièrement confiance, à part sa mère et Félicité ? Il n'avait plus d'options, et encore moins de moyens. Si ses interlocuteurs refusaient de lui venir en aide, il devrait s'en retourner à son monde de faux semblants et jouer le rôle pour lequel on l'avait fait naître.

— J'accepte avec grand plaisir de travailler pour vous, répondit Isabeau. Ne vous inquiétez pas du paiement, cette histoire a piqué ma curiosité.

— Pourquoi faire tant de cinéma, si c'était pour accepter ? se lamenta Évariste.

— Pour vous permettre de palabrer, sinon ça vous manque et vous devenez encore plus insupportable.

— Alors, maintenant dites-moi ce que vous savez, insista Adam.

— Il se peut que la mort de votre amie soit liée à une affaire d'ordre économique. Elle avait pour clients des gens très haut placés au sein du gouvernement français, et pas seulement, d'ailleurs. Elle a peut-être servi de moyen pour atteindre l'État et ses intérêts. Nous parlons de marchés financiers tels qu'ils donneraient un avantage stratégique énorme à ceux qui en auraient le monopole et le contrôle. Or, les États ne sont pas les seuls à viser la puissance économique, les investisseurs privés aussi. C'est là que le nom de votre père est apparu dans l'équation. Il semble que les entreprises dans lesquelles il a des parts soient elles aussi entrées dans la course aux marchés juteux.

— Et vous pensez que ma Félicité a été prise dans ce feu ? Qu'elle a été utilisée comme quoi… ? Un cheval de Troie parce que tous ses clients sont justement les puissants qui font cette guerre ?

— C'est une possibilité, reconnut Isabeau. Tout est peut-être lié à ces enjeux et cette bataille économique. *Tout.*

Adam tressaillit.

— La mort d'Apolline serait liée à celle de Félicité ?

— Nous n'en sommes pas certains, mais il se pourrait que oui. Vous vous rendez bien compte que cela dépasse largement votre histoire, ou celle d'Apolline ?

— Mon Dieu… Ce que je vois surtout, c'est que les deux femmes les plus proches de moi n'ont peut-être été que des victimes dans un jeu de pouvoir auquel elles n'entendaient rien et dont elles ignoraient même l'existence. Comme si… Comme si *elles ne comptaient pas.*

— Elles *comptaient* pour vous, et elles *comptent* pour nous, précisa Isabeau sur un ton plus doux. C'est pourquoi nous essayons de tirer les ficelles et de voir jusqu'où elles remontent.

— Oui, oui, je comprends, répondit Adam d'une voix blanche. Je vous en prie, Isabeau, trouvez qui est responsable de leur mort. Même si c'est le président, même si c'est mon père. Qui que ce soit, je veux savoir.

— Je vous en donne ma parole, promit Isabeau.

Adam retomba ensuite dans le mutisme. Cela faisait beaucoup d'informations à digérer et, maintenant, il souhaitait se retrouver seul. Il avait besoin de réfléchir, et surtout de passer à l'action.

Il avait besoin d'échanger deux mots avec son père, car il savait quelque chose que ses deux interlocuteurs ignoraient encore. Il savait dans quelles affaires son géniteur trempait.

Évariste et Isabeau regardèrent Adam s'éloigner, tandis qu'une très jolie serveuse, comme toutes celles recrutées dans le club, venait s'enquérir de leurs nouveaux désirs de consommation.

— Je croyais que nous nous étions mis d'accord : quand vous avez une idée de plan, vous m'en parlez avant de l'exécuter, déclara Isabeau sur un ton de reproche.

— Je ne suis pas certain que nous nous soyons jamais mis d'accord sur cette question.

— Moi si.

— Vous êtes sûr que ce n'était pas dans votre tête ? Un accord avec vous-même ?

— Pourquoi avoir joué cette comédie à Adam ? Nous travaillons tous les deux pour Anatole Bélanger, et nous venons donc de signer tous les deux pour Adam. C'est exactement la définition d'un conflit d'intérêts.

— Et qui va nous dénoncer ? Adam ? Il a besoin de nous, nous sommes sa seule source fiable d'informations. C'est un garçon intelligent. Et puis nous lui avons donné ce qui lui manquait.

— C'est-à-dire ?

— Une raison de s'en prendre à son père. Ce qu'il attendait depuis des années.

— Vous êtes convaincu que ces deux-là sont d'une façon ou d'une autre associés à l'affaire ?

— Je l'ignore. Mais d'expérience, les gens qui pensent être au-dessus du commun des mortels, soit consciemment soit inconsciemment, ont l'habitude de ne tenir aucun cas des conséquences de leurs actes. Quelqu'un sème des cadavres un peu partout et ça ne semble avoir pour l'instant aucun sens. Donc ou bien l'assassin s'en moque, ou bien il poursuit un but encore plus précis que nous le supposons. La famille Bélanger pourrait coller à ces deux hypothèses de par sa façon de voir le monde.

— En tout état de cause, vous prenez des risques en jouant cette carte. Si Adam ne tient pas sa langue et que notre conversation revient aux oreilles d'Anatole Bélanger, vous allez prendre le conflit d'intérêts en pleine figure.

— Je doute que cela arrive.

— Je sais que vous mourez d'envie que je vous demande pourquoi.

— J'aime quand vous minaudez, mon cher.

— J'ai eu un excellent professeur.

— Il n'y aura pas de conflit d'intérêts, mon ami, car je suis sur le point d'être remercié par Anatole Bélanger.

Isabeau observa l'air de satisfaction, un brin jubilatoire, d'Évariste. Le même air qu'il prenait chaque fois qu'il soignait une révélation. Parfois, il se trompait complètement, mais cela n'enlevait jamais rien à son plaisir lorsqu'il faisait une annonce prophétique. Le jeune homme acheva de boire son verre en tournant son regard vers le panorama.

— Il faut mettre Georges sur les affaires de Bélanger et ses petits amis, expliqua Évariste. Nous devons avoir une vision d'ensemble de toutes les entreprises dans lesquelles leurs noms apparaissent. Documents d'archives, déclarations de statuts, coupures de presse spécialisée, il faut remonter jusqu'au moment où ils commencent à faire parler d'eux dans le milieu des affaires. Et nous devons aussi surveiller les dépôts de brevets à l'Institut de la propriété intellectuelle. La personne qui déposera le brevet détient l'Américain.

Isabeau tressaillit soudain.

— Attendez, mais cela change tout, déclara-t-il, les pupilles brillant d'une lumière vive.

— Pas tellement, c'est Georges qui va se taper tout le travail mortellement ennuyeux de fourmi.

— Si vous êtes remercié par Anatole Bélanger, poursuivit le jeune homme en ignorant la réponse d'Évariste, cela va bouleverser toutes les lois de l'univers.

— C'est-à-dire ?

— Vous allez travailler pour moi.

— Pendant un si bref moment.

— Je prends quand même.

19

11 juillet 1952, manoir des Bélanger, Beaulieu-sur-Mer, 20 h

En allongeant ses jambes, Anatole soupira d'aise. Il laissa choir sa canne sur le côté et ferma les yeux pour ne rien perdre du moment le plus agréable de la journée : lorsqu'il pouvait enfin s'avachir dans un confortable fauteuil. Depuis son accident vingt ans auparavant, il en demandait tellement à son corps. À l'époque, les médecins lui avaient dit que sa jambe était trop abîmée pour qu'il puisse s'en servir suffisamment correctement pour marcher. Il devait s'estimer heureux de l'avoir gardée, il ne fallait pas en espérer plus. Mais ils avaient parlé sans connaître son caractère et sa volonté. Les statistiques et les approximations, c'était pour les médiocres. Anatole avait toujours visé l'excellence en toutes choses. Sa volonté n'avait aucune limite, et elle n'était jamais satisfaite bien longtemps. Sa nourrice – il était d'une époque où les mères avaient assez peu cure de leur progéniture si ce n'était en société – lui avait dit un jour qu'elle craignait qu'aucun ciel ne soit assez haut pour lui.

Si, du haut de ses dix ans, il n'avait pas compris le sens de ses paroles, avec le recul la réflexion était d'une clairvoyance incroyable. Sa nourrice avait sans nul doute été la personne la plus intelligente qu'il ait jamais rencontrée. Il aurait aimé la garder plus longtemps à ses côtés, excepté qu'en ce temps-là le petit personnel était aussi interchangeable et jetable que des serviettes.

Alors, quand les docteurs s'étaient réunis autour de son lit d'hôpital comme une guirlande de petites figurines de clowns, il les avait patiemment écoutés sans prononcer un seul mot. Ses interlocuteurs avaient pris son silence pour du courage. Belle erreur. En réalité, Anatole avait déjà un plan. Il en avait toujours un d'avance. Dès le lendemain, il exigea que tous les spécialistes en motricité de Martinique se mettent à son service. L'aisance financière de sa famille aida grandement à les attirer à son chevet. *Et dès le lendemain,* Anatole commença la rééducation. Cela fut la chose la plus difficile qu'il ait jamais eu à faire dans sa vie, même après toutes ces années de lutte. Six mois plus tard, il pouvait se tenir debout. Un an plus tard, il pouvait marcher avec une canne. Les Bélanger restaient debout, quoi qu'il arrive.

— As-tu besoin qu'Eulalie te monte quelque chose ?

La voix de sa femme le tira de ses pensées.

— Non, je te remercie.

Il observa Fidélia ranger quelques livres que quelqu'un avait laissés traîner sur un canapé. Elle aussi n'avait pas été épargnée par l'accident. Lorsque la voiture avait quitté la petite route bordant le littoral pour planter le nez dans le ravin, sa tête avait traversé le pare-brise. Heureusement, c'était une décapotable, si bien que le verre avait cédé facilement. Cela avait sauvé son crâne, mais son visage avait été irrémédiablement abîmé par le verre. Elle avait subi cinq ou six opérations de chirurgie esthétique, et le résultat était miraculeux. Du moins, c'était l'impression qu'il en avait eue. Avec le choc, il n'avait pas perdu uniquement l'usage de sa jambe, mais aussi une partie du fonctionnement de son cerveau. Sa mémoire n'avait jamais plus été aussi performante. Deux mois s'étaient écoulés avant qu'il ne retrouve ses souvenirs et, pendant environ deux ans, il oubliait régulièrement des pans entiers de son enfance, ou il lui était impossible de se remémorer des choses faites les semaines précédentes. Avec le temps, il avait presque reconstitué le puzzle, mais quand il fixait ses proches il lui arrivait encore de se demander si l'image qu'il avait d'eux était celle du départ, ou celle qu'il s'était reconstituée ensuite en la superposant à l'autre. Lui-même, était-il différent de ce qu'il avait été avant l'accident ? Aurait-il eu une vie autre s'il n'avait pas raté ce maudit virage ? Sa femme avait-elle toujours eu cette démarche élégante et aérienne, ou ses mois de convalescence l'avaient-ils obligée, tout comme lui, à revoir l'utilisation de son propre corps ? Lui en avait-elle voulu de ce drame, de ce qu'il avait impliqué ? Eux s'en étaient sortis, mais ce n'était pas le cas de tout le monde.

Ils n'en avaient jamais parlé. Jamais. Parfois, il la fixait, il essayait de voir dans son cœur. Cependant, il n'était pas très doué dans cet exercice.

— Je vais aller m'allonger et lire un peu, annonça Fidélia. Ne te couche pas trop tard.

Il lui fit un petit signe de la main. Leur relation n'avait jamais été très passionnée, plutôt impeccablement courtoise. Au cours de sa vie, il avait eu quelques maîtresses. Pour aucune d'entre elles il n'aurait quitté son épouse. Elle avait toujours rempli sa fonction à la perfection et n'avait jamais été une source de déception ou de contrariété. Rien que pour cette raison, elle avait acquis dans son cœur une place à part. Il ne s'était à aucun moment demandé si elle était heureuse de sa vie, mais comme elle ne s'était pas plainte ni ne lui avait jamais fait le moindre reproche, il n'avait jamais guère vu l'intérêt de lui poser la question.

Il inspira profondément. Les fenêtres grandes ouvertes laissaient passer des effluves d'iode mêlés à ceux des palmiers et des gueules-de-loup. Il regrettait de ne pas avoir demandé à sa femme de lui donner un livre. La bibliothèque était toute proche, mais il fallait qu'il se lève, et rien que cette idée lui passa l'envie de la lecture. Fermant les yeux pour se laisser aller à quelques réflexions silencieuses, il fut tiré de sa torpeur par un bruit de pas précipités dans l'escalier. Adam ne tarda pas à faire une entrée sonore et brutale. Le visage de son fils affichait une colère froide qui fit rouler les yeux d'Anatole.

— Que d'empressement, mon fils, ironisa-t-il. Je suppose que tu dois sortir avec tes amis, comme tous les vendredis soir.

— J'ai plus important à faire, ce soir, père, déclara Adam sur un ton ferme. Il faut que nous parlions.

Après avoir pris soin de refermer la porte, le jeune homme s'assit en face de son géniteur.

— En voilà bien des manières.

— Je ne veux pas qu'on nous entende.

— Je vois, attesta Anatole, juste après avoir bâillé. Alors, quel sujet mérite tant d'émotion et de secret ?

— Félicité Levostre, annonça Adam avec solennité.

Son père ne montra aucun signe extérieur qui aurait pu renseigner le jeune homme sur ses pensées et ses sentiments. Après quelques secondes de silence, Anatole répondit :

— Tu me demandes si je la connais, ou tu m'annonces que tu la connais ?

— Félicité Levostre, répéta le jeune homme, la voix plus grave. Je ne suis pas d'humeur à jouer au jeu de l'hypocrisie, ce soir.

— Ce qui tombe bien, tu n'as jamais su jouer à aucun jeu approprié, mon fils. Sers-nous un verre, et sois plus précis, si tu veux qu'il ressorte quelque chose de ce semblant de conversation.

Adam crispa sa mâchoire. Il se releva, attrapa la bouteille et la cogna fort contre le verre de la table basse devant son père. La table était proche du fauteuil, mais pas suffisamment pour lui permettre de s'en saisir sans se lever. Le regard d'Anatole s'enflamma, tandis que son fils se rasseyait près de lui.

— Économisons-nous le petit jeu de dupes qui consiste à me prendre pour un idiot et moi à faire semblant de ne pas le voir, s'embrouilla Adam. Je sais que *tu sais* que j'ai compris un certain nombre de choses concernant tes petites affaires. À moins que tu ne sois réellement aveugle ?

— C'est-à-dire ?

— Tous les enfants normalement constitués naissent avec des caractéristiques comme celles de voir, d'entendre et de réfléchir. Oui, père, même moi. Tu *croyais* que je ne comptais pour rien quand tu t'adressais à tes associés et que tu me laissais des heures assis sur le parquet. Tu croyais que je ne pourrais pas comprendre certains mots parce que je ne m'intéressais à rien. Mais vois-tu, les enfants ont une bien étrange habitude. Ils cherchent à se faire remarquer et aimer par leurs parents. Tous, sans exception. Alors ils observent, ils écoutent et ils imitent, en espérant faire assez la cabriole pour que leurs parents les jugent enfin dignes d'intérêt. Et quand cela n'arrive pas, alors ils ne se découragent pas. Au contraire, ils persévèrent, ils s'accrochent et se disent qu'un jour tout ce qu'ils ont emmagasiné en observant servira.

— J'ose croire que cette lamentable histoire a un but précis.

— Je sais très bien comment tu as pu bâtir ton empire financier, père.

— Parfait, je peux donc espérer qu'un jour tu quitteras ta vie d'oisif pour être un peu utile à la famille.

— Cela dépend. Dans quel domaine souhaites-tu que je me rende utile ? Dans tes affaires légales, ou dans tes petites combines illégales ?

— Qu'as-tu encore inventé ?

— J'ai toujours su que tu contournais la loi quand cela pouvait sauver tes affaires. Cela t'a bien servi pour continuer de faire de l'argent quand plus personne autour n'y arrivait.

— C'est un domaine qui t'échappe sans doute, mon fils, mais ce que tu décris s'appelle le talent et le travail.

— Oh non, ça s'appelle les pots-de-vin, la contrebande d'alcool et la prostitution.

Anatole se passa la main sur le menton. Ses yeux globuleux de chouette fixaient son fils avec une intensité lugubre.

— Je ne te suis pas, commenta-t-il en desserrant à peine les dents.

— Tu parles de talent, père. Le mien a été d'être invisible à tes yeux. Comme tu ne me voyais pas, tu n'as jamais pris la peine de cacher tes petites magouilles.

— Et tu me dis tout ça parce que… ?

— La question que je me pose, c'est : est-ce que tu continues ? Est-ce que tes petites magouilles sont encore présentes quelque part dans ton immense empire financier, ou est-ce que tu t'es débarrassé des branches pourries de l'arbre afin d'éviter les ennuis ?

— Adam, je t'en prie, pourrais-tu abréger ce monologue œdipien qui ne passionne que toi ?

— Si jamais j'apprends que tes affaires ont conduit à la mort de Félicité, je jure devant Dieu que rien sur cette Terre ne m'empêchera de te le faire payer. *Si jamais* j'apprends que tu connaissais la nature de mes relations avec elle et que tu as quand même joué les tyrans, alors attends-toi à voir tout ton empire s'écrouler.

— Tu es fou ! tonna brusquement Anatole.

— Regarde-moi bien. Regarde au fond de mes yeux et dis-moi si c'est de la folie que tu vois ?

— Je l'ignore, peut-être un peu de stupidité, claqua Anatole.

— Cache-toi derrière ton sarcasme autant que tu veux, cela ne m'impressionne plus. Ton trône est en danger, père. Je suis juste derrière toi et je te jure que je vais creuser, encore et encore, jusqu'à ce que je trouve des réponses. Et je vais les trouver, crois-moi, parce que je suis ton fils.

— Question menaces, tu as tout donné ? ironisa Anatole, sans ciller. Peut-être n'ai-je pas totalement raté ton éducation, après tout.

— Non, père, tu ne l'as pas ratée.

— Je te rappelle néanmoins que la vantardise ne fonctionne que lorsque les moyens du vantard sont à la hauteur de son exagération. Or, sauf erreur de ma part, tes moyens se résument à ceux que je veux bien te laisser.

— Garde-les, tes moyens ! Moi aussi, j'ai des ressources, et je peux dire que j'ai exactement les mêmes que toi, puisque ce sont celles que je t'ai volées.

20

15 juillet 1952, bureau de la succursale de l'entreprise Providence à Cannes, 9 h 30

Quand on l'avait prévenu qu'André Legrand-Mercier demandait à le voir, Vilaire Rochefort se doutait bien qu'il allait passer un mauvais moment. Au sein du groupe, Anatole n'était pas particulièrement un marrant, mais avec lui au moins on pouvait discuter de façon civilisée. Il savait reconnaître quand il avait besoin des gens, et quand c'était le cas il faisait au moins semblant de ménager leur susceptibilité. Le fait qu'il ait été élevé avec une petite frappe telle que Maurice Granger lui avait fait côtoyer les quartiers populaires dans lesquels on préférait l'efficacité au protocole. Anatole était un ambitieux, un conquérant, ce qui lui faisait prendre des décisions froides et rationnelles. On pouvait compter sur cette logique. À l'inverse, Legrand-Mercier représentait les vestiges d'une aristocratie qui n'avait pas remarqué que son monde de privilèges avait disparu avec les révolutions modernes. C'était une sorte de marionnette sclérosée par une couche de préjugés sociétaux. Quand il s'adressait aux autres, c'était toujours au travers du filtre condescendant de sa supériorité, et si on voulait atteindre sa raison, il fallait se frayer un chemin au travers de cette jungle pontifiante.

André Legrand-Mercier était le genre d'homme qui pensait être intelligent parce qu'on le lui avait répété depuis sa naissance. Sauf qu'en réalité, dans le vrai monde, il était profondément limité.

S'il n'avait pas été issu d'une vieille famille au sang bleu, il n'aurait sans doute pas été bon à grand-chose, à peine aurait-il pu être capable de balayer dans la rue. Vilaire avait toujours eu énormément de mal à supporter cette médiocrité intellectuelle, et s'il n'y avait pas eu Anatole jamais le chimiste n'aurait accepté de faire équipe avec cet épouvantail suffisant. Mais voilà, *l'épouvantail suffisant* disposait de deux atouts – même s'il n'avait pas fait grand-chose pour les obtenir –, l'argent et les relations. Même Anatole ne pouvait rivaliser avec lui dans ces domaines. La famille des « sang bleu » n'était pas si étendue. Des siècles de mariages consanguins avaient tué les membres les plus faibles, et ceux qui avaient survécu étaient tous des parents proches. Donc solidaires.

Quand on voulait mettre en place de grandes choses, l'idée de génie ne suffisait jamais. Il fallait des capitaux pour la faire grossir et des alliés puissants pour parler en son nom. C'était aussi biaisé que ça. Le monde ne souriait qu'aux influents et aux riches, et le succès ne venait qu'à ceux qui s'étaient sortis du ruisseau depuis déjà plusieurs générations. Maurice Granger résumait cet état de fait par une phrase qu'il répétait au moins une fois par jour : « Pour gagner gros il faut miser gros. » Et ils avaient gagné très gros, cela, Vilaire ne pouvait le nier. Sans sa rencontre avec ces hommes, le brillant esprit qu'il était aurait fini professeur de faculté de sciences à engraisser l'esprit de fils de nantis. Mais le prix à payer pour ce succès était de se coltiner *l'épouvantail suffisant.*

— Eh bien, mon cher, n'avez-vous pas eu mes messages ? entama André en pénétrant dans le bureau de Vilaire.

Celui-ci dut se mordre l'intérieur de la joue pour ne pas lui répondre que ses messages étaient le cadet de ses soucis.

— Navré, j'ai été occupé, répondit-il sans guère de politesse.

— J'imagine. À ce propos, diriez-vous que votre occupation produit ses fruits ?

Rochefort exécrait par-dessus tout les métaphores vaseuses de cet individu.

— Ce n'est pas une science exacte.

— J'ai peur que vous ne compreniez pas les enjeux de cette affaire.

Il valait mieux entendre ça que d'être sourd. Legrand-Mercier n'était pas capable de faire la différence entre un pissenlit et un prototype de moteur électrique, et il se permettait de lui faire la leçon sur les *enjeux* de cette affaire. Vilaire prit une profonde inspiration pour se laisser le temps de répondre sans afficher un mépris ostentatoire.

— Je me permets de vous faire remarquer que c'est moi qui vous ai proposé cette *affaire*, comme vous dites. Alors je sais mieux que quiconque quels en sont les enjeux.

Il avait déjà fait mieux sur le plan de la courtoisie.

— Et donc, quel est le problème ?

— Le problème est que, malgré nos moyens, nous avons du mal à localiser sa fille, et sans elle il refuse toute coopération. Estimons-nous déjà heureux qu'il nous croie plus capables que le gouvernement et qu'il accepte nos conditions de résidence.

— Je croyais que Granger était sur le coup... Pourquoi est-ce si long de remettre la main sur cette femme ?

— Parce qu'elle est juive et que pour échapper aux rafles elle a changé d'identité. À la Libération, elle a peut-être rechigné à reprendre son nom ou, plus probablement, tous les documents qui prouvaient son réel état civil ont été détruits. On cherche une aiguille dans une meule de foin, ça prend du temps.

— Mais du temps, nous n'en avons pas. J'imagine que d'autres petits génies vont finir par arriver aux mêmes conclusions que lui, et si ça arrive, les brevets nous passeront sous le nez.

Vilaire se frotta les yeux de la paume de la main.

— Heureusement pour nous, cet homme est très en avance sur son temps.

André devint silencieux. Balayant la pièce du regard, il parut ne guère savoir quoi faire, si ce n'était rester planté devant son interlocuteur. Après quelques secondes qui parurent une éternité à Vilaire, celui-ci finit par craquer :

— Je ne saisis pas exactement la raison pour laquelle vous êtes venu ?

— Vous ignoriez mes appels, répondit André.

— Parce que je n'avais rien de plus à dire. Je croyais avoir été clair avec Anatole.

— Anatole est, disons... occupé, expliqua Legrand sur un ton que Vilaire trouva légèrement amer.

— Qu'insinuez-vous ?

— Qu'entre la mort de sa belle-fille et l'arrestation de son fils, il vaut mieux qu'il reste un peu en retrait des affaires.

Vilaire tiqua à l'évocation du décès d'Apolline, mais il enchaîna rapidement pour ne pas laisser transparaître son trouble :

— Son fils a été libéré, il me semble.

— Oh, vous n'êtes pas naïf à ce point ? Tant que le décès de la petite Bartoli reste inexpliqué, c'est encore dans tous les esprits. Nous sommes en juillet, les gens n'ont rien à faire d'autre que de se gaver de soleil et de commérages.

Sur ce point, Vilaire devait reconnaître que Legrand-Mercier marquait un point.

— Arrangez-moi une entrevue avec notre invité, reprit André après une courte pause.

— Je ne vois pas très bien ce que vous pourriez faire de plus que ce que nous faisons déjà.

— S'assure-t-on bien qu'il reste en bonne compagnie ?

— Jour et nuit.

— Depuis combien de temps ?

— Environ deux semaines.

— Bien, c'est encore un peu juste pour le rendre docile.

— Deux semaines, c'est court, mais pourquoi pas.

— Il faudrait peut-être revoir vos fameuses techniques. Cette fois, l'affaire est d'une autre envergure. Tâchez de faire en sorte qu'elle ne vous échappe pas trop. Je pense que vous serez d'accord pour laisser faire les spécialistes dans leur sphère de compétence.

Vilaire ne broncha pas quand André prit congé de lui en lui adressant à peine un signe. Sans doute l'aristocrate pensait-il faire une sortie digne de celle d'un roi, mais ce que Rochefort retenait était qu'après toutes ces années de collaboration André ignorait toujours quelle était sa spécialité scientifique. Stupide.

Néanmoins, son visiteur avait raison sur une chose. Anatole pouvait mettre en péril tout le projet en attirant trop l'attention sur lui. La police avait la fâcheuse habitude de fouiller dans la vie des proches de la victime. Et les Bélanger étaient des proches. Bien entendu, ce n'était pas la première fois que les forces de l'ordre tournaient autour de leurs petites affaires, excepté que dans ce cas il s'agissait d'un crime un peu particulier. Un crime qui renvoyait à tellement de choses. Mais ce ne pouvait être qu'une coïncidence.

Il n'avait pas non plus spécialement confiance en ce Fauconnier. La réussite de leurs activités dépendait du secret. Et même si Sainte-Cécile était tenue à la plus grande discrétion par la nature même de son activité, laisser un étranger mettre le nez dans leur univers était dangereux.

Vilaire jeta un œil par la fenêtre et se laissa aller à ses pensées. Comment s'était-il retrouvé dans cette situation ? En l'espace de quelques jours, toutes ses certitudes avaient volé en éclats. Son ancien amour, Yvette Bartoli, était revenue dans sa vie pour lâcher une vraie bombe. Son existence n'avait finalement pas été stérile, et il avait eu une fille. Il avait encore du mal à réaliser. La paternité lui paraissait un concept tellement inaccessible, comme si c'était un bonheur inconcevable pour une certaine catégorie d'êtres humains. Un immense bonheur qui aurait pu changer sa vision du monde, le lui faire regarder d'une autre façon. Mais dans le même intervalle, cette joie inattendue s'était muée en infinie tristesse. En une seconde. Qu'aurait-il préféré, en vérité ? Ignorer l'existence d'une descendance, ou vivre un deuil paternel ? Car pleurer la mort d'un enfant, c'était toujours réaliser qu'on en avait eu un.

Posant le front contre la vitre, il soupira de lassitude. Il se sentit envahi par le malaise. L'image du visage d'Apolline noirci de brûlures se forma dans son esprit et lui transperça le cœur. Comment cela pouvait-il être possible ? Il devait y avoir une explication, forcément, mais laquelle ? Des effluves de canne à sucre et de mangue montèrent soudain à ses narines. D'où provenaient-elles ? De ses lointains souvenirs. La Martinique, l'époque bénie de toutes les espérances. Qu'il avait été heureux, à cette époque-là ! Il se surprit à repenser à toutes les personnes qu'il avait connues à l'époque et qu'il avait laissées derrière lui. Certaines avaient juste traversé sa vie, d'autres s'étaient attardées.

Tout passe, hélas...

Mais quand le passé revient vous hanter, qu'est-ce que cela signifie ? Il y avait quelque chose que l'Univers essayait de lui dire. Yvette et sa révélation, la mort d'Apolline, tout ceci voulait dire quelque chose.

Il devait se ressaisir. André ne changerait rien à l'histoire et ne ferait sans doute que braquer leur invité. Encore une fois, Vilaire sentait qu'il devait s'occuper de la partie technique et laisser Maurice et Anatole emballer le tout pour que ça produise de l'argent. Encore plus d'argent.

— Madame Louvret, appela-t-il après avoir composé le numéro de sa secrétaire personnelle, je m'absente pour une heure ou deux. Si messieurs Bélanger ou Granger cherchent à me joindre, dites-leur que je suis à l'hôtel.

— À l'hôtel, Monsieur ? répondit la femme, à l'autre bout du fil. Quel hôtel ?

— À l'hôtel, ils comprendront.

S'emparant de son fedora en coton qui avalait sa petite tête, il s'échappa de son bureau et descendit dans le garage où sa Bentley l'attendait. Chapeau trop grand, voiture trop grande, une mauvaise langue aurait sans doute eu quelque chose à redire sur le sujet, mais il avait cessé de leur prêter attention depuis qu'il avait dix ans. Car à cet âge il avait compris qu'il ferait quelque chose de grand, qu'il avait une destinée.

Ce qu'il ignorait, car sa destinée n'avait pas jugé bon de le prévenir, était que les grandes choses qu'il accomplirait prendraient fin à la seconde où sa vie se terminerait. Il n'était pas donné à tout le monde d'atteindre l'immortalité. Et ce qu'il ne savait pas non plus était que sa vie s'arrêterait si vite.

À peine eut-il posé la main sur la poignée de la portière de sa voiture qu'une voix l'interpella. Cela n'aurait sans doute pas changé les choses s'il avait refusé de se retourner, mais il aurait probablement eu moins peur. Car au moment où il répondait à la personne se trouvant juste derrière lui, l'immense lame d'un couteau pénétra sa chair au niveau du ventre. La douleur fut si intense qu'elle lui cloua littéralement le bec. Il tendit les bras vers son agresseur, un geste qui implorait silencieusement la pitié.

Son adversaire en tint compte, car il multiplia les coups pour abréger ses souffrances. Toujours au même endroit, avec tant de force que tout ce qui se trouvait dans la cavité abdominale finit par se retrouver au-dehors. Vilaire mit un temps infini à sombrer dans l'inconscience qui le conduisait directement vers la mort.

Et pendant toute son agonie, son esprit embrouillé ne lui envoyait qu'un seul message : sa destinée avait un curieux sens de l'humour.

21

15 juillet 1952, manoir des Bélanger,
Beaulieu-sur-Mer, 19 h

Quand la sonnerie de la porte d'entrée retentit dans le manoir, Eulalie s'empressa d'écraser une larme sur sa joue. Elle rangea la chemise d'Adam dans le placard puis alla ouvrir aussi vite qu'elle put, c'est-à-dire fort moyennement depuis que sa sciatique s'était réveillée l'avant-veille.

— Monsieur Maître Fauconnier ? s'étonna-t-elle.

— « Évariste » sera bien suffisant. Eulalie, c'est ça ? répondit-il avec un sourire espiègle.

— Je préfère vous prévenir que je ne vais jamais y arriver, avoua la domestique, que le fort accent des îles rendait plus exotique encore que la manière dont elle se coiffait.

— Dans ce cas, je me contenterai de vos essais.

— Excusez-moi, madame ou monsieur vous attendent-ils ?

— En fait, monsieur Bélanger m'a demandé de venir le rejoindre ici à 19 heures précises.

— Oh, vraiment ?

— Vraiment.

— Eh bien voilà qui est bien embêtant, parce que monsieur n'est pas encore rentré, et madame a une soirée avec son association de femmes.

— *Une association de femmes ?*

— Oui.

— C'est-à-dire ?

— Bah… une association avec des femmes et qui aide d'autres femmes. Je crois.

— Et pas un seul homme ?

— Non. S'il y en avait un, ça s'appellerait une association d'hommes.

— Comme vous êtes clairvoyante, ma chère.

Eulalie fit un geste de fausse modestie, car au fond d'elle elle était convaincue d'être effectivement la personne la plus *clairvoyante* de la maison.

— Est-ce que vous voulez attendre sur la terrasse ? demanda-t-elle, visiblement hésitante sur la manière d'agir.

— La terrasse sera parfaite.

Eulalie indiqua à Évariste de la suivre.

— Souffrez-vous le martyre ? demanda l'homme.

— Pardon ?

— Vous avez du mal à marcher, et je constate que vous venez de pleurer.

— Je… Non, ça va. Je suis une vieille carcasse, vous savez, et on ne peut pas faire du neuf avec du vieux. Alors, je fais avec. Mais merci de demander.

Après s'être assurée que son visiteur était bien installé sur la chaise en rotin, Eulalie disparut plusieurs minutes avant de revenir avec un rafraîchissement.

— Est-ce que vous désirez autre chose ? Un café ou un thé ? Il me reste du gâteau à la banane, aussi.

— Une recette de chez vous ? J'ai cru comprendre que vous étiez originaire de Martinique.

— Heu, oui, c'est ça, répondit la domestique, visiblement gênée par les questions personnelles.

— Je vous en prie, ma chère, vous n'allez pas avoir le cœur de me laisser tout seul observer le néant de l'horizon.

— Bah, c'est que j'ai encore du travail, Monsieur. Et puis, si vous regardez bien, il y a des choses, sur l'horizon. La mer, déjà.

Évariste sourit.

— Je dirai que je vous ai obligée à me tenir compagnie.

— Mais vous êtes sûr que Monsieur va venir ?

— Croyez-moi, il va venir. Allez vous chercher un verre.

— Non, ça, je ne peux pas.

— Bien sûr que si, vous savez mieux que quiconque ici où se trouve la cuisine, ainsi que les verres. J'ai horreur de boire seul.

Eulalie roula des yeux au ciel, et obtempéra. Dès le départ, elle avait senti que cet homme était un original. Il pouvait se le permettre, il était du sexe fort et avait une bonne position sociale. Toutes les excentricités lui étaient donc permises. Elles devenaient alors un acte politique, le signe d'un esprit vif et indépendant. Tout le contraire des femmes. Elle revint avec un verre, car la dernière chose qu'elle voulait c'était contrarier un invité de Monsieur. Si cela venait à ses oreilles, elle en aurait pour des heures de sermons sur l'étiquette sociale. Ce n'était pas le pire de la famille, mais sa rigidité prétentieuse était insupportable. Enfin, elle ne se plaignait pas non plus. Dans sa jeunesse, certaines des filles du village étaient mortes sous les coups de leurs maîtres, quand elles n'étaient pas obligées de subir des grossesses non désirées et la pléthore de bâtards qui s'ensuivaient.

— Depuis quand avez-vous quitté votre île natale ? attaqua Évariste.

— Ça doit bien faire une vingtaine d'années, Monsieur.

— J'imagine que cela doit vous manquer ?

Eulalie haussa les épaules. Elle se méfiait de ce qu'elle pouvait dire à un étranger qui ne faisait pas partie de son milieu. Il fallait mesurer ses propos et bien réfléchir à ce qui allait sortir de sa bouche.

— Je viens du Congo, avoua son visiteur.

— Du Congo ? répéta Eulalie, l'air profondément étonnée. C'est...

— ... un pays situé sur le continent africain.

— Alors ça..., ne put-elle s'empêcher de lâcher.

— Cela fait des années que je l'ai quitté, et il n'y a pas un seul jour où il ne me manque pas. Son air, son soleil, son bruit... Parlez-moi de la Martinique, je n'y suis jamais allé.

Eulalie se détendit peu à peu, et plus encore quand Évariste lui proposa de s'asseoir sur une chaise.

— C'est le plus bel endroit du monde. Je pense que quand la Bible parle du jardin d'Éden, c'est de mon île qu'il est question. Il y a des couleurs et des odeurs qui n'existent pas ailleurs que là-bas.

Les fleurs sont magnifiques, la *nature* en général est magnifique. Elle donne des fruits et des légumes qui ont une saveur qu'on ne retrouve pas en France. J'ai eu un mal fou à cuisiner correctement quand on est arrivés ici.

— Vous n'êtes jamais retournée chez vous, depuis ?

— De temps en temps. Monsieur et Madame ont fait quelques voyages, mais plus les années ont passé et moins ils ont éprouvé le besoin d'y retourner. En fait, Monsieur y allait surtout pour Madame.

— Est-elle née en Martinique ?

— Oui, sa famille était installée depuis plusieurs générations. C'était un nom connu sur l'île. Ils possèdent énormément de terres. Au début, Madame a eu beaucoup de mal à s'acclimater à la France, c'est un autre rythme de vie et d'autres habitudes. Et puis, petit à petit, elle s'est fait de nouveaux amis. Elle était plus heureuse, ici.

— Vous pensez qu'elle était malheureuse, avant ?

Eulalie s'agita sur son siège. Avec lui, elle savait bien qu'elle risquait de trop parler. Il avait l'air doux et gentil, c'était facile de se sentir à l'aise avec un homme pareil. Elle se dit qu'elle devrait plus se méfier.

— Non, c'est pas ce que je voulais dire. Elle était très choyée. C'était une enfant aimée. Tout tournait un peu autour d'elle et, comme elle était en plus jolie, c'était une vraie petite princesse. Mais elle a vécu plusieurs drames, alors penser à la Martinique, ça doit plutôt lui faire de la peine.

— J'ai remarqué que Fidélia avait quelques vieilles cicatrices sur le visage, j'imagine que c'est ce dont vous parlez.

Fichtre, il est plus futé qu'un vieux renard, pensa la domestique.

— Un terrible accident de voiture. Monsieur est resté handicapé.

— Sa jambe.

— Oui. Les routes de Martinique, c'est pas les routes de France. Et vous savez, les jeunes avec leurs voitures sans toit, ils se croient invincibles. Ça les a vraiment changés. Monsieur a perdu la mémoire un moment, et Madame, elle a plus jamais été la même. C'était beaucoup, pour une princesse qui avait toujours vécu dans un beau château.

— Je vois, commenta son interlocuteur en braquant sur elle des yeux brillants d'intelligence.

— Mais tout ça prouve que quand on garde espoir, les choses finissent par s'arranger. Ils s'en sont finalement sortis et, Dieu merci, quand ils ont pris cette maudite voiture, le petit Adam était chez sa nourrice. Vraiment, je ne sais pas qui invente ces engins de malheur, mais ils sont un vrai danger.

— J'ai connu un médecin qui pensait la même chose que vous. Il est malheureusement probable que l'être humain continue de les construire toujours plus grosses et plus rapides.

— Bah ! Ils devraient plutôt inventer des choses plus utiles à la vie de tous les jours.

— Je suis bien d'accord, ma chère.

Le bruit de la porte d'entrée qui s'ouvrait interrompit la conversation. Eulalie se releva de son siège aussi rapidement que sa sciatique le lui permit. La voix d'Anatole retentit dans la maison et interpella la domestique, qui s'exécuta immédiatement en se rendant à sa rencontre pour le délester de sa mallette et de son chapeau.

— Monsieur Maître Fauconnier est sur la terrasse, annonça-t-elle à son employeur.

— Depuis longtemps ?

— Assez.

— Parfait. Vous pouvez disposer, Eulalie.

Elle ne se le fit pas dire deux fois et clopina sous le regard froid et désincarné de son seigneur. Anatole se demanda s'il n'allait pas devoir chercher une autre employée si celle-ci fonctionnait moins bien. Il laisserait son épouse s'occuper de la question ; après tout, les affaires de domesticité étaient de sa compétence, tel que cela avait été décidé au début de leur mariage.

Comme le lui avait indiqué Eulalie, Anatole trouva Évariste confortablement installé sur l'une des chaises de la terrasse. Cet homme avait l'air de se trouver partout chez lui, et cela insupporta le maître des lieux. Il ne pouvait jamais y avoir deux rois sur le même trône.

— Bonjour, Maître Fauconnier, salua froidement Anatole.

— « Évariste », corrigea ce dernier.

Bélanger s'assit en face du visiteur, pile sur le siège qu'Eulalie venait de libérer quelques instants auparavant. Une ironie de classe qui n'échappa aucunement au notaire.

— Vous savez, j'imagine, pourquoi je vous ai demandé de venir.

— Afin que je vous tienne au courant de ce que j'ai trouvé concernant la mort d'Apolline.

— C'est exact.

— Tout d'abord, la mort d'Apolline n'a rien d'accidentelle, et ensuite, ce n'est pas elle qui était visée.

— Comment cela ?

— Mes investigations m'ont conduit à penser qu'en réalité, à travers sa mort spectaculaire, c'est vous qu'on cherchait à atteindre.

— Moi ?

— Ou plus exactement vos intérêts financiers. La mort de votre belle-fille s'inscrit dans un schéma plus global. Et toutes les pistes semblent mener au même endroit : la découverte d'un nouveau polymère transparent et extrêmement résistant aux chocs. Ce dernier pourrait avoir des implications capitales autant dans le secteur de l'industrie que dans celui de l'armement.

Anatole parut encore plus raide que d'habitude.

— Je ne vois vraiment pas le lien entre les deux affaires.

— Le lien est votre fils et, à travers lui, vous. Quand vous avez sollicité mes services, vous m'avez fait comprendre qu'il fallait que je trouve une explication à la mort d'Apolline extrêmement rapidement, car cela risquait d'attirer la mauvaise presse. En fait, vous vouliez éviter que l'opinion publique s'attarde un peu trop sur votre nom. Au départ, j'ai attribué ça à la prétention naturelle qu'implique votre positionnement social. Mais l'insistance que vous mettiez à ce que je mâche le travail de la police le plus vite possible et, surtout, le fait que vous ne prononciez que très rarement le prénom de votre fils, lequel allait être rapidement soupçonné de meurtre, m'a fait penser que c'était bien plus que de la pudeur bourgeoise.

Évariste marqua une pause sans quitter Anatole des yeux. Celui-ci n'était pas dupe, il savait que son interlocuteur le jaugeait et mesurait l'impact de chacune de ses paroles. Bélanger nageait dans les eaux troubles des affaires depuis assez longtemps pour ne pas voir les ficelles de ce rapport de forces. Aussi, il prit bien garde de ne rien laisser paraître de ses émotions, mais il sentait bien que son corps se raidissait de plus en plus, bien malgré lui. Jusqu'à quel point cette fouine qui se croyait la plus maligne était allée creuser ? Anatole décida de la laisser parler, elle semblait tellement aimer ça.

— J'ai un peu cherché du côté de vos affaires ; le moins qu'on puisse dire c'est que vous régnez sur un empire très complexe. Il semble que vos associés et vous-même êtes les principaux actionnaires d'un groupe d'intérêts économiques appelé « Providence » et possédant plusieurs entreprises et fondations. Industrie pharmaceutique, matériel de sidérurgie, même un peu d'automobile : depuis vingt ans, on peut dire que vous avez su flairer les secteurs porteurs.

— Je suis un homme d'affaires, Maître Fauconnier, commenta Anatole en appuyant bien sur les syllabes formant le nom du notaire. Le cœur de mon métier est donc de faire beaucoup d'affaires, et de le faire bien.

— « Évariste », précisa son interlocuteur sans se départir de son sourire oblique. J'ai été très intéressé de consulter certaines pages de quotidiens économiques quand j'ai vu que l'une des sociétés filiales de votre groupe s'était mise à investir dans la construction d'un immense laboratoire.

— Je pense que nous nous éloignons beaucoup de la mort d'Apolline.

— Oh, pas tant que ça. Donc voilà que mes collaborateurs et moi-même passons quelques appels, et nous nous apercevons que l'un des marchés conclus pour la construction du laboratoire est un marché public. L'État français a donc choisi de mettre quelques billes dans ce projet dont on ne sait pas grand-chose, mais qui semble attirer toutes les convoitises. Alors nous creusons davantage et nous apprenons que le ministère qui participe à la construction du laboratoire n'est autre que celui de la Défense, et que le secrétaire d'État à la Guerre a cosigné l'appel d'offres du marché.

— Vous vous égarez.

— Non, je ne crois pas. Notez que j'aimerais, de temps en temps ; cela romprait avec l'impression d'infaillibilité que je donne souvent, mais je sais que j'ai raison. Vos affaires et votre politique agressive ne plaisent pas à tout le monde. Je crois même qu'elles peuvent susciter la haine. La pauvre Apolline n'a été qu'un moyen de parvenir à une fin plus grande. Celle de vous décrédibiliser et de mettre à terre votre famille, car, ce faisant, vous sortez de la partie d'échecs qui est en train de se jouer.

— Vous pensez réellement que ma belle-fille a été assassinée pour que mon fils soit accusé de son meurtre et mis en prison ?

— C'est un peu extrême, je le reconnais. Mais si j'ai bien compris la nature des enjeux de la découverte de ce polymère, et considérant l'homme redoutable que vous êtes, il est compréhensible que vos ennemis sortent l'artillerie lourde. Si votre clan doit être banni du milieu des affaires, il faut un drame tellement traumatisant que personne ne puisse l'oublier et que vous soyez à jamais mêlé à la mariée qui a pris feu toute seule. Je crains qu'on ne récolte que ce que l'on sème.

Le silence s'installa entre les deux hommes, et chacun observa l'autre avec intensité. Les secondes s'écoulèrent et parurent figer le temps. Anatole aurait bien aimé percer les pensées de son interlocuteur, car il savait que ce dernier, en bon joueur, n'avait pas livré toutes ses cartes. Il se demandait donc quelle autre information il conservait dans sa manche et la façon dont il serait possible de la lui extirper sans dévoiler son propre jeu.

— Si je suis bien votre théorie, en faisant libérer mon fils et en l'écartant définitivement des suspects de la police, vous avez donc réglé le problème.

— Pas tout à fait, nuança Évariste en manipulant distraitement le verre qu'il tenait entre ses doigts. Vous m'aviez demandé de trouver ce qui est arrivé à Apolline. J'ai peut-être découvert pourquoi, mais pas qui, ni comment.

Anatole massa sa jambe et prit le temps de la réflexion avant de poursuivre :

— Je suis désolé de ce qui est arrivé à ma belle-fille, mais comme vous l'avez dit, ce qui m'importe c'est surtout que mon fils ne soit plus inquiété. Pour ma part, je pense que vous avez parfaitement rempli votre part du contrat.

Alors qu'il s'emparait de sa canne pour se lever, il remarqua qu'Évariste ne bougeait pas d'un cil.

— Où cachez-vous l'inventeur du nouveau polymère ? demanda brusquement le notaire. Le scientifique américain.

— Vous dépassez largement votre ordre de mission, répondit froidement Anatole.

— Vous tentez de l'acheter avec quoi ? Des pots-de-vin, des prostituées, de l'alcool ? Vous lui avez promis de retrouver sa fille ? Il ne vous a visiblement pas encore livré ses secrets, pourquoi ?

— Cet entretien est terminé, je mets fin à votre mandat. J'avertirai Sainte-Cécile.

— Tant que le tueur pensera que vous êtes encore dans la course et que vous détenez toujours le scientifiquc, il va continuer à vous nuire. Or, *vous nuire*, c'est détruire votre famille et votre nom. Les meurtres ne s'arrêteront pas, et ils vont se rapprocher de vous.

— Vous divaguez !

— Si vous ne jouez pas franc jeu avec moi, d'autres personnes vont mourir et, croyez-moi, le ou les tueurs ne sont pas du genre à faire dans la subtilité.

— J'ai dit : l'entretien est terminé.

Anatole s'était relevé et toisait Évariste d'un regard de juge de cour suprême. Ses yeux globuleux et perçants semblaient vouloir écraser son adversaire. Évariste se redressa, et sa taille lui permit de placer son regard à la même hauteur que celui qui l'observait.

— Si vous persistez dans votre entreprise, vous perdrez, prophétisa le notaire sur un ton grave. Et ce ne sera pas qu'une ligne comptable dans un bilan de société. Libérez le scientifique et retirez-vous du projet avant que votre famille ainsi que tous ceux qui la côtoient n'en paient le prix.

— Là d'où je viens, Maître Fauconnier, on ne cède ni à la menace ni à la pression. Je mène mes affaires comme je l'entends, et ce n'est pas un petit mondain qui joue aux enquêteurs faute d'avoir eu assez de cran et de compétence pour intégrer les hautes sphères du pouvoir qui va me dire comment gagner une guerre.

— « Évariste », corrigea à nouveau le notaire sans ciller. Après toutes ces années à démêler les problèmes que des gens comme vous sèment toute leur vie, je constate un fait immuable, quelle que soit l'affaire. Ce ne sont jamais les ambitieux qui tombent en premier, ce sont toujours leurs proches. Je vous aurai prévenu.

Anatole prit une profonde inspiration avant de répondre, mais il fut interrompu dans son élan par la survenue d'Eulalie.

— Eh bien quoi ? tonna-t-il en la dévisageant.

— Monsieur, la secrétaire de Monsieur Rochefort est au téléphone. Elle souhaite vous parler.

— Qu'elle rappelle !

— Monsieur, je pense que vous devriez prendre l'appel.

Anatole la fusilla du regard.

— Vous *pensez* ? Vraiment ? Je ne crois pas.

— Mais...

— Eulalie, laissez-moi !

— Monsieur Rochefort est mort ! s'écria la domestique, avec une expression d'enfant qui tente le tout pour le tout pour se faire entendre.

— Quoi ? Comment ça, il est mort ?

— Elle est totalement perdue. Elle dit que la police est dans son bureau.

— La police ? Mais de quoi parlez-vous ?

— Il a été attaqué dans le garage et sauvagement assassiné. Elle demande ce qu'elle doit dire à la police.

Anatole tourna la tête vers Évariste.

— Si mon associé était là, confia le notaire, il me dirait que l'expression « Je vous l'avais bien dit » n'a jamais rien eu d'élégant. Mais voilà, il n'est pas là, parce qu'il travaille pour votre fils, maintenant.

Évariste passa devant Eulalie, qu'il salua, et, avant de franchir le seuil de la porte, il lâcha un fort peu élégant : « Je vous l'avais bien dit. »

Acte 2
Au commencement

22

16 juillet 1952, Verbier, Suisse, 10 h

Henri Masson passa devant la chef des infirmières en prenant soin de la saluer comme si elle avait été la reine d'Angleterre. Cette vieille fille revêche, austère et aussi engageante qu'un diagnostic de chaude-pisse avait été la plus difficile à convaincre. Pourtant Henri ne manquait pas de charme, il avait même un sacré tableau de chasse dont il aimait à se vanter à l'occasion de certaines beuveries. Sauf qu'avec elle, l'entreprise de séduction était aussi difficile que de s'attaquer à l'Everest.

Cependant, à force de politesse et de salutations protocolaires, il était parvenu à ce qu'elle ne fasse plus guère attention à ses allées et venues dans la maison de repos des *Orangeraies*. Henri n'avait jamais compris pourquoi cet établissement qui recevait les personnalités riches en pleine dépression ou en proie à toutes sortes d'addictions portait ce nom. Verbier était connu pour être une station de ski huppée, on était très loin des oranges. Le directeur d'établissement avait exigé un énorme dessous de table pour qu'Henri puisse jouer les faux aides-soignants. Et heureusement pour eux, le directeur était vorace, et corruptible, ce qui rendait possible ce qui n'était pas censé l'être : permettre à des inconnus de visiter les patients. Dans ce genre de structure, l'anonymat était de mise. Il était même la première règle.

Excepté que la patronne avait été d'une clarté limpide : il fallait qu'elle puisse parler à David Chevigné, le fils aimé, mais un poil encombrant, de l'actuel secrétaire d'État à la Guerre. Le rejeton s'était mis dans de beaux draps, et papa s'était empressé de le faire interner loin de la presse et des autorités françaises. La liste des personnes autorisées à lui rendre visite contenait trois noms : son père et deux personnes de confiance, l'une étant très probablement issue du contre-espionnage, et l'autre devant être un larbin. Plus ça montait haut dans les sphères politiques, et plus on disposait d'accessoires.

Il était 10 heures, et la patronne allait bientôt débarquer. Se faire passer pour un aide-soignant avait permis à Henri de rajouter un nom fictif sur la liste des visites que s'apprêtait à recevoir le garçon. Henri participait à ses soins depuis presque une semaine. Le pauvre gamin n'était pas méchant, et il était vraiment dans un sale état. Henri avait déjà eu l'occasion de voir agir certaines drogues, cependant jamais il n'avait été témoin de pareils dommages. L'homme n'était pas du genre sentimental, dans son domaine d'activités c'était une caractéristique dont il fallait se débarrasser au plus vite pour être performant, mais la mine perdue de ce gamin lui avait presque rappelé qu'il avait jadis eu un cœur.

Le couloir de la maison de repos lui avait toujours paru interminable. Un long tunnel dont le lino luisait tant qu'on aurait dit la peau d'un serpent. Une enfilade de portes vitrées parfaitement identiques éclairait les lieux comme les lumières des lampadaires dans les rues des grandes villes. Quand on le traversait, il valait mieux ne pas être épileptique, sinon la crise survenait à la troisième porte. Les peintures, les équipements, le mobilier, rien n'avait plus de trois ans. Les résidents payaient une fortune pour qu'on règle leurs problèmes à l'abri des regards et qu'on leur serve de nounou, de chaperon, de juge et de psy. Au sein du milieu dans lequel évoluait Henri, on trouvait des solutions bien moins onéreuses et au moins aussi efficaces.

Il s'arrêta à l'extérieur du bâtiment et patienta. La patronne était d'une ponctualité obsessionnelle. Toujours l'œil sur sa montre. Avec elle, pas de surprise ou d'imprévu. À 10 heures 15 précises, une Bentley couleur noire fit son apparition au portail des *Orangeraies*. Elle passa sans difficulté le premier gardien. Henri avait bien fait les choses ; il les faisait toujours bien, c'était la raison pour laquelle il avait pu grimper les échelons aussi vite. La voiture contourna la fontaine qui ornait l'allée et faisait face au bâtiment. Elle s'immobilisa devant l'escalier menant à l'entrée de la maison de repos. Henri descendit les marches pour aller à sa rencontre, bien que le chauffeur soit déjà sorti pour ouvrir la portière arrière. Une femme entièrement vêtue d'un tailleur noir coupé sur mesure s'extirpa du véhicule. Chaque fois qu'Henri la voyait, il sentait un frisson d'angoisse lui parcourir l'épine dorsale. Une sensation qui lui rappelait de toujours rester sur ses gardes. Le laisser-aller était vite mortel, dans son travail.

La femme ne prit pas la peine de le saluer. Elle ne saluait que ceux qu'elle considérait comme ses égaux, ce qui n'était jamais le cas des gens qu'elle payait. Ses cheveux noirs remontés en chignon banane supportaient un chapeau à voilette noire qui couvrait la presque totalité de son visage, si bien qu'on distinguait à peine ses yeux et sa bouche peinte en rouge.

— Bonjour, patronne, entama Henri. Tout est arrangé. Je vous conduis au gamin.

Il ne l'avait jamais appelée autrement que « patronne ». Personne ne savait comment elle se nommait. Il y avait des rumeurs, mais rien de concret, comme tout ce qui touchait à son histoire. Souvent, il s'était demandé si ce qu'on racontait sur elle était vrai, ou s'il y avait une part de légende qu'elle avait fait en sorte de favoriser. La plus fameuse des histoires qui circulaient à son propos concernait la façon dont elle s'était fait un nom dans le milieu. Elle s'était mariée à un pape de la pègre corse, un vrai mauvais comme on en faisait peu, même dans son monde. Après une dispute conjugale, la dame s'en serait finalement débarrassée en le jetant à des cochons. Vivant. Il faut dire que le galant homme aurait voulu clouer le bec de sa femme en lui lacérant le visage à coups de scalpel. De quoi énerver un tantinet. Mais dans la famille des Corses, on ne rigolait pas avec la notion de vengeance, et la femme avait riposté en transformant son époux en en-cas pour cochons. Ces bestioles-là bouffaient tout. Enfin, c'était ce qu'il se disait dans le milieu, car Henri n'avait jamais utilisé ce procédé pour se débarrasser d'un corps. La soude, c'était bien plus pratique, et on n'importunait pas ces pauvres bêtes. Henri ne consommait jamais de viande ni de poisson. Il avait coutume de dire qu'il ne digérait pas la souffrance animale.

Une fois devant la porte de la chambre du gamin, Henri ouvrit avec précaution. Le petit était vite nerveux dès qu'il voyait un visage inconnu, et la patronne était du genre intimidant.

— Bonjour, David, salua Henri, comment ça va aujourd'hui ? Je constate que vous êtes debout, c'est bon signe.

— Je suis à la verticale, répondit le jeune homme d'une voix blanche.

— Je vous avais dit, hier soir, qu'une amie à moi souhaitait vous rencontrer pour vous aider. Vous vous rappelez ?

David se tenait face à la fenêtre qui donnait sur le jardin. Sa peau était grise et, s'il avait été un beau jeune homme, la perte massive de poids avait considérablement abîmé l'harmonie de son visage. Il ne répondit pas.

— Bien, poursuivit Henri, l'amie dont je vous ai parlé se trouve ici. Elle va vous poser quelques questions, afin de comprendre ce qui vous est arrivé. C'est important de savoir.

— Je sais ce qui s'est passé, commenta le jeune homme.

— Vous savez le comment, pas le pourquoi, intervint la femme en noir en passant devant Henri. Or, le pourquoi, c'est tout ce qui compte.

David tourna la tête dans sa direction et l'observa. Il fixa son voile avec intensité. Sans doute cherchait-il à distinguer les traits de sa figure derrière le tissu moucheté de minuscules petits points de taffetas.

— Mais qui êtes-vous ? s'inquiéta le jeune homme.

— Une amie.

— J'ai beaucoup d'amis, mais je me rappelle encore leur nom et leur visage. Vous n'en faites clairement pas partie.

— Maintenant, si, persista l'inconnue de sa voix basse et légèrement rauque. Je dirais même que je suis la seule qui reste de votre entourage.

Elle s'assit sur un siège. Ses gestes étaient distingués mais sans maniérisme. Il y avait une sorte d'austérité naturellement élégante qui se dégageait de ses mouvements. Elle pouvait être laide sous son voile, sa silhouette avait bien assez de qualités pour attirer les regards. David fut suffisamment intrigué par la visiteuse pour accepter l'entretien. Il prit place sur le bord du lit. Henri retint discrètement un soupir de soulagement. Il préférait ne pas penser à ce que lui aurait fait subir sa patronne si elle avait fait tous ces kilomètres pour rien.

— En quoi pouvez-vous m'aider ? reprit le jeune homme.

— Votre père vous a dit qu'il allait chercher ce qui vous a mis dans cet état, n'est-ce pas ?

— Mon père ne m'a pas dit grand-chose. Du moins, je ne m'en souviens pas. Mais je suppose qu'il va tout faire pour expliquer les raisons de ce que j'ai fait.

— Vous ne semblez guère convaincu.

David haussa les épaules.

— Qu'est-ce que cela changera, de savoir pourquoi j'ai fait ça ? J'ai commis un crime impardonnable. Je ne crois pas qu'il y ait assez de mots savants pour justifier le fait d'avoir voulu dévorer sa maîtresse, non ?

Cannibalisme, ça me semble une bonne définition, pensa Henri, qui se garda bien de faire part de son hypothèse scientifique.

— Quand on connaît la cause d'un problème ou d'un drame, cela permet en général d'éviter qu'il se reproduise.

La femme en noir marqua un point auprès du jeune homme, car son visage sembla reprendre quelques couleurs.

— Parce que... Parce que vous pensez que ça pourrait se reproduire ?

Il y avait une réelle panique dans sa voix. Henri trouva qu'il faisait vraiment peine à voir. C'était peut-être un drogué, comme beaucoup de gamins des beaux quartiers, mais il avait payé cher sa dépendance.

— Je l'ignore, répondit la visiteuse. C'est bien pour cela qu'il me semble crucial de comprendre pourquoi vous avez eu cette crise.

— Ici, ils ne font que me demander de parler de la soirée et de ma famille. Je parle, je parle. Encore et encore. Mais eux ne me disent jamais rien. On a fait des analyses de sang, j'ai passé tout un tas de tests, et personne n'est capable de me dire pourquoi j'ai eu cette... cette pulsion.

— Moi, je serai capable.

— Ah oui ? Et pourquoi ?

— D'abord, parce que je trouve toujours les réponses à mes questions, ensuite, parce que je suis extrêmement obstinée, et enfin, parce que j'ai de gros moyens.

— Et pourquoi vous m'aideriez ? C'est mon père, c'est ça ?

— En aucune façon. Je ne connais pas personnellement votre père, et il est peu probable que j'aie un contact avec lui.

— Alors pourquoi ?

— Disons que je connaissais Félicité.

David eut un mouvement de recul. Il se tassa sur lui-même comme un petit garçon qui a peur qu'on le gronde.

— Je pense qu'on vous a fait prendre une substance qui vous a poussé à commettre cette horreur.

— Je vous ai dit qu'on m'avait fait des analyses, et pour une fois, je n'avais rien pris.

— Oh, croyez-moi, certains poisons ou drogues sont parfaitement indétectables.

— Alors comment vous saurez si j'ai bien été piégé ?

— Disons que j'ai déjà quelques soupçons. Vous n'êtes pas le premier à avoir ce genre de symptômes.

— Mon Dieu... D'autres ont fait pareil ? Je ne suis pas le seul, c'est ça ?

— J'ai peur que vous soyez celui qui ait commis l'irréparable.

Le garçon plongea la tête entre ses mains.

— J'apprécierais que vous répondiez à quelques questions le plus honnêtement possible. Je crois qu'il est inutile de vous expliquer que plus vous serez précis, plus je serai efficace dans mes recherches.

— D'accord, répondit David après un instant de silence, je vous écoute.

— Fréquentiez-vous Félicité depuis longtemps ?

— Plusieurs mois.

— Pourquoi elle, plutôt qu'une autre ?

David se mit à rougir et détourna le regard. Il était étonnamment assez prude sur certaines questions intimes.

— Je vous en prie, rassura la dame en noir, je ne suis pas le genre de femme qui s'offusque de ce genre de sujet. Vous pouvez parler librement.

— Eh bien, elle me plaisait énormément.

— Mais en quoi ? insista son interlocutrice. Était-ce son physique ? Le fait qu'elle soit noire ?

— Non ! Heu... je ne sais pas.

— À quoi ressemblaient vos précédentes maîtresses ?

— Eh bien, cela dépendait. Je les aime en général grandes et très minces, avec des cheveux très longs. Rousses, avec des taches de rousseur.

— Assez loin de Félicité.

— C'est vrai, mais elle avait quelque chose de spécial.

— Elle *faisait* quelque chose de spécial ?

Le jeune homme tiqua, heurté par la tournure scabreuse que prenait la conversation.

— Restez concentré, s'il vous plaît, calma la femme sur un ton doux.

— Non, elle ne faisait rien de... particulier. Elle savait juste écouter. Je me sentais vraiment bien avec elle. Je pouvais me laisser aller et lui parler de tout. Ce n'était pas qu'une affaire de sexe. Ça, je pouvais l'obtenir d'une autre. Avec Félicité, c'était différent. Quand elle était là, je me sentais bien, joyeux même, un peu euphorique. Peut-être... Peut-être que j'étais amoureux. Ça n'aurait rien changé, parce que c'était... vous savez ? Je sais très bien qu'elle répétait le même numéro avec chacun de ses clients. N'empêche qu'elle le faisait à la perfection avec moi, et j'aimais vraiment sa compagnie.

— Y a-t-il eu des moments où elle n'était pas disponible ?

— Jamais bien longtemps. Évidemment, elle avait d'autres clients, mais elle a toujours fait en sorte que je ne le sente pas. Quand j'avais envie de la voir, elle me donnait l'impression de me faire passer avant tous les autres.

— J'ai cru comprendre que votre père la fréquentait aussi.

— Vous êtes vraiment bien renseignée, nota le jeune homme, sans plus oser regarder la visiteuse. C'est horrible, non ?

— Je ne suis pas un juge, David. La voyait-il aussi souvent que vous ?

— Non, mon père aimait les filles d'un certain genre. Les latines.

— Vous rappelez-vous ce que vous avez ressenti quand vous l'avez agressée ? À quoi avez-vous pensé ?

David jeta un œil vers la fenêtre. De là où se trouvait Henri, on pouvait voir les muscles de la mâchoire du garçon rouler sous sa peau fine. C'était comme si la dernière question lui avait soudé les dents entre elles.

— Rappelez-vous que je suis là pour vous aider, encouragea la femme, dont la voix était à la fois solennelle et apaisante.

— Je ne sais pas. C'est juste, c'est tellement… Je ne comprends pas, vous voyez ?

— Je comprendrai pour vous.

Il poussa un soupir à fendre l'âme.

— Je ne me souviens pas de l'avoir agressée. Enfin, je *ne me souviens pas* de l'avoir mordue. J'ai été pris d'une sorte d'envie irrépressible de la posséder. J'avais désespérément besoin qu'elle soit à moi. Je ne sais pas comment vous le dire autrement. Je voulais que chaque partie de son corps ne fasse plus qu'un avec le mien. Je n'ai jamais voulu la… dévorer. J'avais juste besoin de… je ne sais pas… de l'absorber. Ça n'a pas de sens.

— Ça en a bien plus que vous ne croyez.

— Je vous jure que je n'ai réalisé ce que j'avais fait que le lendemain matin. Je crois que mon père a fait disparaître le corps. Il en a le pouvoir, vous savez ? Pour quelqu'un comme lui, ce n'est pas très compliqué. S'il n'avait pas été secrétaire d'État, je serais en prison à l'heure qu'il est. C'est tellement injuste. Je mérite de passer le reste de mes jours derrière des barreaux. Ici, c'est encore trop confortable pour moi.

— Quand j'étais petite, ma mère me disait que les choses n'arrivent jamais par hasard et que tout finit par entrer dans un grand schéma qui ne nous est révélé qu'au seuil de notre mort.

— J'aimerais bien savoir quelle sorte de schéma implique que j'aie en partie dévoré une femme.

— Cela aussi nous sera révélé, tôt ou tard, conclut la visiteuse en se levant de son siège. Je vous remercie, David. Vous vous êtes montré très honnête avec moi, et j'apprécie.

— D'accord, mais comment allez-vous m'aider ?

— Vous aurez bientôt de mes nouvelles, et si je parviens à mes fins vous comprendrez que vous n'avez rien à voir avec la mort de Félicité. Vous n'étiez pas vous-même, et cela aurait pu arriver à n'importe qui d'autre.

David fixa la femme à nouveau, avec intensité.

— Sauf que par ma faute elle est morte dans d'horribles souffrances. Rien ne changera ça.

— Vous allez devoir apprendre à vivre avec le fantôme de cette fille.

— Y arrive-t-on ? demanda le jeune homme, les yeux soudain luisants de larmes.

— Les fantômes sont une compagnie comme une autre.

La visiteuse tourna les talons, alors qu'Henri ouvrait la porte de la chambre.

— Je ne sais même pas comment vous vous appelez, lâcha David.

— Madame X. Les noms sont très surfaits, vous savez. Ils aident rarement.

Henri referma doucement la porte et ouvrit le chemin. Il était très satisfait de lui et savait que la patronne se montrerait reconnaissante. On pouvait dire ce qu'on voulait de cette femme, lui reprocher sa cruauté, son intransigeance ou encore son inhumanité, mais elle était juste. Toujours. Un très gros chèque tomberait certainement à la fin du mois.

Quand ils croisèrent l'infirmière en chef qui décidément passait sa vie dans ce couloir, Henri ne lui jeta pas un regard. Sa mission d'infiltration était achevée, il ne remettrait sans doute plus jamais les pieds aux *Orangeraies*. Au moment de sortir du bâtiment, une femme fit son entrée si brusquement qu'Henri manqua de la bousculer. Elle portait un vêtement de religieuse. Il bafouilla un « Désolé ». Les religieuses le mettaient mal à l'aise. Elles lisaient toujours dans les âmes des gens, et comme elles parlaient tous les jours à Dieu, c'était embêtant. Surtout que, concernant l'âme d'Henri, Dieu pourrait avoir des choses à redire. La servante de Dieu resta plantée devant eux. Le malaise d'Henri grandit. Qu'attendait-elle ? Fallait-il donner de l'argent à ces créatures, même en dehors de l'église ? Par réflexe, il porta la main à son portefeuille.

— Un habit de religieuse, vraiment ? déclara sa patronne.

— Moi, je ne dispose pas d'hommes de main, ma chère, répondit la nonne.

— Serais-tu là pour David Chevigné ?

— Dois-je en conclure que toi aussi ?

— Voilà qui est intéressant, et guère étonnant. Tes talents sont toujours appréciés des politiques.

— J'aime le travail bien fait, répondit la religieuse.

Henri pensa qu'elle minaudait beaucoup, pour une servante de Dieu. Peut-être parce qu'elle était jolie. Était-ce un péché de penser qu'une nonne était belle ?

— Accompagne-moi, Siloé, conseilla la patronne. Nous ne sommes pas assez nombreuses dans notre domaine d'activités pour ne pas nous entraider.

— Les sièges de ta Bentley, ils sont en cuir ?

— En cuir et remarquablement confortables.

— Je te suis. J'ai mal au dos à en crever.

Une fois à l'intérieur de la voiture, Siloé dut reconnaître qu'on ne lui avait pas menti sur le moelleux des sièges.

— Je suis extrêmement surprise de te trouver ici, confia-t-elle à sa voisine de banquette. Tu quittes rarement ton sanctuaire.

— J'ai décidé de faire une exception.

— Pour le petit Chevigné ? C'est pourtant pas ton genre.

— Aucun ne l'est jamais. Je suis là pour affaires.

— Lesquelles d'entre elles pourraient te conduire jusqu'ici ? Oh, je vois, c'était l'un des clients réguliers de tes filles ?

— Il a en effet utilisé plusieurs fois les services de l'une de mes filiales. C'était il y a un moment, déjà.

— J'ignorais que le service après-vente allait aussi loin, railla Siloé.

— Il se trouve que j'ai perdu plusieurs de mes filles et que je n'aime pas qu'on touche à mes employées d'une façon que je n'ai pas permise.

— Félicité Levostre était l'une de tes putes ? s'étonna Siloé.

— Elle ne l'était plus depuis plusieurs années.

— Étonnant qu'elle t'ait quittée, tu offres des conditions plutôt très avantageuses par rapport à ce qu'il se fait sur le marché.

— La concurrence est rude, je suppose.

— Bien. Alors si elle ne travaillait plus pour toi, pourquoi enquêtes-tu sur celui qui l'a tuée ?

— Disons que sa mort m'en évoque plusieurs autres. Je suis habituée à la forte mortalité des travailleuses du sexe, mais, depuis quelque temps, je trouve qu'elles succombent beaucoup.

— Il y a eu d'autres cas de… buffet humain ?

— Non, ça c'est nouveau et très singulier. Mais quelque chose se joue dans le milieu, je le sens. Il y a comme un malaise qui se répand.

Siloé sortit d'une poche invisible de son vêtement un petit boîtier à cigarettes. Elle en proposa une à son interlocutrice, qui déclina d'un mouvement de tête.

— Ton instinct a toujours été plutôt bon. Alors, tu penses à quoi ? interrogea la fausse religieuse.

— Je n'en suis pas sûre, c'est pourquoi je suis venue voir par moi-même l'auteur du crime. C'est le premier témoin direct que je peux interroger. Dans ce microcosme, personne ne parle jamais. Les gens meurent et se transforment en poussière à peine sont-ils froids.

— Et la poussière, ça cause moyen, renchérit Siloé sur un ton plein de sous-entendus. Cela pourrait être une guerre de gangs ? Ton organisation est puissante, elle a toujours attiré les convoitises.

— J'y ai pensé. Si c'est le cas, l'ennemi ne recule devant aucun moyen, car il s'attaque à la marchandise.

Un silence s'installa entre les deux femmes. Le chauffeur ainsi que l'homme assis côté passager ne bougèrent pas une oreille. Henri était resté à l'extérieur, posté en sentinelle tout près de la portière derrière laquelle se trouvait sa patronne.

— À toi, maintenant, reprit la femme en noir. Pour qui travailles-tu ?

— Pour papa. Il veut savoir ce qui a transformé son gentil toxicomane amateur de putes de fiston en fou furieux cannibale.

— Et qu'as-tu appris ?

— C'est bien le problème, ma chère, plus j'en apprends, plus le mystère s'épaissit. Ça part dans tous les sens. Au début, je pensais que c'était une simple histoire de fournisseurs de drogue qui aurait mal tourné. Le gamin s'enfilait à peu près tout ce qui passait à portée de son nez ou de ses veines. En plus, il est hémophile, j'ai cru que peut-être l'une des substances, associée à ses traitements, aurait pu provoquer une réaction allergique. Et puis, en fait, il se trouve que cette nuit-là, la fille devait voir son père, pas lui. Sauf qu'il a annulé au dernier moment, du coup, elle s'est rabattu sur le fils, histoire de ne pas perdre sa soirée. Le tueur aurait dû être sacrément renseigné pour connaître son changement de plan aussi vite. Alors je me suis dit, soit c'est le père qui était visé dès le départ et c'est le fils qui a pris, soit le fils était sous haute surveillance pour faire tomber le père.

— Et ?

— Et tout avait l'air d'aller dans cette direction, mais voilà que les services secrets russes me tombent dessus, en me prenant pour une pute. Il va d'ailleurs falloir que j'en touche deux mots à ma styliste. Bref. Je discute donc gentiment avec l'un de ces gentlemen et j'apprends que la Félicité avait aussi comme client un Américain, un scientifique qui a découvert un nouveau composant, quelque chose qui s'apparente au plastique et qui aurait un énorme potentiel d'exploitation industrielle et militaire. Apparemment, le secrétaire d'État planquerait cet Américain et lui servirait sur un plateau à peu près tout ce qu'il désire. Des putes, entre autres. Enfin, ça c'était le plan de départ, parce qu'à ce jour personne ne sait où ce génie a bien pu disparaître et tout le monde est à sa recherche. Alors, je me dis que la mort de Levostre, elle fait peut-être partie d'un plus grand plan. Si les gouvernements sont en concurrence, ils ont pu l'envoyer pour obtenir des renseignements sur l'Américain après sa disparition, ou alors la mort de Félicité pourrait discréditer le gouvernement français et laisser le champ libre aux Russes, ou qui ce soit d'autre, afin qu'ils mettent la main sur l'invention.

— Le syndrome post-guerre, soupira son interlocutrice. Les nations sortent à peine d'un conflit mondial qu'elles ne pensent qu'à se doter d'armes de plus en plus puissantes en imaginant que cela empêchera le suivant de se produire.

— Une guerre silencieuse et clandestine, mais toujours une guerre. Je ne crois pas que la paix soit le mode de fonctionnement normal des êtres humains. Ils ont développé des trésors d'imagination pour continuer de sa battre sans en avoir l'air. Tu devrais vérifier l'identité des derniers clients de tes filles. C'est à mon avis encore plus compliqué qu'une guerre de gangs. C'est peut-être une histoire de conflits de services secrets. Il avait torturé plusieurs filles avant moi, mon petit espion russkof.

— Cela m'arrangerait presque que ce soit une affaire d'État. Les États ont des limites de par leur structure même. Pas les gangs.

Siloé soupira profondément et alluma une deuxième cigarette.

— Je suis au point mort, confia-t-elle avec une pointe de lassitude. Je n'ai pas le scientifique, j'ai interrogé à peu près toutes les putains de Paris, et je n'ai rien. Dis-moi que le gamin cannibale t'a dit quelque chose d'exploitable.

— Rien qui pourrait nous renseigner sur qui tire les ficelles. Il m'a juste confirmé qu'il avait été comme pris d'une sorte de frénésie inexplicable qui l'a fait dérailler et qu'il fréquentait Félicité depuis plusieurs mois.

— Alors il ne reste plus qu'une solution.

— Laquelle ?

— Voir si Évariste en sait plus, annonça Siloé en souriant de toutes ses dents étincelantes.

— Il travaille aussi pour le secrétaire ?

— Non. C'est là que l'affaire se complique. Il travaille pour un riche industriel monégasque dont le fils a été accusé de la mort de sa jeune épouse. L'affaire de la mariée brûlée vive.

— Ah oui, ils en ont parlé dans la presse.

— Tiens-toi bien, le mari de la torche humaine était l'amoureux transi de Félicité. Cette affaire a de quoi rendre dingue, non ?

— Et tu crois qu'il va t'aider ?

— Si je lui demande gentiment…

Siloé pencha la tête sur le côté. Une de ses boucles blondes s'échappa de sa coiffe et se déroula sur son front. Avec son petit nez légèrement retroussé et ses pommettes saillantes toujours piquées de rose, elle avait l'air d'une poupée. On était très loin de la religieuse.

— Tu ne l'auras jamais, annonça son interlocutrice d'une voix grave mais tendre.

— Je te trouve bien pessimiste. Toi et moi sommes pourtant des femmes pleines de talents.

— *Tu ne l'auras jamais*, parce que la place est déjà prise, Siloé.

Cette dernière ne cacha pas son étonnement.

— Elle l'a toujours été, asséna madame X.

— Et par qui ?

— Par une sainte immortelle. Sa défunte épouse.

23

21 juillet 1952, 36 quai des Orfèvres, Paris, 14 h 30

Cela faisait dix minutes que Constant Lapointe écoutait son chef déblatérer de fausses excuses, une vraie diarrhée verbale. Dix minutes, c'était au moins neuf de trop pour l'intégrité de l'inspecteur. Il n'était peut-être qu'un homme de terrain, n'empêche qu'il n'était pas dupe des manœuvres des politicards planqués, le cul soudé à leur siège. Son chef l'avait convoqué pour lui demander où il en était de l'affaire de la prostituée qu'on avait retrouvée dans un piteux état. Constant s'attendait qu'on lui pose cette question, c'était normal. Il fallait bien justifier l'emploi de l'argent public. Alors il avait pensé à préparer un petit laïus pour expliquer que *l'affaire* était bien plus complexe qu'une simple passe qui aurait mal tourné ou qu'un énième exemple du devoir d'obéissance que les maquereaux imposaient régulièrement aux filles. Et puis il y avait cette autre fille morte dans le sud et qui appartenait au même réseau de prostitution. C'était trop gros pour être une coïncidence. Lapointe craignait le début d'une guerre de territoires et, si ça tournait mal, on revivrait alors les épisodes sanglants des années trente.

Il avait même répété sa présentation pas plus tard que l'avant-veille. Son chef n'était pas le pire chef avec lequel il avait travaillé, mais c'était un administratif ambitieux. Mieux valait lui mâcher un peu la réflexion et les conclusions.

Mais Constant n'eut même pas l'occasion d'ouvrir la bouche. Il ne lui fallut que quelques secondes pour comprendre que l'entrevue n'allait pas servir à justifier l'emploi de l'argent du contribuable, et encore moins à discuter de ses compétences. Tous deux étaient juste là pour enrober une prise de décision pourtant toute simple : le cas touchait des putes de luxe, donc des clients de luxe. Si on creusait trop de leur côté, on risquait d'attirer l'attention des chiens de chasse de la presse et les opposants au pouvoir en place, et on savait bien qu'aucune enquête n'était parfaitement hermétique. La France n'avait pas besoin d'un scandale en ce moment.

Donc on lui retirait l'affaire. En fait, on la retirait tout court. Et voilà dix minutes qu'on tentait de lui expliquer que ses talents se gâchaient avec un simple cas de putain morte, qu'il y en avait des tas qui mouraient toutes les années, que c'était les risques du métier, et si on tirait un peu sur la corde de l'argument, était-ce une si mauvaise chose qu'on s'en débarrasse ? Après tout, ça nettoyait les rues de Paris et cela faisait peur aux autres jeunes filles qui auraient été tentées de travailler sur le trottoir. Le commissaire avait ensuite expliqué à quel point son service avait besoin de gens comme Lapointe et à quel point il fondait de grands espoirs en lui.

Non mais quel trou du cul ! pensa Constant dès les premières minutes de l'entretien.

Il avait bien essayé de défendre le dossier. En vain. Il n'était qu'un petit inspecteur, l'échelon le plus bas dans la grande chaîne alimentaire des fonctionnaires publics. Ce n'était pas une négociation, c'était une information. Alors Lapointe finit par croiser les bras sur sa poitrine, enfoncer son dos contre le dossier de son siège, et rentrer la tête dans ses épaules. Plus fermé comme position, ce n'était humainement pas possible.

Le calvaire prit fin douze minutes plus tard, soit vingt-deux minutes de langue de bois particulièrement active. Constant se redressa, remercia son patron, quitta le bureau, traversa le couloir, se rendit aux toilettes et, quand il fut certain d'être tout seul, donna un grand coup de pied dans l'une des portes battantes. Il visa celle qui n'était pas encore trop cabossée. Ce n'était pas la première fois que la politique prenait le pas sur la justice. C'était aussi ça, la République. Enfin, une certaine idée de la République. Figé devant le miroir piqué de taches d'oxydation, Lapointe fixa son reflet. Il était fou de rage. Normalement, toutes les portes de tous les services de l'étage auraient dû y passer. Ses muscles étaient si contractés qu'à cet instant il était incapable de bouger. Ce n'était pas la première fois qu'on lui faisait comprendre qu'il fouinait là où il ne fallait pas, ou encore que la merde qu'il risquait de remuer ferait plus de tort que de bien à l'intérêt général. Cette pensée ajouta du combustible à sa colère.

« Ce n'était que des putes. » Tel était le vrai cœur du problème. Et en plus, elles astiquaient des manches dorés. Tant qu'elles ne faisaient pas de vagues, elles étaient considérées comme des victimes du système, des esclaves modernes qu'il fallait aider. Du coup, on avait supprimé le bordel. Comme le trottoir était bien moins sûr et bien moins confortable, on s'était dit que le métier ferait moins d'adeptes. Le législateur se fichait bien de savoir qu'en procédant ainsi, leurs conditions de travail seraient considérablement durcies. En fait, on ne se posait pas les bonnes questions. Tant qu'il y a de la demande, il n'y a aucune chance de supprimer l'offre. C'est la première loi de l'économie. Peut-être même la seule qui reste quand tout le système fiche le camp.

Lapointe était un gosse de l'assistance publique. Il ignorait l'identité de ses parents, mais vu le quartier où se trouvait l'hôpital dans lequel on l'avait récupéré, il avait de grandes chances d'être issu de l'entrecuisse d'une travailleuse du sexe. Cependant, lui s'en était sorti. Il avait été adopté par une bonne famille qui lui avait inculqué des valeurs simples et solides. Mais il n'avait pas perdu de vue certains camarades de l'orphelinat, et la plupart n'avaient pas eu une vie aussi clémente. Les filles qui arpentaient les rues, il les connaissait bien. S'il avait eu une sœur, elle aurait peut-être fini comme ça. Les marcheuses n'étaient pas toutes des droguées ou des filles perdues. Au début, elles l'étaient rarement, même. C'était plutôt des rêveuses, des naïves, des amoureuses. Et puis elles croisaient la route d'un loup et, se laissant séduire par sa belle fourrure, elles ne voyaient les crocs que bien trop tard.

Des années auparavant, quand Constant avait obtenu son diplôme et pris sa première affectation d'inspecteur, il avait cherché à retrouver sa mère biologique. Pendant tout le temps de ses investigations, il s'était imaginé tomber sur son casier judiciaire, puis sur sa tombe. Très vite, il s'était aperçu que cette quête était vaine et qu'elle risquait d'abîmer la seconde chance que lui avaient offerte ses parents adoptifs. Il avait gardé de son enfance une réelle obsession pour la justice, surtout quand celle-ci avait tendance à laisser de côté les faibles.

Au bout d'un temps très long, Constant regagna son bureau. Il fixa la pile de documents et de notes qu'il avait rassemblés sur l'affaire. Les transcriptions des auditions des témoins, les informations qu'il avait pu glaner sur le réseau des Antillais, les noms des prostituées qu'il avait interrogées, tout y était savamment classé. Des heures de travail méticuleux qui auraient sans aucun doute conduit à découvrir qui avait fait ça à Gisèle Clémenceau et Catherine Buisson. Et tout ça allait partir en fumée. Personne ne se souviendrait de ces filles, et personne n'apporterait de réponses aux familles qu'elles avaient laissées quelque part derrière elles. Quant aux assassins, ceux qui avaient directement trempé leurs mains dans leur sang et ceux qui en avaient donné l'ordre, ils seraient confortés dans l'idée que ces filles ne comptaient pour rien.

Lapointe rassembla la totalité des papiers et en fit un tas. À l'aide de son pied, il rapprocha la poubelle de son bureau et fit basculer le tout à l'intérieur, sous le regard mi-étonné mi-blasé de ses collègues. Plusieurs secondes s'écoulèrent sans qu'il ne bouge d'un cil. Puis quelque chose se produisit en lui qui modifia son attitude. Son regard s'éclaira et son dos se redressa. Il récupéra l'ensemble de ses notes au fond de la poubelle, les enfourna sommairement dans une pochette cartonnée, et quitta le bureau en indiquant à ses voisins qu'il avait une course à faire.

La justice ne pouvait peut-être plus se servir de lui, mais il pouvait toujours lui désigner un remplaçant.

Isabeau souffla, avant de lancer :

— Pouvez-vous arrêter de gesticuler ?

— Je ne *gesticule* pas, je marche. Jambes, mains. Pas les mêmes membres.

Le jeune homme aurait bien eu dans l'idée de répondre qu'une fois lesdits membres arrachés et coupés en petits dés, cela n'aurait pas fait de différence, mais il préféra s'abstenir. Ils étaient rentrés de Monaco la veille et avaient passé une bonne partie de la nuit à étaler dans le grand salon de l'appartement parisien d'Évariste l'ensemble des notes qu'ils avaient prises depuis le début de leur enquête. Celles d'Isabeau, les croquis du notaire, ainsi que les recherches qu'avait faites Georges sur les affaires auxquelles participaient Anatole Bélanger, Maurice Granger, Vilaire Rochefort et André Legrand-Mercier. Il y en avait partout. Georges faisait des allers-retours réguliers pour leur apporter sandwichs et boissons, mais il devait bien souvent repartir avec sans qu'aucun des deux hommes ne les ait touchés.

Plié sur ses genoux, Isabeau essayait de conserver un certain ordre dans la façon d'étaler les documents, tandis qu'Évariste arpentait la pièce de long en large et désorganisait ce que son acolyte avait mis toute la nuit à disposer.

— Il y a quelque chose qui me chiffonne, reprit le notaire en contournant pour la énième fois la table du salon. Tout a beau pointer dans la direction des intérêts économiques de Bélanger, il y a quelque chose de… de *personnel* dans cette histoire.

— C'est-à-dire ?

— Je ne sais pas encore. Les gants me hantent.

— Encore cette histoire de gants ? Et vous ne vous êtes pas dit que peut-être ils n'avaient rien à voir avec l'affaire ? Si ça se trouve, Apolline a voulu rendre hommage à une amie à qui ils appartenaient, et c'est pourquoi elle les a portés alors qu'ils n'allaient pas avec le reste de sa tenue. Encore que, sur ce point, il n'y a que vous qui pensez qu'ils *n'allaient pas avec le reste de sa tenue.*

— Parce qu'ils *n'allaient pas avec le reste de la tenue.*

— Parce que vous le dites.

— Parce que c'est vrai.

— Vous recommencez.

— À avoir raison ?

— À vous focaliser sur un détail au détriment de l'ensemble. Tout converge en direction de l'invention du scientifique américain et des affaires gérées par la bande à Bélanger.

Évariste sourit à l'évocation du mot « bande ».

— On ne peut pas nier les méthodes agressives de ces individus, quand on fait le bilan de leurs activités. Crise de 29, Seconde Guerre mondiale, ils ont réussi à tirer leur épingle du jeu, et c'est comme si chaque grande dépression les avait rendus plus forts. On est obligé de leur reconnaître un véritable talent pour les affaires.

— Les chiffres ne sont pas franchement ma tasse de thé, mais ils se débrouillent toujours pour trouver l'investisseur miraculeux qui injecte massivement des fonds dans leur projet, exposa Isabeau en pointant du doigt la copie de documents officiels de la Chambre de commerce ainsi que des coupures de presse spécialisée. Là, par exemple, en 1930, ils créent une entreprise pharmaceutique en achetant le brevet d'un remède contre l'asthme une véritable fortune. Ils mettent sur le marché toute une gamme de produits à peine six mois plus tard. Si les documents d'archives qu'a pu se procurer Georges sont complets, ils ont fait un appel de fonds auprès de riches exploitants agricoles de Martinique. À nouveau, huit ans plus tard, ils remettent ça dans le secteur de l'automobile. Cette fois, il s'agit de familles d'investisseurs du sud. Juste à la veille du conflit mondial.

— Il faut un sacré talent de persuasion pour attirer des fortunes dans un climat économique et politique extrêmement tendu. Surtout qu'à chaque fois le schéma est le même, ils choisissent d'investir dans des domaines qui ne sont pas encore exploités. Des médicaments novateurs pour une maladie qui était mal diagnostiquée à l'époque, un secteur automobile auquel la plupart croyaient assez peu et, maintenant, un nouveau matériau dont on ne connaît pas encore les applications exactes et réelles. C'est un procédé extrêmement risqué.

— Mais qui semble marcher à tous les coups.

— Sauf que cela les oblige à trouver à chaque fois une énorme source de financement extérieure pour éviter de sauter si le marché s'effondre finalement. Tout le système doit forcément reposer sur leur capacité à inspirer la confiance. En fait, j'irais même plus loin : c'est parce que Bélanger et ses acolytes passent pour des prodiges des affaires qu'ils peuvent continuer à faire des bénéfices alors que tous les autres s'effondrent. Car sans nouveaux investisseurs, la machine s'enraye.

— Et le ou les assassins sont parvenus à la même conclusion, car c'est précisément ce qu'ils essaient de faire : ils détruisent la réputation de Bélanger. Et si on suppose que la mort de Rochefort fait aussi partie de cette attaque en règle, alors le schéma est plutôt clair : Vilaire était l'atout technique de la bande, il devait donner une sorte de légitimité scientifique quand il fallait attirer et convaincre les grosses fortunes de miser très gros sur leurs projets.

— Et c'est à cette étape de la procédure que la réputation de vieille aristocratie de Legrand-Mercier entre en scène. Son nom apporte la cachet de sérieux nécessaire lors du premier rendez-vous avec l'investisseur qu'ils veulent séduire. Bélanger passe pour le magicien de la bande. C'est lui la tête pensante du montage économique, des sociétés en enfilades et des filiales à répétition. Et Granger devait se charger des pots-de-vin éventuels pour accélérer les autorisations de mise sur le marché des produits.

— Tout ça sans jamais que les quatre compères apparaissent en même temps à des postes clefs dans une société, renchérit Isabeau. Ils ont des participations plus ou moins importantes dans des dizaines et des dizaines d'entreprises, mais jamais on ne les retrouve tous les quatre en même temps dans un conseil d'administration, par exemple. Quel casse-tête !

Évariste s'immobilisa juste en face d'Isabeau. Les mains croisées dans le dos, il observait la drôle de mosaïque constituée par les documents qu'ils avaient étalés.

— Tu as raison, ma chère, tout ceci ressemble aux tentacules d'une pieuvre, lâcha-t-il d'un air pensif.

Isabeau soupira bruyamment. *Le retour de la morte*, pensa-t-il.

— Je n'ai rien dit.

— Je sais.

— Donc, si c'est une structure tentaculaire, reformula Isabeau en grimaçant légèrement, impossible de faire tomber tout le système en coupant uniquement un tentacule.

— D'où la nécessité d'attaques spectaculaires et multiples pour que l'empire s'effondre.

— Le coup de la combustion spontanée d'une mariée, une prostituée à moitié dévorée, une autre brûlée en place publique, ça ne peut pas être plus spectaculaire.

— Et ça sent un peu la mise en scène.

— Enfin, surtout le brûlé, mais bon...

— Vous êtes parfaitement odieux.

— À qui la faute ?

Évariste pivota et reprit sa marche.

— Donc, quel va être le prochain coup des meurtriers ? Ils sont parvenus à braquer les projecteurs sur Anatole et ses affaires. Ensuite, ils se sont débarrassés de Rochefort. Comment Bélanger, Legrand-Mercier et Granger vont-ils continuer à maintenir la confiance des investisseurs dont ils ont besoin pour exploiter et développer ce qu'ils ont en tête avec ce nouveau polymère ?

— En remplaçant Rochefort par ce scientifique américain ? Tant qu'il est de leur côté et qu'ils détiennent le brevet, ils ont un coup d'avance par rapport à leurs concurrents.

— Oui, mais on sait qu'ils n'ont pas déposé ce brevet, sinon ça aurait fait la une de la presse. Donc le scientifique n'est toujours pas décidé à signer avec eux.

— Alors, il faut qu'ils le convainquent avant que...

— Avant que les concurrents et les assassins ne mettent la main dessus.

— C'est pourquoi ils le cherchent et sèment des cadavres de prostituées depuis des semaines. C'est une théorie. Ils ne rigolent pas, dans le milieu des affaires.

Évariste se laissa choir sur un fauteuil. Croisant les jambes et ramenant les mains devant son menton, il se figea dans une posture d'intense réflexion. Son mutisme dura de longues minutes. Au début, ce procédé mettait Isabeau très mal à l'aise. Mais au fil du temps, et comme le jeune homme avait compris que cela ne servait à rien d'essayer de communiquer quand le notaire se plongeait dans cet état, il avait appris à composer avec. Il l'ignorait, tout simplement, ou continuait de parler tout seul. Et puis, à un moment donné – celui qu'Évariste jugeait le bon –, son mentor reprenait vie.

— Quand même... Pourquoi en faire autant ? demanda-t-il en tapotant ses doigts contre son menton.

— Vous parlez des assassins ? Pour être sûrs que Bélanger et sa clique ne se relèvent pas. Pour être certains que la totalité des sociétés dans lesquelles ils ont des parts ne se relèvent pas et que tous les investisseurs qui comptent les fuient comme la peste.

— N'y aurait-il pas eu un moyen plus simple et moins risqué de le faire ?

— On a déjà du mal à trouver qui a commis les meurtres, si en plus il faut jouer les auditeurs d'entreprise criminelle, on n'est pas sortis.

— Moi, j'aurais fait plus simple.

— Oui, mais nous sommes du côté des gentils, pas des sociopathes et des sadiques, on en a déjà discuté. Si cela peut vous contenter, quand nous découvrirons qui se cache derrière tout ça, vous pourrez leur expliquer qu'il y avait bien plus simple.

— Ce serait sûrement un peu déplacé, non ?

— Vous êtes constamment déplacé, croyez-moi. Un peu plus ou un peu moins, personne ne le remarquera.

Georges fit une nouvelle fois son entrée dans le salon, de café et du lait sur un plateau.

— Monsieur ? Un homme demande à vous voir. Il dit être l'inspecteur Constant Lapointe.

— Tiens, tiens, tiens, commenta Évariste sur un ton joueur, peut-être une petite pièce de plus dans le puzzle de cette affaire ?

— Ou il vient juste nous saluer.

— Non, je ne crois pas.

— Moi non plus, mais vous exagérez toujours.

— Dois-je le faire entrer, Monsieur ?

— Non, Isabeau et moi nous disputons d'abord, répondit Évariste, le plus sérieusement du monde.

— Bien sûr que si, Georges, corrigea Isabeau en levant les yeux au ciel.

— Ce que vous ne feriez pas pour ne pas avoir à reconnaître que vous ne pouvez pas avoir le dernier mot.

— Je n'essayais même pas de le faire !

— C'est ce que vous dites.

— Je choisirai la médecine légale uniquement pour trouver le bon moyen de me débarrasser de votre corps.

— Aucun rapport.

— Si, si, vous verrez.

L'inspecteur Constant Lapointe entra dans le salon à la suite de Georges, lequel s'évapora dans le couloir immédiatement après.

— Bonjour messieurs, lança Constant, en tendant la main d'abord à Évariste, puis à Isabeau. J'espère que je ne vous dérange pas en plein… heu… j'ignore en plein quoi ?

— Isabeau et moi jouons à un petit jeu, répondit Évariste sur un ton affable.

— Quel jeu ?

— Trouver qui a tué qui et pourquoi.

— Oh, je vois. Alors j'ai bien fait de venir. Je suis passé chez un ami qui travaille aux impôts pour obtenir votre adresse.

— L'administration fiscale est mieux renseignée que le Vatican lui-même, nota Évariste en indiquant un siège au visiteur.

— Je l'ignorais répondit Lapointe en s'asseyant.

— Moi, je le sais. Alors, que nous vaut votre visite, mon cher ami ?

— De l'énervement et un peu de désespoir, j'avoue.

— Je vois. Georges, héla Évariste, apportez de l'alcool !

Le majordome se matérialisa au fond de la pièce et cela ne choqua personne, excepté le policier qui se demanda comment il était arrivé aussi vite.

— Quel degré, l'alcool, Monsieur ?

— Je l'ignore. À quel degré jugez-vous votre désespoir, mon ami ?

— Relativement élevé.

— Un vin cuit, Georges.

— Bien, Monsieur.

Évariste tira une chaise et s'installa à côté de l'inspecteur. Il porta son attention sur l'épaisse pochette que Constant tenait serrée contre lui.

— Nous vous écoutons, encouragea le notaire.

— Voilà, je sors du bureau de mon chef, et il vient de me dire de laisser tomber l'affaire de la mort de Gisèle Clémenceau et par ricochet de ne pas mettre mon nez dans celle de Catherine Buisson.

— Vous a-t-il dit pourquoi ?

— Parce que ce sont des putes ! s'emporta l'inspecteur. Pardon, je voulais dire…

— Parce que ce sont des putes, répéta Évariste avec calme. C'est un peu dans leur nature de mourir de façon inattendue et violente, si je puis dire, n'est-ce pas ?

— C'est tout à fait ça. Franchement, avec les histoires de gangs, et les violences du grand banditisme que Paris a subies ces dix dernières années, la Sûreté est un peu à cran. Alors ils mettent les effectifs sur des dossiers qui risquent de troubler l'ordre public.

— Les *dossiers* dont ils peuvent se vanter dans la presse ? intervint Isabeau, qui s'était assis en tailleur au milieu des papiers.

— Il y a de ça. Clairement, résoudre le meurtre de deux prostituées, ça ne fait pas rêver l'opinion publique et ça ne la conforte pas tellement dans un sentiment de sécurité, vu qu'elle pense encore que ces filles ont cherché ce qui leur arrive.

— La justice n'est pas la même pour tous. Elle ne l'a jamais été, renchérit Isabeau avec fatalisme.

Lapointe acquiesça. Il fixa la surface lisse de la pochette qu'il tenait entre les mains.

— Je pense que ce n'est pas tout. Je veux dire, en temps normal, mon chef aurait refilé l'affaire à un petit bleu pour qu'il se fasse la main. Ça arrive tout le temps : plus on grimpe les échelons ou plus on se fait remarquer, et plus on vous met sur les cas intéressants.

— Ceux qui peuvent vous faire citer dans les pages d'un grand quotidien, indiqua Évariste.

— Par exemple. Or, là, on enterre carrément le meurtre de ces deux filles. Évidemment, il ne me l'a pas dit comme ça, mais d'habitude il donne aussitôt le nom de la personne à qui refiler les éléments de l'enquête. J'ai bien senti qu'on ne reparlerait plus de tout ça. C'est ce qui me fait dire que c'est bien plus qu'une simple question de priorités.

— Vous pensez que votre chef cherche à étouffer ces deux homicides ? interrogea Isabeau.

— J'en suis certain.

Isabeau et Évariste échangèrent un regard dubitatif.

— Sauf que, comme vous dites, ce ne sont que des prostituées. En quoi leur meurtre gêner votre hiérarchie ? insista le jeune homme.

— Parce que les deux filles en question appartenaient à un gang très connu qui est spécialisé dans le gratin. Vous voyez ?

— Nous voyons, réagit Évariste en plissant ses yeux.

— Moyennement, nuança Isabeau.

— Voilà ce que pense. J'ai bien étudié le dossier auprès des collègues des mœurs. Ça fait des années que dans le milieu on parle d'un clan antillais. Il a débarqué dans la capitale il y a une quinzaine d'années maintenant et, à l'époque, il avait fichu un sacré bordel parce que la prostitution était entre les mains des Corses et des Italiens. En l'espace de très peu de temps, ils ont récupéré le monopole de la prostitution de luxe. Ce qui est bizarre, m'ont dit mes collègues, c'est qu'autant les membres des gangs corse et italien font des allers-retours très réguliers au trou, autant on n'a presque rien sur les Antillais. Et ceux qui se sont fait prendre étaient du menu fretin et n'ont jamais rien dit sur leur organisation.

— Qu'êtes-vous en train d'insinuer ?

— Je ne sais pas, je réfléchis tout haut. Je me dis juste que cette organisation sert les intérêts des puissants. Avec leurs filles, ils sont dans les lits de tous les politicards du gouvernement et je ne sais encore quels autres pontes. J'aimerais bien voir à quoi ressemblent leurs livres de comptes et leur carnet d'adresses, vous voyez ce que je veux dire ?

Ses deux interlocuteurs hochèrent la tête de concert. Cette fois, ils voyaient parfaitement.

— Et soudain, deux de leurs filles, qu'on n'attrape habituellement jamais, se font assassiner et on me dit de laisser tomber. Si je creuse, ça va faire des vagues, évidemment. Alors je me demande si c'est pas à cause de ça et si, d'une certaine façon, ces Antillais ne bénéficient pas de certains appuis politiques.

Constant laissa le silence s'installer entre eux, comme pour permettre à tout le monde de peser la valeur de sa théorie.

— Cependant, mon ami, je ne comprends pas bien pourquoi vous êtes là, finit par demander Évariste.

— Le désespoir et l'énervement, vous vous souvenez ? ironisa l'inspecteur. Pour être honnête, je ne sais pas trop. J'ignore ce que vous faites exactement, mais j'ai bien compris que vos activités n'étaient pas uniquement celles d'un notaire. Pendant l'affaire du vol des bijoux de la Bégum, vous n'étiez pas là par hasard, et plusieurs de mes confrères plus expérimentés vous font confiance. Il y a certaines rumeurs, dans nos services.

— Des rumeurs ?

— Sur une fondation qui n'en serait pas vraiment une… Ne vous inquiétez pas, je ne suis pas venu là pour en savoir plus. Je me suis simplement dit que si à mon niveau je ne pouvais plus rien faire pour ces filles, peut-être que vous, avec vos relations, vous pourriez.

Évariste posa son menton sur sa main, et son visage s'éclaira.

— Pourquoi cela vous tient-il tellement à cœur ?

— Je n'aime pas qu'on hiérarchise l'action de la police. Je crois encore au service public et, pour moi, l'intérêt général n'est pas modulable.

— C'est joliment dit, mon cher, mais je crois que c'est bien moins scolaire que ça et bien plus personnel, en réalité.

— Je suis issu du même milieu que la plupart de ces filles. Si quelqu'un comme moi n'essaie pas de les comprendre et de les défendre, qui le fera ? Un petit bourgeois ? Est-ce que c'est assez personnel comme réponse ?

— Ça me va. Isabeau ?

— Moi, ça m'allait bien, avant que vous le passiez au grill.

— Parce que vous n'êtes pas exigeant, jugea Évariste en tendant la main vers le dossier de Constant.

— Merci, confia l'inspecteur avec un soulagement non feint. Je ne sais pas si ça va réellement vous aider, mais j'ai amené tout ce que j'ai pu trouver. En fait, tant qu'on n'attrapera aucun membre de ce gang pour expliquer ce qui a pu arriver à ces filles, on se heurtera vite à un mur.

— Quelle est votre théorie ? interrogea Évariste en parcourant rapidement les feuilles contenues dans la pochette cartonnée.

— Les meurtriers cherchent quelque chose, j'en suis sûr. On n'inflige pas de tels sévices sans un but réel, et je ne crois pas au simple sadisme. Je pense qu'une guerre des territoires se prépare. Les Corses et les Italiens n'ont pas dit leur dernier mot, et moi je suis certain que ce milieu est sur le point d'exploser. J'ai interrogé plusieurs filles qui gravitaient autour des deux victimes. Apparemment, pas mal de prostituées de ce réseau disparaissent. Certaines reviennent au bout de quelques semaines, mais d'autres ne refont jamais surface. Elles disparaissent, simplement. Il y a une sorte de mystère qui entoure ces bandits.

— Un mystère ? C'est-à-dire ?

— Rien de bien précis, mais chaque fois que j'ai parlé des Antillais à des marcheuses, elles réagissaient étrangement. Elles m'ont toutes dit la même chose : ces gens-là sont bizarres, et leurs travailleuses aussi. Ils sont leur méthode.

— « *Leur méthode* » ? s'étonna Isabeau. On peut avoir une méthode dans ce... domaine ?

— Tout est toujours une question de méthode, mon ami, s'amusa Évariste.

— Elles ne sont jamais rentrées dans le détail, d'abord par peur et ensuite par ignorance, mais en tout cas ça ne les faisait pas beaucoup rigoler. Apparemment, le mode de recrutement pratiqué par les Antillais est très sélectif ; ils cherchent des physiques particuliers, et quand les pauvrettes signent chez eux, en quelque sorte, elles coupent les ponts avec tout leur entourage.

— Et vous n'avez obtenu aucun nom qui pourrait vous permettre d'infiltrer ce gang ?

— Non. Enfin, que des surnoms et, évidemment, ça n'a rien donné. Elles ont toutes évoqué un homme de main, un type vraiment pas commode faisant office de père Fouettard, ou de croquemitaine. Mais je n'ai que son surnom, et ça ne va pas beaucoup vous aider. Elles l'appellent « la Pieuvre ».

— Tiens, encore une histoire de pieuvre, marmonna Évariste, pensif.

— Pardon ?

— Non, rien. Pourquoi donc la Pieuvre ?

— Allez savoir. Pourquoi Pierrot le Fou ? Il n'est pas du tout fou. Apparemment, ça viendrait de ses mains. Elles seraient bizarres. Des gros doigts noueux particulièrement efficaces quand il s'agirait de cogner une fillette à peine majeure.

— Autant dire du beurre pour de grosses mains rug...

Évariste s'interrompit brusquement et tourna les yeux en direction d'Isabeau. Les pupilles du notaire s'étaient illuminées.

— Oh mon Dieu ! s'écria-t-il en se relevant de son siège.

Isabeau tressaillit.

— Non, ça ne peut pas être le même ? lâcha-t-il en passant la main dans ses cheveux.

— « Des gros doigts noueux comme des tentacules de pieuvre », récita Évariste en puisant dans sa mémoire.

— Quoi ? intervint Lapointe, qui sentait bien que quelque chose était en train de se jouer devant lui. Vous savez qui c'est ?

— Cela ne peut pas être une coïncidence, expliqua Évariste en se remettant à marcher de long en large.

— Parce que les coïncidences, ça n'existe pas, conclut Isabeau. Mais attendez, attendez, ça change tout.

— Est-ce que l'un d'entre vous peut m'expliquer ce qui se passe ? persista l'inspecteur en voyant ses interlocuteurs s'activer.

— On a cru qu'ils attiraient de gros investisseurs avec un procédé de persuasion bien rodé qui reposait en grande partie sur leur talent à inspirer confiance. Mais en réalité, les gros investisseurs, c'étaient eux ! s'exclama Isabeau en tripotant ses feuillets. Inspecteur ? Combien d'argent la prostitution de luxe rapporte-t-elle, à votre avis ?

— Oh, je ne suis pas un spécialiste, c'est plutôt le rayon de mes collègues des mœurs, mais je dirais énormément. Bien plus que les armes ou les vols. Pourquoi ?

— C'est cela, mon ami ! jubila Évariste. Les fonds que Bélanger, Granger et les autres réussissent à obtenir presque miraculeusement, à chaque fois, alors que l'économie mondiale va mal, viennent d'un énorme réseau de prostitution.

— Vous savez qui est la Pieuvre ? demanda Lapointe.

— Ah ah ! s'exclama Évariste. Non seulement nous savons qui est la Pieuvre, mais nous savons qui se cache derrière votre gang d'Antillais !

— Ah ben, vous ne volez pas votre réputation, avoua Lapointe sur un ton dubitatif.

— Isabeau ? lança Évariste avec un enthousiasme débordant. Nous allons donner un grand coup de pied dans la fourmilière !

— Merci, mon Dieu, à un moment j'ai cru qu'on allait s'ennuyer, ironisa le jeune homme en basculant en arrière.

24

23 juillet 1952, quelque part sur un trottoir de Paris, 21 h 30

Au palmarès des idées les plus mauvaises, celle-ci s'était révélée être la pire. Si encore il avait pu se dire qu'elle ne venait pas de lui, il aurait pu s'en prendre à quelqu'un d'autre. Cela n'aurait pas changé grand-chose à la suite des événements, mais la colère avait tendance à maintenir en vie, contrairement au désespoir. Et en cet instant critique où sa vie lui filait entre les doigts – ou plus précisément entre les veines –, maudire un autre que lui l'aurait soulagé. Peut-être.

Après avoir fait le rapprochement entre le réseau de prostitution de luxe des Antillais et la *bande* à Anatole Bélanger, Évariste et Isabeau s'étaient mis en tête de vérifier l'hypothèse avant d'aller plus loin. Les attaques contre Bélanger, la mort suspecte de Félicité Levostre, peut-être même sa rencontre avec Adam, les cadeaux offerts au scientifique américain pour l'encourager à livrer ses travaux ; tout prenait un autre sens. La pègre entrait en jeu. Cela faisait plus de suspects, plus d'armes de destruction massive, et plus d'agressivité. Or, c'était bien ce à quoi toute l'histoire ressemblait. Quelqu'un voulait se payer le trône des Antillais et, dans la foulée, leurs quatre têtes.

Cela aurait dû leur crever les yeux : ils avaient sous-estimé les forces en action. Là, il était question de guerre de gangs, de grand banditisme et d'enjeux internationaux. Gouvernements, révolution technique et scientifique, marchés juteux, empire financier et pègre parisienne ; comment avaient-ils pu croire qu'à eux deux ils seraient de taille ?

Après la visite de l'inspecteur de police, Georges, Évariste et Isabeau s'étaient replongés dans les affaires de Bélanger, Granger et Legrand-Mercier. Avec la bonne clef de lecture, cette fois. Le majordome avait fait un travail hallucinant de collecte des documents en rapport avec les entreprises des quatre associés. Coupures de presse sur presque vingt ans, déclarations dans les registres du commerce et des sociétés, informations fiscales, toutes ces sources alimentaient l'énorme dossier que Georges avait constitué depuis qu'Évariste lui en avait donné l'ordre. Il n'y avait presque aucune faille dans le système, si ce n'était quelques *investisseurs miraculeux* sortis de nulle part aux heures les plus graves des crises économiques. Investisseurs miraculeux qui, en réalité, n'étaient qu'une série d'énormes virements de comptes à comptes entre les revenus de leur réseau de prostitution et les filiales de leurs sociétés légales. La plupart du temps, les injections de capitaux du premier vers les secondes restaient sous les radars. Il n'y avait aucune trace, si ce n'était qu'étrangement les groupes dans lesquels Bélanger et ses amis avaient des parts encaissaient plutôt bien le marasme économique de leurs concurrents. Mais cela pouvait passer pour du talent et de la chance. Mieux, le fait que leurs affaires continuent de marcher malgré le contexte économique attirait de riches naïfs qui pensaient se trouver face à des magiciens de la finance. La crise de 29 avait d'ailleurs été miraculeusement lucrative pour eux. Ils ignoraient que leurs dividendes provenaient de ce qu'ils donnaient aux prostituées de luxe que beaucoup d'entre eux fréquentaient.

Cela étant, en cherchant un peu, deux événements paraissaient suspects, si l'hypothèse de l'économie souterraine était juste. Le premier était intervenu en 1927, alors que Bélanger, Granger, Rochefort et Legrand-Mercier résidaient encore en Martinique. Un investisseur providentiel avait versé une somme colossale à un tout nouveau groupement d'intérêts économiques nommé « Providence ». Parmi les actionnaires se trouvaient Bélanger et ses acolytes, dont les parts à eux tous réunis étaient majoritaires. Cette opération avait permis la mise en route de ce qui allait constituer leur futur empire. La presse de l'époque s'était extasiée sur l'audace entrepreneuriale de ces jeunes loups de la finance. Dix-huit ans plus tard, alors que la guerre était sur le point de se terminer sur un monde ravagé et sans aucun repère, un nouveau mécène miraculeux avait injecté une petite fortune dans leurs affaires déclinantes. Et quelque chose disait à présent aux enquêteurs qu'un autre bienfaiteur était sur le point d'entrer en scène, au moment où Providence allait mettre en place l'exploitation des propriétés du polymère.

Cependant, si sur le papier cela paraissait limpide, il fallait prouver le lien entre les Antillais et la bande à Bélanger. La police ne les suivrait jamais sur des analyses de vieilles coupures de journaux et des extrapolations. Même si le cloisonnement entre les deux univers était parfaitement opérationnel, depuis au moins deux décennies qu'il fonctionnait, il devait bien y avoir quelques échanges. *Il devait bien y avoir* une trace, quelque part. Maurice Granger, dit « la Pieuvre », faisait la navette entre les deux mondes. Il était la clef.

Alors il fallait mettre Maurice sous haute surveillance et le suivre dans chacun de ses déplacements jusqu'à ce qu'il les mène au cœur de gang des Antillais ou qu'il commette une erreur. Évariste avait appelé tous ses contacts pour repérer la Pieuvre. Très vite, ils avaient appris que l'homme se trouvait justement sur Paris. En bousculant un peu Anatole, Évariste avait certainement dû leur mettre un petit coup de pression, que la mort brutale de Rochefort avait encore accentué. Le réflexe face à un danger potentiel est toujours de resserrer les rangs.

Isabeau ignorait s'il respirait toujours. Ses immenses yeux noirs comme l'encre étaient grands ouverts sur le ciel. Le soleil rasant transformait les quelques effilures nuageuses en flammes célestes. C'était étrange comme ses pensées se montraient rationnelles. Les éléments de l'affaire tournaient en boucle alors qu'il était certainement sur le point de mourir. N'était-il pas censé philosopher sur le sens de la vie et sur la place de l'Homme dans l'Univers ? Au lieu de cela, il se disait que ce n'était vraiment pas de chance d'échouer si près du but.

Au sein de l'équipe, c'était Isabeau le spécialiste de la filature. Il était fier d'exceller dans un domaine dans lequel Évariste n'avait aucune compétence. Cet homme était incapable de comprendre le concept de discrétion. Dès qu'il mettait le pied quelque part, on le remarquait presque aussi vite que s'il s'était collé une dizaine de plumes d'autruche dans les fesses et qu'il s'était mis à caqueter comme une poule.

À l'inverse, Isabeau se faufilait partout. Il avait un don pour l'invisibilité. Une femme qui avait beaucoup compté dans sa vie le lui avait fait remarquer. Elle lui avait dit que c'était un véritable pouvoir que de disparaître aux yeux des autres quand on le désirait. Isabeau n'avait pas compris en quoi cela pouvait être gratifiant de n'être jamais vu, d'être toujours l'ombre sur le trottoir. Petit à petit, cependant, le jeune homme avait enfin saisi quels avantages il pouvait tirer de cette capacité.

Voilà, maintenant sa vie se mettait à défiler devant ses yeux. Sa vie à l'orphelinat, morne, grise, triste, et miraculeuse aussi, quand il repensait au nombre d'enfants qui avaient trouvé la mort dans les sous-sols de cet établissement. Puis son travail auprès de cet avocat alcoolique, gentil mais tellement dépourvu d'ambition. Et enfin sa rencontre avec Évariste, sur un quai de gare. La rencontre qui avait changé toute sa vie et lui avait fait vivre tant d'aventures et voir tant d'autres couchers de soleil. C'était ce qu'il voulait emporter avec lui. Les nuages enflammés.

Comment avait-il pu ne pas voir qu'il était suivi ? Le coup reçu l'avait tellement sonné qu'il ne savait même pas où il avait été touché. C'était une balle, il avait entendu la détonation, juste dans son dos. Immédiatement après, il s'était écroulé au sol. Toute son énergie vitale avait semblé s'évaporer en une seconde, le privant de l'usage de ses membres, *de l'usage de tout son être*. Il était tombé comme une marionnette à qui on coupe les fils. Une fois à terre, il avait tenté de bouger, mais aucune partie de son corps ne s'était décidée à répondre.

Il n'éprouvait aucune douleur. En fait, il n'éprouvait rien du tout. Son cœur s'était mis à battre tellement vite, au début. Puis, petit à petit, il s'était calmé, et, à présent, il le sentait à peine frissonner dans sa poitrine. Il avait sommeil. Une écrasante lassitude s'abattit sur lui, et ses paupières semblaient décidées à se fermer contre sa volonté. Il voulait encore observer le ciel et l'espoir sans limites que contenait sa contemplation. *Le ciel*, c'était tout ce qu'il désirait. Pourtant, tout se troublait. Dans cette rue déserte de la capitale, il réalisait que le bitume lui servait de linceul. Personne pour lui jeter une fleur, dire quelques mots ?

Une ombre vint se placer entre son regard et les formes nuageuses. Elle ressemblait vaguement à un homme, ou peut-être à deux. Mais cela avait-il une importance ?

25

23 JUILLET 1952, AVENUE MONTAIGNE,
HUITIÈME ARRONDISSEMENT DE PARIS,
APPARTEMENT D'ÉVARISTE FAUCONNIER, 20 H 30

Georges ouvrit la porte au moment où Évariste approchait du perron.

— Bonsoir, mon ami, salua le notaire.

— Bonsoir, Monsieur.

Les deux hommes gravirent ensemble les marches de l'escalier menant au premier étage, où se trouvait le grand salon. Évariste jeta son fedora beige, qui rebondit sur le fauteuil, loupa de peu le dossier de la chaise, et s'écrasa au sol.

— Monsieur Le Du mangera-t-il ici, ce soir ?

— Non, Isabeau est en filature. Maurice est descendu au *Bristol*, mais depuis hier soir il n'a pas mis les pieds à l'hôtel. Mon contact a cru comprendre qu'il se rendait dans le treizième arrondissement. Alors j'ai envoyé le petit faire ce qu'il sait faire de mieux : fourrer son nez partout sans en avoir l'air.

— Votre courrier est sur la table, indiqua Georges en ramassant le chapeau et en l'époussetant. Je vous apporte une assiette.

— Et un verre.

— Bien entendu, Monsieur.

Après le départ de Georges, Évariste quitta sa veste de costume, déboutonna ses manches et retroussa sa chemise sur ses avant-bras. L'encre sombre de ses tatouages géométriques tranchait avec la blancheur du coton. Par réflexe, il fit glisser deux doigts sur leur dessin, comme un aveugle lit une ligne en braille. Ce geste le plongea dans ses pensées. Il resta quelques secondes immobile, les yeux perdus dans le vague, puis il se décida à ouvrir son courrier. Il ne prêta guère attention à la plupart des plis, jusqu'à ce qu'il tombe sur une lettre en particulier. Après l'avoir ouverte et lue, il se gratta le menton.

— Un problème, Monsieur ? demanda Georges en surgissant devant Évariste, les mains portant un plateau sur lequel reposaient des condiments et une bouteille d'eau.

— Non, plutôt une bonne nouvelle. C'est une lettre de Fidélia Bélanger, elle me dit qu'elle emmène Adam en Martinique pour essayer de lui changer les idées. Apparemment, il a bien du mal à se remettre de son incarcération et de la mort d'Apolline.

— Ne serait-ce pas plutôt de la mort de Félicité Levostre ?

— Officieusement, bien entendu. Malgré tout l'amour qu'il porte à sa mère, je ne pense pas qu'Adam ait le courage de braver les règles de son éducation et de lui avouer qu'il était fou amoureux d'une prostituée noire.

— Pensez-vous que lui et sa mère se doutent que monsieur Bélanger trempe dans des affaires illégales ?

— Compte tenu de l'égocentrisme de cet homme et du profond mépris qu'il éprouve pour son fils et sa femme, je ne pense pas. Je crois cet homme capable de tout pour sauvegarder ses intérêts, y compris de se débarrasser de sa famille si le besoin s'en fait sentir. Dans l'hypothèse où l'un des deux aurait par hasard appris quelque chose, il a dû faire attention à tout oublier très vite.

— Cet Anatole Bélanger est un personnage décidément fort attachant, commenta Georges.

— Les hommes puissants le sont souvent. En tout cas, qu'ils se doutent ou non de l'origine de leur train de vie, Fidélia et Adam font bien de s'éloigner d'Anatole. J'ai dans l'idée que les dommages collatéraux risquent de se multiplier.

La sonnerie de la porte retentit. Georges s'éloigna pour aller ouvrir. Il revint quelques instants plus tard, suivi de Siloé. La jeune femme portait une robe patineuse noire sans manches, un rang de perles lumineuses, et une paire de gants de soie. Elle aurait pu sortir d'une scène de film. Son visage affichait une expression inquiète.

— En voilà une surprise, lança Évariste en rangeant son courrier.

— Je suis heureuse de te trouver là, répondit-elle sans cacher son soulagement.

— Qu'y a-t-il ?

— J'ai vu des hommes rôder autour de ta rue.

— Tu m'espionnes ?

— Non.

— Ce n'est pas un reproche. Je suis toujours flattée qu'une femme m'espionne.

— Je venais te voir histoire de partager avec toi quelques informations. Mais quand je suis arrivée, j'ai eu une impression bizarre. Je crois que tu es surveillé. La dernière fois que j'ai eu cette impression, un Russkof m'est lourdement tombé dessus.

— Et cela s'est plutôt bien terminé.

— Parce qu'il était tout seul. Offre-moi un verre, s'il te plaît. Cette affaire m'énerve au plus haut point, j'ai l'impression de ne pas avancer.

— Georges ? Servez-nous un verre. Quelque chose de fort et de racé.

Siloé sourit. S'approchant d'Évariste, elle s'assit sur l'accoudoir d'un des fauteuils.

— Au fait, où se trouve la mignonne petite sucrerie ? interrogea-t-elle en balançant élégamment son pied d'avant en arrière.

— *La mignonne petite sucrerie* est de sortie et…

Un immense fracas interrompit brutalement leur conversation. C'était comme si une explosion avait pulvérisé tout le rez-de-chaussée. Immédiatement après, des pas lourds gravirent les marches de l'escalier, et de violents éclats de voix informèrent Siloé et Évariste sur la nature de l'interruption.

— Georges ! hurla le notaire. Gardez l'alcool et le dîner au frais ! Ah ! et appelez la police !

Saisissant Siloé par l'épaule, il la jeta à terre avant de ramper avec elle derrière son bureau.

— Il me semble qu'ils ont l'air légèrement trop énervés pour des agents du contre-espionnage, nota-t-il tandis qu'il tirait puis renversait tous les tiroirs du meuble.

— Je savais bien que j'avais raison ! pesta Siloé en extirpant de son bas une arme petit calibre. Je devrais toujours écouter mon instinct.

— Si nous survivons, je ne le mettrai plus jamais en doute, très chère.

— Trouve une arme, bordel !

— J'y travaille, répondit Évariste en fouillant le continu des tiroirs qu'il venait de renverser.

En s'allongeant sur le sol et en mettant son visage au ras du parquet, Siloé put brièvement apercevoir trois hommes à l'entrée du salon. Elle visa la jambe de l'un d'eux et tira. Sa victime tomba sur les genoux et lâcha un cri.

— Trois, annonça-t-elle à Évariste. Enfin, deux et demi.

— Trois ? Pourquoi ne leur tires-tu pas dessus ? reprocha-t-il, après avoir enfin trouvé une arme.

— Surtout, n'hésite pas à participer, ça ne me vexera pas.

Évariste approcha de l'angle du bureau.

— Ton étui à cigarettes, je te prie.

Siloé lâcha un juron en tendant l'objet, puis tira à nouveau pour forcer les assaillants à se mettre à couvert. Évariste inclina l'étui face à lui. La surface lisse comme un miroir du boîtier lui permit de distinguer vaguement le positionnement de leurs ennemis.

— Quand je te le dis tu tires, déclara-t-il.

— Oh, vraiment ? J'avais plutôt envie d'enfiler des perles.

— Maintenant !

Siloé se pencha et appuya sur la détente à ras du sol en visant les jambes. Les assaillants se déportèrent sur le côté opposé, dans la ligne de mire d'Évariste. Celui-ci pivota et réussit à toucher l'un des hommes en pleine poitrine. Cependant, deux criminels retardataires restés cachés dans l'escalier firent soudain irruption dans la pièce.

— Je n'ai plus de balles, annonça Siloé tandis que les coups de feu fusaient toujours dans la pièce, perçant le chêne du bureau et la tapisserie des murs.

— C'était eux qu'il fallait essayer de tuer, pas les plantes vertes.

— Tu es insupportable.

— *Odieux* serait plus adapté.

Évariste fit à nouveau feu, mais, coincé derrière le meuble, il manquait de recul et de marge de manœuvre. Il parvint à blesser un deuxième de leurs assaillants. Il en restait encore trois de valides qui progressaient dangereusement dans leur direction. Il suffisait qu'un seul des attaquants contourne le bureau pour que Siloé et lui passent de vie à trépas. C'était mal engagé. En désespoir de cause, la jeune femme fouilla les restes des tiroirs renversés à la recherche d'un autre pistolet, ou, au point où elle en était, d'un coupe-papier qu'elle aurait détourné en couteau. N'importe quoi plutôt que l'inaction. Évariste s'accroupit pour tenter le tout pour le tout. Il allait se redresser et essayer d'en tuer un maximum. Sauf qu'il serait à découvert et aurait donc toutes les chances d'être touché. Il espérait que leurs assaillants ne soient pas les meilleurs tireurs du monde et qu'il pourrait survivre à la blessure. Siloé comprit ce qu'il s'apprêtait à faire et tenta de l'en dissuader en tirant sur sa chemise. Mais Évariste savait bien qu'il ne leur restait que quelques brefs instants avant que tout ne se joue.

Soudain, les bruits de détonation changèrent. Ce n'était plus des sons secs et un peu filants, mais plutôt graves, lourds, enrobants, et surtout bien plus puissants. Les hommes se mirent à hurler. Siloé et Évariste entendirent leurs corps s'écrouler mollement au sol. Quatre ou cinq déflagrations plus tard, un profond silence se répandit dans la pièce. Il était particulièrement déstabilisant, car il faisait suite à une cacophonie meurtrière. Les deux retranchés échangèrent un regard étonné et perplexe. Ils patientèrent quelques secondes. Rien de dramatique ne semblait vouloir se produire, ce qui les encouragea à se découvrir et à passer la tête au-dessus du bureau.

Quelle ne fut pas leur surprise quand ils constatèrent que l'ensemble des assaillants gisaient à terre dans une mare de sang qui en s'étalant menaçait de couvrir la moitié du parquet du salon. Sur le seuil de la porte se dressait Georges, une Winchester encore fumante entre les mains.

— Georges ? Vos soufflés au Grand Marnier sont ratés ? interrogea Évariste en constatant sur les corps à terre l'efficacité du majordome.

— Il s'en est fallu de peu, Monsieur. C'est pourquoi je me suis permis d'intervenir.

Siloé s'empressa de fouiller les vestes des cadavres.

— Ils ont des papiers, déclara-t-elle, ils ne sont pas des services secrets.

Sur les cinq assaillants, quatre étaient des hommes de couleur. Mines cabossées par la vie, tatouages sur les avant-bras et bijoux en or voyant, comme des médailles de bravoure qu'on affiche. Non, on était très loin de la discrétion des agents du contre-espionnage.

— Je dirais qu'ils sont du milieu, conclut Évariste.

— Qu'as-tu fait pour les mettre tellement en colère ?

Le visage d'Évariste perdit instantanément ses couleurs.

— Isabeau, lâcha-t-il d'une voix blanche.

26

26 juillet 1952, Maison Souquet, rue de Bruxelles, neuvième arrondissement de Paris, 14 h

Isabeau sentait bien que plusieurs heures, voire plusieurs jours, s'étaient écoulés depuis qu'il avait pris une balle. Il avait eu la sensation de reprendre connaissance parfois, d'être même resté éveillé quelque temps, mais tout se brouillait dans sa tête. Il était certain qu'on lui avait posé des questions et qu'il y avait répondu, cependant il ignorait ce qu'il avait pu dire. Il savait aussi qu'il avait été transporté au moins à deux reprises, sauf qu'il se demandait toujours où il se trouvait.

Et depuis combien de temps était-il couché ?

À cet instant, son cerveau sembla accepter de fonctionner normalement. Après avoir ouvert les yeux, son regard se porta sur ce qui l'entourait. Il remarqua vite qu'il se trouvait dans une chambre. Une très belle chambre. Les murs étaient couverts d'une tapisserie violette aux motifs géométriques dorés. Les tentures des fenêtres étaient assorties. Elles étaient fermées mais ne se joignaient pas totalement, si bien qu'un trait de lumière aussi rectiligne qu'un tracé à la règle lui indiqua qu'on était la journée et qu'il faisait beau. Des plantes grasses ponctuaient les quatre coins de la pièce et des tableaux représentant des scènes mythologiques achevaient de donner un aspect baroque à l'agencement des lieux. Il n'était donc clairement pas dans une chambre d'hôpital.

Quand il voulut bouger, une violente douleur lui rappela qu'il était certes en vie, mais qu'il avait bel et bien pris une balle. S'il écoutait le message transmis par son corps, lequel ne pouvait être plus clair, le projectile avait frappé son épaule droite. La clavicule devait être intacte, car, même s'il souffrait, il parvenait à bouger le bras. Il ignorait à qui il devait d'avoir survécu, mais son sauveur avait pris grand soin de lui.

— Ne vous agitez pas trop.

Il sursauta, ce qui lui tira une grimace. Au premier coup d'œil circulaire, pourtant, il avait été convaincu qu'il n'y avait personne d'autre dans la pièce. Bien sûr, l'éclairage était faible, mais s'il y avait eu quelqu'un, il l'aurait vu. Forcément. Il perçut soudain du mouvement sur la droite. Il fit un effort pour se redresser sur les coussins. Une silhouette sombre parut prendre forme dans la tapisserie elle-même, puis se détacher pour prendre vie et se matérialiser. Isabeau se frotta les yeux. En s'approchant du filet de lumière perçant au travers des tentures, la silhouette se révéla appartenir à une femme entièrement vêtue de noir. Isabeau ne distingua pas son visage, si ce n'était que la peau paraissait pâle et que les cheveux étaient noirs et relevés en un chignon tressé épais.

— Qui... Qui êtes-vous ? demanda Isabeau en réalisant qu'il avait la gorge très sèche.

La femme contourna le lit et s'assit sur un bord, juste à côté de lui. Cette fois, il put parfaitement observer sa figure. Celle-ci était assez émaciée. Elle possédait des lèvres assez charnues mais légèrement asymétriques, un menton volontaire, des joues creuses et des yeux un peu cernés. Ce qui était particulièrement notable chez elle était une bien étrange cicatrice qui barrait l'ensemble de son visage. Deux traits en forme de croix, partant respectivement des joues et remontant sur le front jusqu'à la racine des cheveux, et dont le point de jonction se situait entre les sourcils. La forme était si parfaite qu'elle semblait avoir été tracée au scalpel, comme si on avait voulu graver sur sa figure l'emplacement de quelque chose. Malgré cette défiguration singulière, l'aspect de cette femme était profondément troublant. Isabeau pensa que cette sensation était provoquée par son regard. Il y avait de la fulgurance dans ses pupilles étincelantes de malice et d'intelligence.

— Comment vous sentez-vous ? demanda-t-elle d'une voix un peu rauque.

— B... Bien, bafouilla-t-il. Bien. Je suis en vie, et il me semble que c'est miraculeux.

— Vous avez été touché à l'épaule. La balle est ressortie, mais le temps que nous vous trouvions, vous avez perdu beaucoup de sang. C'est ce qui vous a maintenu dans une demi-conscience pendant presque trois jours.

— Trois jours ! s'écria Isabeau.

— C'était ce qu'il fallait à votre organisme pour récupérer.

— Pourquoi m'avoir sauvé ? Vous auriez pu me déposer devant le premier hôpital venu.

— Je pense que nous avons quelques intérêts en commun, et je voulais le vérifier. De plus, je dispose de médecins bien plus compétents que ceux que vous auriez trouvés aux urgences du *premier hôpital venu*.

Isabeau tenta de s'asseoir. Au prix de douloureux efforts qu'il essaya d'endurer avec un peu de dignité, il parvint à ses fins.

— Comment vous appelez-vous ?

— Madame X.

Il marqua une pause, ne sachant guère comment réagir.

— Un trait d'humour de mes collaborateurs, ajouta-t-elle, esquissant un vague sourire qui la fit paraître d'autant plus mystérieuse aux yeux d'Isabeau.

— Il faudrait que je puisse appeler quelqu'un.

— Évariste Fauconnier ?

Isabeau leva les yeux au ciel. Pourquoi était-il encore surpris que des gens louches sachent qui était Évariste ?

— Vous le connaissez ? demanda-t-il pour la forme.

— Pas personnellement, mais il nous arrive de fréquenter les mêmes cercles.

— Vous avez parlé d'intérêts communs.

— Êtes-vous assez en état ?

— Je le suis, grâce à vous.

— J'ai cru comprendre que vous enquêtiez sur la mort de Félicité Levostre.

— Entre autres. Était-ce une amie à vous ?

— Disons que je l'ai connue. Que savez-vous d'elle ?

Isabeau hésita à lui dire la vérité. Cela ne dura guère, car il comprit très vite qu'il n'était pas tellement en position de manipuler son interlocutrice, et puis quelque chose lui disait qu'il avait tout intérêt à collaborer. Après tout, qui prendrait la peine de sauver la vie de quelqu'un pour ensuite le précipiter dans la Seine ? *Des gens louches.*

— Je sais qu'elle était une prostituée qui appartenait à un réseau particulièrement actif sur Paris, celui des Antillais. Qu'elle avait rendez-vous avec le fils d'un homme politique et que, avant de mourir dans d'horribles circonstances, elle fréquentait un jeune garçon dont l'épouse a trouvé la mort le jour de son mariage à Monaco dans des circonstances abominables.

Son interlocutrice sembla très intéressée par son résumé. Elle prit un instant pour analyser les informations.

— Monaco, une jeune mariée… La malheureuse qui a été retrouvée brûlée vive ? Celle de la presse ? Comme c'est étrange…

— À vous, rebondit le jeune homme en fixant intensément la femme.

— Sur la capitale, le crime organisé est concentré entre les mains de trois grandes familles : les Corses, les Italiens et les Antillais. Les activités sont essentiellement financées par la prostitution, les braquages et la vente d'armes. L'équilibre de ces trois puissances est très fragile, et pour que tout le monde y trouve son compte, certaines règles sont tacitement respectées.

— Une sorte de déontologie du crime ? s'étonna Isabeau.

— D'une certaine manière. Si tout le monde s'entretue, plus personne ne sera là pour manger les parts de gâteaux si péniblement coupées. Ce n'est pas de l'éthique, c'est du bon sens.

— L'un de ces clans a-t-il décidé d'ignorer ce code de bonne conduite ?

— Vous comprenez vite, Évariste vous a bien choisi.

— J'aime à croire que le choix a été mutuel.

— L'un de ces clans, celui des Antillais, a toujours eu un mode d'expansion très agressif, mais en réalité c'est bien plus que ça.

— C'est-à-dire ?

— Je crois qu'ils font des choses, et les filles meurent les unes après les autres. Et maintenant, leurs clients.

— Comment ça ? Même les clients ? C'est... un peu se tirer une balle dans le pied, non ?

— Je crois que tout est en train de leur échapper.

— D'accord, on échange des informations, mais je ne comprends toujours pas ce que je fais ici, ce que vous attendez de... tout ça ?

— Je suis quelqu'un de très bien renseigné. C'est une condition de survie, dans mon monde. J'observe et j'écoute tout ce qui se fait et se dit sur Paris. J'en suis arrivée à la conclusion que vous savez qui tire les ficelles du gang des Antillais et que c'est la raison pour laquelle ils ont essayé de vous tuer dans cette rue... et qu'ils ont essayé d'en faire autant avec Évariste.

— Il a lui aussi été attaqué ?

— Rassurez-vous, je me suis laissé dire qu'il était en vie, très contrarié, et qu'il vous cherchait.

— Il a tendance à s'énerver quand je rentre tard ou qu'on essaie de le tuer, ironisa Isabeau en ne cachant pas son soulagement. Pourquoi voulez-vous connaître l'identité de ceux qui dirigent le gang des Antillais ? Où se trouve votre intérêt ?

— Je dirige le réseau corse.

Isabeau déglutit bruyamment et ne put dissimuler son trouble. Cela parut amuser la femme en noir.

— Ne soyez pas gêné, rassura-t-elle, ce n'est pas la réaction la plus étonnante que j'ai eue.

— Je... heu... non...

— Vous allez devoir me donner un nom, conseilla-t-elle, dans un mélange déstabilisant de douceur et de ténèbres.

— Et si je vous le donne, qu'en ferez-vous ? tenta Isabeau.

— *Quand* vous me le donnerez, j'irai discuter.

— De politique ?

— De manière de faire.

— Je ne vous donnerai pas une arme qui pourrait vous permettre de déclencher une guerre sanglante.

Elle l'observa, une expression étrange plaquée sur ses traits, à mi-chemin entre l'extrême dureté et une certaine admiration.

— Il y a déjà eu des guerres et des victimes, confia-t-elle. Il y en aura toujours. Nous vivons et nous mourons dans la violence. C'est la loi de ce milieu. Je ne suis pas là pour ça. Je suis là pour les filles.

— Les filles ?

— On fait le métier que je fais en y mettant un peu de respect. La prostitution génère des revenus, c'est une richesse, mais elle est composée d'êtres humains. Comme pour toute économie, les agents travaillent mieux quand ils se sentent protégés. Les Antillais font des choses aux filles, et ça les tue. Je veux savoir ce que c'est, parce que je crains qu'on soit au début d'une épidémie. Croyez-moi, personne ne s'intéresse au sort de ces travailleuses.

Isabeau se remémora la conversation qu'ils avaient eue avec l'inspecteur Lapointe. Il pouvait difficilement soutenir le discours inverse.

— Sauf vous, provoqua-t-il.

— Sans doute parce que j'aurais aimé qu'on s'intéresse au mien.

— D'accord, admettons que vous soyez la gentille de l'histoire. J'ai besoin d'en savoir plus.

— Je pense que ces Antillais ont mis au point une sorte de substance, quelque chose qu'ils donnent aux filles pour les rendre irrésistibles.

— Pardon ?

— Il y a plus de dix ans, ils ont débarqué à Paris, sortant de nulle part si ce n'est d'une île lointaine, et rapidement ils se sont accaparé toute la clientèle aisée de la capitale.

— Se peut-il qu'ils aient simplement été... heu... plus performants ?

— Quand les clients se détournaient de nous, ils disaient toujours la même chose : avec les autres, ils ne pouvaient tout simplement plus s'en passer. Ils étaient en manque. Certaines prostituées se sont mises à présenter des pathologies étranges, des épisodes de profonde dépression, beaucoup se sont suicidées, et quelques-unes avaient même des hallucinations auditives. Les cas n'étaient pas assez nombreux pour que ça attire l'attention des autorités. Et puis c'était des gamines du milieu, des droguées et des dépressives chroniques. Mais voilà que les incidents deviennent de plus en plus violents. Je pense que ces hommes jouent aux apprentis chimistes pour parvenir à leurs fins. Et c'est en train de leur échapper.

— Je suppose que vous faites allusion au client de Félicité ?

— C'est la première fois à ma connaissance que des réactions aussi violentes se produisent. Mais j'ai déjà vu des phénomènes assez impressionnantes de crises paranoïaques et de manque. Avez-vous interrogé le client de Félicité ?

— Non.

— Moi si. Et il parlait comme quelqu'un qui aurait consommé une substance très puissante. Au point de désirer *absorber* la fille qu'il pensait aimer. Ce gamin a vécu une vraie crise de folie.

Isabeau observa un instant de silence. Si ce que cette femme disait était la vérité, alors ils avaient la confirmation du lien direct entre la mort d'Apolline, celle de Félicité, et celle de Catherine Buisson. Toutes avaient visiblement un rapport avec le réseau de prostitution géré par Bélanger et ses acolytes. Serait-ce donc leurs propres actions qui auraient conduit à ce carnage, plutôt qu'un ennemi extérieur ? Auraient-ils commis une erreur qui aurait provoqué ces réactions en chaîne jusqu'à faire d'Apolline un dommage collatéral ?

— Il me faut un nom, pour prouver ma théorie. Malgré tous mes efforts, je n'arrive pas à trouver qui dirige ce réseau. Je dois obtenir une piste.

Isabeau inspira profondément. Il réalisait qu'il n'avait guère le choix, car il était chez elle, dans un de ses lits, une de ses chambres, à sa merci. Et même si elle était courtoise, il n'oubliait pas que sa voix était celle de la pègre.

— Maurice Granger. Peut-être que vous le connaissez sous le nom de « la Pieuvre ».

Un franc sourire agrandit les lèvres de la femme. Malgré les circonstances, Isabeau ne put s'empêcher de la trouver magnifique.

— Et je crois que l'île lointaine dont vous parlez, c'est la Martinique, conclut-il.

27

27 juillet 1952, Maison Souquet, rue de Bruxelles, neuvième arrondissement de Paris, 11 h 30

Isabeau n'avait jamais réalisé à quel point un plafond pouvait être aussi présent. Étendu sur son lit, cela faisait une éternité qu'il le fixait. Au bout d'un moment, les lignes courbes des moulures s'étaient mélangées en une crème fouettée blanc cassé. Petit à petit, la contemplation de ce plafond le plongea dans une sorte d'état méditatif qui lui fit oublier le temps, l'espace et la douleur.

Ils donnent quelque chose aux filles, pensait-il en boucle.

Cette réflexion le hantait depuis la veille. Il se souvenait de son entrevue avec Joras qui pensait qu'Apolline et cette pauvre fille sur son banc avaient toutes deux été exposées à un poison qui aurait été appliqué directement sur le corps. Les deux morts se faisaient violemment écho. Isabeau imaginait que les prostituées du gang des Antillais devaient s'appliquer quelque chose sur le corps, comme une crème ou un onguent. Et si ce que la dame en noir disait était vrai, cette substance agissait comme une sorte d'aphrodisiaque.

Sauf que ça ne collait pas. Si le produit était si dangereux, d'une part les filles auraient refusé de l'appliquer, et d'autre part, si le risque des effets secondaires était à ce point important, c'était un procédé quelque peu contre-productif. Or, ce que révélaient leurs recherches sur les affaires de Bélanger, Granger et les autres était que le réseau fonctionnait bien depuis plus d'une décennie. Il fonctionnait même extrêmement bien. S'il y avait eu un vrai problème avec un produit qu'ils auraient utilisé, en bon homme d'affaires, Bélanger aurait rectifié le tir. Alors qu'est-ce qui ne collait pas, dans cette histoire ? Et pourquoi Apolline aurait-elle été frappée du même mal qu'une prostituée appartenant au cheptel de son beau-père ? La dame en noir lui aurait-elle menti ? Mais quel aurait été son intérêt de lui raconter une telle histoire ?

Était-elle seulement ce qu'elle disait être, un chef de réseau de prostitution ? Et si tout cela n'était qu'un immense piège ?

Ça y est, la migraine pointait le bout de son sale nez et, avec elle, autant faire une croix sur la réflexion. Isabeau soupira et tourna les yeux vers la fenêtre. De là où il se trouvait, il ne distinguait pas grand-chose de la rue. Des branches d'arbres coupaient un peu les stries de lumière descendante du soleil, et la chaleur engourdissait déjà ses membres. À moins que ce ne soit ce qu'on lui donnait à boire depuis plusieurs jours pour atténuer la douleur.

Il se demanda si Évariste le cherchait. Bien entendu, il le cherchait. Ce n'était pas la première fois qu'ils se retrouvaient tous deux dans une situation délicate, et à chaque fois ils avaient pu compter l'un sur l'autre. Connaissant Évariste, lequel aimait si peu perdre le contrôle des événements, et encore moins ses collaborateurs, celui-ci ne tarderait pas à sonner à la porte de cette maison. Cette pensée fit sourire le jeune homme.

La porte s'ouvrit. Il reconnut le parfum aux notes subtiles de jasmin, d'agrumes et de lys. Isabeau avait toujours été très sensible aux parfums que portaient les femmes, et même parfois les hommes. Pour un gamin des rues, c'était le signe ultime d'appartenance à une classe supérieure. À celle qui avait assez de temps libre et de moyens pour choisir une autre odeur corporelle que la sienne.

— Comment vous sentez-vous, aujourd'hui ? s'enquit la dame en noir en portant un plateau sur lequel reposait un bol de tisane odorante.

— Mieux, je crois, répondit Isabeau en se redressant plus facilement que la veille. Mais j'ignore si c'est parce que mon état s'améliore ou si je le dois à la mixture que vous me faites avaler.

La femme posa le plateau sur la table de chevet avant de se pencher vers Isabeau et de poser une main sur son front. Le geste était empreint de douceur, presque maternel. Le jeune homme ne pouvait croire que cette créature était ce qu'elle prétendait être. Pas avec autant de tendresse dans la voix et dans le mouvement.

— Ce que vous m'avez confié hier, avoua-t-il à voix basse, était-ce vraiment la vérité ?

— Je n'ai aucune raison de vous mentir.

— Absolument tout ?

— Si vous me posiez la question qui vous brûle les lèvres, plutôt que de tourner autour du pot ? conseilla-t-elle avec un air bienveillant.

— Êtes-vous vraiment à la tête d'un gang ?

— Pensez-vous qu'une femme ne pourrait pas l'être ?

— Je pense que les femmes peuvent tout faire, souvent bien mieux que les hommes.

— Tiens donc ?

— On vous sous-estime tout le temps. Cela vous donne un avantage stratégique.

La femme roula des yeux en signe de réflexion, puis elle opina de la tête.

— Vous semblez très bien connaître cet avantage, or j'ai pu constater de près que vous n'étiez pas une femme.

Isabeau se mit à rougir jusqu'à la racine de ses cheveux. Il toussa par réflexe et pour se donner le temps de répondre sans bafouiller.

— Je suis un gamin du ruisseau. Le *genre de ruisseau* qui n'aurait jamais dû me conduire là où je suis.

— Dans le lit d'une patronne d'un réseau de prostitution.

— De luxe, si j'ai bien compris, plaisanta-t-il pour dissimuler sa gêne.

— Alors nous avons plus de choses en commun que je ne croyais. Sauf que j'ai choisi de travailler dans une ombre un peu plus opaque que vous.

— Oh, parfois, je ne suis pas certain que nous soyons toujours du bon côté de la barrière. Nos interlocuteurs sont souvent des gens qui ont des vies très compliquées.

— Je sais. Ce sont mes clients, la plupart du temps.

Le jeune homme retint un rire, ce qui le fit grimacer.

— Qu'allez-vous faire, maintenant que vous avez obtenu votre nom ? demanda-t-il plus sérieusement.

— Comme vous. Je vais enquêter.

— Pour pouvoir vous en débarrasser ?

Son interlocutrice sembla intriguée par la remarque et prit le temps d'observer le convalescent avec une expression de vif intérêt.

— Je n'envisage pas la position de monopole. Elle est plus dangereuse qu'il n'y paraît pour les affaires. Je veux juste protéger mes filles et éviter que l'utilisation d'une substance mortifère se transforme en épidémie.

Plus elle parlait, plus il la trouvait attirante et moins il comprenait pourquoi. Quelque chose d'ancien se dégageait d'elle, comme une impression de sagesse ancestrale.

— Maurice Granger se trouve sur Paris et il a fait appel à au moins deux exécutants connus du milieu, reprit-elle en tendant à Isabeau le bol de tisane.

— C'est justement lui que je suivais avant de me faire tirer dessus.

— Ces hommes ne vont pas apprécier que vous ayez trouvé le lien entre leurs activités officielles et officieuses. Ils ne s'arrêteront pas là.

Isabeau soupira puis but plusieurs gorgées. Il détestait toujours autant tout ce qui avait un rapport de près ou de loin avec des herbes infusées dans de l'eau chaude.

— Alors il faudra nous montrer plus prudents et plus silencieux, argumenta Isabeau.

— Vous ne les portez pas dans votre cœur. Pourtant, vous ne connaissiez aucune des victimes, s'étonna la dame en noir.

— Vous n'avez pas vu à quoi ressemblait Apolline.

Elle laissa traîner quelques secondes de silence, comme pour permettre au jeune homme de respecter un temps de recueillement.

— La jeune mariée de Monaco ?

Il acquiesça.

— La presse disait qu'elle avait brûlé vive.

— C'était plus que ça. En vérité, sa peau a été entièrement rongée, comme si on l'avait plongée dans un bain d'acide. Elle est morte d'une crise cardiaque, probablement causée par l'intensité de la douleur. Si vous l'aviez vue, assise dans sa belle robe blanche. C'était censé être le plus beau jour de sa vie. Si elle est morte parce que son beau-père a joué les chimistes pour gagner plus d'argent sale, ça vaut bien que j'affronte quelques dangers.

— Il nous faut de l'alcool, affirma-t-elle de façon énigmatique.

— Heu… mais pourquoi ?

— Il y a deux catégories d'hommes avec lesquels j'aime trinquer : ceux que j'assassine, et ceux que j'admire.

Avant qu'elle ait eu le temps de se lever, on frappa à la porte. Un homme avec un cou de taureau et une boîte crânienne en forme d'œuf passa la tête dans l'embrasure.

— Patronne ? Un homme demande à vous voir. Il se présente comme étant un certain Évariste et demande à pouvoir récupérer son associé, si vous avez fini d'en disposer. Je le cite, hein.

Isabeau et la dame en noir échangèrent un sourire complice.

— Je suis surprise qu'il n'ait pas directement sauté par la fenêtre du premier et atterri dans cette chambre.

— Ça l'aurait fait transpirer, et il a horreur de transpirer, se moqua Isabeau.

— Faites-le monter et apportez-nous une bouteille de ma réserve. Ensuite, vous veillerez à ce que personne ne nous dérange. Nous allons parler. Longtemps.

28

27 juillet 1952, chez Évariste, Paris, 18 h

— Cessez de vous plaindre, vous êtes en vie, rabroua Évariste en montant lentement les marches du perron, tandis qu'il soutenait Isabeau.

— Je n'ai pas ouvert la bouche depuis qu'on a quitté l'hôtel de madame X, rétorqua le jeune homme au moment où Georges apparaissait en bas de l'escalier. Depuis quand s'est-on débarrassés de la porte d'entrée ?

— Depuis quelques jours. Ça facilite les courants d'air. C'est bien mieux.

— Ah.

La progression jusqu'au salon, du moins ce qu'il en restait depuis la fusillade, fut assez douloureuse pour le jeune homme, mais il prit soin de ne rien en laisser paraître.

— Je ne suis pas sûr d'aimer la nouvelle décoration, jugea-t-il en détaillant du regard tous les impacts de balles dans les murs et les meubles, ainsi que l'énorme auréole brunâtre sur le parquet clair.

— Vous êtes allergique au changement, c'est normal. Georges ? Veuillez nous apporter quelque chose à boire.

— Bien, Monsieur. Vous avez reçu un paquet. Je l'ai posé sur le fauteuil, car il n'y a plus de bureau.

— Excellent esprit d'adaptation, Georges.

Le majordome disparut et Évariste fit glisser Isabeau sur le canapé. Il plaça ensuite un repose-pied sous ses jambes.

— N'en faites pas trop, vous commencez à me faire peur, s'amusa ce dernier.

— Vous êtes un ingrat. Au fait, si Georges a préparé des soufflés au Grand Marnier, surtout, couvrez-le d'éloges.

— Quoi ?

— Il est un peu susceptible sur la question.

Isabeau fronça les sourcils d'incompréhension.

— Combien de personnes vous sont tombées dessus ? demanda-t-il en désignant de son bras valide la totalité de la pièce.

— Cinq.

— C'est un miracle que vous vous en soyez sortis.

— Ils ont énervé Georges.

— Ils n'avaient pas été annoncés pour le dîner, répondit le majordome en surgissant soudain dans le salon.

— Ce n'est pas parce qu'on tue des gens que nous devons manquer de savoir-vivre, ajouta Évariste en se servant un verre de vin.

— Quand croyez-vous qu'Anatole a signé notre arrêt de mort ? demanda Isabeau en bougeant le poignet ankylosé du côté de son épaule blessée.

— Dès l'instant où je lui ai dit que vous travailliez pour son fils et que j'avais compris que ses affaires étaient sans doute à l'origine des différentes morts. Quand Rochefort a été assassiné, ma théorie s'est confirmée dans son esprit. Il a dû se dire que nous allions continuer de creuser et qu'il ne nous faudrait pas longtemps avant de comprendre que l'industrie pharmaceutique ou l'ingénierie automobile étaient loin d'être ses seules activités lucratives.

— C'est une impression, ou on aurait pu anticiper ?

— À l'époque, nous ignorions qu'ils étaient tous des parrains du milieu. Mais j'aurais peut-être dû me dire qu'il allait tenter de nous dissuader de continuer notre enquête.

— Que pensez-vous de la théorie de cette madame X ?

Isabeau avait mis quelque temps avant d'aborder le sujet, mais en réalité il était très curieux de savoir ce que pensait Évariste de cette femme. Pendant l'après-midi, ils avaient beaucoup échangé et le notaire s'était montré ouvert, moyennement sarcastique, et presque pas condescendant. Cela méritait un peu d'investigation.

— Je ne sais pas trop. J'ai pour habitude de toujours prendre ce que disent les sociopathes avec une certaine prudence.

— « *Les sociopathes* » ?

— Trouble de la personnalité caractérisé par un comportement antisocial, une absence de remords, et plus généralement un manque de comportement humain. Une cinglée, quoi.

— Je sais ce que le mot veut dire, Joras a fait une conférence sur le sujet à l'université. Mais pourquoi pensez-vous qu'elle soit une sociopathe ?

— Elle a assassiné son époux en le jetant à une bande de cochons affamés. Peut-être que je m'avance un peu trop dans le diagnostic. Peut-être qu'elle n'avait plus d'épluchures de pommes de terre pour nourrir ses porcs.

Isabeau resta coi. Évariste plaisantait-il, ou était-il vraiment sérieux ?

— Qu'est-ce que c'est que cette histoire ?

— Oh, je vois qu'en trois jours vous n'avez pas eu le temps de partager vos souvenirs d'adolescence. Alors laissez-moi vous raconter l'histoire de la dame en noir.

— Ai-je le temps de prendre un antidouleur avant ?

— Non.

— Vous dites toujours ça, alors qu'à chaque fois j'aurais eu le temps.

— Apparemment, ladite *femme en noir* était au départ une jeune fille issue d'un milieu modeste du nord de la France. Elle était jolie, avait quelques talents, bref la petite décide de descendre à la capitale pour être actrice. Ou danseuse, je ne sais jamais dans quel ordre les jeunes filles préfèrent connaître la désillusion d'une carrière ratée.

— Georges ? De l'alcool, s'il vous plaît, demanda Isabeau en se massant la tempe droite.

— La voilà donc qui arrive à Paris, pleine d'espoir et le cœur gonflé de rêves. Mais la concurrence est rude et l'industrie du cinéma encore assez fermée. Alors, on lui propose des rôles un peu moins prestigieux, mais qui font appel aux mêmes talents de séduction. Elle se dit que c'est temporaire. Mais ça dure. Heureusement, elle a de l'esprit et une beauté singulière qui la font remarquer auprès d'un séducteur. Un mauvais garçon à la sale réputation mais aux gros moyens. Tout ce qu'il faut pour faire croire à une jeune fille naïve et ignorante qu'elle a trouvé le prince charmant. Ils se marient. La lune de miel dure quelques mois, cependant elle commence à montrer des signes d'intelligence. Et elle réalise que le prince charmant est en réalité un parrain du milieu spécialisé dans la prostitution et la vente d'armes. Alors, elle hésite. Elle voudrait partir, mais le piège se referme. On ne quitte pas le milieu. Du moins, pas vivant et en un seul morceau. Le couple bat de l'aile, le prince se transforme en horrible crapaud violent. Ça hurle, ça frappe, ça dramatise. Un soir de dispute particulièrement imaginative, monsieur pimente le débat en tailladant la figure de son épouse. Il la laisse pour morte. Sauf que la petite a de la ressource, et elle survit. Elle réfléchit, elle observe, et se venge. Elle organise un coup d'État en se servant des propres hommes de son mari. Elle s'en débarrasse en le jetant à des cochons pour faire disparaître le corps, et aussi pour lui rendre la politesse, et prend la tête du réseau qu'elle dirige depuis d'une main implacable.

Évariste croisa les jambes en guise de point final et sirota son verre de vin.

— Si le corps a disparu, comment sait-on que c'est de cette façon que cela s'est passé ? demanda Isabeau.

— Vous n'avez aucun sens de la poésie, mon ami.

— En gros, votre récit ne repose sur rien d'autre que la rumeur. Une rumeur propagée par des gangsters.

— On s'en fiche ! Mon histoire de cochons est bien meilleure qu'aucune autre histoire. Cela donne à cette femme une odeur de soufre fascinante. Vos goûts en matière de femmes s'améliorent. Ne dormez jamais dans son lit, par contre. Ah mais j'oubliais, vous venez de le faire. J'approuve totalement votre perversité.

— Non, je ne relèverai pas, éluda le jeune homme. Et donc, après tout ça, pensez-vous qu'on peut croire cette histoire de substance qui rendrait les filles plus attirantes que leurs concurrentes ?

— Je dirais que depuis le début c'est la première fois que quelqu'un d'autre que nous parle d'un produit inconnu qui a des effets secondaires particuliers. Est-ce le même que celui qui a tué Apolline Bélanger et Catherine Buisson ? Je l'ignore.

— Est-ce que cela serait seulement possible ?

— Quoi ? Une sorte d'aphrodisiaque qui créerait une dépendance au corps ? Pourquoi pas. Ce serait un avantage incroyable pour qui aurait l'intention de monter une affaire de prostitution dans un milieu déjà très concurrentiel. Rochefort avait un diplôme en biologie et en chimie, il me semble. Cela fait beaucoup de liens.

— Sauf que maintenant il est mort et que ça va être compliqué de l'interroger. Quant à Bélanger, Granger ou Legrand-Mercier…

— … ils risquent d'être assez peu coopératifs.

— Adam ? Fidélia ? Vous disiez vous-même qu'ils avaient peut-être pu entendre des choses, sans forcément les comprendre. Ils en savent sans doute plus qu'ils ne réalisent.

— Si nous devons les questionner, il va falloir prendre le bateau.

— Pourquoi ?

— Ils sont retournés en Martinique.

— Martinique, Antilles, ça tourne en boucle, dans cette affaire.

— Après tout, Bélanger et ses acolytes ont créé leurs premières entreprises et signé leurs premiers contrats là-bas.

Évariste se leva pour aller jeter un œil à son colis.

— Tiens, ça vient de Monaco, analysa-t-il en observant scrupuleusement l'emballage.

— Vous attendiez quelque chose ?

— Pas spécialement.

S'emparant d'un coupe-papier dont l'extrémité était sculptée en forme de la tête du dieu égyptien Anubis, il s'employa à ouvrir l'objet avec une grande précaution. Le temps qu'il prit intrigua Isabeau, qui se leva du canapé pour aller voir ce que le paquet contenait. Quand ce fut fait, les hommes restèrent un long moment silencieux.

— Ça change tout, déclara Évariste.

— Un instant, j'ai vraiment eu peur que cette affaire soit un peu tirée par les cheveux. Mais là, ça va…

À l'intérieur du colis se trouvait une paire d'escarpins de jolie facture, mais dont on voyait qu'ils avaient été portés et qu'ils ne dataient pas d'hier. Sur les chaussures élégamment emballées dans du papier de soie était posée une carte blanche sur laquelle on avait écrit « l'arme du crime ».

— On dirait des chaussures de bal, taille 36.

— Comment pouvez-vous le savoir, la pointure n'est inscrite nulle part ? interrogea Isabeau, qui n'avait qu'une chose à dire sur l'objet qu'il avait sous les yeux : c'était des chaussures de femme.

— Tout comme je connais exactement vos mensurations, mon ami : l'observation. Vous chaussez du 41. Votre taille de pantalon est un 36, et non un 38 comme vous le pensez. Souhaitez-vous connaître le reste de vos mesures ?

— Je vais m'en passer.

— Vous avez tort, vous choisiriez mieux la coupe de vos costumes.

— Qui à Monaco connaît votre adresse ? dévia Isabeau.

— À peu près toutes les personnes présentes au mariage. Le club des quatre affreux, déjà, la famille du témoin du marié, et les Bartoli.

Isabeau tiqua. Il ignora pourquoi tout son être s'était mis à réagir, mais quelque chose venait de se produire. Il remarqua que l'attitude d'Évariste était, elle aussi, en train de changer. Ses pupilles se mirent à scintiller.

— Le schéma, mon ami, le schéma d'ensemble ! s'exclama le notaire avec enthousiasme. Et si, depuis le début, on ne regardait pas dans la bonne direction ?

— Je dirais que c'est bête, je nous trouvais bien partis, ironisa Isabeau en sentant bien qu'ils étaient à un tournant.

— Et si cela n'avait rien à voir avec cette histoire de nouveau polymère et de scientifique américain ?

— Vous voulez dire qu'il n'existerait pas ?

— Plutôt, imaginons que ce ne soit qu'un élément périphérique à la véritable affaire. Dès le départ, nous avons commis une erreur d'appréciation. Nous nous sommes laissé distraire par cette histoire de marché public et de découverte scientifique. Bélanger et sa clique font des affaires, ils découvrent des talents qu'ils exploitent, c'est leur pain quotidien. Cet Américain n'a rien d'exceptionnel. Si, en réalité, tout était bien plus simple qu'il n'y paraît ?

— Ça nous arrangerait.

— J'ai été stupide, tellement stupide ! s'écria Évariste en se mettant à faire les cent pas dans la pièce. J'ai oublié la règle fondamentale en matière d'enquête.

— Attendez, j'ai le temps de prendre des notes ? De vous enregistrer ? On a un enregistreur vocal ? Georges doit savoir. Georges ?

— Toujours se fier aux premières constatations. Dès le départ, j'ai senti que c'était la clef du problème. Mais je me suis laissé entraîner par la personnalité louche de Bélanger et de ses acolytes. Bien sûr, c'est très certainement une partie de l'affaire, mais ce n'est pas la solution.

— À tout hasard, si vous éprouvez l'envie de communiquer, je suis prêt, s'impatienta Isabeau en le regardant marcher de long en large.

— Les gants, Isabeau, les gants !

— De qui ?

— D'Apolline !

— Ah, ces gants-là. Ceux avec les initiales OS.

— Si tout ceci n'était qu'une histoire de vengeance ?

— Contre qui ?

— Je ne sais pas ! s'exclama Évariste en levant les bras au ciel. Il y a pléthore de monde autour d'Apolline. *Un paquet de monde.* Pour ainsi dire tous les invités au mariage. Tout s'est joué à ce mariage. Pour le ou les tueurs, c'était une scène de théâtre. L'assassin nous a raconté quelque chose. Il nous a *montré* quelque chose. Et nous ? On ne voit rien, parce que nous sommes stupides !

— Et ça doit être un choc plus pour vous que pour moi.

— Il faut remonter à l'origine. Il faut remonter dans le temps.

— Pourquoi ?

— Parce que l'une des personnes présentes au mariage d'Apolline a fait quelque chose qui a mis l'assassin très en colère, et le point commun de tous les messages qu'il nous a laissés, les gants, les chaussures, c'est que ça ne date pas d'hier.

— Vous pensez que ces chaussures ont été envoyées par le tueur ?

— J'en suis presque sûr. Tout comme il nous a laissé les gants. Or, ces modèles sont démodés depuis longtemps. Si nous allons voir un modiste, je suis presque certain qu'il nous confirmera que ces chaussures datent de la même période que les gants.

— D'accord, remontons dans le temps. Mais de quel temps parlons-nous ? Quel passé ? De quelle personne ?

— Il y a une chose qui nous suit depuis le début. Et cette chose, c'est un lieu.

— Les Antilles.

— Et quelle est la seule île dont ils nous ont tous plus ou moins parlé ?

— La Martinique.

Évariste fit quelques pas en direction du couloir.

— Georges ! Préparez nos valises, nous partons pour la Martinique.

— Quoi ? On laisse Granger, Bélanger et les autres continuer tranquillement leurs petites affaires et nous on s'en va à l'autre bout de la planète ?

— Les affaires de Bélanger, le mystère autour du poison et des prostituées, même l'existence d'Adam : tout prend racine là-bas. Il faut aller voir et enquêter sur place. Je sens que la solution s'y trouve.

— Attendez, pas de précipitation, pourrions-nous au moins essayer de vérifier cette théorie avant de tout quitter ?

— Je m'en occupe, Monsieur, interrompit Georges en apparaissant dans le salon.

— Occupez-vous-en modérément, mon ami, Isabeau a des doutes.

— Non, je n'ai pas de *doutes*, mais si jamais on se trompe, on va laisser le champ libre à un tueur particulièrement prolifique.

— Jusque-là, c'est vrai qu'on l'a beaucoup empêché de tuer.

— Je voulais dire dans le principe.

— D'accord, je vous propose donc de vérifier deux choses. Si le mot « Martinique » ressort à chaque fois, alors nous partons là-bas et j'aurai le droit de ne pas avoir le triomphe modeste.

— Vous ne l'avez jamais, soupira Isabeau. Bon... quelles choses ?

— Nous demandons à Lapointe de vérifier à quelle date les Antillais ont commencé à faire parler d'eux à Paris, et si des Martiniquais ont été mêlés aux premières enquêtes de mœurs les concernant. Dans le même temps, on va faire expertiser les gants et les chaussures par un professionnel de la mode.

— Pour me permettre de m'organiser, puis-je vous demander quand vous pensez que votre triomphe sera total ? interrogea Georges.

— Une semaine.

— Je m'occupe des réservations.

— Oui, merci. Le plus vite possible.

— Bien. Monsieur ? Qu'en est-il de mademoiselle Levenneur ?

— Oh, excellente idée, elle pourrait nous être utile, appelez-la.

— Ou pas, commenta Isabeau en grimaçant.

— Inutile, Monsieur, précisa Georges. Elle surveille l'appartement depuis ce matin.

29

29 juillet 1952, 36 quai des Orfèvres, Paris, 11 h 30

Constant referma lentement la porte du bureau de son chef. Un sourire radieux et un tantinet jouissif illuminait les traits potelés de son visage. Il flotta plus qu'il ne marcha pour rejoindre ses collègues. Avec la fusillade au domicile d'Évariste Fauconnier, l'affaire de Lapointe prenait une tout autre ampleur. Les premières constatations sur place faisaient soupçonner l'implication du grand banditisme. Et lors de son dépôt de plainte et de son audition, Fauconnier avait lourdement insisté pour établir le lien entre cette agression et son enquête sur un réseau de prostitution de luxe et sur sa clientèle non moins luxueuse. Lapointe avait saisi la perche qu'il lui tendait pour revenir à la charge avec son affaire de prostituées assassinées. Et cette fois tout le talent oratoire de son chef n'avait pu noyer le poisson. La mort dans l'âme, le commissaire avait donc fait rempiler son inspecteur et, sans se montrer d'un enthousiasme démentiel, lui avait ordonné de rouvrir l'enquête.

« Donc, elle avait bel et bien été fermée », n'avait pu s'empêcher de jeter Constant, pour ajouter un peu de panache à sa victoire.

Ce n'était guère charitable, mais Lapointe jubilait à l'idée que le pire cauchemar de son chef venait justement de se produire. Une fusillade avenue Montaigne, l'un des quartiers les plus huppés de la capitale, ne manquerait pas de nourrir les gros titres de la presse. À présent, le commissaire était bien obligé de faire semblant de traiter cette affaire en priorité. Il en allait de sa carrière.

Après avoir rangé quelques documents et vérifié son planning de l'après-midi, Lapointe annonça à son voisin qu'il partait sur le terrain. Il dévala l'escalier en colimaçon, bifurqua sur la gauche dans le couloir menant dans la cour, puis s'engouffra dans une autre aile du bâtiment, où se trouvaient plusieurs salles d'interrogatoire. Ainsi à l'abri des oreilles indiscrètes, il put passer son appel en toute tranquillité.

— Bonjour Georges, annonça-t-il quand son interlocuteur décrocha. Pourrais-je parler à Évariste ?

Le majordome lui indiqua qu'il allait transmettre la communication. Les secondes de silence se multiplièrent. L'inspecteur prit le temps de la réflexion et se fit la promesse que lorsqu'il serait dans une période plus creuse, et après avoir dormi deux semaines d'affilée, il faudrait qu'il s'intéresse un peu à cet étrange personnage qu'était le notaire. Qu'il soit plus qu'un homme de lois successorales ne faisait aucun doute, mais ce qu'il était en réalité restait un mystère. Cette affaire avait fait comprendre à Constant qu'Évariste pouvait être un allié appréciable, car il semblait avoir un carnet d'adresses avec lequel peu d'hommes d'influence pouvaient rivaliser. L'inspecteur était loin d'être dupe. Leur future collaboration dépendait de la qualité des services qu'ils allaient s'échanger durant la résolution de cette enquête. Donc, Lapointe était en pleine entreprise de séduction.

— Bonjour, mon cher inspecteur, déclara Évariste de l'autre côté du combiné téléphonique. Comment allez-vous ?

Constant sourit. Cet homme avait toujours l'air heureux, comme s'il détenait un secret sur l'Univers que chacun aspirait à connaître sans en avoir forcément conscience.

— Bien, et vous ? répondit l'inspecteur sur le même ton.

— Parfaitement. Les tapissiers viennent d'arriver, Georges essaie de communiquer avec eux.

— Et comment va votre associé ? Son épaule se remet-elle ?

— Il se plaint beaucoup, je suppose que c'est bon signe. Je ne vous remercierai jamais assez de m'avoir aidé à le retrouver si vite.

— Je n'ai pas fait grand-chose, vos contacts vous avaient déjà bien orienté. C'est d'ailleurs une sacrée équipe que vous semblez avoir, et que je vous envie un peu, j'avoue.

— Vous savez, mon ami, que si vous avez besoin d'aide, je les mettrai à votre service avec le plus grand plaisir.

Lapointe ne savait plus trop qui était en train de séduire qui.

— J'apprécie la proposition. En fait, je vous recontacte suite à notre petite discussion d'hier matin. J'ai appelé tous les flics que je connais aux mœurs concernant nos fameux Antillais. Je dois vous dire que je n'ai pas obtenu beaucoup plus de renseignements que ce que j'avais déjà rassemblé dans le dossier que je vous ai donné. Mais je peux confirmer ce que vous soupçonniez. D'après les collègues, le mot « Antillais » n'est pas juste un nom de guerre. Si on n'a pas grand-chose sur les têtes pensantes du réseau, les hommes de main qui se font quelquefois pincer sont tous des gars des îles. En plongeant un peu dans les archives, les premières traces de l'existence de ce gang remontent à une quinzaine d'années. Ils étaient les seuls à proposer des filles de couleur. J'ai pu obtenir quelques retranscriptions d'auditions de certaines d'entre elles, et il est indiqué qu'elles avaient un fort accent créole. Il y en a deux qui ont même affirmé être originaires de Fort-de-France. Bon, bien sûr, je ne vous garantis pas qu'elles disaient la vérité. Les prostituées collaborent rarement avec la police quand elles se font arrêter.

— C'est extrêmement intéressant, commenta Évariste après avoir écouté le compte-rendu du policier avec la plus grande attention. Ont-elles dit comment elles étaient arrivées à la capitale ?

— Non. Enfin, apparemment, elles auraient décidé de voyager jusqu'à Paris pour devenir célèbres. Si vous voulez mon avis, elles n'avaient pas assez de moyens pour faire le voyage seules. Et puis je les vois mal débarquer avec toute leur famille, donc en voyageant sans chaperon elles auraient attiré l'attention sur le bateau. Ça sent le réseau de passeurs à plein nez. Je pense que votre théorie selon laquelle le gang s'est d'abord développé en Martinique pour ensuite s'implanter à la capitale est bonne. Ils ont dû transporter les filles comme de la marchandise.

— Je vous remercie infiniment du temps que vous avez passé à vérifier mon hypothèse.

— C'est moi qui vous remercie. Grâce à vous, j'ai obtenu un nom, je vais pouvoir tirer le fil jusqu'à tout faire tomber. Soit dit en passant, votre Maurice Granger, s'il est bien la Pieuvre, se fait désirer. J'ai appelé plusieurs fois à son domicile et à son bureau, il est introuvable. Mais je suis obstiné.

— Avez-vous essayé du côté du treizième arrondissement ? Je me suis laissé dire qu'il fréquentait assidûment un restaurant grec de ce quartier.

— Si je me souviens bien, c'est dans ce coin-là qu'Isabeau a été blessé, non ? Est-ce que par hasard vous le filiez ?

— J'ai juste parlé d'un restaurant grec.

— Savez-vous pourquoi les filatures doivent être laissées aux agents assermentés des services de police ?

— Parce que vous seuls avez le droit de vous amuser ?

— Parce que *c'est dangereux*. La preuve. Surtout qu'en plus vous soupçonniez Granger d'être la Pieuvre. C'est de l'inconscience.

— Isabeau ne réfléchit jamais avant d'agir. Je lui ferai la leçon.

— Et vous ne tiendrez absolument pas compte de mes mises en garde.

— Nous sommes tous des hommes d'action.

— Je ne crois pas qu'un notaire soit un homme d'action, provoqua l'inspecteur.

— Vous sous-estimez grandement mon métier.

30

30 juillet 1952, place de l'Étoile, Paris, 17 h 30

Legrand-Mercier descendit de sa berline à peine le chauffeur eut-il stoppé le véhicule en face du bâtiment.

— Restez là, ordonna-t-il avant de disparaître dans le hall de l'immeuble cossu et sans se demander s'il était possible de stationner à cet emplacement.

Une fois dans l'ascenseur, il sélectionna le quatrième étage. Il était si nerveux qu'il se trompa deux fois en appuyant sur le bouton. Il employa le temps d'ascension à vérifier sa mise devant le miroir qui tapissait le fond de la cabine. Son chapeau, son costume trois-pièces, jusqu'à ses chaussures, tout était trop apprêté et trop précieux pour la journée. À travers ce qu'il portait, André parlait au monde, et il lui disait : « Je vaux tellement plus que toi. » Une fois arrêté au bon étage, il frappa à une double porte en bois peinte en vert sapin. Un domestique, auquel il ne prêta pas plus d'attention qu'à un meuble, lui ouvrit dans la seconde. Legrand-Mercier connaissait parfaitement les lieux, aussi se dirigea-t-il droit vers le salon dans lequel l'attendait celui qui lui avait demandé de venir séance tenante.

— J'ai fait aussi vite que j'ai pu, déclara-t-il en saluant Anatole.

Ce dernier lui indiqua un siège et lui servit un rafraîchissement. Ses yeux pétillaient d'une vive excitation.

— Nous avons la formule, annonça-t-il en tendant un verre à son interlocuteur.

— Vraiment, enfin ?

— Absolument !

— Mais... comment ?

— Nous avons retrouvé la trace de sa fille, il pouvait difficilement nous opposer une nouvelle condition à son contrat.

— La petite n'a pas fait de difficultés pour rencontrer son père ?

— Oh non... Heureusement pour nous, elle est morte durant la guerre. Elle ne risquera pas de le distraire.

— Il faut déposer le brevet immédiatement.

— Nos avocats s'en sont chargés, ce matin même. Nous allons donner rendez-vous au secrétaire d'État à la Guerre et fixer de nouvelles conditions à notre partenariat.

— Je donnerais cher pour voir sa tête, jubila André.

— Nous allons nous arranger pour obtenir toutes les exonérations fiscales que nous voulons. Ils se chargeront de l'ensemble de la construction des bâtiments attenants au laboratoire, et nous allons même leur demander de recruter. Et tout ça, sans aucune clause d'exclusivité. Nous leur transmettrons la théorie, et ils se chargeront de tout le reste. Ainsi, nous resterons sous les radars.

— Sans clause d'exclusivité, nous pourrons proposer des développements dans l'industrie civile. Si j'ai bien compris l'abrutissante présentation de ce pauvre Rochefort, ce polymère peut intéresser tous les domaines.

— Nous allons gagner beaucoup, beaucoup d'argent, se délecta Anatole.

Le visage disgracieux de Legrand-Mercier afficha un sourire de gourmandise satisfaite.

— Cette réussite mériterait bien plus qu'un rafraîchissement, très cher, se moqua-t-il.

— J'en ai bien l'intention, mais avant je souhaiterais aborder avec toi un autre sujet, nuança Anatole sur un ton moins enjoué. Je pense qu'il est temps de nous détacher du réseau.

— C'est-à-dire ?

— La mort de ma belle-fille, les soupçons sur mon fils, l'assassinat de Rochefort n'ont pas attiré l'attention que de la presse. La police tourne autour de nous. Même si elle ne le sait pas.

— Ce n'est pas la première fois, il me semble.

— Sauf que jusque-là jamais nos noms n'ont été mêlés de près ou de loin au réseau.

André tiqua.

— Qu'essaies-tu de me dire ?

— Ce matin, un inspecteur de police a parlé à Maurice.

— Tu plaisantes ? s'emporta Legrand-Mercier en levant un bras en l'air en signe de consternation.

— Non. Pour l'instant, cela n'est pas allé très loin. Il lui a demandé s'il connaissait certaines personnes.

— Qui comme personnes ?

— Des filles, André, *nos* filles. Donc, ils sont près, très près.

— Ce n'est pas vrai, soupira Legrand-Mercier. Comment cela a-t-il pu se produire ? Nous avons toujours réussi à effacer nos traces. Bon Dieu ! Ça ne date pourtant pas d'hier.

— Tout est parti de la mort de la petite Bartoli. Ça n'a été qu'une suite de réactions en chaîne. Peut-être que Rochefort avait raison. *Peut-être* que le fait d'avoir voulu accélérer le travail de la police a attiré les mauvaises personnes...

— Fauconnier ? C'est bien lui dont il est question ? C'était ton idée de l'engager, justement au regard de sa discrétion. Tu penses qu'il a parlé à la police ? Pourquoi aurait-il fait une chose pareille ? C'est toute sa crédibilité qui serait remise en cause si on apprenait qu'il collabore avec les forces de l'ordre contre ses clients.

Anatole se renfrogna plus que d'ordinaire, ce qui alerta son associé.

— Que ne me dis-tu pas ?

— Fauconnier ne travaille plus pour moi. Quand j'ai compris que son enquête sur la mort d'Apolline se rapprochait un peu trop de nos affaires, j'ai mis fin à notre collaboration. Mais j'ai appris que mon fils avait aussi fait appel à Sainte-Cécile, au collaborateur de Fauconnier pour être précis.

— Tu parles du gamin qui était collé à lui quand nous les avons reçus ? C'est un gosse, Anatole ! Sans doute plus un mignon qu'un enquêteur, si tu veux mon avis.

— Un *mignon*, comme tu dis, qui a suivi les investigations de son mentor depuis le début et qui travaille maintenant pour mon fils. Or, Adam m'a très clairement fait comprendre qu'il se doutait de la nature illégale de certaines de mes activités et qu'il entendait bien mettre en lumière ses découvertes.

— Cela ressemble fort à une menace.

— C'en était une.

— Enfin, comment peut-il se douter de ce que nous fabriquons exactement ? Tu ne l'as jamais mis dans la confidence, il me semble.

— Bien sûr que non, il est complètement idiot. Je ne sais pas de quelle manière il a pu avoir la puce à l'oreille. Il a dû entendre des choses quand il était plus jeune. Du moins, c'est ce qu'il m'a avoué. J'ai grandement sous-estimé sa colère et son ressentiment à mon égard.

Anatole marqua une pause sinistre, avant de reprendre :

— Je ne crois pas qu'il sache tout, j'entends pour le trafic des filles, mais il a passé plusieurs jours dans les locaux de la police, peut-être qu'il a pu leur faire part de ses soupçons. Comment savoir ce que cette mauviette a pu leur lâcher pour s'en sortir ? Et, bien sûr, Maurice ayant toujours été sur le terrain, contrairement à nous, si un nom doit ressortir, c'est forcément le sien.

— Bien, grommela André en se redressant comme s'il allait tenir une conférence. Où est ton fils, en ce moment ?

— Ma femme et lui ont décidé d'aller se ressourcer à Fort-de-France. Bien sûr, j'ai dit que je trouvais l'idée remarquable. Ce voyage ne peut pas mieux tomber, au moins il ne parlera plus à tort et à travers. Bon sang ! J'étais persuadé qu'il n'aimait pas Apolline. Comment aurais-je pu me douter qu'il se démènerait autant pour savoir qui l'a tuée ?

— Et pour Maurice ?

— Il va noyer le poisson avec la police. C'est un vieux de la vieille, les forces de l'ordre ne sont pas près de le faire craquer.

— En es-tu certain ?

— Dois-je te rappeler que Maurice connaît très bien le milieu, André ? répliqua Anatole plus sèchement qu'à son habitude. C'est à lui que nous devons la mise en place du réseau. Il sait ce qu'il fait. La police n'a que de vagues soupçons, sinon elle ne se serait pas contentée de l'interroger, elle l'aurait arrêté.

— Donc, que suggères-tu ?

— On ne fait pas de vagues et on se retire.

— Tu veux vraiment renoncer au réseau ? reformula André avec contrariété.

— Avec ce que nous a donné l'Américain, je ne crois pas que nous ayons encore besoin d'un matelas financier de secours. Notre fortune est assurée pour un long moment. Rochefort était formel : ce scientifique est en avance sur ses confrères d'une bonne décennie. Nous détiendrons tous les brevets avant même que la communauté scientifique réalise à côté de quoi elle est passée.

André se frotta le menton en signe de réflexion.

— Je ne sais pas. L'histoire nous a montré que le marché est fragile, mon ami. Si nous n'avions pu compter sur ces capitaux, nous aurions été au moins deux fois ruinés.

Anatole inspira profondément, tout en se massant la jambe. Il laissa s'écouler quelques secondes de silence.

— Il me semble que nous n'avons pas d'autres options, avoua-t-il, la voix plus grave. C'est comme un membre atteint par la gangrène, il faut le couper pour éviter que ça se répande.

— Bien, déclara André à regret. Alors comment souhaites-tu procéder ?

— Nous liquidons tout. Je charge Maurice de se débarrasser des filles et des intermédiaires. On rapatrie en Martinique celles et ceux qui peuvent être recyclés. Les plus fidèles, les plus efficaces, les plus dociles. On efface tout le reste, c'est-à-dire toute trace du réseau sur Paris.

Croisant les bras dans son dos, André s'approcha de la fenêtre et jeta un œil à la rue baignée de la lumière exceptionnelle du mois de juillet.

— Finalement, il vaut mieux que Rochefort soit mort, déclara brutalement Legrand-Mercier.

— Que veux-tu dire ?

— Il n'aurait pas supporté la fin de sa plus belle œuvre. Après tout, c'est lui qui est à l'origine de ce projet. C'était sa création. C'est presque logique qu'elle ne lui survive pas.

Anatole acquiesça. Les deux hommes s'observèrent un moment, comme s'ils se recueillaient.

— Tu te souviens, mon ami ? finit par demander André. Au tout début ? J'avoue que je n'y croyais guère. Rochefort et ses théories fumeuses qui apparaissaient sorties tout droit de l'imagination d'un romancier. Un aphrodisiaque universel, aussi simple qu'une huile de massage. Quelle folie ! Sauf que toi, tu croyais en lui, et dur comme fer. Non seulement tu as tout de suite pensé que cette prouesse était faisable, mais tu as vu ce qu'on pouvait en faire. J'aurais simplement vendu le concept, tu sais. Alors que toi... toi, tu en as fait un empire. Tu as toujours compris les choses. C'est ton don.

— Nous avons eu de la chance, ça aurait pu ne pas marcher.

— Oh, je crois que non. C'est pourquoi je m'en remets une nouvelle fois à ton instinct irréprochable. Coupons ce membre gangrené.

31

30 juillet 1952, quartier du Marais, Paris, 15 h

Isabeau ne put s'empêcher de penser que le petit bonhomme en face de lui ressemblait à une taupe. Avec son dos voûté, le corps paraissait ne faire qu'une masse, sans que le cou et la tête ne se distinguent vraiment du tronc. Son nez et sa bouche avançaient bizarrement pour former une sorte de museau. Si le dessus du crâne était chauve, quelques cheveux bruns à l'aspect rêche persistaient cependant à s'accrocher en couronne sur la partie inférieure de la tête. De minuscules lunettes tenaient en équilibre sur son nez et, par instants, il semblait frémir comme s'il avait flairé quelque chose.

— C'est une très belle pièce, déclara monsieur Taupe.

— Pardon ? tressaillit Isabeau, brusquement tiré de ses réflexions.

— Ces chaussures, c'est une très belle pièce.

— Ah... oui.

Il ne savait guère quoi répondre d'autre. Le spécialiste de la mode en général, et des chaussures pour femmes en particulier, c'était Évariste, pas lui. En ce qui le concernait, il s'agissait de chaussures à talons. Bleues. La déduction s'arrêtait là. Évariste aimait bien l'envoyer chercher des informations dans des domaines dont Isabeau ignorait tout. C'était une manière de l'éduquer, et aussi le mettre dans des situations embarrassantes, voire inextricables, pour observer ensuite la façon dont le jeune homme parvenait à s'en sortir. Sans doute un moyen pour le notaire de vérifier qu'il ne s'était pas trompé en emmenant avec lui un gamin issu d'un *presque rien* social.

— Je me demandais de quelle période elles sont ? interrogea Isabeau.

— Oh, à vue de nez, je dirais 1919, ou peut-être 20. Laissez-moi regarder dans mes catalogues.

La taupe disparut dans l'arrière-boutique. En regardant l'intérieur du magasin, il était difficile de savoir à quel type de commerce on avait affaire. Il y avait des vêtements, des meubles, des bijoux, et aussi des objets un peu insolites ; pour certains, il était même impossible de déterminer quel pouvait être leur utilité. Évariste lui avait donné cette adresse afin qu'il puisse faire expertiser les chaussures et les gants d'Apolline. Bien entendu, ces derniers devaient certainement se trouver dans une boîte au fin fond des étagères des services de police monégasques. Heureusement, Évariste avait une excellente mémoire et un très bon coup de crayon. Il en avait donc fait un croquis assez précis et avait expliqué à Isabeau que si quelqu'un dans la capitale pouvait savoir d'où provenaient ces accessoires, c'était monsieur Taupe. Lequel était tailleur, ou critique de mode, ou peut-être antiquaire, mais assurément vendeur de bidules de toutes sortes.

— Voilà qui est très intéressant, déclara le boutiquier en revenant vers Isabeau, les bras chargés de catalogues jaunis par le temps. C'est un modèle qui est sorti l'été 1919. Vous soupçonniez que ces chaussures étaient portées par des dames vivant dans les îles, c'est bien cela ?

— Oui, c'était notre idée. La Martinique, pour être précis.

— Je pense que vous avez raison. Regardez, ici, la petite surpiqûre dorée qui forme un motif floral et une sorte de petit oiseau ?

Isabeau voyait des spirales, des boucles et des traits, mais il opina de la tête.

— C'est un colibri et un heliconia. Deux choses plutôt typiques de l'île aux fleurs. Bien entendu, cela ne veut pas dire qu'une dame de la capitale n'aurait pas pu porter des escarpins avec ces motifs, cependant le créateur a forcément été inspiré par les Caraïbes.

— Il pourrait être originaire de là-bas ?

— Eh bien, les artistes s'inspirent toujours de leur environnement. Donc soit votre chausseur connaît très bien cette île, soit il y vivait et la dame les a achetées là-bas. En tout cas, je n'ai pas le souvenir que ce motif ait été répandu dans les collections de la métropole. C'est donc forcément un petit artisan.

— Et pour les gants ? interrogea Isabeau en poussant l'esquisse sous le nez de son interlocuteur.

— Je ne pourrai pas être aussi précis sans avoir la pièce. Je peux juste vous dire qu'ils ont l'air d'être à peu près de la même période. Ça se remarque à la pièce de dentelle sur le bord des manches et au tout petit bouton au niveau du poignet, vous voyez ? C'était très à la mode à l'époque.

— 1920 ?

— Oui, à quelques années près.

Isabeau soupira.

— Étaient-ce les réponses auxquelles vous vous attendiez ? s'enquit la taupe en observant la mine dépitée du jeune homme.

— Il va être encore plus insupportable.

— Qui donc ?

— Vous savez combien de temps dure le voyage en bateau entre la France et la Martinique ?

— Heu... Eh bien, non, pas vraiment.

— Quoi que ce soit, ce sera trop long, souffla Isabeau.

— Je ne vous suis pas...

— Ce n'est pas grave, je me parle à moi-même. Merci beaucoup pour votre aide.

— Saluez Évariste de ma part.

— Je n'y manquerai pas.

Isabeau reprit les chaussures et le croquis, puis sortit de la boutique. Évariste avait raison, tout pointait vers la Martinique et les années vingt. Deux choses qui coïncidaient avec le début de la carrière de Bélanger et de ses associés dans les affaires. Il y avait sans doute matière à aller enquêter sur place. Peut-être que quelques personnes se rappelleraient cette époque et leur parleraient plus librement. Et puis, continuer à creuser du côté de Granger et du gang aurait été la pire des solutions. Évariste et lui étaient sans doute sous haute surveillance, particulièrement depuis qu'ils avaient échappé à la mort qu'on avait commandée pour eux. Ils ne pourraient plus faire un mouvement en direction des centres d'intérêt de cette bande de sinistres compères sans qu'on leur tombe dessus. Il fallait donc contourner le problème, quitte à avoir l'air de s'en éloigner. Avec un peu de chance, Bélanger n'anticiperait pas leur départ. En la jouant fine et en masquant leurs traces, ils pourraient bien disparaître un temps et laisser croire à Anatole Bélanger qu'à défaut d'avoir réussi à les tuer, ses menaces avaient été prises au sérieux.

De plus, il ne fallait pas sous-estimer l'obstination de Lapointe. Maintenant qu'il avait un os à ronger, il n'allait sûrement pas lâcher la piste de la Pieuvre. Évariste et Isabeau pouvaient donc partir l'esprit presque tranquille, car ils avaient un allié de taille qui veillerait à ce que la roue de la Justice tourne pour tout le monde. Et s'ils filaient entre les doigts de Lapointe, quelque chose disait à Isabeau qu'ils auraient aussi à se sortir des griffes de madame X. L'étau se resserrait donc autour de ces bandits. Cependant, tout cela ne répondait toujours pas à la grande question, à la *seule* question : qui se cachait derrière la mort d'Apolline ? Il était temps que la mariée revienne au centre de leurs préoccupations.

Quand Isabeau rentra à l'appartement, rue Montaigne, il fut surpris de constater qu'il y avait encore plus d'ouvriers dans l'escalier et le salon qu'à son départ. Combien d'hommes pouvaient tenir dans ce couloir sans étouffer ? Évariste était un maniaque de son environnement. Le jeune homme avait remarqué que c'était un trait de caractère qu'il essayait de dissimuler, mais en réalité le notaire était un obsédé du mobilier, de la décoration et de l'agencement. Sur ce point, Joras et lui se ressemblaient beaucoup. Isabeau savait apprécier les beaux endroits et les belles architectures, mais ils restaient une sorte de bonus. La plupart du temps, il attachait assez peu d'importance à ce qui l'entourait.

Le jeune homme surprit Évariste en pleine discussion avec l'architecte d'intérieur. Ce dernier avait l'air d'avoir pris dix ans, rien qu'entre hier et aujourd'hui. Il allait sans doute faire partie des personnes se réjouissant le plus de leur départ pour la Martinique.

— Ah, Isabeau ! s'exclama Évariste en l'apercevant. Avez-vous de bonnes nouvelles pour nous ?

— Pour *nous*, je ne sais pas, mais pour vous, je suppose que oui.

Le visage du notaire s'éclaira d'une lumière intense. Il était comme un chat devant quelque chose qui se mettait soudain à gigoter. Rien ne l'enthousiasmait plus qu'un départ pour l'inconnu et qu'un mystère encore plus épais à élucider. C'était comme si, à chaque résolution d'énigme, son feu intérieur, cette pulsion autodestructrice qui était son moteur interne, s'apaisait un peu. Pendant un temps, au moins. L'inaction le ramenait toujours à ses cauchemars, ses douleurs et ses pensées morbides.

— Merveilleux ! s'écria-t-il. Nous partons donc pour Fort-de-France.

L'épaule d'Isabeau lui rappela qu'elle s'était fait perforer d'une balle, et il jugea qu'il avait fait un peu trop d'efforts pour aujourd'hui. Il décida donc de prendre congé des ouvriers et d'Évariste pour aller s'allonger. Mais en regagnant le couloir, il tomba nez à nez avec Siloé Levenneur. Cette femme ne lui inspirait toujours aucune confiance. Cela allait même au-delà de la simple méfiance. Toutes les particules de son corps s'agitaient en sa présence, et cela n'avait rien à voir avec du désir ou de la sympathie.

— On peut rentrer chez vous comme dans un moulin, lâcha-t-elle de sa voix mélodieuse.

— Oui, mais *doit-on* le faire ? piqua Isabeau.

— Comment va l'épaule ?

— Aussi bien que possible.

— Madame X sait prendre bien soin des gens qu'elle apprécie. Ou de ceux qu'elle veut torturer.

Isabeau tressaillit.

— Vous vous connaissez ?

— Il y a si peu de femmes qui exercent notre genre de professions, cela implique une certaine proximité et une certaine solidarité. C'est elle qui m'a demandé de prévenir Évariste de ton agression et de ton sauvetage. À charge de revanche.

— Ce n'est pas vous qui m'avez sauvé, fit-il remarquer.

— Patience.

Elle le contourna pour entrer dans le chantier du salon.

— Eh bien, Siloé, je crois que nous ne nous sommes jamais vus aussi souvent en aussi peu de temps, commenta Évariste en la voyant pénétrer dans la pièce.

— À qui la faute ?

— Que nous vaut cette visite officielle et à découvert ?

Isabeau revint sur ses pas. Il avait mieux à écouter que les jérémiades de son épaule.

— Je continue de partager mes informations en guise de bonne foi.

— Je ne pas sûr que tu aies encore des choses à nous apprendre.

— David Chevigné est mort, annonça-t-elle en jetant un coup d'œil aux échantillons de tapisserie que le décorateur avait amenés avec lui.

Évariste et Isabeau échangèrent un coup d'œil désolé.

— Le fils du secrétaire d'État ? demanda le jeune homme. Comment ?

— Suicide. Il s'est ouvert les veines cette nuit, après la dernière visite des infirmiers. Il a laissé un mot pour ses parents leur disant qu'il n'arriverait jamais à vivre avec l'idée d'avoir tué quelqu'un. Enfin, d'avoir mangé quelqu'un, mais on ne va chipoter sur les détails.

— Une victime de plus, analysa Évariste avec fatalisme.

— Je l'ai interrogé, confia Siloé. Je suis allée en Suisse et je lui ai parlé, juste après madame X, d'ailleurs. Plus j'y pense et plus je me dis que son hypothèse est loin d'être folle. Il y a quelque chose qui circule entre les filles, et ce quelque chose se dénature. Ce pauvre gamin faisait peine à voir. Cette faim insatiable qu'il a ressentie pour elle. Une *faim* au sens propre. Il avait vraiment l'air d'avoir été sous l'emprise d'une substance. Un truc incroyablement puissant. Ça m'a fait penser à l'ergot de seigle ou au LSD-25, mais en plus fort encore. J'en ai vu des effets secondaires lors de certains tests, surtout pendant la guerre, mais ça n'avait rien à voir avec ce qu'il a fait à cette fille. Si jamais madame X a raison, si des fous furieux font circuler cette cochonnerie au sein des prostituées, il faut qu'on les trouve et qu'on les arrête. Je dis *on* parce que je pense que je n'y arriverai pas seule.

Isabeau leva les yeux au ciel. Maintenant, c'était cuit, ils allaient l'embarquer dans leurs valises.

— La source ne se trouve pas ici, révéla Évariste. Elle se trouve en Martinique.

— Les Antillais ? Ce sont eux les petits chimistes ?

— Tout a démarré là-bas. Nous partons à Fort-de-France pour tirer ça au clair.

Georges apparut à l'entrée du salon et, pour une fois, il ne portait aucun plateau.

— Monsieur ?

— Oui, Georges ?

— Vous m'aviez demandé de surveiller les brevets déposés dans les domaines scientifique et militaire.

— Absolument, Georges.

— Mon contact à l'Institut national de la propriété intellectuelle vient de m'appeler.

— Quel suspense.

— Je m'applique, Monsieur. Il vient de me dire que plusieurs brevets portant sur l'invention et l'exploitation d'une nouvelle sorte de polymère extrêmement résistant viennent d'être déposés au nom de l'une des filiales dans lesquelles messieurs Bélanger, Granger et Legrand-Mercier ont des parts sociales.

— Alors ils sont parvenus à le faire céder, résuma Évariste, pensif.

— Cela va accélérer les choses, surtout si Lapointe leur met la pression, jugea Isabeau. Ils vont vouloir se racheter une virginité avec leur projet de construction de laboratoire.

— Quelle misère, se lamenta Siloé, je viens de me rappeler que j'ai abîmé ma dernière capeline.

— Dans votre petit monde, ça doit sûrement avoir un sens, ronchonna Isabeau.

— Capeline, larges bords, soleil de Martinique.

32

7 AOÛT 1952, QUELQUE PART AU MILIEU
DE L'OCÉAN ATLANTIQUE, 21 H

La contemplation de l'océan provoquait chez Isabeau les mêmes sensations que celles de l'immensité désertique. Une intense quiétude, l'impression de flotter entre le tout et le rien, d'oublier le passé et le futur. La pleine conscience d'exister ici et maintenant, comme l'infime rouage d'un ensemble infini. L'océan était son habitat naturel. Dès la première fois où l'orphelinat les avait emmenés au bord de l'eau pour qu'ils aient un joli rose sur leurs joues quand ils rencontreraient de potentiels adoptants, Isabeau avait éprouvé une puissante connexion avec la mer. Une vraie rencontre. Depuis, ce lien se renouait quelle que soit l'étendue d'eau, quel que soit l'endroit de la planète où il s'en approchait. Il la voyait telle une vieille amie qui venait le saluer en faisant danser ses vagues à ses pieds.

Tandis qu'il emplissait ses poumons d'air frais et iodé, ses cheveux un peu emmêlés par la brise éternelle du grand large, Isabeau observait avec ravissement l'embrasement du ciel et de l'écume. En cette soirée du quatrième jour de navigation, tout se couvrait d'or.

Depuis l'ouverture récente de l'aéroport du Lamentin, le voyage pour la Martinique pouvait se faire par les airs. Ils auraient donc pu prendre l'avion et gagner du temps. Sauf qu'Évariste avait déclaré que dix jours en mer leur permettraient de laisser mûrir leur réflexion et ne pouvaient qu'être salutaires pour les mystères qui les attendaient à Fort-de-France.

Évariste détestait les avions. Ou, plus exactement, Évariste *avait peur* des avions.

Bien entendu, il serait mort mille fois plutôt que de le reconnaître. Cependant, Isabeau n'était pas dupe. Il avait bien remarqué que tous les prétextes, même les plus absurdes, étaient bons pour choisir un autre moyen de transport. C'était donc devenu une sorte de petit jeu entre les deux hommes. Isabeau tentait de placer Évariste dans une situation telle qu'il était obligé de prendre l'avion, et Évariste développait des trésors de mauvaise foi et d'imagination pour trouver une autre solution. Le coup de la méditation et de la réflexion intensive élevait d'un cran le niveau du bras de fer.

Posté à l'extrémité de la terrasse du bateau, laquelle offrait une vue plongeante sur la poupe, Isabeau entendait la musique provenant du grand salon. Ce soir avait lieu le gala du capitaine qui ponctuait presque à mi-chemin les dix jours de traversée du paquebot de la compagnie transatlantique, le *SS Colombie*. L'éclairage du navire frappait des décorations en vitraux aux arabesques d'Art nouveau en les faisant étinceler. L'accessibilité à la soirée avait été limitée aux passagers de première classe, comme à peu près toutes les choses un peu ludiques et festives de la traversée. Ils se repéraient assez facilement à la perfection de la coupe des costumes des hommes et aux capelines et bijoux des femmes. La moquette aux motifs d'inspiration persane, la vaisselle en porcelaine et la qualité du coton des serviettes, tout était fait pour satisfaire une clientèle extrêmement exigeante et versatile. Cela semblait plutôt réussi, car l'atmosphère sur la partie supérieure du *Colombie* était résolument légère et festive.

Comme chaque fois qu'Isabeau se dirigeait vers un lieu qu'il ne connaissait pas, et jusqu'à il y a deux ans il ne connaissait pas grand-chose, il se plongeait dans les livres pour étudier la destination. L'histoire, la géographie, la population, la langue. Cette fois n'avait pas dérogé à ses habitudes. Il s'était procuré plusieurs ouvrages sur les Antilles, et plus particulièrement sur l'île aux fleurs. Depuis qu'il avait voyagé dans le nord du continent africain ainsi qu'en Égypte, Isabeau avait plusieurs fois été confronté aux sociétés claniques, stigmates de la main plus ou moins ferme du dieu colonialiste. Et même si en 1946 l'État français avait déclaré l'intégration des citoyens martiniquais à la nation française, le jeune homme se doutait qu'en débarquant sur l'île il serait sûrement confronté à quelques vestiges de la distinction de classes entre les grands propriétaires terriens et les petites mains, descendances des populations insulaires originelles.

— C'est une bien jolie vue, n'est-ce pas ?

Isabeau se raidit. L'espace d'un instant de paix et de sérénité, il avait oublié qu'ils avaient embarqué Siloé. Ou, plutôt, qu'elle s'était embarquée toute seule, en insistant sans en avoir l'air. Il acquiesça en silence et déclina poliment la proposition de cigarette que lui fit la jeune femme.

— D'habitude, je sais pourquoi les hommes ne m'aiment pas, déclara-t-elle avec sa douceur feinte. *D'habitude*, ils ne m'aiment pas parce que je décide qu'ils ne doivent pas m'aimer. Mais considérant que je ne t'ai ni torturé, ni brisé le cœur ou n'importe quel autre organe, je m'interroge. Est-ce une histoire de... territoire ?

Isabeau dressa un sourcil.

— *De territoire* ? Non, pas du tout.

— Alors, quoi ? Tu n'aimes pas les blondes ?

Il préférait les brunes, c'était un fait indéniable.

— Vous vous trompez, je n'éprouve aucune inimitié vous concernant.

— Tu peux me tutoyer. Cela ne nous rapprochera pas plus, si ça peut te rassurer.

Posant ses mains sur la rambarde sécurisant l'extrémité de la terrasse, Siloé perdit son regard sur l'horizon. Vêtue d'une robe blanche sobre mais au drapé d'une classe extrême, elle avait relevé ses cheveux en un chignon haut sculpté de boucles régulières. Un unique bijou en diamant servait de peigne et faisait scintiller le mouvement gracile de sa tête.

— Vous... *tu* es une manipulatrice, avoua Isabeau sans essayer d'adoucir la dureté de sa franchise. Les femmes comme toi sont dangereuses. Tu te trompes quand tu dis que je ne t'aime pas ; en réalité, je n'ai simplement aucune confiance en toi.

— Eh bien, j'allais te proposer d'être honnête avec moi, ironisa la jeune femme entre deux volutes de fumée de cigarette. Tu as raison, c'est bel et bien ce que je suis. Manipulatrice et dangereuse. Et menteuse et sournoise.

Isabeau fut à son tour troublé par la nature de la réponse. Sans fierté ni honte. Sans exagération ni minauderie. Quelque chose qui ressembla à la vérité.

— Je n'avais pas beaucoup d'options pour grandir dans ce monde, Isabeau, poursuivit Siloé, sur un ton bien différent de celui qu'elle employait habituellement. Et je n'ai pas eu la chance de rencontrer un Évariste pour me permettre de grandir entre la bienveillance, la connaissance et les principes.

Il eut l'impression que c'était la première fois qu'elle se montrait sans son masque de femme-objet que les imbéciles et les naïfs croyaient pouvoir suspendre sur leur mur en guise de trophée.

— Tu me crois, si je te dis que j'aurais bien aimé ce genre d'éducation ? Avoir le choix des idoles en lesquelles je pouvais croire.

— Je ne sais pas, avoua Isabeau. En tout cas, je suis désolé que tu n'aies pas eu ce *choix*. Tout le monde mérite de l'avoir.

— Oh, soupira la jeune femme avant de pointer le doigt en direction du grand salon derrière les baies vitrées, nous n'avons pas trop à nous plaindre, n'est-ce pas ? Nous n'avons pas eu à nous mettre à genoux pour obtenir tout ça.

Il y avait tant d'amertume dans sa voix qu'Isabeau éprouva presque de la pitié pour elle. Puis il se dit qu'elle détesterait sans aucun doute provoquer ce genre de sentiment chez autrui, alors il se ravisa.

— D'accord, déclara-t-il en lui tendant la main, on reprend. Isabeau le Du, enchanté de faire votre connaissance.

Siloé marqua une pause, interloquée, puis salua le jeune homme d'une révérence surjouée.

— Siloé Levenneur. À votre service.

— Je t'ai quand même à l'œil.

La jeune femme éclata d'un rire cristallin.

— Le contraire m'aurait terriblement déçue, de la part du petit protégé d'Évariste. Et puis j'aime qu'un homme m'espionne. Je trouve ça terriblement excitant.

Isabeau dressa un sourcil.

— Je… Bref, en parlant du loup…

Évariste sortit du salon, une flûte de champagne à la main, et se dirigea vers eux. Exagérant son expression de surprise, il lança au couple :

— Dois-je m'inquiéter de vous voir comploter tous les deux ?

— Absolument pas, badina Siloé, Isabeau et moi avons convenu que nous n'allions pas nous entretuer. Pour l'instant.

— Ni dans les prochains jours.

— Peut-être la semaine prochaine.

— Nous verrons.

— Je déteins bien trop sur vous, mon ami, feignit de se lamenter Évariste. Ils viennent juste de servir le champagne. Il était temps, l'orchestre est épouvantable.

— Sans doute la raison pour laquelle autant de monde est en train de sortir de la salle de réception, nota Isabeau en constatant qu'un groupe important de convives envahissait la terrasse.

— Je vous l'ai dit, c'est une vraie tort...

Évariste se tut et s'immobilisa, comme un chien d'arrêt qui a flairé une proie. Isabeau et Siloé surent immédiatement que quelque chose venait de se produire. *Quelque chose* d'extrêmement intéressant pour la suite de leurs investigations.

— Qu'y a-t-il ? demanda Isabeau.

— Et vous qui vouliez prendre l'avion ! s'exclama le notaire. J'ai presque failli vous écouter.

— Sûrement pas, vous avez peur des avions.

— Tu as peur des avions ? répéta Siloé avec amusement.

— Vos babillages à tous les deux m'empêchent de savourer ce moment magique, expliqua Évariste en désignant discrètement un jeune homme au milieu de la foule.

— Qui est-ce ? interrogea Isabeau.

— Celui qui apporte un nouvel angle d'observation du grand schéma de cette affaire, Jacques Menestrel, le meilleur ami et témoin d'Adam Bélanger.

— Pour une coïncidence, ironisa le garçon.

— Je ne sais pas à quel jeu vous jouez, mais je veux en être, intervint la jeune femme, le regard pétillant de curiosité.

— Allons le saluer, proposa le notaire.

Isabeau et Siloé lui emboîtèrent le pas. Le cerveau du jeune homme tournait à plein régime. Ils fendirent tous trois la foule des passagers qui faisaient tinter leurs coupes sous les rougeurs du ciel et dont les éclats de voix couvraient heureusement la musique.

Jacques Menestrel trinquait avec une jeune fille vêtue d'une robe jaune pâle qui faisait écho à la couleur des rayons rasants du soleil.

— Mais quelle surprise de vous trouver ici ! lança Évariste à son intention et sans autre forme d'introduction.

Jacques ne cacha pas sa surprise. Il mit quelques secondes avant de reconnaître le notaire.

— Maître Fauconnier, c'est bien cela ?

— Vous avez une excellente mémoire, c'est tout à fait exact.

— Quelle incroyable coïncidence. Que faites-vous sur ce bateau ?

— Nous avons quelques affaires à régler à Fort-de-France. Et vous ?

— Adam se trouve là-bas, je ne sais pas si vous êtes au courant ? Il est parti il y a presque deux semaines et il m'a demandé de le rejoindre. Il adore sa mère, mais je crois qu'il a surtout besoin de la compagnie d'un ami. Alors je n'ai pas hésité une minute et j'ai embarqué.

— Laissez-moi vous présenter mes amis. Voici Siloé Levenneur et Isabeau Le Du.

— Enchanté.

Comme la jeune femme qui se trouvait juste à côté de Jacques semblait attendre que quelqu'un veuille bien faire quelque chose d'elle, Évariste finit par la saluer.

— Oh, pardon, s'excusa Jacques. Je vous présente Marie Verdier. Marie, c'est Évariste Fauconnier, le notaire de la famille d'Adam. Et un ami, aussi.

Isabeau vit les pupilles de son mentor s'illuminer si intensément qu'elles auraient pu éclairer dans le noir. Il ignorait encore ce qui venait de se produire, mais il n'allait pas tarder à le savoir.

— Enchantée, monsieur. Ou dois-je vous appeler Maître Fauconnier ?

— Évariste suffira largement, ma chère. J'imagine donc que vous allez loger chez les Bélanger ?

— En fait, nous allons loger dans la propriété de famille de sa mère, précisa Jacques. J'y suis déjà allé plusieurs fois quand j'étais bien plus jeune, elle est à quelques minutes de la plage. La tante d'Adam y vit toujours, d'ailleurs. Vous savez, maintenant que j'en ai l'occasion, je tiens vraiment à vous remercier.

— Pour quelle raison ?

— Pour ce que vous avez fait pour Adam. Il n'est pas rentré dans le détail, mais il m'a dit que c'était grâce à vous qu'il avait pu sortir de prison.

— Je n'ai fait que mon travail.

— Eh bien, je ne suis pas sûr que le notaire de mes parents en ferait autant si je me retrouvais dans une telle situation, plaisanta Jacques.

— Alors ils devraient en changer.

— Je leur en toucherai deux mots, sourit le jeune homme en finissant sa coupe. Je pense qu'Adam a eu une excellente idée en décidant de partir se ressourcer en Martinique. C'est un lieu tellement paradisiaque. Il va pouvoir se reconstruire et tenter d'oublier.

— Il me semble que ce serait plus facile si on découvrait ce qui est arrivé à Apolline, précisa le notaire.

— Sans doute. Mais je ne suis pas sûr que la police y parvienne. En tout cas, depuis qu'il est sorti, il n'a plus eu aucune nouvelle de leur part.

— Oh, Jacques, interrompit Marie, c'est la chanteuse dont je te parlais.

À l'intérieur du salon, la musique avait changé. Une voix féminine chaude et suave s'éleva dans les airs et réussit à couvrir les voix des convives. Elle relevait indubitablement le niveau de l'orchestre.

— Veuillez nous excuser. Elle ne cesse de me tanner avec cette chanteuse depuis que nous avons embarqué. Nous nous reverrons sûrement d'ici à ce que nous arrivions.

— J'en suis convaincu, répondit Évariste. Excellente soirée à vous.

Quand les deux jeunes gens furent partis et définitivement avalés par la foule présente dans le salon, Isabeau et Siloé se plantèrent en face d'Évariste.

— Alors, c'est quoi la chose ? demanda le jeune homme.

— *La chose* ?

— *La chose* qui vous fait intensément jubiler à l'instant même où je vous parle.

— Je ne vois pas de quoi vous parlez.

— Je peux l'obliger, proposa Siloé en agitant ses doigts. Tu vois ? Je peux me montrer très utile.

— Et si toute cette affaire était en réalité extrêmement simple ? analysa le notaire. Si elle se résumait en une seule action, laquelle aurait entraîné une série de réactions en chaîne ?

— Oblige-le, demanda Isabeau à Siloé.

— Cette Marie Verdier n'est pas n'importe qui, finit par répondre Évariste. C'est la demoiselle d'honneur qui a trouvé le corps d'Apolline.

— La mariée carbonisée, siffla Siloé en arrondissant les lèvres.

33

13 août 1952, terminal croisière des Tourelles, port de Fort-de-France, 11 h.

Le reste du voyage, Jacques Menestrel et Marie Verdier restèrent étonnement invisibles, si bien qu'à aucun moment ils ne croisèrent la route d'Évariste, Isabeau ou Siloé. Bien entendu, leur invisibilité n'était qu'une illusion, car en réalité Isabeau et Siloé se relayèrent pour garder un œil sur eux. Il était ressorti de cette filature que Jacques et Marie, s'ils n'étaient pas en couple, s'étaient considérablement, et, surtout, étonnement rapprochés.

Finalement, ce fut au moment de débarquer qu'ils croisèrent la route du notaire et de ses complices. L'immense quai des Tourelles ainsi que le boulevard Alfassa étaient bondés de monde. Les plaisanciers, leurs domestiques et leurs bagages croisaient les transporteurs de marchandises et leurs cargaisons fraîchement déversées par les navires marchands. Faute de transports en commun correctement aménagés et de routes dignes de ce nom, les denrées comme le sel en provenance de Saint-Martin et la morue de Terre-Neuve étaient déchargées et transportées vers les grossistes des communes à dos d'hommes. Une odeur de poisson, de carburant, d'iode et d'épices se mélangeait aux effluves des machineries des paquebots de la Transatlantique.

La chaleur ambiante en cette fin de matinée n'avait rien à voir avec celle de la métropole. Elle étouffait les bronches par son taux élevé d'humidité. C'était comme si on pénétrait dans un hammam. *Toute l'île* était un immense hammam. Les voyageurs se retrouvaient hors du paquebot un peu déboussolés. Cependant, malgré la cohue ambiante, le personnel de l'équipage guidait la foule d'une main de maître.

— Eh bien, comment avez-vous trouvé la fin de la croisière ? demanda Jacques à Évariste.

— Fort plaisante, et vous ?

— Les gros bateaux, ce n'est pas vraiment ce que je préfère. Ce que j'aime vraiment, ce sont les voiliers. On a plus de sensations. Mon Dieu, j'avais oublié cette chaleur moite !

Petit joueur, pensa Isabeau qui les suivait quelques pas derrière. *Viens vivre une semaine dans la véranda du salon, et tu pourras parler de chaleur moite.*

— Vous devriez nous accompagner, Marie et moi. Adam doit nous attendre au bout du quai. Cela lui fera plaisir de vous voir, j'en suis certain.

— Excellente suggestion !

Après avoir récupéré leurs valises, ils remontèrent l'embarcadère en même temps que les centaines et les centaines de passagers du *SS Colombie*. Il y avait aussi foule à la sortie du port. Certains se prenaient dans les bras, d'autres pleuraient de joie de se retrouver enfin. Il y avait beaucoup de chauffeurs tenant une pancarte avec les noms des invités qu'ils étaient censés récupérer. Il fut assez difficile de se frayer un chemin, mais au bout d'une demi-heure à piétiner, Jacques se mit soudain à faire de grands gestes en direction de quelqu'un. Quelques secondes plus tard, la voix familière d'Adam retentit.

— Par ici ! s'écria-t-il en poussant plusieurs malles de voyage qui se trouvaient sur son chemin. Évariste ?

L'étonnement du jeune homme était total et grandit encore quand il aperçut aussi Isabeau.

— Que faites-vous là ?

— C'est une longue histoire, mon ami, répondit Évariste. Disons que nous venons fouiner un peu par ici. Votre mère n'est pas avec vous ?

— Oh non, elle a préféré attendre bien au frais à la maison. Mais j'y pense, vous savez où vous allez loger ?

Isabeau et Siloé braquèrent leur regard en direction du notaire, car le fait était qu'ils n'avaient pas abordé la question. Ou plutôt qu'Évariste avait systématiquement noyé la réponse.

— Dans un petit hôtel de Fort-de-France, expliqua-t-il vaguement, même s'il manquait totalement de crédibilité pour qui le connaissait, car, *pour qui le connaissait*, les mots « petit » et « hôtel » ne pouvaient se trouver dans la même phrase, du moins autrement qu'avec beaucoup de mépris.

— Je serais vraiment ravi que vous veniez chez ma tante, vos amis et vous. La maison est immense, nous avons je ne sais pas combien de chambres. Nous habitons à Sainte-Luce, c'est au sud de l'île. Vous verrez, c'est un coin magnifique.

— Je ne voudrais pas que nous nous imposions.

Si peu, persifla Isabeau en ramassant ses valises.

— Pensez-vous ! Vous avez sauvé la vie de son fils, ma mère va ériger une statue en votre honneur. Suivez-moi.

Et il adorerait ça.

Jacques, Marie et Adam prirent la voiture avec laquelle ce dernier était venu les chercher. Isabeau, Siloé et Évariste firent signe à un des nombreux taxis qui stationnaient à l'affût des touristes. Les deux véhicules remontèrent le boulevard qui quittait le port pour longer la côte. Les couleurs incroyables qui défilèrent devant ses yeux frappèrent l'esprit d'Isabeau. Le turquoise rayonnant de la mer, le vert irradiant de la végétation, le blanc étincelant du sable, c'était une explosion de teintes saturées par le soleil. Le jeune homme s'émerveilla de ce qu'il découvrait pendant qu'ils suivaient le long serpent du littoral. Comme il n'y avait guère d'autres routes aussi praticables, beaucoup de véhicules passaient par elle, si bien que le trafic s'en trouvait considérablement ralenti. Au bout de quarante minutes, ils approchèrent enfin du village de Sainte-Luce.

Au détour d'un virage, les deux voitures passèrent un immense portail en bois et orné de décorations en fer forgé. Un chemin bordé de palmiers menait à une demeure imposante datant du XVIIIe siècle baptisée « *La Paquemard* ». Construite en pierres de taille blanches, la demeure comprenait deux étages, une pergola et une véranda. Les fenêtres étaient de forme rectangulaire, étroites et très hautes. Chaque étage de la façade en comportait une dizaine. On devinait d'autres bâtiments présents sur le site, probablement une sucrerie ou une distillerie. Isabeau aperçut plusieurs individus, tous des locaux, s'activer entre les bâtisses. Les hommes portaient le même uniforme, tout comme les femmes. On sentait encore le poids de l'histoire des riches planteurs et de leur personnel.

Quand les deux véhicules s'immobilisèrent vers l'entrée principale, Isabeau reconnut Fidélia. Elle se tenait devant la porte la plus large de la demeure et, à ses côtés, une femme à peine plus âgée qu'elle portant un vêtement un peu démodé faisait de grands signes en direction du chauffeur de la première voiture. Adam ouvrit la portière et salua les deux femmes avant de les rejoindre. Il glissa un mot à l'oreille de sa mère, puis pointa du doigt en direction du second véhicule. Il fallait espérer qu'Adam ne s'était pas trompé quant à l'hospitalité généreuse de sa mère et de sa tante.

Évariste descendit le premier, suivi de Siloé et d'Isabeau. Fidélia s'avança vers eux en tendant les bras.

— Quelle bonne surprise ! entama-t-elle. Adam vient de me dire que vous étiez venus par le même bateau que ses amis. S'il vous plaît, séjournez ici à *La Paquemard*, cela nous fera tellement plaisir à Lydia et moi.

— *Lydia* ? répéta Évariste.

— Pardon, laissez-moi vous présenter Lydia Frémont, ma belle-sœur. Lydia ? Voici Évariste Fauconnier, un ami de la famille - c'est lui qui a libéré Adam de prison –, ainsi que son associé Isabeau le Du et...

— Siloé Levenneur, sa cousine, intervint la jeune femme en se parant d'un charmant sourire.

— Allons, suivez-nous dans la véranda, nous allons préparer vos chambres.

— J'ignorais que vous aviez un frère, commenta Évariste. En tout cas, vous avez une demeure absolument remarquable.

— Hélas, mon frère nous a quittés. Il est mort durant la guerre, expliqua Fidélia.

— Je suis navré de l'apprendre.

— Nous avons tous eu nos lots de drames, répondit Lydia, dont le visage était en grande partie caché par une immense capeline blanche.

— Certains plus que d'autres, renchérit Fidélia, avant de changer de sujet pour ne pas assombrir l'ambiance. En tout cas, je vous remercie du compliment pour la maison. Elle aurait été construite par les Jésuites en 1760, mais nous n'avons aucune trace officielle de sa création, alors les légendes vont bon train. En revanche, les Frémont la possèdent depuis quatre générations. Au départ, nous gérions une sucrerie, puis nous sommes passés à la distillerie, comme beaucoup. La plage n'est pas très loin d'ici. Vous allez apprécier votre séjour. Vous restez combien de temps ?

— Nous n'avons pas encore décidé, cela dépendra de la façon dont je règle les affaires pour lesquelles je suis venu. Un de mes clients souhaiterait investir dans la région, je viens donc discrètement en repérage.

Il ment vraiment comme un arracheur de dents, pensa Isabeau en jetant un œil à Siloé, laquelle avait remis son masque de poupée à la porcelaine immaculée.

— Oh, si vous avez besoin de savoir quelles propriétés vont se vendre, ma belle-sœur sera ravie de vous renseigner, elle connaît tous les gens importants de l'île.

— Il faut dire que nous ne sommes pas si nombreux, fit remarquer cette dernière.

— Vous voulez parler des grands propriétaires terriens ? intervint Siloé, sur un ton faussement innocent.

— C'est tout à fait exact, répondit Lydia. L'industrialisation nous gagne, et les vieilles distilleries traditionnelles sont en perte de vitesse. La situation économique de la Martinique n'est pas vraiment en bonne forme. Mais nous restons solidaires et ne perdons pas espoir.

Une solidarité qui reste chez les blancs, ne put s'empêcher de penser Isabeau en se remémorant ce qu'il avait lu et qui faisait croire à une décolonisation réussie.

— Nous allons prendre un rafraîchissement, décida Fidélia. Ici c'est très important de le faire régulièrement. Eulalie ?

— Oh, encore un visage connu, fit remarquer Évariste en reconnaissant la domestique quand elle apparut dans la véranda.

— Mada…

Eulalie marqua un temps d'arrêt quand elle vit Évariste et Isabeau.

— Madame ? se reprit-elle en souriant.

— Pourriez-vous nous apporter quelque chose à boire et superviser la préparation des chambres de nos invités ?

Quelques minutes plus tard, alors que tous les convives étaient confortablement installés autour d'une immense table, des rafraîchissements furent servis, ainsi qu'une coupe en cristal remplie de mangues et d'ananas disposés en dés.

— Alors, c'est ici que tout a démarré, entama Évariste en s'emparant d'une pique pour attraper un morceau de fruit.

— *Tout* ? répéta Fidélia.

— Que vous avez rencontré Anatole et qu'Adam est né.

Très subtil, se dit Isabeau en balayant du regard toutes les personnes présentes afin d'enregistrer mentalement leur réaction.

— Oh oui, c'est exact, acquiesça Fidélia avec un sourire. C'était une sacrée époque.

— J'aime les histoires d'amour, confia le notaire. Comment était *cette époque* ? Je veux dire, où les jeunes se rencontraient-ils ?

— Eh bien, ici, répondit-elle en riant. Les grandes propriétés se disputaient la première place pour ce qui était des réceptions. Et c'était aussi une façon d'organiser les rencontres entre les enfants. Vous savez, l'île est petite, tout le monde se connaissait.

— La maison des Bélanger est à quelques kilomètres à peine, précisa Lydia en indiquant du doigt une direction dans le vide. Anatole a quitté l'île vers ses dix ans. Il n'y est revenu que pour effectuer son service militaire. C'était le temps des immenses fêtes.

— Et comme nous sommes la maison avec la salle de réception la plus grande, c'était souvent chez nous que se déroulaient les soirées. J'ai rencontré Anatole à ce moment-là. Enfin, je l'avais croisé quand j'étais enfant, mais je ne gardais de lui que le souvenir d'un affreux petit garnement.

— La plupart des jeunes hommes sont partis pour la métropole et ne reviennent ici que pour finir leurs jours. Les familles sont vieillissantes.

— Étiez-vous nombreux, au sein de votre famille ?

— De notre côté, il y avait tes parents, compta mentalement Lydia en regardant sa voisine, ton grand-père, il me semble...

— Oui, et il est mort peu après ma rencontre avec Anatole, précisa Fidélia.

— Et Madeleine, rajouta Lydia, une ombre passant soudain devant ses yeux.

— Oui... Maddie.

— « Madeleine » ? tiqua Évariste en notant la mélancolie fugace qui s'était glissée entre les deux femmes.

— Ma sœur, précisa Fidélia. Elle nous a quittés, il y a bien longtemps.

— Et ton frère, Robert, conclut Lydia, mon mari. Du côté des Bélanger, ils étaient bien plus nombreux. Il faut dire que quand Anatole est venu faire son service militaire, il est arrivé avec toute une bande de joyeux fêtards. Tous les vendredis et tous les samedis, c'était des réjouissances à n'en plus finir.

— Et vous-même ? Êtes-vous originaire de Martinique ?

— Absolument, affirma Lydia avec fierté. En fait, je n'ai jamais quitté mon île, et je ne la quitterai probablement jamais.

Elle se mit à rire, avant de s'exclamer :

— Maintenant que les amis d'Adam sont là, nous pourrions envisager d'organiser une soirée comme dans le temps ! Cela nous rappellera des souvenirs, n'est-ce pas, Fidélia ?

— Absolument.

— Excellente idée, confirma Adam. Maintenant, si cela ne vous ennuie pas, j'aimerais montrer la plage à Jacques. Je n'ai cessé de lui en parler.

— Bien sûr, répondit Fidélia. Vous êtes jeunes, laissez les vieilles personnes boire, et allez vous amuser.

Adam, Jacques et Marie ne se le firent pas dire deux fois. En une seconde, ils avaient quitté véranda et demeure aussi rapidement qu'une envolée de moineaux.

Eulalie refit son apparition et annonça que les chambres des invités étaient enfin prêtes.

— Parfait, répondit Lydia, nous allons vous laisser vous installer, et nous servirons à manger d'ici une heure.

— Je ne sais pas comment vous remercier d'un tel accueil, confia Évariste en serrant la main de Lydia avec chaleur.

— Je vous en prie, cela va mettre un peu de vie dans ces vieilles pièces et redonner son effervescence d'antan à cette bâtisse.

Isabeau, Siloé et Évariste s'installèrent chacun dans l'une des chambres qu'on leur avait attribuées. Quelques instants plus tard et sans avoir eu à se concerter auparavant, ils se retrouvèrent tous naturellement dans la chambre d'Évariste.

— Pourquoi *ta* chambre est toujours la plus grande ? s'interrogea Siloé en jetant un œil à la pièce.

— J'ai cessé de poser la question, répondit Isabeau. Alors ? Quelle est la suite du plan ? Vu les questions que vous avez posées, j'imagine qu'on a un plan.

— Il me semble qu'il n'est pas très bon en plans, nota Siloé en s'asseyant sur le lit.

— Isabeau, allez fouiner du côté des autorités. Essayez de voir si des morts suspectes présentant les mêmes lésions que celles d'Apolline et Catherine Buisson ont eu lieu dans l'île, il y a vingt ou trente ans. Et quand vous serez ici, occupez-vous de Fidélia. Soyez charmant, qu'elle ne puisse plus se passer de votre compagnie.

— Quelle chance, railla la jeune femme. Et moi ? Quelle horrible tâche vas-tu m'assigner ?

— Enquête du côté de la maison des Bélanger. Adam loge ici, mais j'imagine qu'il doit aussi visiter les membres de sa famille qui sont restés dans la demeure de la branche paternelle. Essaie de te faire confirmer qu'Anatole, Legrand-Mercier, Granger et Rochefort faisaient bel et bien partie de la bande de joyeux fêtards dont Lydia a parlé. Tu n'auras qu'à te rapprocher d'Adam ou de Jacques, je te laisse le choix. Vois aussi par quel miracle la demoiselle d'honneur d'Apolline se retrouve ici.

— À vos ordres, capitaine !

— Et vous ?

— Je vais travailler au corps la belle-sœur. Je veux remonter dans le temps, et pour cela j'ai besoin de quelqu'un qui peut faire revivre le passé comme si j'y étais. Qui mieux que quelqu'un qui a l'air de vivre dans ses souvenirs, pour cela ? Mes amis, quelque chose s'est produit ici, *quelque chose* qui va bien au-delà des petites magouilles de Bélanger et de ses acolytes. Et cette chose a poussé quelqu'un à supprimer Apolline des années plus tard. Cela promet d'être passionnant !

— Comment fais-tu pour le supporter ? s'exclama Siloé en se laissant tomber dans les coussins.

— Je médite. Beaucoup, répondit Isabeau.

34

19 AOÛT 1952, BIBLIOTHÈQUE MUNICIPALE,
FORT-DE-FRANCE, 11 H

Ce ne fut qu'au bout de plusieurs longues minutes qu'Isabeau remarqua qu'une vieille femme le dévisageait comme un affamé regarderait une religieuse au chocolat. Il cessa d'agiter son chapeau devant son visage à la manière d'un éventail et se replongea dans la lecture des coupures de presse d'il y avait trente ans. Pendant que Siloé s'amusait avec Adam et ses amis et qu'Évariste passait ses journées dans la pergola à converser avec Lydia, lui devait se taper le sale boulot. Celui du terrain, celui des « Non, je ne sais pas, désolé », ou des « Repassez plus tard, mon collègue est absent » à répétition.

Cela faisait quatre jours que le jeune homme arpentait l'île à la recherche d'informations sur les morts suspectes qui auraient plus précisément touché des jeunes femmes, trois décennies auparavant. Et il devait bien se rendre à l'évidence : soit ils se trompaient totalement de piste ou de période, soit tous les services administratifs de cette île étaient d'une incompétence affligeante. Les deux options pouvant se cumuler.

Isabeau s'était fait passer pour un journaliste préparant un dossier sur l'évolution de la condition des femmes dans les Antilles. Ce n'était pas la couverture la plus originale, mais le jeune homme avait remarqué que les mensonges les plus simples étaient ceux qui fonctionnaient le mieux. La simplicité n'éveillait jamais les soupçons, encore moins la curiosité. Il s'était d'abord rendu à plusieurs postes de police. Quand il avait demandé si une sorte d'épidémie touchant majoritairement des Martiniquais et des personnes à la situation précaire s'était produite dans les années vingt, on l'avait regardé comme s'il avait parlé chinois. Très vite, Isabeau s'était rendu compte que les prostituées, les domestiques, les gens de peu de biens présentaient assez peu d'intérêt pour les autorités. Ils vivaient, ils mouraient, c'était dans l'ordre des choses, pas de quoi émouvoir les foules, encore moins les institutions. En bref, si des filles de petite vertu étaient mortes selon des circonstances particulières, personne n'en avait gardé trace nulle part. On lui indiqua la mairie pour certaines archives, ainsi que la bibliothèque municipale et, s'il ne trouvait rien, on lui avait fait comprendre de changer de sujet d'article.

Cela faisait presque cinq heures qu'Isabeau compulsait les rares journaux de l'époque, à la rubrique faits divers. Il n'y avait rien. D'ailleurs, il n'y avait globalement pas grand-chose sur la vie des locaux avant les quinze dernières années. La presse semblait très clairement orientée du côté des métropolitains et avait à cœur de montrer une bonne image de l'île. Isabeau avait remué toutes les archives qui pouvaient l'être depuis qu'il avait commencé ses recherches, et il arrivait au bout de ce qu'il était humainement possible de faire. Et afin d'éviter de se retrouver dévoré par la petite vieille en face de lui, il décida de mettre fin à ses recherches et de sortir de la bibliothèque.

Une fois dans la rue, il remit son chapeau et ses lunettes de soleil. Glissant ses mains dans son pantalon large en flanelle retenu par des bretelles fines qui froissaient une chemise claire, il prit le temps d'observer le quartier. L'endroit était calme. Isabeau avait remarqué que durant l'après-midi l'île était plongée dans une sorte de torpeur, sans doute due à la chaleur qui rendait tout mouvement épuisant et désagréable. La vie reprenait vers 17 heures, mais elle battait réellement son plein vers 9 heures du matin. La plupart des personnes qu'il croisa étaient des locaux qui s'activaient entre les commerces, soit parce qu'ils y travaillaient soit parce qu'ils venaient s'y fournir pour le compte des grosses propriétés. Quelques familles étrangères, des touristes, arpentaient les rues et s'émerveillaient des palmiers et de la couleur extraordinaire du ciel. Une odeur de végétation riche et épanouie par un cocktail de soleil et de pluie saturait l'air. Isabeau avait l'impression de sentir un autre oxygène que celui de France. Comme s'il s'était retrouvé dans un autre monde. Il n'avait jamais vu de fleurs telles que celles qui se trouvaient sur l'île. Leurs formes, leurs teintes et leurs senteurs, rien ne ressemblait à ce qu'il connaissait.

La veille, à l'aube, il s'était échappé de la maison pour se rendre au cap Ferré et admirer la vue. La balade le long de la côte était incroyable. L'écume qui s'agglomérait sur la roche noire dont l'ombre tranchait avec la clarté de l'eau, et les enclaves de sable si fin qu'on aurait dit un tapis de soie offraient au spectateur des paysages aussi parfaits que des toiles de maître. Isabeau aurait aimé posséder l'aisance d'Évariste dans le maniement des aquarelles pour pouvoir capturer sur papier la beauté qui l'entourait. Alors, il s'était arrêté de longs moments et avait plongé dans la contemplation du paysage pour être certain que jamais ces souvenirs ne s'effacent de sa mémoire.

Il jeta un discret coup d'œil en arrière et fronça les sourcils. Depuis la veille, il avait l'impression d'être suivi. Jusque-là, ce n'était qu'un vague ressenti qui ne reposait sur rien, mais cette fois il venait de reconnaître un individu marchant un peu plus loin sur la rue d'en face. Il l'avait déjà vu. Bien que son visage fût dissimulé par une casquette et qu'il portât un vêtement trop grand pour sa morphologie, l'homme n'était pas si discret et Isabeau était certain de l'avoir déjà vu. Il avait toutes les caractéristiques d'un touriste plutôt aisé, autrement dit une cible idéale pour les voleurs. Il accéléra le pas. L'autre en fit de même. Le moins qu'on pouvait dire, c'était qu'il n'essayait même pas d'être discret.

À l'angle de la rue, un autre homme surgit brusquement juste devant Isabeau, et tendit les mains en avant. La réaction du jeune homme fut immédiate. Il lui asséna un violent coup de poing, qui envoya l'homme valdinguer à terre. Isabeau entendit des pas approcher rapidement dans son dos. Faisant volte-face, il arma à nouveau son poing. L'individu s'immobilisa et secoua les bras.

— Attendez ! Attendez ! s'écria-t-il, en protégeant son visage. On veut juste vous parler. Je vous jure !

Isabeau tiqua. Son interlocuteur avait réellement l'air de paniquer. Le malheureux qu'il avait envoyé à terre se redressa en se tenant le nez.

— S'il vous plaît..., gémit-il.

— Vous voulez me parler ? C'est une plaisanterie ? Vous me suivez depuis au moins hier.

— Oui, on n'était pas sûrs de la raison pour laquelle vous posiez toutes ces questions.

— Lesquelles ?

— À propos des filles et d'une épidémie. Ma sœur travaille à la mairie, elle vous a entendu parler.

Cette fois, Isabeau se détendit tout à fait, et fut *tout à fait* intéressé.

— Vous savez quelque chose ? interrogea-t-il.

— Oui, enfin... nous, pas vraiment. Est-ce que vous accepteriez de nous suivre ?

— Ben voyons, railla le jeune homme sur un ton qui voulait dire « je ne suis pas tombé de la dernière pluie ».

— Non, vous ne comprenez pas. Il faut que vous parliez à notre grand-mère et à notre tante. Elles savent des choses sur ces filles. Personne n'a jamais voulu les entendre, jamais. Jusqu'à vous. S'il vous plaît, mon cousin et moi, on n'est pas des voleurs.

Il y avait des moments où il fallait faire confiance à son instinct, particulièrement dans la sphère d'activités d'Isabeau. Et son instinct lui disait que ces inconnus étaient sincères. Surtout, il n'avait plus aucune piste. Ça valait au moins le coup de tenter cette dernière chance. Si c'était des voleurs, ils ne repartiraient qu'avec un maigre butin, vu le peu de liquide qu'il avait sur lui.

— D'accord, je vous suis, annonça-t-il à ses interlocuteurs, qui affichèrent immédiatement une expression de profond soulagement.

Les trois hommes se dirigèrent vers la partie la plus ancienne de la ville. Les rues étaient étroites et mal entretenues, tout comme les façades des petits bâtiments. Du linge coloré pendait aux fenêtres, et des gamins s'amusaient à les viser de leurs lance-pierres. Sur les murs érodés des maisons, certaines affiches vantaient la qualité des spectacles de la ville, tandis que d'autres tiraient à boulets rouges sur l'hypocrisie de la loi de départementalisation de 1946. Des portraits du maire de Fort-de-France, Aimé Césaire, le montraient en train de se battre pour l'application réelle de l'assimilation des citoyens martiniquais à la nation française. Isabeau comprit qu'il s'éloignait de plus en plus de la partie touristique de la ville pour pénétrer au cœur de la vraie vie des locaux.

Les deux hommes qui le guidaient s'arrêtèrent devant une petite porte en bois peinte en vert un peu brinquebalante. Ils frappèrent, avant d'entrer sans attendre de réponse. Ils montèrent un escalier étroit jusqu'au troisième étage. Une jeune Martiniquaise sortit sur le palier. Elle prononça quelque chose en créole qui, d'après Isabeau, sonnait comme une invitation. Elle fit entrer les visiteurs dans un petit salon plongé dans une semi-obscurité du fait que les volets avaient été tirés.

— Je confirme, c'est bien lui, déclara-t-elle après avoir dévisagé le jeune homme. Je vous en prie, Monsieur, entrez. Je m'appelle Claire, merci d'avoir accepté de venir chez nous.

Isabeau entra. Son hôte le conduisit devant deux autres femmes, l'une d'une cinquantaine ou peut-être une soixantaine d'années, et l'autre beaucoup plus âgée. Elles avaient la peau halée et ridée, presque de manière identique. La seule différence était que l'une avait les cheveux entièrement blancs, tandis que l'autre les avait encore bruns.

— Asseyez-vous, mon petit, enjoignit la moins vieille des deux. Vous vous demandez sûrement pourquoi les garçons vous ont fait venir ?

— Pour me voler et me tuer. C'était ma première hypothèse.

La plus âgée éclata de rire, dévoilant plus de gencives que de dents. Elle rétorqua quelque chose qu'Isabeau fut incapable de comprendre.

— Ma nièce, Claire, m'a dit que vous posiez certaines questions à la mairie, déclara la femme brune.

— C'est exact.

— À propos de filles de l'île qui seraient mortes dans des circonstances particulières, il y a des années. Vous avez même parlé d'épidémie.

— En effet, elle a bien entendu. Vous savez quelque chose à ce propos ?

Son interlocutrice jeta un regard plein de sous-entendus en direction de la vieille. Elles observèrent un instant de silence, chargé d'un langage secret comme si elles avaient communiqué par la pensée.

— Vous savez, ma mère a attendu des années que quelqu'un la croie, confia la brune. À l'époque, elle n'a trouvé personne pour écouter ce qu'elle avait à dire. Et maintenant, bien des décennies plus tard, un tout jeune homme de la capitale vient ici poser des questions. Pourquoi ?

— Disons que j'enquête sur la mort de plusieurs femmes, et mon associé et moi pensons que l'assassin a commencé sa carrière ici, il y a très longtemps.

— Alors, c'est pas fini, intervint la plus vieille en cherchant ses mots pour atténuer son accent créole.

— Si vous me racontiez votre histoire ? encouragea Isabeau en prenant sa voix la plus douce et la plus charmante.

— Claire, ma chérie, va nous préparer des jus de fruits et amène le gâteau de midi. Ce jeune homme n'a que la peau sur les os.

La jeune fille s'exécuta et disparut dans la cuisine.

— Ça remonte à plus de vingt ans... Par tous les saints, attendez, j'étais bien plus jeune, réfléchit la tante. Non, ça doit remonter à presque trente ans. À l'époque, nous étions tout un groupe de filles du même âge. Nous habitions dans le village de Sainte-Anne. Vous connaissez ?

— J'ai fait un tour de l'île, ce n'est pas très loin de Sainte-Luce, c'est ça ? Complètement au sud.

— Oui, tout à fait. D'une certaine manière, l'époque était un peu moins hypocrite que maintenant, un peu plus simple.

— Les Métropolitains blancs d'un côté et les Martiniquais de couleur de l'autre ?

La femme sourit.

— C'est très juste. En ce temps-là, on ne vous faisait pas croire que vous aviez les mêmes droits que les riches planteurs blancs. On savait qu'on était des citoyens de seconde zone et où était notre place. Il n'y avait pas beaucoup de choses qu'une femme pouvait faire. Elle aidait ses parents dans les sucreries ou les distilleries, ou elle travaillait dans les grandes maisons. Certaines avaient de la chance, elles pouvaient chanter dans des soirées ou des clubs, mais celles-là pouvaient rarement se marier ensuite. Question de réputation, vous voyez ? Enfin, ce n'était pas le genre de vie qui faisait rêver. Elles regardaient les magazines et admiraient les robes des femmes de la Métropole, leurs chapeaux, leur peau blanche et leurs cheveux ondulés.

Isabeau s'empara du verre de jus de fruits que lui tendait Claire. Un mélange de fruit de la passion et de papaye, lui indiqua-t-elle. Il la crut sur parole, puisqu'il n'avait jamais goûté ni l'un ni l'autre, auparavant.

— Il y a des filles qui ont cru qu'elles pouvaient devenir quelqu'un, reprit la brune. Qu'elles pourraient un jour avoir une immense maison, un beau mari et de beaux vêtements, comme les maîtresses qu'elles servaient. Et d'ailleurs, les jeunes hommes riches savaient comment leur faire croire à ces contes de fées. Ils leur promettaient de les épouser et de les emmener à Paris. Que là-bas, tout était différent et que vous pouviez être une femme noire et avoir les mêmes droits qu'une blanche. Sauf qu'en réalité ils profitaient d'elles et, quand ils avaient obtenu ce qu'ils voulaient, ils se les... *échangeaient*.

— Elles finissaient par se prostituer ? reformula Isabeau sur un ton fataliste.

— Bien sûr, elles espéraient toujours qu'un de leurs clients tomberait vraiment amoureux et les épouserait. Et, *bien sûr*, ça n'arrivait jamais. Personne ne parlait jamais de ces filles. C'était honteux pour tout le monde. Ça se faisait pas, de coucher entre races, vous voyez. Enfin, si, mais ça devait rester secret.

— Je vois tout à fait, acquiesça Isabeau, en sentant la colère monter en lui.

— Quand l'une de ces filles mourait, la famille ne prenait même pas la peine de l'enterrer, et les autorités ne faisaient pas de vagues pour ne pas provoquer de tensions.

— Alors on pouvait les tuer sans trop avoir de problèmes, si je comprends bien, commenta Isabeau avec amertume.

— C'est ça ! s'exclama brusquement la vieille aux cheveux blancs.

— En ce temps-là, j'avais une cousine, elle était magnifique, reprit la tante. Elle avait plein de rêves et était convaincue que si Dieu l'avait faite aussi belle, c'était bien pour une raison. Elle côtoyait des amies qui pensaient les mêmes choses. Alors elles ont décidé de fréquenter des jeunes gens fortunés. La plupart d'entre eux débarquaient de la capitale, ils venaient faire leur service militaire ici avant de repartir. Elles pensaient qu'elles feraient partie du voyage. J'ai vu ma cousine commencer à porter de belles robes, de beaux chapeaux et de beaux bijoux. Quand je l'interrogeais, elle me disait qu'elle voyait un homme bien, un esprit brillant qui était amoureux d'elle. Elle n'a jamais voulu me dire de qui il s'agissait, mais, d'après elle, c'était un savant, une sorte de médecin. Elle avait l'air heureuse, ses amies aussi. Qui étais-je, pour les juger ? Et puis, parmi ses copines, certaines ont commencé à disparaître. D'abord, on a cru qu'elles étaient parties avec leurs bienfaiteurs, mais ce qui était étrange c'est qu'aucune ne prévenait jamais de son départ. Elles se volatilisaient simplement, et on n'avait plus jamais de nouvelles. Si elles avaient vécu un tel bonheur, croyez-moi, la Terre entière l'aurait su. Mais personne ne les a cherchées, et tout le monde a pris grand soin de les oublier.

La femme s'interrompit et posa une main aimante sur le genou de la grand-mère. Isabeau crut déceler des larmes dans les yeux de cette dernière.

— C'est là que ça a commencé, déclara la grand-mère d'une voix sinistre.

— Qu'est-ce qui a commencé ?

— *Les marques sur la peau.*

Isabeau reposa son verre sur la table et se pencha en avant.

— Les marques sur la peau ? répéta-t-il, plus lentement.

— Des amies de ma cousine sont tombées malades, reprit la tante.

— Je les ai vues ! intervint la vieille en tapotant de sa doigts l'épaule de sa fille.

— Ma mère était un peu guérisseuse, vous voyez ? Elle aidait surtout les femmes. Elle les accouchait ou les aidait à se débarrasser d'un petit. Les filles en question ont commencé à souffrir de sortes de brûlures. Des marques vraiment moches qui les faisaient souffrir le martyre. On n'arrivait pas à les soigner. Rien ne les soulageait. Quand la plaie finissait par sécher, il y avait des cicatrices. Mais ça s'arrêtait pas là, elles avaient aussi la tête en vrac.

— C'est-à-dire ?

— Elles se mettaient à voir des choses. Comme si elles étaient possédées par le démon. La plupart ont fini à l'asile ou ont mis fin à leurs jours. Et puis, ça a frappé ma cousine. Un matin, on l'a retrouvée dans sa petite chambre, le corps entièrement recouvert de ces traces. C'était comme si elle avait pris feu de l'intérieur. Ma mère a alerté les autorités, elle leur a dit que plusieurs personnes étaient touchées par une sorte de mal, mais personne ne l'a écoutée. Rien qu'à notre connaissance, une quinzaine de filles ont été touchées par cette... *chose*. Et ça, c'est uniquement dans notre coin, si ça se trouve y'en a eu d'autres dans le reste de l'île.

Isabeau se cala dans son siège et prit une seconde de réflexion.

— Vous vous souvenez de la date ?

— Le 19 juin 1923, répondit la vieille femme avec aplomb. C'est la date précise du jour de sa mort. Je ne l'oublierai jamais.

— Et vous n'avez jamais su le nom des hommes que fréquentait votre cousine ?

— Non, elle voulait rien dire, reconnut la tante avec regret. Peu de temps avant sa mort, elle m'a confié qu'elle avait compris ses erreurs et qu'elle allait laisser tomber sa vie d'avant. Elle disait qu'elle avait rencontré quelqu'un, un ange gardien, qui allait la protéger, et qu'elle allait avoir un métier et une vie honorables.

— Les derniers temps, poursuivit la grand-mère, la voix chargée d'émotion, elle était vraiment heureuse. Je ne l'avais jamais vue comme ça. On se disait qu'elle était sauvée, qu'elle était revenue dans le droit chemin. Ça a été un terrible choc quand elle est morte.

— Est-ce que par hasard les noms de Vilaire Rochefort, André Legrand-Mercier, Maurice Granger et Anatole Bélanger vous disent quelque chose ?

— Bélanger ? Oui, c'est une des plus vieilles familles de planteurs de l'île. Il est parti, y'a longtemps. Il a failli se tuer sur une de nos routes. À l'époque, ils en avaient beaucoup parlé parce qu'il y avait eu un mort et que c'était mauvais pour l'île. Ils ont refait la route juste après. Beaucoup de nos hommes ont d'ailleurs trouvé du travail sur le chantier parce que ça devait être fait le plus vite possible.

— Et j'imagine qu'un jour cette espèce d'épidémie s'est brusquement arrêtée ? demanda Isabeau.

Ses deux interlocutrices acquiescèrent.

— Qu'est-ce que vous pensez qui leur est arrivé ? interrogea la grand-mère en avançant la tête.

— Je n'en suis pas encore certain. Nous pensons que quelqu'un s'est amusé à tester une substance, comme une sorte de drogue, et que les effets secondaires provoquaient des brûlures et, parfois, des crises de démence.

— Vous voulez dire que ma cousine et ses amies ont servi de cobayes ? interrogea la brune, l'air horrifié.

— J'en ai bien peur.

Elle porta sa main devant la bouche.

— Mais… Mais une drogue pour quoi faire ?

— Pour le plaisir des hommes, soupira Isabeau. Si notre théorie est exacte, elle rend la personne qui la porte irrésistible. Comme un parfum qui provoquerait une accoutumance chez quiconque s'approcherait assez près et assez longtemps. D'après nous, quand les brûlures apparaissent, c'est que le produit est dénaturé. Or, l'époque dont vous parlez correspondrait à la période où les créateurs testaient sa formule.

— Maudits blancs ! tonna la vieille femme en levant un poing vengeur au-dessus de sa tête.

— Du calme, maman. Veuillez l'excuser, elle aimait tellement Ombeline.

— Votre cousine ?

— Oui. Ses parents étaient morts jeunes, du coup ma mère l'a en partie élevée. C'est pourquoi nous étions si proches. Maman, tous les blancs ne sont pas des monstres. Certains se sont même battus pour nous. Parfois, plus que ce que nous l'avons fait.

— Certains ont essayé de vous aider ?

— Oui. Mais eux non plus, on ne les a pas écoutés. Tous les grands propriétaires n'étaient pas des tortionnaires. À force de partager leur vie depuis leur naissance, on nouait des liens. Maman ? Tu te rappelles la petite Frémont ? Tiens, elle, elle en a remué des consciences ! Pauvre gamine, seule contre tous.

— Frémont ? Fidélia Frémont ?

— Non, Madeleine. Elle est morte dans l'accident de voiture avec le fils Bélanger. C'est toujours les meilleurs qui partent en premier.

35

19 AOÛT 1952, L'ANSE CORPS DE GARDES, SAINTE-LUCE, 11 H

Évariste emplit ses poumons d'air iodé. La plage située à moins de deux kilomètres du bourg de Sainte-Luce était un petit bout de paradis piqué de cocotiers et tapissé d'un sable si fin qu'on le sentait à peine sous les pieds.

Cela faisait dix minutes qu'il se promenait en compagnie d'Adam, et presque dix minutes qu'ils n'avaient pas échangé plus de trois mots. Évariste savait tenir sa langue quand il avait l'intuition que cela pouvait le servir et, avec Adam, il avait déjà pu constater que cela fonctionnait plutôt bien.

— Je ne pensais pas que venir ici me ferait autant de bien, finit par avouer le jeune homme.

— Votre mère a donc eu une bonne idée.

— Ma mère ? Non, l'idée vient de moi. En fait, elle m'a été soufflée par Eulalie. Je pense que l'île lui manquait, alors elle s'est dit qu'elle allait joindre l'utile à l'agréable. J'avais besoin de changement. J'avais besoin de me retrouver avec ma mère… Enfin, vous voyez.

— Vous n'êtes pourtant pas souvent à *La Paquemard* ?

— Vous trouvez que je prends trop de bon temps, compte tenu des circonstances ?

— Je ne suis pas du genre à juger, mon ami. Chacun vit la souffrance et les deuils comme il l'entend.

— Côtoyer Jacques me fait cesser de penser. Est-ce mal, de vouloir tout oublier ?

— Je ne suis pas certain qu'on puisse *oublier*, mais essayer de le faire est parfaitement normal.

— Avez-vous trouvé des choses sur mon père ? demanda Adam, changeant brutalement de sujet.

— Oui, mais pas assez pour avoir la solution au problème.

— Alors pourquoi venir en Martinique ? En vrai.

— Je crois que les réponses se trouvent sur cette île, parce que c'est ici que tout a commencé. C'est *ici* que votre père et ses associés ont démarré l'édification de leur empire. Et j'ai épuisé toutes les autres pistes en France.

Adam observa ses pieds nus marquer le sable.

— Je n'ai pas été totalement franc avec vous, avoua-t-il après une minute de silence. Je veux dire, concernant les affaires de mon père.

— Et, à présent, vous éprouvez le besoin d'être honnête.

Le jeune homme haussa les épaules.

— D'une certaine manière. Vous savez, je n'ai jamais compté, pour lui. Je crois que vous vous en êtes aperçu. Toute ma vie, je me suis tenu à ses côtés, et, *toute ma vie*, il m'a contourné sans jamais me voir. Mais j'étais là, et j'écoutais. Je crois… Non, je suis *sûr* que mon père trempe dans des affaires louches.

— Du genre ?

— Un peu tout : pots-de-vin, blanchiment d'argent, peut-être drogue et prostitution. J'ai surpris plusieurs conversations entre ses associés et lui. Granger est au cœur du système, j'en suis convaincu. Il se charge du sale boulot. J'aurais dû vous le dire.

— Pourquoi ne pas l'avoir fait ?

— J'ai pensé que cela pouvait être un avantage stratégique. Une carte à jouer contre mon géniteur au moment opportun. Quand je suis sorti de prison et après vous avoir parlé, je suis allé le voir. Je l'ai menacé et je lui ai dit que je connaissais ses petits secrets.

— Qu'espériez-vous obtenir ?

— Des réponses. Je… Je ne sais pas pourquoi, mais j'ai cru qu'il pouvait connaître Félicité. Il espionne tout le monde, peut-être n'avions-nous pas été aussi discrets que nous le pensions. Et là, j'ai perdu la tête, tout s'est mis à se mélanger. En lui mettant la pression, j'ai cru… j'ignore ce que j'ai cru, mais pour une fois je voulais qu'il me voie. C'était stupide. Il n'a évidemment rien lâché. Il a des nerfs d'acier. De ce point de vue là, je n'ai rien à voir avec lui.

Évariste observait son voisin avec une expression bienveillante, tandis qu'Adam avait toujours le nez sur ses pieds.

— Je ne sais pas si Anatole connaissait Félicité, mais elle faisait bien partie du réseau de prostitution qu'il gère.

— Vous étiez au courant des activités illicites de mon père ?

— Nous avons découvert la nature exacte de ses affaires illégales. Vous aviez raison pour la prostitution, votre instinct était le bon. C'est même la source principale du financement de ses activités, et ce qui lui a permis de faire fortune. Et comme vous le soupçonnez fort justement, c'est Maurice Granger l'homme de l'ombre. Cela étant, il est très probable qu'Anatole ignorait l'existence de Félicité. Elle n'était qu'une fille parmi une multitude dont il ne s'occupe que de loin. Néanmoins, il est possible qu'il s'en soit servi pour piéger un homme politique très haut placé afin de servir ses intérêts financiers. Félicité, votre père, Maurice, Apolline d'une manière indirecte, et vous-même faites partie du même ensemble, tous liés sans le savoir par des intérêts qui se croisent. Cela rend la visibilité du schéma d'ensemble très compliquée.

Le jeune homme pencha la tête en arrière, ferma les yeux et poussa un gémissement de lassitude.

— Alors, quelle est la suite ?

— La chute, mon ami, la suite, c'est la chute.

Évariste et Adam continuèrent de marcher encore un moment avant de rentrer à *La Paquemard*. Quand ils furent dans le grand hall qui desservait presque toutes les pièces du rez-de-chaussée, ils entendirent la voix de Fidélia s'élever du petit salon jaune. Ils sentirent immédiatement qu'il y avait beaucoup de tension dans son intonation. Tous deux piqués par la curiosité, ils approchèrent afin de mieux entendre ce qu'elle disait. Dans la pièce, Lydia se trouvait tout près de sa belle-sœur et l'observait, la mine contrariée.

— Je comprends, répondit Fidélia, d'une voix angoissée. Es-tu certain que tu ne veux pas que nous rentrions ? D'accord. Est-ce... Est-ce que tu penses qu'il y a une chance pour que ces accusations soient vraies ? Eh bien, détrompe-toi, on ne connaît jamais totalement les gens. Même nos proches. Bien... Bien. Souhaites-tu parler à ton fils ? Bon... au revoir.

Fidélia raccrocha le combiné.

— Que se passe-t-il ? s'enquit Adam, sans se cacher de l'avoir espionnée.

— C'était ton père... Il vient de m'apprendre que Maurice a été arrêté par la police.

Lydia poussa un soupir assez peu discret.

— Granger ? demanda le jeune homme.

— Oui.

— Pourquoi ?

— Je n'ai pas très bien compris, répondit Fidélia sur un ton las. Apparemment, ce serait pour des activités illégales. Ton père n'a pas voulu m'en dire plus, tu sais comment il est quand il s'agit de parler de son travail. Mais je l'ai senti très tendu au téléphone, je pense que c'est grave. Anatole et Maurice sont associés sur de très nombreux projets, il me semble. Si Maurice a des problèmes avec la justice, je crains que ton père... Mon Dieu, je suis tellement démunie.

Adam l'enveloppa dans ses bras pour la réconforter. Il jeta un œil désolé à Évariste. Celui-ci n'était nullement surpris de la tournure des événements. Il avait donné un os à ronger à Lapointe et, compte tenu de l'individu, celui-ci n'allait pas le lâcher et entièrement le digérer.

— Je vais te préparer un petit remontant, proposa Adam.

— Tu es gentil, mais tu as mieux à faire. Va t'amuser avec tes amis, ça va aller. Je m'inquiète sans doute pour rien, ton père sait ce qu'il fait. Il l'a toujours su.

— Mère, ne discute pas. Allez, suis-moi, nous allons nous installer sous la pergola, prendre un rhum arrangé et parler, comme nous le faisions il y a quelques années, alors que je n'étais pas encore en âge de boire de l'alcool.

Ne souffrant aucune nouvelle objection, il la conduisit hors du salon. Évariste resta avec Lydia, qui affichait une mine aussi désolée qu'en colère.

— Vous semblez très inquiète, vous aussi, remarqua-t-il.

— Je dramatise sûrement.

Le notaire se fendit d'un sourire compatissant. Il avait mis à profit les quatre derniers jours pour nouer une relation de confiance avec Lydia. La maison manquait indéniablement d'hommes cultivés, et la belle-sœur de Fidélia s'était tout de suite sentie des atomes crochus avec une personne de goût et d'expérience. Très vite, elle lui avait posé plein de questions sur ses voyages, elle qui n'avait jamais été au-delà de la Guadeloupe. Elle lisait quantité de livres, et souhaitait confronter son imagination avec la réalité. Évariste l'avait laissée guider la conversation des heures durant, sans jamais aborder la question de son histoire personnelle ni de son passé. Il attendait le bon moment, celui qui se prêterait à la confidence. Et justement, ce moment venait d'arriver.

Il lui proposa de s'asseoir sur un canapé.

— Corrigez-moi si je me trompe, mais j'ai l'impression que vous n'appréciez guère Anatole Bélanger.

Lydia tiqua.

— Eh bien... suis-je si peu discrète ?

— Je suis juste très observateur, et j'aime comprendre.

Lydia marqua quelques secondes d'hésitation avant de reprendre le fil de la conversation :

— Vous n'avez pas complètement tort, avoua-t-elle sur le ton du secret. Je n'ai jamais beaucoup aimé Anatole. Mon défunt mari, le frère de Fidélia, non plus, d'ailleurs. Et il avait un instinct infaillible.

— Puis-je vous demander sur quoi repose cette méfiance ? Vous semblez être une femme de bon sens, cela m'étonnerait que vous vous laissiez influencer par des préjugés.

— Je crois que cela vient en grande partie de son attitude à l'époque où il est venu ici faire son service militaire. Son oncle et sa tante sont originaires de l'île et ne l'ont jamais quittée. Ils ont graissé la patte de tout un tas de personnes pour qu'il fasse son service militaire aux Antilles. Je pense qu'il voyait ça comme des sortes de vacances avec ses amis. Ce sont sont toujours les mêmes, vous savez ? les garçons qui débarquent de la capitale sur cette toute petite île éloignée... Ils pensent qu'ils sont des espèces de conquérants et qu'on les attend tel le messie. Comme si le bon goût, l'intelligence et le savoir-faire étaient le monopole de la Métropole et que nous n'étions que des provinciaux mal dégrossis et un peu bêtes. Alors, ils arrivent, ils parlent fort, ils mangent, ils boivent, ils se prennent pour les rois du monde. Les grandes puissances colonialistes avaient une responsabilité, elles n'étaient pas censées se comporter comme des tyrans.

— Anatole est-il venu avec des amis de la Métropole ? Je pense à des noms tels que Maurice Granger, Vilaire Rochefort ou André Legrand-Mercier.

— Je ne me rappelle pas trop. Mais... oui, Legrand-Mercier me dit vaguement quelque chose. Un type arrogant et très précieux, non ?

— C'est bien ça. Il n'a pas changé. J'en conclus que votre belle-sœur, contrairement à vous, est donc vite tombée sous le charme de ce conquérant.

— C'était bien la seule. Je veux dire... la seule de notre cercle. Fidélia a toujours aimé les paillettes. À l'époque, si vous lui racontiez de belles histoires et que vous tapiez du poing sur la table au moment approprié, elle vous suivait jusqu'au bout du monde. Cela la changeait tellement des autres garçons avec lesquels elle avait grandi et qui lui semblaient si banals. Elle était différente de nous.

— « *Nous* » ?

— Sa sœur Madeleine et moi. Nous nous connaissions depuis l'enfance. Maddie et moi, nous n'avions jamais eu que de la méfiance envers ceux qui venaient du continent. Pour Fidélia, à l'inverse, c'était l'exotisme et la magie.

— Parlez-moi un peu de Madeleine.

— Je faisais partie des rares personnes à l'adorer, répondit Lydia avec une profonde mélancolie.

— Comment ça ?

Elle se mit à sourire, comme si un souvenir agréable venait de remonter à sa conscience. Évariste se rendit bien compte qu'elle ne demandait qu'à évoquer cette partie de son passé. Son émotion était sincère et palpable.

— C'est si compliqué à expliquer. Madeleine et Fidélia se ressemblaient tellement. Quand elles étaient toutes jeunes, il leur arrivait même d'échanger leurs vêtements et de jouer des petits tours à leurs amis. Mais leur complicité s'est arrêtée assez vite, et la ressemblance ne portait plus que sur leur apparence. Leurs caractères ne pouvaient pas être plus différents. Fidélia était une petite princesse. La fille chérie de leurs parents. Non pas qu'ils aimaient moins Madeleine, mais je pense qu'elle correspondait moins à l'idée qu'ils se faisaient d'une enfant idéale. Madeleine était une sauvageonne, un vrai garçon manqué. Elle s'est mise à tirer, à fumer, à monter comme un homme. À l'âge de seize ans, je me souviens encore, une dispute terrible a eu lieu entre elle et ses parents. Ils avaient été prévenus que Maddie fréquentait un dispensaire pour les femmes de l'île. Elle y travaillait comme bénévole en soignant des Martiniquaises. En réalité, elle faisait bien plus : elle militait pour l'égalité des droits entre les Métropolitains blancs et la population de couleur. Plus les années ont passé, plus elle a fui son milieu. Elle avait noué des liens très forts avec des familles dans les quartiers populaires. C'était évidemment très mal vu, à l'époque. Ses parents vivaient dans la hantise qu'elle tombe amoureuse d'un noir. Pire, qu'elle tombe enceinte. Il y avait déjà eu quelques cas, et c'était une honte absolue pour les familles. Alors, leur réflexe a été de lui… comment dire, resserrer la vis, vous voyez ? Et ça a eu l'effet inverse. À partir de là, on ne voyait presque plus Madeleine. Et pendant ce temps, Fidélia régnait sur toutes les fêtes de l'époque. Dieu qu'elle était belle et que ces fêtes étaient somptueuses !

— Et donc, l'ambitieux Anatole Bélanger a commencé à lui faire la cour.

— C'est tout à fait exact. Elle a fait semblant de lui résister, mais, en réalité, dès l'instant où il lui a parlé, elle était conquise. Anatole était élégant, intelligent, et il avait cette touche d'arrogance et de prétention dont usent les hommes sûrs d'eux. Elle adorait ça. Ils se sont assez vite fiancés. Évidemment, ses parents étaient aux anges. Les Bélanger étaient une vieille famille de l'île et, sans être les plus riches, ils avaient une excellente réputation.

— Comment Madeleine a-t-elle pris ces fiançailles ?

— Je crois qu'elle s'en fichait. Malgré leurs divergences, elle aimait sa sœur, c'est certain. Je crois que ce qui lui importait était que Fidélia soit heureuse. Et comme celle-ci rayonnait, c'était suffisant. Et puis nous savions tous qu'une fois marié le couple ne resterait pas longtemps sur l'île.

— Comment est morte Madeleine ?

Lydia marqua une pause. Elle se passa la main sur le front. Évariste aurait pu faire marche arrière et s'excuser d'avoir abordé un tel sujet, mais il sentait qu'elle était prête à dérouler toute l'histoire.

— Un jour, Fidélia, Madeleine et Anatole ont pris la voiture pour se rendre à un mariage au nord de l'île. Il conduisait vite, comme tous ses amis. Il a raté un virage. L'accident a été terrible. Madeleine est morte sur le coup. Fidélia a été défigurée et Anatole a gardé de graves séquelles. Tous deux sont, d'ailleurs, restés de longs mois à l'hôpital.

— Ça a dû être un choc terrible.

— Ça a dévasté la famille. Particulièrement Fidélia. Tout le monde la pensait superficielle et égoïste. Peut-être un peu, c'est vrai. Mais elle aimait aussi énormément sa sœur. Elle n'a plus jamais été la même, ensuite. Elle s'est renfermée, parlait très peu, elle a jeté ses robes flamboyantes, ses chaussures de créateurs, ses chapeaux démesurés... Je crois qu'elle a pris la vie en pleine figure ce jour-là, et qu'elle a compris que les paillettes n'étaient pas ce qui comptait le plus. Elle est devenue extrêmement protectrice envers Adam. Il était tout bébé à l'époque. Je crois qu'elle a réalisé qu'il aurait pu se trouver dans la voiture et qu'elle aurait pu le perdre.

— Je comprends mieux votre réserve à l'égard d'Anatole. Vous ne pouvez vous empêcher de le rendre responsable de la mort de Madeleine.

— Puis-je me montrer totalement honnête avec vous ?

— Je ne suis pas le genre d'homme à parler à tort et à travers. Vous pouvez vous livrer à moi en toute confiance.

— Je ne serais pas surprise qu'on apprenne qu'il trempe dans des affaires louches. J'ai très peur pour Fidélia et Adam. Je pense qu'ils risquent de tomber de bien haut.

— Vous le croyez capable d'avoir mis en danger sa famille en participant à des choses illégales ? demanda Évariste, faussement innocent.

— Au tout début de son mariage avec Fidélia, il ne parlait que d'argent. Il disait qu'il ne pourrait pas se contenter du train de vie de ses parents. Il voulait plus. Il disait qu'il savait exactement comment faire pour créer un empire. Évidemment, à l'époque, il passait juste pour un petit ambitieux qui rêvait d'être plus grand que papa. Mais l'histoire a montré qu'il avait raison. Il a fait des investissements extrêmement lucratifs alors qu'il n'avait pas trente ans. Sa fortune était faite avant même qu'ils ne quittent l'île.

— Justement, savez-vous de quelle manière il a pu devenir riche aussi vite ?

— Ce que je vais vous dire est sans doute d'une affligeante banalité, mais en tant que femme on ne m'a pas expliqué grand-chose de l'économie. Mon mari m'a dit une fois qu'Anatole et ses associés étaient de sacrés magiciens. Ils trouvaient toujours de l'argent là où il y en avait. De vrais sourciers.

— *De vrais sourciers*, effectivement, répéta Évariste, le regard brillant d'intérêt.

36

20 AOÛT 1952, LA PAQUEMARD, 18 H

Tous les soirs à 19 heures, Isabeau, Siloé et Évariste se retrouvaient dans la plus grande des chambres, c'est-à-dire celle du notaire. *Tous les soirs*, ils mettaient en commun ce qu'ils avaient découvert dans la journée et élaboraient des théories. Si aucun d'entre eux ne disposait encore du fameux schéma d'ensemble, ils étaient convaincus d'être sur la bonne voie. Du moins, Évariste en était convaincu.

— Attendez, parlez pas si vite, soupira Siloé, allongée sur le lit de tout son long, les bras en croix.

— Ma chère, tu as l'air d'un tapis persan.

— Si tu avais dit « carpette », je t'aurais mis une balle entre les yeux. Je suis toujours armée, tu sais.

— Je sais, répondit le notaire.

— Enfin, après une petite sieste. Je n'ai plus l'âge pour tout ça.

— On va te plaindre, râla Isabeau. Tu sirotes des verres au bord d'une immense piscine, tu flânes à la mangrove, et tu fais du voilier, pendant que j'arpente les rues sous un soleil de plomb.

— Et tu n'as pas idée à quel point c'est épuisant, se plaignit Siloé en se redressant sur les coudes. Ils font la fête tout le temps, ils ne s'arrêtent jamais. J'ai la migraine depuis ce matin. Je ne sais pas à quoi ils tournent, mais ils ne m'en ont pas fait profiter.

— Et entre deux séances de torture, as-tu pu glaner des

informations, ou tu ne fais que dessaouler ? piqua Isabeau en la toisant d'un regard réprobateur.

Les lèvres de la jeune femme s'étirèrent d'un immense sourire artificiel et figé.

— J'y arrive, une minute, reprit-elle. Le clan Bélanger, enfin ce qu'il en reste sur l'île, à savoir un vieil oncle et deux cousins, a confirmé que lorsque Anatole a débarqué en Martinique pour faire son service militaire, il était bien avec Legrand-Mercier et Granger. Par contre, ils ont rencontré Rochefort sur place.

— Rochefort était originaire de Martinique ? rebondit Évariste. Le voilà, le lien. Je me demandais de quelle manière ils avaient pu se rencontrer, n'étant pas du même milieu social.

— Et ils se sont même *bien rencontrés*, car ils étaient apparemment inséparables. Toujours les uns collés aux autres, comme les quatre cavaliers de l'Apocalypse : ambition, beuverie, sexe et magouilles.

— Singulière Apocalypse, nota Isabeau.

— Mais la meilleure.

— « *Magouilles* » ? répéta Évariste.

— Contrebande d'alcool, apparemment. Le vieil oncle trouvait ça plutôt potache pour l'époque. D'après lui, ce n'était pas bien méchant, juste « des petits larcins qui forgent la jeunesse », je cite le monsieur. Par contre, il confirme qu'ils étaient tous très ambitieux et qu'ils ne pensaient qu'à réussir.

— Avaient-ils des idées sur la marche à suivre ?

— Il paraît que Rochefort se vantait d'être un génie sur le point d'inventer des choses qui révolutionneraient le monde. Personne ne le prenait vraiment au sérieux, excepté ses amis proches. Bélanger, Granger et Legrand-Mercier, bien entendu.

— Donc, nous voilà avec un jeune homme qui pense être un génie et dont le monde n'a jamais entendu parler d'une seule de ses inventions ou de ses découvertes, réfléchit Évariste. Un homme qui a une très haute opinion de son intelligence et qui ne se définit même que par elle. À sa place, je n'aurais jamais pu supporter un tel niveau d'échec. Or, Rochefort avait plutôt l'air de bien le vivre.

— La richesse l'a peut-être aidé à avaler la pilule, supposa Isabeau. Il n'est pas né avec une petite cuillère en argent dans la bouche, contrairement à Bélanger ou Legrand-Mercier. Un tel train de vie, c'était plutôt inespéré, pour quelqu'un comme lui.

— Ou alors, il ne pouvait pas officialiser ses inventions, proposa le notaire.

— Quand Georges a fait des recherches sur les *quatre cavaliers de l'Apocalypse*, il a trouvé que Rochefort avait étudié la chimie et la biologie, ajouta Isabeau.

— D'accord, mettons nos théories les unes à la suite des autres. Isabeau, vous avez découvert qu'il y a presque trente ans, des filles ont présenté les mêmes marques que celles retrouvées sur Apolline et Catherine Buisson. Admettons donc que la théorie de votre amie soit la bonne.

— *Mon amie* ? s'étonna Isabeau en se sentant clairement visé par Évariste.

— La dame en noir.

— C'est votre amie ? renchérit Siloé, soudain très intriguée.

— Quoi ? Non, pas du tout, se défendit le jeune homme. Revenons-en à la théorie.

— D'après elle, pontifia Évariste, les Antillais donneraient quelque chose qui rend leurs prostituées plus attractives pour leurs clients. Comme si elles devenaient un support de drogue. Plus les clients les fréquentent, plus ils sont dépendants, et plus ils sont en manque quand ils ne les voient pas. Une façon efficace de truquer le jeu de la concurrence et d'obtenir le monopole de la prostitution de luxe.

Siloé se rallongea et s'étira de tout son long.

— Bien, alors imaginons que Madame des Ténèbres a raison et que cette substance a parfois des effets secondaires, dont des brûlures et des comportements psychologiques déviants, poursuivit le notaire sur sa lancée. Si nous remontons la chronologie des cadavres et des personnes mutilées, tout démarre ici, il y a trente ans. Précisément à l'époque où les quatre cavaliers mettent tout en œuvre pour faire fortune. Mes amis, voilà ma théorie. Legrand-Mercier a des contacts, mais pas assez de fortune personnelle. Anatole a le bagou et les idées de développement économique. Granger vient de la rue, il connaît sans doute le monde de la pègre. Et Rochefort est un inventeur. Il leur faut de l'argent pour investir dans leurs projets, *beaucoup* d'argent. Alors, l'un d'entre eux remarque la naïveté des Martiniquaises, qui, comme on vous l'a expliqué, Isabeau, sont prêtes à tout pour quitter leur vie de domesticité et croire au prince charmant de la Métropole. Peut-être est-ce Granger qui soumet l'idée en premier, toujours est-il qu'ils pensent se faire de l'argent en exploitant ces malheureuses. Si on en croit le récit de votre grand-mère, les jeunes gens riches consommaient très régulièrement ces filles. Leur clientèle était donc toute trouvée.

— Oh, d'après *ma grand-mère*, ces gentlemen se les échangeaient, même, ajouta Isabeau. Le réseau était pour ainsi dire prêt quand ils s'y sont intéressés et qu'ils ont décidé de l'organiser.

— Il est tout à fait possible qu'ils aient d'abord démarré une activité modeste et sous le manteau. D'abord, quelques individus triés sur le volet, et moyennant une somme raisonnable. Puis nous pouvons supposer qu'ils améliorent le circuit et recrutent des filles selon des critères sélectifs pour coller à une clientèle aisée. Ils remarquent que c'est facile, personne ne s'intéresse à leur sort, personne ne les protège, parce que leur famille leur a tourné le dos et que la société les juge perdues. Elles sont comme des marchandises libres de droits. Donc, quelque temps plus tard, les voilà à la tête d'un petit cheptel. L'activité tourne bien, mais pas *aussi bien* qu'ils en ont besoin. Alors l'un d'entre eux, je dirais toujours Granger, commence à entrevoir un processus. Pour attirer des capitaux, il faut soi-même en avoir, car on ne prête vraiment qu'aux riches. Et c'est là que Rochefort joue enfin son rôle. Il pense qu'il peut créer une substance qui rendrait leurs prostituées indispensables à leurs clients au point qu'ils délaisseraient les autres.

— Mais pour savoir si son produit miracle pouvait marcher, il lui aurait fallu faire des tests, commenta Siloé.

— Et ça tombe bien, ils avaient des filles pour leur servir de cobayes, ajouta Isabeau en se remémorant les paroles de la grand-mère.

— Joras vous a bien expliqué que la substance que nous cherchions devait mêler plusieurs actifs pour produire ces effets et que son inventeur était quelqu'un de très doué et avec beaucoup d'imagination. Cela ressemble assez à Rochefort.

— Et quand ils ont été certains que cela fonctionnait, ils ont quitté l'île pour jouer dans la cour des grands, raisonna tout haut Siloé.

— Ils débarquent en France avec leur marchandise et envahissent Paris. Le gang des Antillais était né, conclut Évariste.

Ils laissèrent planer un silence. Chacun d'eux paraissait peser le poids cette théorie.

— D'accord... D'accord, mais si nous avons raison, les meurtres d'Apolline et de Catherine riment à quoi ? interrogea Isabeau. Depuis le temps, ils maîtrisent la formule, et Apolline n'était pas une de leurs prostituées.

— Et si c'était comme pour n'importe quel commerce ? imagina Siloé. Leur empire commence à agacer, un nouveau joueur veut être le premier de la classe, il enquête, il découvre leur petit secret et décide de le leur voler. Sauf qu'il fait les mêmes erreurs que Rochefort au début. Il tâtonne, il teste, et remarque qu'on peut se servir de la substance comme d'un vrai poison. Il se dit qu'il peut faire d'une pierre deux coups. Il ruine l'empire des cavaliers en retournant son arme contre lui et s'en servira après pour ses propres intérêts.

— D'accord, mais dans ce cas comment réussir à prouver cette hypothèse et comment trouver le tueur parmi tous les ennemis que comptent nos souteneurs depuis leur ascension ? demanda Isabeau.

— Il faudrait déjà pouvoir confirmer le lien réel entre Rochefort ou Granger et ces filles. Au début, ils ont dû administrer le produit directement. Isabeau, il va falloir retourner dans vos ruelles et remonter la piste des victimes. Il y en a bien une qui a dû parler de son bienfaiteur. Ensuite, il faudra rentrer sur Paris et obliger Granger ou Legrand-Mercier à parler. Quelqu'un qui leur en veut à ce point-là a forcément dû croiser leur route.

— Entendu, je vais fouiller, soupira Isabeau.

— Et moi, je continue à faire la fête ?

— Pendant tes folles soirées, Jacques Menestrel et la demoiselle d'honneur ne t'ont paru suspects à aucun moment ?

— Si ce sont les grands méchants de l'histoire, ils cachent bien leur jeu. Jacques est un gentil garçon, mais sans grande envergure. Quant à Marie... je dirais qu'on se trouve face à une belle volaille de compétition. Elle est aussi bête qu'un trousseau de clefs. Après la mort d'Apolline, la petite était traumatisée et a trouvé du réconfort dans les bras du témoin du marié.

— Continue quand même de creuser de leur côté.

— Il va me falloir de nouvelles robes !

— Ah non mais là c'est trop, soupira Isabeau. Je vais me préparer pour assister au repas.

Tournant les talons, il prit congé d'eux et sortit de la pièce.

— Il m'aime bien, déclara Siloé, les yeux tournés vers le plafond.

— Tu es tout ce qu'il déteste chez un être humain, ma chère.

— Certes, mais il m'aime bien.

Évariste versa de l'eau dans une vasque et plongea ses mains dans le liquide pour les passer ensuite sur son visage.

— Alors ? Nous avons une bonne demi-heure devant nous. Je suis allongée sur le lit, tel un... tapis persan. Ceux en soie, bien entendu. Les plus fins et les plus doux. Tu pourrais venir t'allonger sur moi et te détendre. Ou le contraire... Je m'adapterai.

Évariste jeta un œil dans la direction de Siloé. Ses pupilles se mirent à vibrer. Il avança vers elle, enjamba le lit et posa ses mains de part et d'autre de sa tête, de façon à la toiser de tout son corps.

— Ma chère, il y a des zones que je sais être mortelles, même pour moi.

Il bascula sur le côté et s'allongea sur le dos. Tous deux fixèrent le plafond en gardant le silence plusieurs secondes.

— Un jour, Évariste, j'arriverai à enfoncer mes doigts dans ta poitrine, j'atteindrai ton cœur, et j'y planterai mes ongles. Ce jour-là, il te sera impossible de te dérober à mon étreinte sans y laisser quelques morceaux.

L'ambiance du repas avait été un peu étrange. Les convives avaient fait particulièrement attention à être de bonne humeur pour ne pas repenser à l'appel d'Anatole en début de journée. Petit à petit, cette bonne humeur feinte avait réellement gagné tout le monde, et la fin du repas avait été bien plus légère que le début.

Les sujets de conversation étaient tous plus banals les uns que les autres, mais heureusement les convives avaient pu compter sur le récit fait par Jacques de toutes ses soirées avec son ami.

Marie put briller par sa totale inconsistance, tandis qu'Adam prenait grand soin de s'occuper du bien-être de sa mère. Les digestifs furent pris dans la véranda. Comme il y avait un piano, Siloé proposa de jouer un morceau. De l'avis de tous, elle s'acquitta fort honorablement de sa tâche. Finalement, les convives prirent congé les uns des autres vers 22 heures. Jacques proposa un dernier tour sur la plage qui enthousiasma Adam, et peut-être Marie, mais personne ne le sut. Siloé capta le regard d'Évariste et dut suivre le mouvement avec un enthousiasme un brin laborieux. Isabeau disparut dans le jardin, et le notaire regagna sa chambre.

Il se déshabilla pour prendre une douche. Il frotta sa peau tatouée en gardant les yeux rivés au mur. Chaque fois qu'il se lavait, il devait rester concentré. La tentation était forte de gratter sa peau et, dans les pires périodes de crise, les écorchures étaient profondes. Quand il avait participé à la cérémonie initiatique destinée à préparer l'encre si particulière utilisée pour le tatouage, on l'avait mis en garde. Il pouvait y avoir des effets secondaires. On ne mélangeait pas les cendres d'un défunt avec le sang d'un vivant sans froisser un peu Mère Nature. Évariste n'avait eu que faire de ces recommandations. Il ne pouvait vivre sans elle, et sa mort n'était certainement pas une raison suffisante pour mettre fin à leur relation. Il la garderait donc toute sa vie durant contre lui, en lui. Et si cela impliquait quelques séquelles psychologiques, c'était un moindre mal.

Nouant une serviette autour de sa taille, il prit garde de vérifier que la moustiquaire était bien en place, en travers de la fenêtre. Il se saisit d'un livre et se dirigea vers le lit.

— Tu as raison, je ne dois pas oublier les chaussures…, marmonna-t-il. Les gants et les chaussures. *Les gants et les chaussures…*

Sur sa table de nuit, il aperçut un petit plateau sur lequel reposaient une tasse de thé, une autre remplie de lait, et des petits biscuits en forme de feuilles de palmiers, une spécialité de l'île. Un sourire traversa son visage.

— Toujours séduire la cuisinière.

Il s'allongea sur le lit, en calant confortablement son dos entre les coussins. Il ouvrit son livre à la même page que celle de la veille, et de l'avant-veille, et qu'il ne parvenait jamais à tourner faute de concentration suffisante. Il saisit la tasse et la porta à ses lèvres avant d'arrêter son geste.

— Oh, mais c'est parfait, murmura-t-il en la reposant sur le plateau.

Après s'être rapidement redressé, il sortit de la chambre, traversa le couloir, et toqua à une porte. Au bout de quelques instants, Isabeau ouvrit et le dévisagea avant de bafouiller :

— Je... heu... si...

— Je croyais cette histoire de bégaiement réglée.

— Je n'ai *jamais* bégayé.

— Vous venez de le faire.

— Peut-être parce que vous vous trouvez à moitié nu devant ma chambre ?

— Ce n'est pas une raison. Suivez-moi.

— Où ça ?

— Dans *ma* chambre, évidemment !

Évariste pivota et retourna là d'où il était venu. Isabeau resta un instant planté sur place, l'air passablement ahuri.

— Il est sérieux ? grommela-t-il avant de se décider à le rejoindre.

Une fois son associé dans la même pièce, Évariste lui tendit sa tasse de thé.

— Vous savez que j'ai horreur du thé, déclina Isabeau.

— Sentez.

Le jeune homme soupira, avant d'obtempérer.

— D'accord, alors c'est de la mangue, je dirais, du thé vert, un peu de vanille et de l'amande amère ?

— On me sert ce thé tous les soirs depuis que nous sommes arrivés et, *tous les soirs*, c'est exactement le même. Un mélange de thé vert, de vanille et de mangue, avec une pointe d'hibiscus que vous auriez sentie si vous n'aviez pas le nez bouché et que vous aviez été concentré.

— Et donc ?

— Là, ça sent l'amande amère.

— Ils ont changé le mélange.

— Avec *quelque chose qui sent l'amande amère.*

Isabeau reposa immédiatement la tasse.

— Arsenic, conclut-il.

— J'ai cru que j'allais devoir vous arracher la réponse au pied de biche. Du coup, cela va nous faciliter grandement les choses.

— Une tentative de meurtre, ça facilite toujours les choses.

— Oui, car cela ne peut signifier qu'une seule chose : le meurtrier nous a suivis.

37

21 AOÛT 1952, LA PAQUEMARD, 10 H

Eulalie lâcha un juron. C'était la première fois depuis longtemps qu'elle se brûlait en sortant un plat du four. À croire qu'elle avait oublié comment se servir de cette cuisine. *À croire* que son esprit et tout ce qui allait avec étaient restés à Monaco.

Mauvais signe, mauvais signe, répéta-t-elle en son for intérieur.

— Tout va bien ?

La domestique sursauta et fit volte-face, armée d'un torchon. Qu'est-ce que cette gamine faisait encore ici ?

— Mademoiselle Verdier ? Vous avez besoin de quelque chose ? s'enquit la domestique en essayant de dissimuler son agacement.

— Heu... non, enfin, si, je voulais un café, répondit Marie. Les garçons sont en train de jouer au tennis. Par cette chaleur, vous vous rendez compte ?

— Bah, ici, vous savez, si vous attendez qu'il fasse moins chaud pour faire quelque chose, vous faites jamais rien.

— C'est vrai... Je ne dois pas encore être habituée, je pense.

— Je vous le prépare.

La domestique soupira en préparant un café. Non, décidément, elle n'aimait pas quand les patrons descendaient dans les quartiers des petites gens. C'était les leurs, et aussi *leur* univers, *leur* havre de paix où ils pouvaient être eux-mêmes tout en accomplissant le travail sans réfléchir à l'ordre dans lequel il fallait dire « Monsieur » ou « Madame ». Dans les cuisines, les commodités, même les chambres, quand les maîtres n'y étaient pas, les membres du personnel avaient le droit de parler entre eux, de rire entre eux, de râler entre eux. C'était ça, l'ordre des choses. Chacun dans son coin de la maison, et la vaisselle serait bien gardée. Après tout, ils disposaient d'une vingtaine de pièces plus grandes les unes que les autres, pourquoi venaient-ils les embêter jusqu'ici ?

— Madame Lydia ou Madame Fidélia ne sont pas là ? tenta Eulalie, en espérant que son sous-entendu soit bien reçu.

— Elles sont parties toutes les deux au marché. J'avoue que je n'avais pas envie de sortir par ce temps. La maison est tellement belle. Vous avez de la chance d'y avoir vécu pendant si longtemps. Moi, je vis dans un tout petit deux-pièces.

Cette gamine avait la tête d'un chiot qui attend qu'on veuille bien l'adopter.

— Au moins, c'est votre chez-vous, ne put s'empêcher de préciser la vieille Antillaise.

— Oui, c'est vrai, mais j'imagine qu'après toutes ces années c'est comme si vous faisiez un peu partie de la famille, non ?

— *C'est comme si, oui.*

Eulalie tendit à la jeune fille la tasse de café qu'elle venait de remplir.

— Voilà, annonça-t-elle sur le ton de la dernière réplique d'un drame shakespearien pour mettre fin au spectacle.

— Avez-vous vu monsieur Fauconnier, ce matin ?

C'était complètement raté.

— Non. Mais, vous savez, il aime se promener sur la plage. Il doit sûrement y être, d'ailleurs. À la plage. Vous savez où elle est ?

— Et monsieur Le Du ?

— Je l'ai vu sortir très tôt.

— Je vois... Je vois...

Une minute interminable de silence s'écoula entre les deux femmes, qui se dévisageaient comme deux pintades sur un branche. Eulalie finit par craquer :

— Je m'excuse, Mademoiselle, mais si vous n'avez plus besoin de moi, je vais devoir me remettre à travailler.

— Oh, oui, bien sûr. Je vous demande pardon, je vous dérange. *Si peu.*

— Bien, alors je vous laisse et je vous souhaite bon courage.

La jeune fille prit congé de la domestique et s'en retourna dans ses quartiers supérieurs avec sa tasse de café. Eulalie se détendit et reprit sa liste de choses à faire d'ici le déjeuner. Elle ouvrit les placards et fit le décompte de ce qu'elle pouvait utiliser pour le repas. Fidélia et Adam avaient tous deux certains goûts en matière de nourriture qu'elle connaissait par cœur sans qu'ils n'aient plus besoin de rien lui dire. Alors elle avait proposé à la cuisinière de la maison de lui donner un petit coup de main en avançant cet argument. Même si une personne de plus pour six invités qui mangeaient presque tous les jours à *La Paquemard*, ça restait vraiment un ratio aberrant. Calculs de blancs, encore.

Elle vérifia le petit mot que lui avait laissé Madame Lydia. À midi, tout le monde serait là, excepté monsieur Le Du. Elle l'aimait bien, ce petit jeune homme. Il était gentil et n'en faisait pas des tonnes. Lui, il avait l'air de savoir ce que c'était que le travail pénible.

Jetant un œil à son gâteau et se rappelant que les garçons jouaient au tennis, Eulalie jugea qu'il lui faudrait en refaire un. Elle se remit donc au travail. Elle connaissait la recette par cœur, sa mère la lui avait apprise quand elle était petite, et elle la tenait déjà de sa propre mère. Cuisiner était ce qu'Eulalie préférait dans son travail de domestique. Dès qu'elle pouvait se rendre en cuisine, elle le faisait. Manipuler les produits, pétrir, touiller, remuer, couper, ça la faisait s'évader. Et réfléchir, aussi. Elle partait ailleurs, loin de sa vie, loin de ce qu'elle voyait et de ce qu'elle entendait. Parfois, elle aurait voulu ne jamais quitter ses fourneaux et ne rien voir du dehors.

— Bonjour, chère Eulalie !

— Ah non, mais c'est pas vrai ! se lamenta-t-elle en levant les bras au ciel.

Nul besoin de regarder qui venait de la saluer, elle aurait pu reconnaître ce ton affable et espiègle entre mille. Monsieur Maître Fauconnier.

— Si je suis toujours interrompue, le repas de midi ne sera jamais prêt, grommela-t-elle en agitant une grande cuillère en bois.

— Cela ne me dérange pas, j'ai repéré où se trouvaient les frigos, fit remarquer Évariste avec un sourire moqueur.

Elle le vit jeter le contenu d'une tasse de thé dans l'évier et faire couler ensuite une grande quantité d'eau.

— Vous ne voulez plus de thé ? s'étonna-t-elle, en ne pouvant cacher sa contrariété. Il faut me le dire, parce que sinon moi je vous le sers tous les soirs.

— Oh, mon thé du soir est habituellement parfait.

Eulalie se vexa.

— Et pourquoi pas hier ? interrogea-t-elle sur un ton plus fermé qu'une huître.

— *Hier*, il y avait un peu trop d'amande dedans pour moi.

— *Des amandes* ? Il n'y a pas d'amandes, dans ce thé.

— *Hier soir*, il y en avait. Des grosses. De très grosses et très indigestes amandes.

Eulalie dévisagea son interlocuteur avec une expression atterrée. Ce qu'il disait n'avait aucun sens. Pire, il remettait en question la qualité de son travail. Elle s'occupait du thé depuis une quarantaine d'années, alors ce n'était pas un petit monsieur de la Métropole qui allait lui expliquer comment faire la différence entre deux préparations. Ce n'était pas tolérable. Elle se demanda brusquement s'il n'était pas plus stupide qu'elle ne l'avait pensé au départ et si elle ne l'avait pas surestimé. Cette hypothèse ne l'arrangeait pas du tout. Il fallait agir. Plongeant dans un des placards, elle en sortit une boîte en fer joliment décorée. Elle retira le couvercle et posa un peu bruyamment l'objet, juste sous le nez d'Évariste.

— Ça, c'est le thé que je vous prépare tous les soirs, comme vous me l'avez demandé en arrivant. Allez-y, sentez-le ! Il n'y a pas d'amandes là-dedans. Il n'y en a jamais eu.

Le visage d'Évariste se montra étonnamment affable.

— Je n'en doute pas une seconde, ma très chère Eulalie.

— Bah, alors de quoi parlez-vous, nom d'un chien ?

— Expliquez-moi comment vous préparez le thé.

Elle dressa un sourcil.

Il est sérieux ? se demanda-t-elle.

— *Vous voulez que je vous montre* comment je fais le thé ?

— Tout à fait.

Il était sérieux.

Non, vraiment, ce n'était plus possible. Elle allait devoir en toucher deux mots à Madame Fidélia, parce qu'elle pouvait difficilement travailler correctement dans ces conditions. Elle tendit la main pour prendre une casserole.

— Alors, je fais chauffer de l'eau, comme ça, expliqua-t-elle en mimant les gestes. Puis, quand l'eau est frémissante, pas bouillante, hein, frémissante, je la verse dans la tasse. Je prends ensuite ce petit sachet, un par tasse, et je mets la moitié d'une cuillère à dessert de thé à l'intérieur. Puis je plonge le tout dans l'eau. Et je fais infuser deux à quatre minutes, selon le type de thé. Celui-là c'est du vert, deux minutes. Voilà.

Évariste l'écoutait avec la plus grande attention, c'était même un peu déstabilisant pour la domestique, qui n'avait jamais eu à justifier la façon dont elle préparait ce genre de boisson.

— Et une fois que c'est fait, vous le montez dans ma chambre ?

— Ah ! bien sûr que non ! Je ne peux pas me permettre de monter dix fois les escaliers. Je le monte quand les autres boissons chaudes sont prêtes.

— D'autres en prennent aussi ?

— Oh, pas que du thé. Madame Lydia, par exemple, c'est un petit digestif. Un verre de rhum arrangé. Madame Fidélia, c'est une tisane. Monsieur Le Du a demandé une fois un chocolat. Monsieur Adam, c'est de l'eau avec des rondelles de citron.

— Je n'imaginais pas qu'il y avait autant de commandes différentes.

— Vous ne l'imaginez *jamais*.

— Bien. Alors, une fois que mon thé est prêt, vous le laissez sur la table et vous passez aux autres boissons ?

Eulalie le dévisagea. Quel était son problème, à la fin ? N'avait-il rien de mieux à faire que de l'empêcher de remplir honnêtement sa mission ? Il n'avait qu'à tenir compagnie au petit chiot orphelin qui devait toujours errer dans la maison.

— Non, je le mets dans le couloir, là. Sur la desserte où se trouve le grand plateau sur lequel je pose les boissons. Dès que j'ai fini une boisson, je la mets à côté tout de suite, ça me permet de vérifier que j'en ai pas oublié.

— Dans le couloir, là ? demanda Évariste en sortant de la pièce et en se plaçant à côté de la desserte.

— Non, pas devant la porte, répondit Eulalie avec un air d'évidence. Ça gênerait le passage. Juste à côté, contre le mur.

Évariste fit deux pas sur le côté et disparut du champ de vision de la domestique.

— Ici ?

— J'en sais rien, je ne vous vois pas, répliqua Eulalie en soupirant.

Elle le rejoignit.

— Oui, par là, c'est ça.

— Donc, vous ne le voyez pas de la cuisine.

— Quoi ?

— Le plateau sur la desserte ? Vous ne le voyez pas de la cuisine ?

— Bah, non, mais je sais qu'il est là.

— Comme tous les soirs.

— Heu, oui. Mais pourquoi c'est si important de savoir où se trouve ma desserte ? Là ou là, elle n'est jamais bien loin. Tout le monde sait que c'est sa place, et tout le monde sait ce que je mets dessus, le soir. Personne ne me la prendrait.

— C'est tout à fait exact, ma chère. Tout le monde sait que c'est sa place. Tout le monde sait où la desserte se trouve et ce qu'il y a dessus.

Isabeau avait quitté *La Paquemard* presque à l'aube. La tentative d'assassinat d'Évariste accélérait leur enquête. Pour une raison qui leur échappait encore, l'assassin les avait suivis pour terminer le travail, ou il s'était arrangé pour envoyer quelqu'un pour le faire. Cela voulait dire deux choses : d'une part, ils n'étaient plus en sécurité, et, d'autre part, ils se rapprochaient du but. Le second point se révélerait une bien maigre consolation si le premier prenait trop d'importance.

Alors, dès l'aube, il s'était à nouveau rendu à Fort-de-France dans cette petite ruelle où la famille antillaise avait accepté de l'aider. Il tenta le tout pour le tout. Comme cela s'était plutôt bien passé la dernière fois, il décida de jouer cartes sur table. Lorsqu'il toqua à la petite porte verte, il avait les bras chargés d'un énorme bouquet de fleurs. Ce fut la tante qui lui ouvrit, et elle eut l'air de trouver l'attention charmante, car elle lui ouvrit grand les bras et le fit immédiatement entrer. Claire, la grand-mère ainsi qu'une voisine se trouvaient aussi à l'intérieur et furent ravies de voir revenir le jeune homme. On sortit le jus de mangue et du sorbet à la vanille et à la noix de coco. Isabeau ne tourna pas autour du pot et entra directement dans le vif du sujet. Il expliqua qu'il avait absolument besoin de connaître les détails de la vie de leur cousine pour recouper les liens avec des suspects. Sans ces liens, il lui était impossible d'avancer plus dans ses investigations et, si cela se produisait, l'assassin d'Ombeline s'en tirerait à bon compte. Il n'eut guère besoin d'aller plus loin dans la plaidoirie. Les femmes de la maison attendaient depuis des années que justice leur soit rendue et que le nom de leur cousine figure quelque part à côté du mot « victime ».

Elles se montrèrent donc parfaitement coopératives. Sauf qu'elles n'avaient pas grand-chose de plus à lui dire. Et ce fut à cet instant qu'Isabeau assista à une scène bien étrange. Les femmes de la maison se rassemblèrent en cercle et se mirent à échanger en créole. De l'extérieur, cela ressemblait à une sorte de concile. Isabeau ne comprenait rien de ce qu'elles pouvaient dire. Ne sachant pas trop quoi faire, si ce n'était rester planté dans le salon, il s'assit sur le bord d'un siège et goûta au sorbet. Il se dit qu'il n'arriverait jamais à faire le deuil de cette cuisine, quand il rentrerait à Paris. Finalement, au bout d'un long moment, Claire leva le nez du cercle et sourit à Isabeau. Elle lui indiqua d'attendre encore un peu, pendant qu'elle sortait un instant. Isabeau pressentit que les choses allaient bouger en sa faveur.

Vingt minutes plus tard, Claire reparut. Elle était suivie de trois autres femmes, d'âges très divers. Cela portait à sept le nombre des conseillers de guerre et, si ça continuait, plus personne ne pourrait bouger dans le petit salon. On sortit d'autres gâteaux et on prépara d'autres jus de fruits. La réunion reprit de plus belle et dura encore presque une heure.

Alors qu'Isabeau pensait qu'il ne quitterait plus jamais cet endroit et qu'à force d'avaler des pâtisseries à la banane et à la vanille il ne pourrait bientôt plus fermer son pantalon, il sentit sept paires d'yeux se focaliser sur lui. Il ignora pourquoi, mais, à cet instant, l'image d'une oie blanche passa devant ses yeux.

— Il y a peut-être quelqu'un qui peut vous renseigner, annonça la tante. La grand-mère de Nana que voici, c'est une de nos voisines, lui parle souvent d'une pauvre fille qui a eu une vie difficile et qui vient lui tenir compagnie de temps en temps. Nana dit que sa grand-mère s'est rappelé avoir vu une fois Ombeline avec cette femme. Et surtout, il paraît qu'elle a eu un accident il y a longtemps et qu'elle a été *marquée*. Elle n'a jamais trop expliqué comment c'était arrivé. Peut-être qu'elle a vécu la même chose que ma cousine. C'est le seul renseignement qu'on peut vous donner. Comme on vous l'a dit, on ne savait pas trop qui Ombeline fréquentait.

— C'est parfait ! s'exclama Isabeau. Je vous remercie énormément, vous m'avez beaucoup aidé, vraiment. Pouvez-vous me dire où je peux trouver cette personne ?

— Ma nièce va vous y conduire. Elle marche vite, elle.

L'assemblée des femmes éclata de rire.

— Mais avant vous allez bien manger un petit morceau avec nous, Caroline a fait un poulet au curry. Il est divin.

Le retour de l'oie blanche.

Isabeau put miraculeusement réduire le temps du repas à une heure. Sa conscience déplorait le temps qu'il perdait, mais son cœur aimait le moment qu'il était en train de vivre. La chaleur que ce clan dégageait était tellement nourrissante pour un gamin qui n'avait jamais connu la tendresse d'une mère. Ou d'une grand-mère. C'était comme s'enfermer dans un cocon confortable, à l'abri du monde. Il dut cependant se résoudre à prendre congé d'elles, non sans emporter les restes d'un flanc au rhum particulièrement peu pratique à transporter. Claire et lui traversèrent de nombreuses ruelles, jusqu'à s'éloigner franchement du centre-ville.

— Je vous remercie beaucoup de m'aider, déclara Isabeau.

— En fait, c'est vous qui nous aidez, répondit la jeune fille. Vous ne vous rendez pas compte. Vous nous donnez de l'espoir, vous nous écoutez, et vous ne nous jugez pas.

— J'aimerais que les choses changent plus vite, déplora Isabeau.

— Le temps qu'elles prennent pour changer dépend de l'objet sur lequel elles portent.

— Vous avez entièrement raison.

— Alors... Elles m'ont dit : troisième maison sur la gauche, après les marches, récita-t-elle en regardant à droite, puis à gauche. Volets bleus.

— Ah, je crois qu'on tient les *volets bleus*, répondit Isabeau en pointant du doigt en direction d'une petite maison dont le portail était cassé.

— Bon coup d'œil ! Allons-y.

Ils passèrent l'entrée. Le minuscule jardin n'était pas entretenu et tout poussait selon un enthousiasme débordant et anarchique. Les volets et la porte avaient été un jour vaguement peints en bleu, mais cela faisait longtemps que plus rien n'était fait ici pour éviter que tout ne s'abîme. La nature était en train de gagner sur la construction de l'homme et, s'il n'y avait pas plus de résistance, la bâtisse finirait par s'écrouler sur elle-même.

— Restez ici, conseilla Claire. Je vais d'abord y aller, lui dire qui nous envoie, ce que nous faisons chez elle et voir si elle peut vous parler.

— Ça me va.

Elle toqua à la porte. Isabeau n'eut pas l'impression que quelqu'un avait répondu, et pourtant il vit la jeune fille ouvrir et entrer. Mentalement, il s'imagina la façon dont il allait entamer la conversation, si toutefois la femme acceptait de le recevoir. Il ne fallait pas la brusquer et, en même temps, il n'avait plus le temps de négocier pendant des heures. Il passa la main dans ses cheveux, qu'il plaqua en arrière. Le soleil cognait fort, il aurait dû prendre un chapeau. *Erreur de Métropolitain*, pensa-t-il en souriant. Claire réapparut et lui fit signe d'approcher. La chance était de son côté.

À l'intérieur de la maison, ça sentait un mélange étrange de sucre et de renfermé. Les volets étaient tous fermés ou à peine entrouverts. On rentrait par un couloir étroit qui traversait toute la petite maison et la coupait en deux. La jeune fille fit signe à Isabeau d'entrer dans une pièce unique qui faisait office de cuisine et de salon, tandis qu'elle restait en retrait. Le mobilier était d'une autre époque, tout comme les vêtements colorés, étalés un peu partout dans la pièce. En fond, une radio bourdonnait plus qu'elle n'émettait. Une femme était assise sur le seul fauteuil qui n'était pas encombré de tissus ou de draps. Elle était tassée sur elle-même et portait une large étole blanche qui couvrait son buste et une partie de ses cheveux. Elle était en train de broder, mais stoppa son ouvrage dès qu'elle aperçut Isabeau.

— Asseyez-vous, jeune homme, dit-elle d'une voix lasse et chevrotante.

Isabeau tira une chaise et s'assit près d'elle, légèrement sur le côté pour ne pas la mettre mal à l'aise en étant face à elle. De ce qu'il pouvait distinguer de son interlocutrice, il était très difficile de lui donner un âge. D'après lui, elle avait tout simplement l'air d'être centenaire, ce qui ne collait pas avec la chronologie.

— Merci d'accepter de me recevoir, commença-t-il.

— On m'a dit que vous vouliez me parler d'Ombeline ?

Elle non plus n'avait pas l'intention de tourner autour du pot.

— C'est exact.

— Que voulez-vous savoir ?

— J'aurais besoin que vous me parliez un peu de sa vie quand elle a commencé à fréquenter certains hommes riches, et...

Il s'interrompit quand il réalisa qu'il avait peut-être été un peu maladroit dans sa formulation.

— Je voulais dire, si jamais j'avais quelques noms de personnes qu'elle fréquentait...

La femme émit un petit hoquet étrange, puis deux, avant qu'Isabeau ne comprenne qu'elle était en train de rire. Ou quelque chose d'approchant.

— Nous sommes toutes maudites.

— Pardon ?

— Enfin, nos rêves l'étaient.

— Écoutez, je suis bien mal placé pour savoir ce que vous avez vécu, et je ne peux rien faire pour réparer ce qu'on vous a fait. Cependant, je peux vous assurer que je suis là pour trouver les assassins de jeunes filles qui, quoi qu'elles aient pu faire, n'avaient absolument pas mérité de mourir. J'arrive tard, je le sais, mais j'essaie, et je n'abandonnerai pas.

— On y croyait vraiment, vous savez ?

— Je sais.

— On était jolies. Il faut essayer d'imaginer, bien sûr. Ce n'est pas de la prétention. Regardez un peu les belles robes que je portais. Je les laisse dehors, je les expose. J'ai toujours aimé m'entourer de jolies choses. C'est mieux qu'elles soient là qu'en train de se faner dans un placard, non ?

— Vous avez raison, sourit Isabeau en regardant, tout autour de lui, les vêtements brodés de sequins et de perles.

— S'il vous plaît, levez-vous et allez jusqu'au guéridon. Il y a une photo dessus, prenez-la.

Le jeune homme s'exécuta. Un cadre rectangulaire trônait effectivement au centre du meuble. Isabeau s'en saisit et observa de près la photo. Cinq jeunes filles portant des habits à la mode des années vingt posaient les unes à côté des autres. Leur sourire coquet rehaussé par le contraste noir et blanc de leur rouge à lèvres foncé illuminait leur visage. Elles étaient très séduisantes, et Isabeau n'eut pas de mal à imaginer ce qui avait pu passer par la tête de tous les jeunes hommes du coin. Il se rapprocha du volet, orienta le cliché vers la lumière et étudia de près la photo, comme Évariste le lui avait appris.

— Quelle époque, commenta la femme avec mélancolie.

— Vous étiez magnifiques. Où êtes-vous, dessus ?

— La deuxième en partant de la gauche, et Ombeline est juste sur ma droite.

Le regard d'Isabeau s'attarda sur le visage de cette dernière. Il tenta de déchiffrer son expression, ce qu'elle racontait au moment de la photo. Elle avait l'air heureuse et épanouie, même si elle était un peu figée par la pose. Cela donnait à son bonheur quelque chose d'artificiel qui faisait dramatiquement écho à ce qui lui était arrivé ensuite. Isabeau enregistra mentalement ce qui composait sa tenue vestimentaire. Même si les couleurs étaient un peu passées, il n'était pas difficile de remarquer que la tenue était élégante. Les chaussures, les gants et le chapeau étaient assortis, et la couleur sans doute un peu vive de la robe mettait en valeur la blancheur d'un rang de perles ornant son cou. Toutes ces femmes semblaient s'être vêtues au même endroit et, si on exceptait la couleur de leur peau indiquant leur origine, on aurait pu jurer voir un groupe de jeunes filles de bonne famille s'apprêtant à assister à un brunch.

— Racontez-moi votre histoire, encouragea Isabeau, d'une voix douce et chaleureuse.

La femme poussa un profond soupir.

— Nous pensions qu'il y avait autre chose dans la vie que faire des lits, habiller une autre ou cuisiner pour une dizaine de personnes. Nous rêvions à une autre existence que celle de nos mères, de nos tantes et de nos grand-mères. Nous étions jeunes et désirables, le monde nous appartenait, comme à tous les gens *jeunes et désirables.* Mais il nous fallait un moyen d'atteindre nos rêves et, pour une femme, les options étaient plus limitées que pour un homme. Je ne crois pas que cela ait beaucoup changé. Il nous fallait donc un mari. Et, bien sûr, les seuls qui pouvaient réaliser nos rêves se trouvaient dans les grandes demeures des propriétaires terriens et non pas dans les distilleries ou les cuisines.

— Alors, vous en avez rencontré...

— Ce n'était pas aussi sordide que ça en avait l'air.

— Pardon, ce n'est pas ce que j'ai insinué. Je suis désolé si vous avez...

— Ce n'est rien. Nous fréquentions des endroits à la mode où les jeunes gens aimaient faire la fête. C'étaient les seuls lieux où l'origine sociale n'avait pas d'importance. On venait danser, parler, fumer aussi, et peu importait avec qui. C'est là que nous avons rencontré ceux que nous pensions être des princes charmants. Ils étaient si différents des garçons qui gravitaient autour de nous. Exotiques, riches, puissants, pleins d'ambitions et d'idées. Comment aurions-nous pu ne pas tomber amoureuses ?

— C'était à ces hommes de faire attention et de protéger vos réputations, jugea Isabeau avec dureté.

— Parmi tous les adjectifs qui les qualifiaient, nous avions oublié de relever l'égoïsme. Nous avons commencé à les fréquenter. Au début, c'était en tout bien tout honneur. Ils nous faisaient la cour dans les règles de l'art. Ils nous ont promis les fiançailles, mais, bien entendu, il fallait leur laisser du temps pour que leurs familles acceptent la relation. Mais la passion compose rarement avec la patience. Nous avons commencé à fauter et nous n'en avions aucune conscience, parce qu'il s'agissait de nos futurs époux. C'est là que la spirale a démarré.

— Ils ont fini par vous quitter.

— Après quelque temps de relations, disons... charnelles, ils ont commencé à nous délaisser. Leur famille leur mettait une trop grande pression, leur mère menaçait de mettre fin à ses jours s'ils la décevaient, ils devaient repartir incessamment en Métropole... Tellement d'excuses et si peu d'imagination. Sauf que nous avions goûté aux cadeaux, à l'attention, aux sorties. Alors quand certains ont commencé à nous présenter des amis, on y a cru, encore. Ça n'avait pas marché une fois, cela ne voulait pas dire que ça ne fonctionnerait pas la fois d'après.

— Sauf que ça n'a pas non plus fonctionné.

— Ni même la suivante, et encore la suivante... Plus nous multipliions les aventures, plus cela se savait, et moins nous étions des filles fréquentables pour des jeunes hommes, même de notre condition sociale. Il ne nous restait plus grand-chose, et personne ne voulait nous embaucher dans les grandes maisons, de peur qu'on ne crée des problèmes. Nos options se réduisaient à vue d'œil. C'est là qu'on a commencé à nous proposer de monnayer nos faveurs. Nous étions perdues. Nous avions été abusées par ces hommes, cela nous paraissait donc être un bon moyen de les abuser à notre tour. Ils nous utilisaient, alors nous aussi nous allions les utiliser. Nous gagnions de l'argent, beaucoup d'argent, et bien sûr nous avions toutes sortes de présents. Bijoux, chaussures, chapeaux, gants, bas de soie... Tout ce qui rend une femme heureuse. Et chaque fois qu'on empochait les billets, on avait l'impression de reprendre le contrôle. Nous étions si stupides.

— Qui vous a proposé de... vous... de monnayer vos charmes ?

— Oh, je ne sais plus... C'est venu de plusieurs de nos amants, et l'information s'est propagée entre les filles. L'une d'entre nous s'est lancée, on a vu que ça marchait, et ça s'est répandu.

— Écoutez, je vais vous citer quelques noms, et j'aimerais que vous me disiez si vous les connaissiez ou si vous en aviez entendu parler.

— Je ne vous garantis pas de bien me souvenir.

— Anatole Bélanger ?

— Je connais sa famille, elle est encore sur l'île. Mais je ne crois pas qu'il fréquentait des personnes comme nous.

— Maurice Granger ?

Elle redressa la tête.

— Oh oui, lui je me souviens. Un homme fort, avec des mains énormes. Une vraie brute, toujours fourré dans les bagarres. Oui, oui, il traînait avec des gars du port au club.

La femme se mit à nouveau à ricaner, ou hoqueter.

— Il voyait Mélissa. C'est la plus grande sur la photo. Je m'en souviens parce qu'il... enfin, vous voyez, il ne pouvait pas... Il n'arrivait pas à... Et ça nous faisait rire parce qu'il avait l'air d'être fort comme un taureau.

— Tiens donc, voilà qui est intéressant. André Legrand-Mercier ?

— Non, ça ne me dit rien.

— Vilaire Rochefort ?

— Vous dites ?

— Vilaire Rochefort.

— Comment le connaissez-vous ? C'était un médecin. *Notre* médecin.

— C'est ce que vous pensiez qu'il était ?

— Pourquoi, il ne l'était pas ?

— Pardon, je vous ai interrompue, poursuivez.

— Quand certaines d'entre nous avaient, disons... quelques soucis intimes, elles allaient le voir au dispensaire ou chez lui. Il s'y connaissait en plantes et en remèdes et a soigné plusieurs filles. En plus, il était d'ici, pas des grandes maisons, vous voyez ? On avait plus confiance, même s'il était blanc.

— Vous vous rappelez quel genre de remèdes il vous donnait ?

— Des choses naturelles. Des infusions, des onguents, des inhalations. On ne pouvait pas aller consulter un médecin qui aurait eu un cabinet, il nous aurait posé trop de questions et aurait averti nos parents.

— *Des onguents*..., répéta Isabeau. Et ses traitements étaient-ils efficaces ?

— Oh oui, plutôt. Bien sûr, il ne pouvait pas faire de miracles, mais il a sauvé la mise de plusieurs amies.

— Ombeline le connaissait-elle ? Avait-elle eu affaire à lui ?

— Elle faisait mieux que ça, ils étaient ensemble. Ils se sont fréquentés pendant un long moment.

— Vous êtes sûre ?

— Absolument. Pendant un moment elle ne nous parlait que de lui. Elle disait qu'il était différent des autres, qu'il était gentil.

— Alors que lui est-il arrivé ?

— Elle a payé ses choix, comme nous toutes, répondit la femme sur un ton brusquement lugubre.

— Comment ça ?

— Vous savez, certaines ont essayé de s'en sortir. Parfois, elles y sont presque arrivées. Ombeline est celle qui, la première, a voulu rompre avec tout ça. Elle a quitté Vilaire, ne s'est plus rendue aux soirées, et nous a quittées nous, aussi. J'avais encore quelques contacts avec elle, je crois que j'étais celle qu'elle appréciait le plus dans la bande. J'ai vraiment cru qu'elle pourrait se défaire de tout ça. Peu de temps avant de mourir, elle m'a confié avoir rencontré quelqu'un. Une personne qui ne faisait pas partie de notre cercle. Elle était transformée, c'était une autre femme. Je me souviens de la dernière fois que je l'ai vue, elle irradiait, comme si elle avait porté en elle le secret d'un bonheur immense.

— Vous a-t-elle donné le nom de son nouvel amoureux ?

— Non, elle n'a jamais voulu. Elle tenait à garder son histoire secrète. Peut-être était-il marié ? En tout cas, il la couvrait d'attentions. Il y avait des lys de partout dans sa petite chambre, je me souviens. Sans doute, un homme de goût. Un musicien, un pianiste. J'ai toujours pensé qu'elle avait fini par le trouver, son prince charmant. Ça se voyait dans ses yeux. C'est la dernière image que j'ai d'elle et, parfois, je la revois encore, sous le soleil, vêtue d'une robe bleue. J'aime penser que, là où elle est, elle continue de sourire au bord d'une plage magnifique.

— Vous ignorez ce qui lui est arrivé ?

— Personne ne l'a jamais vraiment su. La police n'en a pas parlé. La famille a essayé de se battre : contrairement à la plupart, ils n'avait pas coupé les ponts avec elle. Mais ses proches n'avaient aucuns moyens. Malgré tous ses efforts, elle restait une fille maudite. Quand on pactise avec le diable, il faut s'attendre à ce qu'il vous attrape.

— Que voulez-vous dire ?

Il entendit la femme pousser à nouveau un profond soupir. Elle avança sur son siège, posa les mains sur les accoudoirs, bascula en avant une première fois, puis une deuxième.

— Attendez, je vais vous aider, proposa Isabeau en reposant le cadre.

— Non, non, jeune homme, laissez-moi penser que j'ai encore un peu de dignité.

Elle finit par réussir à se lever et clopina lentement jusqu'à la fenêtre. Son étole de coton blanc glissa sur ses épaules. Quand elle fut toute proche d'Isabeau, elle inclina le visage en direction du filet de lumière qui perçait au travers des volets en partie rabattus. Le jeune homme écarquilla les yeux. Au niveau du cou, de l'épaule et de la joue gauche, la peau présentait des lésions importantes, jusqu'à former des sortes d'écailles. Comme si un acide avait rongé l'épiderme, et qu'en cicatrisant la chair avait formé des croûtes dures et irrégulières.

— Qu'est-ce que c'est que...

— La marque du diable, et le prix de nos choix. En nous perdant dans les bras de ces hommes, on a attrapé quelque chose.

— Combien d'entre vous présentaient ces marques ?

— Quasiment toutes.

— Comment est-ce arrivé ?

— Petit à petit. Ça commençait avec des boutons, puis ça s'étalait en plaques, et après ça... brûlait.

— Personne n'a pu vous soigner, à l'hôpital ?

— *À l'hôpital* ?

La femme ricana, et Isabeau remarqua que du côté des meurtrissures les lèvres restaient immobiles.

— On ne risquait pas d'aller à l'hôpital. C'était une épidémie, on ne voulait pas se retrouver on ne savait où dans une zone de quarantaine. Et puis, au bout d'un moment, les douleurs disparaissaient, et parfois on survivait.

— Et Rochefort n'a rien pu faire non plus ?

— Je crois que personne n'aurait pu nous guérir.

— D'accord, mais est-ce qu'il a essayé ? Vous a-t-il donné quelque chose pour vous soigner ?

— Oui, il était désolé que cela ne marche pas, mais il persistait.

— Était-ce une crème, un onguent, ou quelque chose comme ça ?

— Eh bien, attendez, ça remonte à loin. Je me souviens que je faisais beaucoup d'inhalations de plantes, un mélange qu'il préparait lui-même. Non, pas d'onguents ni de crèmes.

— Il ne vous donnait rien qui ressemble à quelque chose que vous auriez porté sur la peau ?

— Qu'on portait sur la peau ? Eh bien, il était très généreux, il nous offrait souvent des petits cadeaux, comme des foulards ou des huiles parfumées qui venaient de Paris.

— Des huiles parfumées ?

— Oui, ce que portent les Parisiennes. Enfin, à l'époque. Vous savez ? C'est comme le parfum, mais vous l'étalez sur votre corps et ça lui donne de la douceur et un joli reflet. Ici, on utilise de l'huile de coco, mais ce n'était pas aussi précieux que ce que faisaient les parfumeurs de Paris. Vilaire s'arrangeait pour les faire venir de la capitale. Ce n'était pas aussi impressionnant que les perles et autres bijoux, mais il nous aidait selon ses moyens.

Isabeau posa les mains de part et d'autre des épaules de la vieille femme.

— Vous n'imaginez pas à quel point vous m'avez aidé ! s'exclama-t-il.

— Vous savez ce qui est arrivé à Ombeline ?

— Pas uniquement à Ombeline. Je sais précisément ce qui vous est arrivé à vous toutes. Soyez convaincues que vous n'êtes pas responsables, que vous n'êtes pas maudites. Vous êtes des victimes.

— Comment ça ?

— Ce que vous croyez être une maladie honteuse, c'est un empoisonnement.

— Quoi ? C... Comment ?

— Ce Vilaire Rochefort n'était pas un bienfaiteur. Il vous a empoisonnées. Probablement avec l'huile parfumée.

La femme recula, en se mettant à respirer fort.

— Je... Je suis désolé, ça doit être un choc. Venez vous asseoir. Vous voulez de l'eau ?

— Non, merci, ça va aller. Je veux savoir. Dites-moi. Pourquoi ?

— Disons pour faire simple qu'il testait un produit pour vous rendre plus désirables.

— Je dois savoir...

— Lui et ses amis, ceux dont je vous ai cité les noms, avaient dans l'idée de mettre au point un réseau de prostitution, exposa-t-il donc. C'est sans doute eux qui vous ont conduites à faire payer vos attentions auprès de leurs amis du continent. Rochefort n'était pas un médecin, mais un scientifique, un chimiste, qui a mis au point une substance pour vous rendre tellement désirables auprès de vos clients qu'ils étaient obligés de faire de plus en plus souvent appel à vous. Sauf que la mise au point de la formule a pris du temps et qu'il a fallu qu'il la teste. Sur vous. Je suis désolé.

Son interlocutrice posa une main sur sa poitrine, à l'endroit du cœur. Elle avait toujours du mal à respirer.

— Ils nous ont utilisées… Ils nous ont *toujours* utilisées. Comme du bétail. Elles sont toutes mortes… toutes. Et… cet homme vit-il heureux à la capitale ?

— Il est mort. Quelqu'un l'a assassiné.

— Alors Dieu ne nous a pas totalement abandonnées.

— Et mon associé et moi allons faire en sorte que ses amis paient pour leurs crimes.

— Pauvres… Pauvres de nous… C'est Ombeline, la plus heureuse d'entre nous. Elle est partie tôt, le sourire aux lèvres et en pensant à son prince charmant. Un musicien, je vous l'ai dit ? Un homme de goût… C'est ce qu'elle nous disait. Si heureuse… Si heureuse…

— Je… Je vais vous laisser, maintenant. Êtes-vous sûre que ça va aller ? Je peux appeler quelqu'un ?

— Si heureuse dans sa robe bleue.

Isabeau ressentit tant de peine dans la voix de la femme qu'il ne sut pas trop comment réagir. Il reposa le cadre sur le meuble, en essayant de le remettre exactement au même endroit. Puis il jeta un dernier coup d'œil vers celle qui lui avait permis de relier les derniers points. Elle semblait avoir rétréci, elle marmonnait des choses qu'il ne comprenait plus. Peut-être aurait-il pu trouver quelque chose à lui dire pour la soulager, mais comment faire pour réparer des années de vie brisée ? Il n'existe aucun produit pour recoller une existence entière. Tout ce qu'il pouvait encore faire était de venger ces femmes.

Il se résigna à tourner les talons et à sortir de la petite pièce figée dans une sorte de temps délabré. Dans le couloir, Claire l'attendait patiemment. Ils sortirent vite. Isabeau marcha devant d'un pas rapide, la tête baissée. La jeune femme avait du mal à le suivre, jusqu'à ce que finalement, quelques rues plus loin, il s'immobilise.

— Je n'aurais pas dû la laisser dans cet état. Ce que je lui ai dit, ça l'a bouleversée.

— Vous lui avez dit la vérité, c'est plus que ce qu'on a jamais fait pour elle.

— Mais à quel prix ? Si vous aviez vu son regard…

— Vous lui avez dit qu'elle n'avait rien fait de mal. J'ai entendu, vous lui avez dit qu'elle était une victime. Vous lui avez rendu sa dignité.

— J'aurais dû y aller plus doucement, j'aurais dû prendre plus de gants... Et...

Son visage se transforma.

— Tout va bien ? s'inquiéta Claire en le voyant perdre ses couleurs.

— Les gants !

— Quels gants ?

— Les gants sur la photo, avec la dentelle. Les gants ! Ce sont les mêmes gants !

— Mais lesquels ?

— Les gants de la mariée, ce sont les gants d'Ombeline ! Quel est son nom de famille ?

— D'Ombeline ?

— Oui !

— Le même que le mien : Sapotille.

— Ombeline Sapotille ! *OS* ! s'écria Isabeau en levant les bras au ciel.

38

22 AOÛT 1952, LA PAQUEMARD, 10 H 30

Par la fenêtre, les immenses feuilles de palmier livraient à l'observateur une chorégraphie lente et sensuelle. Les ombres que leurs mouvements jetaient sur toutes les surfaces avoisinantes formaient d'étranges monstres noirs et tordus. Le bruit constant de la nature hyperactive fourmillant dans chaque recoin de verdure martelait les jours d'un bourdonnement qui se chargeait de mystère dès que le soleil se couchait.

Le balcon de la chambre d'Évariste ouvrait sur un panorama océanique. Il ne pouvait entendre le bruit des vagues ni distinguer leur balancier, mais son imagination titillée par cette immensité bleue cristalline était de nature à pallier tous les silences.

Évariste n'avait pas fermé l'œil de la nuit. Quand Siloé et Isabeau avaient quitté la chambre, la veille au soir, après lui avoir fait le compte-rendu précis de ce qu'ils avaient rassemblé comme informations, le notaire s'était assis sur une chaise, face au balcon. Il avait étendu ses jambes, replié ses bras sur les accoudoirs et joint les mains, puis n'avait plus bougé de la nuit entière. Le soleil s'en était allé, le tissu étoilé s'était tendu, puis déchiré à l'aube sous la pression du renouveau.

Et Évariste n'avait pas bougé.

— La nature humaine ne cessera jamais de me fasciner, confia-t-il tout haut à une présence invisible. Non, vraiment, c'est fascinant...

Passer la main sur son avant-bras et gratter ses tatouages furent les premiers mouvements qu'il fit depuis des heures. Le visage sans expression, les yeux perdus dans le vide du panorama, il dénouait les fils de ses pensées.

— Il manque quelque chose, il manque quelque chose. Je t'entends, mais je n'ai pas la dernière pièce...

Il se redressa brusquement et étira ses bras pour tirer sur sa colonne vertébrale. Après s'être lavé et rasé de près, il enfila un costume clair et léger. Comme chaque jour, il prenait un temps infini à vérifier sa mise devant le miroir. Il traquait toujours l'imperfection dans le pli, l'approximation dans les cheveux, l'accroc dans le tissu. Et s'il trouvait quelque chose qui n'était pas à sa place, alors il changeait tout. C'était plus un symptôme de l'obsession du contrôle qu'une réelle coquetterie, car le beau ne trouvait grâce à ses yeux que lorsqu'il venait de l'extérieur.

Fouillant dans sa valise, il sortit les chaussures reçues par paquet quelques semaines plus tôt. Les conservant emballées dans leur papier de soie, il quitta la chambre et descendit au rez-de-chaussée. Il aperçut Eulalie et constata qu'elle fit un demi-tour d'une vivacité impressionnante à l'instant où elle le vit. Cette manœuvre de fuite amusa beaucoup le notaire et, s'il n'avait eu des choses importantes à régler, il aurait certainement persécuté quelques minutes cette pauvre malheureuse. Il y avait des sports auxquels il ne pouvait résister bien longtemps.

Il dut errer un moment dans les différentes pièces de la demeure avant de tomber sur quelqu'un qu'il connaissait et, surtout, sur la personne qu'il cherchait. Lydia se trouvait dans la véranda de la salle de réception, là où, quelques soirées auparavant, Siloé avait joué un morceau sur le piano à queue blanc.

— Bonjour, ma chère, salua Évariste en approchant.

Lydia tourna la tête dans sa direction et lui offrit un sourire radieux. Elle ne cachait pas sa tendresse pour le notaire, dont le charme dès leur rencontre ne l'avait pas laissée indifférente.

— Bonjour Évariste, répondit-elle. Cela tombe bien que vous soyez là, j'ai besoin de votre aide.

— Je suis votre homme.

— Le fait qu'Adam et Fidélia logent ici me replonge dans

mon passé. C'est comme si les années écoulées s'envolaient peu à peu. Je me sens rajeunir.

— Vous n'avez pas l'air si vieille, complimenta Évariste.

— Oh, vous êtes bien indulgent, rougit Lydia. Toujours est-il que cette nostalgie me redonne l'énergie de mes vingt ans. Je vais donc le faire. Je vais organiser une de ces fameuses fêtes, comme lorsque nous étions jeunes. Hier, j'ai contacté mes amis et ils ont trouvé l'idée excellente. Le thème de la soirée sera les Années folles. N'est-ce pas une merveilleuse perspective ?

— Merveilleuse, absolument. Mais en quoi puis-je vous être utile ?

— Eh bien, vous êtes un homme de goût qui a l'habitude de fréquenter des lieux d'exception. Je voudrais que cette soirée se place sous le signe du raffinement. J'ai eu quelques idées de menu, mais si vous pouviez y jeter un œil, cela me ferait énormément plaisir. J'avais pensé dresser des tentures vert et or et placer des bouquets de lys avec quelques orchidées sur les tables.

— Vous surestimez mon expertise, ma chère. Mais si cela vous rassure, je regarderai votre menu avec grand plaisir.

— C'est idiot, je sais, mais je me sens tout excitée. Cette demeure est si vaste... Elle est faite pour recevoir des convives, n'est-ce pas ?

— Quand la soirée doit-elle avoir lieu ?

— Demain soir. Je sais, je décide ça un peu à la dernière minute. Le personnel me hait depuis hier.

— N'est-ce pas dans sa nature ? plaisanta Évariste.

Lydia éclata de rire, avant de porter son attention sur ce que le notaire tenait dans ses mains.

— Qu'avez-vous donc là ? demanda-t-elle avec curiosité. Un cadeau ?

— Pas encore.

S'approchant pour qu'elle puisse mieux voir ce qu'il avait apporté, il écarta le papier de soie pour dévoiler la paire de chaussures.

— Je me demandais si, par hasard, vous aviez déjà vu ce genre de modèle ? Je pense que ce sont des chaussures qui ont éventuellement pu être confectionnées et vendues sur l'île, il y a déjà quelques années. Est-ce que vous vous souvenez d'avoir vu ce type de paire chez les chausseurs de l'île ?

Lydia le dévisagea un long moment.

— Vous plaisantez ?

— Je n'en avais pas l'impression, répondit Évariste en observant attentivement sa réaction.

— Ce sont les miennes.

Le notaire marqua un temps d'arrêt.

— Les vôtres ?

— Oui, enfin à moins que je me trompe, ça remonte à tellement longtemps. Laissez-moi regarder de plus près ?

Lydia prit un escarpin dans sa main et l'orienta à la lumière pour l'observer.

— Oui, oui, c'est bien l'une de mes paires. Je les adorais. C'est incroyable, où les avez-vous trouvées ? Vous fouillez mes placards ?

— Je ne fouille les placards des dames que lorsqu'elles m'y ont préalablement invité. Vous êtes absolument certaine que ce sont vos chaussures ?

— Si ce n'est pas le cas, elles sont en tout point identiques. Vous voyez le petit colibri brodé dessus ? C'était la marque d'un chausseur extrêmement à la mode à l'époque. Je vous parle de... oh mon Dieu, peut-être 1925 ? Ce sont des chaussures de bal, vous voyez ? Elles ne sont pas trop hautes, pour pouvoir danser toute la nuit. Nous adorions ce créateur, il fallait toujours avoir sa dernière collection. Bien sûr, elles étaient hors de prix. Alors, je me souviens, on avait nos petites combines. Fidélia et moi faisions la même pointure et la même taille. On s'échangeait nos robes de bal et nos chaussures. On attendait un peu avant de mettre les affaires de l'autre, et les gens pensaient juste qu'on avait les mêmes goûts. Ce qui était vrai. Cela nous permettait d'acheter beaucoup plus de tenues différentes, parce que nous les mettions en commun. Nous étions des jeunes filles un peu idiotes, mais pour continuer de briller, Fidélia était la reine de la débrouille.

Lydia laissa filer son regard sur le piano et posa la chaussure sur le rebord, comme si elle composait un tableau.

— Nous profitions du bal, et quand les garçons ou ce que jouait l'orchestre n'étaient pas à notre goût, nous volions une bouteille de champagne avec la complicité d'Eulalie et nous allions dans le petit salon bleu, là où se trouvait le piano à l'époque. Nous retirions nos fichues chaussures hors de prix qui nous faisaient d'horribles ampoules, et Maddie, qui avait fui la fête dès le début, se mettait à jouer pour nous. C'était une pianiste émérite et passionnée. Et nous finissions vers 4 heures du matin, complètement ivres. Que j'aimais ce temps ! Je n'ai jamais été plus heureuse qu'à cette époque.

— Bien sûr, le passé ne peut jamais redevenir le présent, mais demain soir vous pourrez revivre un peu cette joie que vous éprouviez quand vous étiez jeune, confia le notaire en posant la seconde chaussure à côté de la première. Je crois qu'elles sont revenues vers vous pour une bonne raison.

— Vous ne m'avez toujours pas dit comment vous vous étiez retrouvé en leur possession ?

— Je crois qu'une bonne fée veille sur nous deux. C'est elle qui a fait en sorte que je retrouve leur propriétaire.

— Voilà bien tout un mystère, mais il se passe toujours des choses étranges sur cette île. Gardez donc vos petits secrets, mon ami, cela vous rend charmant.

Décidément, cette mer laissait Isabeau perplexe. Il n'y avait aucune différence de température entre l'extérieur et l'intérieur de l'eau. Si bien que lorsque son corps s'immergeait, il n'éprouvait aucune sensation de frais sur sa peau comme habituellement lorsqu'on se baigne.

Il n'avait pas fermé l'œil de la nuit. La conversation qu'il avait eue avec cette vieille femme l'avait bouleversé. Contempler les restes d'une vie brisée, c'était pire que contempler la mort elle-même. L'impuissance à mettre fin à cette spirale de regrets et de tristesse perpétuels l'avait frappé droit au cœur. Et puis il y avait cette révélation sur l'identité du propriétaire des gants et les deux questions qui se posaient immédiatement après : comment des gants appartenant à une Martiniquaise dans les années vingt pouvaient-ils se retrouver, trente ans plus tard, aux mains d'une jeune mariée carbonisée ? Et pourquoi ?

Cette affaire était un vrai casse-tête. À sept heures tapantes, Isabeau s'était retrouvé sur la plage déserte de l'Anse et, deux minutes après, il était dans l'eau, jusqu'au cou. Une heure trente de brasse plus tard, il contemplait l'horizon, assis en tailleur sur le sable, l'esprit tourbillonnant d'idées contradictoires. Il lui fallait retrouver ses notes. Tout reprendre depuis le début, encore, *depuis* le moment où il s'était trouvé dans cette suite d'hôtel à Monaco, le nez à quelques centimètres du visage boursouflé d'Apolline.

Pourquoi elle ? se répétait-il jusqu'à avoir envie de hurler.

C'était la seule personne qui n'avait aucune zone d'ombre, aucun ennemi ni aucun problème majeur. Rien qui n'agite les radars des enquêteurs. Rien.

Et s'ils ne trouvaient pas ? Depuis deux ans qu'Isabeau et Évariste travaillaient ensemble, ils étaient venus à bout de tous les mystères. D'après le notaire, il n'avait jamais échoué. Il disait qu'il y avait des talents naturels dans tous les domaines, et que le sien consistait à résoudre des mystères. Isabeau n'avait aucun moyen de contredire ces parfaites statistiques. La seule chose dont il était sûr était qu'Évariste était un brouilleur de pistes né. Il prêchait sans cesse le faux pour obtenir le vrai, jouant avec la vérité et les mensonges comme un magicien. Il ne pouvait avoir cent pour cent de réussite. Personne n'est jamais infaillible.

Comme Isabeau n'avait pas de montre, il ne sut pas combien de temps il resta sur la plage, mais quand il parvint à s'échapper de la soupe indigeste de ses réflexions, il réalisa que son corps et son caleçon de bain étaient entièrement secs, que le soleil était haut dans le ciel, et que sa peau commençait à le chauffer. S'il ne voulait pas finir comme une écrevisse, il était grand temps de rentrer. Quand il se retourna pour chercher du regard où il avait bien pu mettre les vêtements avec lesquels il était venu, il remarqua une silhouette familière.

— Claire ? s'étonna-t-il, avant de rougir quand il réalisa qu'il était à moitié nu.

— Je suis désolée de vous déranger, j'ai sonné à *La Paquemard* et demandé à vous parler. Une dame m'a dit que vous étiez sûrement allé nager ici.

— Ah ? Oui...

En enfilant son pantalon avec une trop grande précipitation, Isabeau perdit l'équilibre et se retrouva les fesses plantées dans le sable. D'après lui, au moins l'un des deux n'était absolument pas gêné par la situation.

— Est-ce que… Est-ce que vous voulez que je vous laisse ? demanda Claire en retenant difficilement un fou rire.

— N… Non, non, se défendit Isabeau en finissant d'enfiler sa chemise.

— D'accord.

Le jeune homme l'encouragea à s'asseoir sur le sable à côté de lui. Claire sourit et obtempéra de bonne grâce. Elle portait une robe à bretelles en coton couleur jonquille qui mettait sa peau dorée en valeur.

— Pourquoi vouliez-vous me voir ? demanda Isabeau sans cacher sa surprise.

— Hier soir, ma tante et moi avons décidé de retourner voir la femme qui connaissait Ombeline. Vous aviez l'air tellement inquiet, et j'avoue que vos paroles m'ont fait réfléchir. Les conditions dans lesquelles cette femme a fini sa vie... Toute seule, sans amis, sans famille. C'est la pire chose qu'un être humain peut vivre. C'est une sorte de mort sociale avant la mort physique. Je me suis confiée à grand-mère dès que je suis rentrée. Alors elle a fait ce qu'elle fait de mieux, un gâteau, et ma tante et moi, nous sommes retournées chez elle.

La jeune femme marqua une pause et donna l'impression de chercher la façon dont elle allait annoncer la suite.

— Quand nous sommes arrivées là-bas, la pauvre… elle était morte.

— Quoi ? Comment ?

Claire haussa les épaules.

— Nous avons tout de suite appelé un médecin. D'après lui, elle est morte de causes naturelles. Elle était assise dans son fauteuil, comme lorsque nous l'avons vue tous les deux, et elle tenait une photo dans ses mains. Elle avait l'air paisible. *Vraiment* paisible, au point que ma tante a cru qu'elle dormait.

Isabeau perdit son regard en direction de l'océan et laissa s'écouler des secondes silencieuses. Après une hésitation certaine, Claire posa une main sur son épaule. L'expression de son regard était douce et bienveillante.

— Croyez-moi, elle n'a pas souffert. C'était même peut-être la première fois qu'elle ne souffrait plus, confia-t-elle sur un ton de profonde gentillesse.

— Comment pouvez-vous en être sûre ?

— Parce que j'ai rarement vu un visage aussi serein, même sur une personne qui dort.

L'émotion submergea le jeune homme.

— Il paraît que connaître la vérité libère, déclara-t-il. C'est du moins ce que mon mentor ne cesse de répéter. Dans le cas de cette femme, la libération est passée par la mort. Mais en quoi est-ce une bonne chose ?

— Sa vie ressemblait à une prison. Elle était comme un fantôme qui hante une maison en ruine. Prisonnière des souvenirs de sa vie d'avant, quand elle faisait encore partie de ce monde. En réalité, elle est morte il y a trente ans, en même temps qu'Ombeline.

En cet instant, Isabeau se remémora les paroles de la vieille femme. Elle lui avait dit qu'Ombeline était la plus chanceuse de toutes parce qu'elle était partie tôt et heureuse. Qu'était-il censé faire de cette information, lui qui avait l'impression d'avoir tué cette femme ?

— Je... Je ne sais pas si nous allons réussir à faire payer ceux qui ont contribué à son malheur et à celui des autres.

— Vous essayez. C'est mieux que ce qu'on a jamais fait pour elles.

Ils soupirèrent de concert et fixèrent le ciel, observant un silence de recueillement. Les minutes s'étirèrent. Malgré la chaleur qui augmentait, Isabeau se sentit étonnamment en paix avec lui-même, avec ses doutes et ses peurs, ses feux et ses passions. Il était simplement connecté au paysage qui l'entourait, à distance de sa propre conscience et pourtant tellement certain de son lien avec un Tout.

— C'est vraiment une magnifique maison, finit par avouer Claire en tentant d'apporter un peu de légèreté dans l'instant.

— *La Paquemard* ? Oui, elle l'est.

— En fait, je n'en ai jamais vu d'aussi belle. Et je n'ai fait que la traverser en vitesse, poursuivit-elle tandis que ses pommettes se poudraient de rose.

— La première maison extraordinaire que j'ai vue, c'était il y a deux ans. En Bretagne, dans une ville qui s'appelle Dinard.

Comme toutes les *maisons extraordinaires*, elle a été baptisée. Les *Roches Brunes*. Elle se dresse majestueusement à l'extrémité d'une falaise et elle ouvre sur les quatre points cardinaux et une mer sombre, violente et capricieuse. Quand les nuages, je parle de vrais nuages menaçants, à l'apparence si lourde qu'on a l'impression qu'ils vont dégringoler des cieux, se déchirent, des jets de lumière descendent du ciel et frappent la terre comme des javelots. En fait, cette maison n'est pas qu'*extraordinaire*, elle est *magique*.

Claire buvait ses paroles et, dans ses pupilles, Isabeau eut l'impression de revoir les *Roches Brunes*.

— J'aurais aimé voir ça.

— J'ai une photo. Elle ne me quitte jamais.

— Cet endroit semble beaucoup compter pour vous.

— C'est vrai. Il compte.

— Pour quelle raison ?

— Parce qu'entre ses murs et pour la première fois de ma vie, ce que je pensais avait une importance. Pour la première fois de ma vie, je suis devenu quelqu'un. Enfin, j'étais déjà quelqu'un, j'étais moi, sauf que je l'ignorais. Si personne ne vous dit que vous êtes *vous*, comment pouvez-vous le savoir ?

— Vous n'avez pas de famille ?

— Avant, non.

— Alors je comprends mieux pourquoi tout ceci vous tient à cœur. Vous savez que ce qui est important, ce sont les liens du cœur. S'il n'est attaché à rien, il se lasse de battre pour lui-même et il meurt, n'est-ce pas ?

— C'est vrai...

— Bien, maintenant il faut que j'y aille, déclara-t-elle avec un joli sourire.

— Je vous remercie d'être venue jusqu'ici pour me prévenir.

— Je vous en prie, répondit-elle en époussetant le jupon de sa robe légère.

— Dites ? Je... À l'intérieur de la maison, il y a une grande salle de bal. Elle est immense et, quand ils allument les grands lustres, c'est un sacré spectacle.

Claire dévisagea Isabeau avec une expression d'incompréhension.

— Je... Demain soir, ils organisent une fête, dont le thème est les années vingt. Et comme on peut venir accompagné, je me sentirais chanceux et honoré si vous acceptiez de vous y rendre avec moi.

— Oh... Mais... Heu, c'est que je ne sais pas trop si c'est...

— Je crois qu'il va se passer quelque chose à cette soirée.

— *Quelque chose ?* Quel genre de chose ?

— Je l'ignore, mais si ça se produit, j'aimerais que vous soyez là pour le voir aussi. Je vous jure que ce n'est pas une proposition malhonnête.

— C'est ce que disent les gens qui font des propositions malhonnêtes, plaisanta Claire.

— Je peux faire une demande officielle auprès de votre grand-mère. Je vous ramènerai à l'heure qu'elle donnera, et je m'engage à répondre à toutes ses questions, plaida le jeune homme.

La jeune femme éclata de rire.

— En fait, ma grand-mère serait plutôt du genre à vous dire de me ramener le plus tard possible. Mais ma tante, en revanche, sera plus dure à convaincre. Les fleurs, c'était un très bon début, mais le rhum ferait des merveilles.

— Parfait ! Laissez-moi m'habiller plus dignement, et je vous raccompagne chez vous. Il paraît que *La Paquemard* est aussi une distillerie, quelqu'un nous orientera bien vers une bonne bouteille.

39

23 août 1952, résidence La Paquemard, 17 h

Siloé sortit de sa chambre, une vingtaine de pinces dans les cheveux pour créer le cranté tellement à la mode dans les Années folles et une cigarette coincée en équilibre entre ses lèvres. Elle traversa le couloir en déshabillé couleur crème et toqua à la porte d'Isabeau. Quand celui-ci ouvrit, il parut plus las que surpris.

— Vous vous êtes tous donné le mot, marmonna-t-il pour lui-même.

— Pardon ?

— Tu es en petite tenue…

— Oh mon Dieu, c'est vrai ? Mais… Mais comment n'ai-je pas pu m'en rendre compte ? Je suis tellement mal à l'aise…

— Hilarant.

— Je vois ça, commenta Siloé en suspendant soudain devant les yeux du jeune homme un ras-de-cou en perles. J'ai besoin de mains expertes.

— Il m'a semblé comprendre que les tiennes l'étaient déjà.

— Et plus encore, mon mignon, mais je n'arrive pas à le faire toute seule.

— Évariste ? tenta Isabeau en solution de repli.

— Introuvable.

Le jeune homme poussa un profond soupir avant de tendre les mains pour prendre le collier. Siloé pivota pour se positionner dos à lui.

— Ce matin, Évariste m'a annoncé que nous allions bientôt quitter l'île. Tu es au courant ? interrogea-t-elle.

— C'est aussi ce qu'il m'a dit, mais il n'est pas rentré dans les détails. Il est comme ça : quand son cerveau commence à fonctionner plus vite, il faut toujours qu'il s'isole.

— Je ne suis pas mécontente de rentrer et de quitter la petite bande de fils à papa.

— Pas ton style ?

— Oh ! par pitié ! Que tu ne me portes pas dans ton cœur est une chose, mais au moins ne me sous-estime pas. Ces garçons sont gentils, mais cons comme leurs pieds. Et je ne parle pas de cette pauvre petite chose fragile, tiens j'oublie même à chaque fois son nom... Marie. C'est à se demander comment elle a réussi à survivre jusque-là.

— Les apparences sont parfois trompeuses. En fait, elles le sont souvent.

— Je ne crois pas une seconde que l'assassin que nous cherchons se dissimule dans l'une de ces têtes creuses. Et pour une raison toute simple.

— Laquelle ?

— Ces gamins ont tous eu comme point commun un père autoritaire et abusif. Un patriarche qui a tué chez eux toute expression de libre arbitre. Ils sont entièrement dépendants de la fortune et de l'autorité de leur géniteur. Si Bélanger est bien l'une des cibles, Adam est à mon avis le dernier qui prendrait le risque de le perdre.

— Pourtant, Anatole disparu, Adam pourrait enfin vivre sa vie comme il l'entend.

Siloé se retourna.

— Justement, non. Anatole fait ce qu'Adam est incapable de faire parce qu'on l'a maintenu dans l'ignorance toute sa vie. Il n'y connaît rien en affaires. Il prendrait les pires décisions et ruinerait l'empire familial en moins de deux. Or, Adam est jeune, il n'a que faire d'une richesse qui durerait à peine dix ans, il faut qu'elle lui dure longtemps. Sais-tu au moins ce que ce gamin fait dans l'existence ? Moi, je sais. Son père a créé une fondation dont il l'a nommé président-directeur général. Adam m'a confié qu'il n'avait jamais mis les pieds au conseil d'administration de cet organisme et qu'il ne savait même pas de quelle cause il avait la charge. Sauf qu'il reçoit une rente confortable d'une fonction qu'il a à vie. Mais si Anatole va en prison, toutes ses affaires vont être liquidées parce qu'il y aura des audits fiscaux, des ruptures de contrats en cascade, et des recours en dommages et intérêts. Et vu l'ampleur des magouilles du bonhomme, ça va être un scandale financier sans précédent. Adam perdra non seulement son salaire, mais je suis prête à parier que personne ne voudra plus embaucher le fils Bélanger non plus. Il a tout intérêt à subir son père jusqu'à ce que celui-ci meure de sa belle mort et qu'il ait le temps de préparer une succession sur mesure pour son incapable de fils. Et pour tout ça, il a absolument besoin que la virginité économique de son père reste intacte.

— D'accord, ce n'est pas lui. Pourquoi pas Jacques, ou même cette Marie qui sort soudain du placard ?

— Je sais bien qu'Évariste a un problème avec la notion de coïncidence, mais parfois les choses s'emboîtent les unes dans les autres sans autre logique qu'une simple suite d'événements et sans qu'aucune intelligence machiavélique ne tire les ficelles. Jacques est fait sur le même modèle qu'Adam, avec un père tout aussi charmant. Quant à Marie, elle cache effectivement un terrible secret.

— Ah oui ?

— En fait, c'est sa tante par alliance qui a l'argent et la position sociale. Sa mère est couturière et son père ne travaille plus depuis des années, à cause d'une cirrhose du foie. La petite fait juste semblant d'être de leur milieu, sauf qu'en réalité c'est une traîne-misère. D'ailleurs, il est fort probable qu'elle n'éprouve aucun sentiment particulier pour ce Jacques, mais il a un nom et de l'argent.

Isabeau croisa les bras sur sa poitrine et observa Siloé d'un air inquisiteur.

— Quoi ? J'ai un truc sur le visage ?

— En fait, durant ce séjour, tu n'auras pas été complètement inutile.

— Hilarant.

— Je vois ça.

Siloé lui fit un petit geste de la main et s'en retourna dans sa chambre. Isabeau referma doucement la porte. Il connaissait assez Évariste pour savoir qu'il leur préparait un de ses tours. Dans ces moments-là, il aurait aimé pouvoir percer le secret du fonctionnement de son cerveau, pouvoir lui ouvrir la boîte crânienne et en extirper la solution. Mais il avait remarqué que la plupart du temps le notaire agissait par instinct, même s'il faisait semblant du contraire. Dans ces moments, il semblait être guidé par une voix intérieure, commandé par quelque force divine qui le faisait agir par réflexe. Et puis, soudain, la lumière jaillissait en lui, et le fameux schéma d'ensemble, celui qu'il recherchait dans toute chose, lui apparaissait enfin. Il se trouvait finalement exactement à l'endroit où il fallait regarder, exactement dans le bon angle.

De l'extérieur, il y avait une part de magie, ou plutôt de spiritualité, dans sa façon de fonctionner. Il collectait autant d'informations que possible, puis il les agitait, les tordait, les secouait et, enfin, une main invisible finissait par les classer et les afficher dans le bon ordre sur un grand tableau blanc. À cet instant précis, il *voyait*. Isabeau, quant à lui, n'était bien souvent qu'un spectateur. Il n'avait jamais qu'une partie de la vision, des fragments du kaléidoscope que formait l'énigme. Une fois, il s'en était plaint auprès de son mentor et lui avait confié qu'il doutait de posséder les qualités d'un bon *solutionneur* de mystères. Évariste lui avait alors expliqué que le cerveau n'était qu'un muscle assez paresseux. Il fallait un long entraînement et une grande patience pour le rendre non seulement plus fort et plus performant, mais aussi pour lui faire réaliser une tâche bien précise dans un ordre déterminé. Il fallait le former. Cela demandait de la persévérance, de l'acharnement, et un excellent professeur. D'après lui, un jour, sans qu'il s'en rende compte ou qu'il ait l'impression de faire quelque chose en particulier, Isabeau verrait cette lumière, cette main invisible disposer sur le tableau de ses paupières le *schéma d'ensemble*.

Et comme Évariste ne lui avait jamais menti, Isabeau le croyait. Dur comme fer.

Les bras croisés dans le dos, Évariste marchait lentement dans le couloir du rez-de-chaussée, l'attention entièrement tournée vers ses pensées. En sortant brusquement de la cuisine, Eulalie lui coupa violemment la route.

— Ah non, hein ! s'écria-t-elle. Je n'ai pas le temps pour ça aujourd'hui !

— Ça quoi ? s'étonna-t-il.

— Vos petites insinuations et vos petits jeux.

— J'avais espéré qu'ils n'étaient pas si *petits*...

— Voilà ! Vous voyez, c'est exactement ce dont je parlais ! Je ne comprends jamais où vous voulez en venir.

— Pas forcément toujours quelque part.

— Pas question que j'entre dans vos combines. Je n'ai pas le temps ! C'est *pure folie* de faire cette fête. Vraiment, je l'ai dit, c'est pure folie, mais personne ne m'écoute ! Jamais. Je ne sais pas ce qu'il faudrait que je fasse pour qu'on m'écoute, d'ailleurs. Rien ne marche. Non, *rien ne marche*.

La domestique poursuivit son chemin en continuant de marmonner des choses à moitié en français, à moitié en créole, et qui n'avaient sans doute pas plus de sens dans une langue que dans l'autre. Évariste la suivit du regard jusqu'à ce qu'elle disparaisse totalement. Depuis le matin, la maison était en effervescence. Non seulement le personnel devait organiser la soirée selon un cahier des charges très précis, mais il devait aussi réceptionner les artisans qu'on avait sollicités pour l'occasion ; fleuriste, pêcheur, boulanger, décorateur, et toutes sortes de corps de métiers dont il était impossible de se passer pour une réception digne de ce nom.

Cette agitation n'arrangeait pas les affaires d'Évariste, qui avait besoin de calme pour réfléchir. Il décida de s'éloigner du centre de la maison pour rejoindre la pergola. En chemin, quelque chose attira son attention. Dans l'un des bureaux, celui qui faisait aussi office de petite bibliothèque, il entendit Fidélia parler au téléphone. Sa voix était atone, comme privée de vie. Le notaire ne résista pas à l'envie de l'espionner. L'indiscrétion valait toujours mieux que l'ignorance.

— Je vois. Oui, je comprends, répondait Fidélia à son interlocuteur à l'autre bout du fil. Bien sûr. Je sais que vous faites tout ce qui est en votre pouvoir, je ne remets pas du tout en cause votre dévouement. Je vous remercie de vous être montré aussi franc. Entendu, j'attends votre prochain appel. Merci beaucoup.

Elle raccrocha lentement le combiné, passa une main sur son front et prit une interminable inspiration, tel un dernier battement de cœur avant la fin.

— Puis-je vous aider ? proposa Évariste avec beaucoup de précaution et une grande douceur.

— Pardon ? répondit-elle en se retournant. Oh, vous... vous êtes là depuis longtemps ?

— Assez pour comprendre que c'est sérieux, pas suffisamment pour en connaître la raison.

— Anatole vient d'être arrêté par la police, annonça-t-elle avec gravité.

— Je suis navré de l'apprendre.

— C'était notre avocat... Il s'occupe des affaires de notre famille depuis des années. Depuis le début, pour ainsi dire. Il me dit qu'Anatole est accusé de recel de trafic d'influence, de délit d'initié, de proxénétisme et de complicité d'assassinat. Je... J'ignorais même qu'un individu pouvait être sous le coup d'autant de chefs d'accusation. Vous le saviez ?

— Parfois, les faits sont assez complexes pour le justifier.

— Nous sommes ruinés. Il dit que l'administration fiscale a saisi tous nos comptes et ouvert une enquête. Les employés qui travaillent pour Anatole sont actuellement auditionnés. Il m'a dit que c'était très sérieux et que la police disposait de preuves. Il paraît que le monde de la finance est dans tous ses états, une autre crise de 29, peut-être. Qu'en sais-je ? Je n'entends rien à tout cela. Nous... Nous n'avons plus rien.

— Vous n'êtes pas votre mari, Fidélia, et vous n'êtes pas seule. Vos amis vont vous aider, j'en suis persuadé.

— Étiez-vous au courant ?

Évariste soupira, avant de répondre en choisissant de ménager son interlocutrice :

— Je savais qu'il y avait des chances pour que votre époux participe à des affaires illégales.

— La prostitution ?

— *Beaucoup* d'affaires illégales, mais je ne suis ni policier ni juge, et il y a des problèmes qu'on ne peut régler.

— Je comprends...

— Qu'allez-vous faire pour ce soir ? Pour Adam ?

— Pour ce soir ? Eh bien, je pense qu'il ne faut rien changer. Je ne vais pas gâcher la soirée de mon fils. Laissons-le encore croire que son univers est intact. Pour une journée encore, et je lui expliquerai tout demain.

Eulalie passa juste derrière Évariste, les bras chargés d'une énorme pile de serviettes.

— Oh non, Eulalie ! interpella Fidélia en roulant des yeux.

— Quoi, Madame ? répondit la domestique en se figeant comme si elle avait joué au jeu du « Jacques a dit ».

— Ce ne sont pas les bonnes serviettes.

— Pardon ? Mais pourquoi, Madame ? C'est Roger qui m'a dit de les prendre. Je les ai prises.

— Non, il faut utiliser celles qui ont le liseré marron.

— *Le liseré marron* ? répéta Eulalie, l'air de ne rien comprendre à ce que lui disait sa maîtresse.

— Veuillez m'excuser, Évariste...

Celui-ci s'écarta pour laisser passer Fidélia.

— Venez avec moi, Eulalie, je vais vous montrer, déclara-t-elle avec lassitude.

Évariste demeura dans le couloir quelques instants, les yeux perdus dans le vague. Au bout d'un moment, il se décida à reprendre sa route en direction de la véranda. Sa démarche s'était un peu raidie, et il se mit à marmonner dans sa barbe. Quand il fut arrivé à destination, il fit une légère grimace en constatant que l'endroit était occupé par Marie Verdier. La jeune femme était déjà habillée pour la soirée, et elle était visiblement très mal à l'aise avec sa tenue. Elle ne cessait de tripoter les bretelles de sa robe et repositionnait continuellement son sautoir en perles. Elle était si nerveuse qu'elle sursauta exagérément en remarquant la présence du notaire.

— Oh, bonsoir, Maître...

— « Évariste ».

— Évariste. Je... Je me suis préparée un peu trop en avance, je crois.

— Vous êtes quelqu'un de prévoyant.

— Oui, c'est vrai, je tiens ça de ma mère. Mais comme il fait une chaleur folle, je ne suis pas certaine que c'était une bonne idée.

— Pourquoi êtes-vous aussi nerveuse, ma chère ?

— Nerveuse ? Oui, vous avez raison, je suis un peu nerveuse. Pour rien en particulier... C'est juste que je suis toujours mal à l'aise quand il y a beaucoup de monde.

— Pourtant, vous sembliez détendue sur le bateau.

— C'est vrai. Il faut croire que je supporte mieux la pleine mer, n'est-ce pas ?

Elle se dandina légèrement, en passant le plat de sa main sur le tissu brodé de sequins de sa robe.

— Je... Je ne suis pas sûre de cette robe. Elle est un peu voyante, non ?

— Il me semble que c'était ce que les femmes portaient en soirée à cette époque, répondit Évariste sans la quitter des yeux.

— Oui, c'est ce que m'a dit Lydia. Elle est si gentille, c'est elle qui m'a prêté les bijoux et les chaussures.

— Chaussures qui semblent tant vous faire souffrir.

— Oui, je crois qu'elles sont un peu serrées.

— Lydia chausse du 36, ma chère, alors que votre taille est un petit 38. Je prédis que si vous les gardez, la soirée va être une vraie torture.

— Comment connaissez-vous ma pointure ? s'étonna la jeune femme.

— J'ai l'œil pour ce qui est des mensurations, sourit Évariste.

— Je ne sais pas... Je ne voudrais pas l'offenser en les retirant. Je vais retourner dans ma chambre, il fait si chaud, je suis déjà en nage. Pardon, je ne sais pas pourquoi je vous dis ça. Excusez-moi...

La jeune femme s'enfuit plus qu'elle ne quitta la pièce. Son boitillement très précoce compte tenu de l'heure annonçait déjà les futures ampoules.

Enfin seul, Évariste se dirigea vers un siège, face au jardin. Alors qu'il s'apprêtait à s'asseoir, il s'écria :

— La coquetterie des femmes, conclut-il, avant de s'écrier : Vilaire ! Anatole ! Bien sûr !!!

Il s'élança dans le couloir et entra dans la première pièce dont il se rappelait qu'elle disposait d'un téléphone. Il composa l'un des rares numéros qu'il connaissait par cœur. Au bout de plusieurs sonneries et d'une redirection pour atteindre la Métropole, son interlocuteur décrocha.

— Georges ! s'exclama Évariste. Il me faut le numéro de téléphone d'Hyppolite Bartoli. Immédiatement. J'ai dû le noter quelque part, peut-être sur mon bureau… Ah oui, c'est vrai, je n'ai plus de bureau. Si ? Ils l'ont changé ? Merveilleux. Alors mes notes doivent être quelque part sous… Oh, merci, Georges. Que ferais-je sans vous ?

Sans attendre de réponse, Évariste raccrocha et composa le nouveau numéro que venait de lui transmettre son majordome. Après plusieurs minutes d'attente, il tomba sur un interlocuteur qui n'était pas celui qu'il cherchait.

— Pourrais-je parler à madame Yvette Bartoli, s'il vous plaît ? C'est extrêmement urgent, c'est à propos de la mort de sa fille. Eh bien, si elle est couchée, vous la réveillez ! Je suis en train de vous parler de l'assassin de sa fille, par tous les dieux !

Le domestique disparut de la ligne. Évariste eut peur qu'il ait raccroché, mais la communication semblait toujours maintenue. Au bout d'un temps qu'il jugea infini, la voix d'une femme prit le relais.

— Bonsoir madame Bartoli, je suis navré de vous déranger à une heure aussi tardive, je suis Évariste Fauconnier, j'enquête avec la police sur le meurtre de votre fille. Il est impératif que vous répondiez à ma question. Je vous en prie, c'est extrêmement important. Comment s'appelait la personne qui est venue faire les soins à domicile de votre fille, le matin du mariage ? S'il vous plaît, faites un effort de mémoire, c'est essentiel. Quoi ? Vous êtes absolument certaine ? Le nom de la jeune femme était Catherine Buisson ? Parfait, madame, vous venez de résoudre le meurtre de votre fille.

Il raccrocha et se précipita dans sa chambre.

40

23 août 1952, résidence La Paquemard,
Sainte-Luce, 20 h 30

Les tintements des verres en cristal laissaient filer une petite musique aiguë comme un carillon par jour de grand vent. L'atmosphère alourdie de fumée de cigares et d'effluves de parfums plongeait les convives dans l'euphorie et l'excitation. Les invités avaient tous joué le jeu, et quiconque serait entré dans la grande salle de réception en cet instant aurait cru faire un bond de trente ans en arrière. Les sautoirs en perles, les plumes des coiffes, les cheveux crantés et portés courts ou en chignons bas, les robes à sequins et les costumes amidonnés assuraient un voyage dans le temps instantané.

Il y avait une trentaine de personnes, en plus des domestiques de la maison et de ceux qui avaient été appelés en renfort après qu'Eulalie eut menacé de mettre le feu à toute la résidence. Lydia et Fidélia étaient des maîtresses de maison impeccables. Valsant d'invité en invité comme des danseuses émérites, elles veillaient à ce que chacun se sente spécial et choyé.

Évariste observait d'un œil perçant le ballet qui se jouait devant lui. Placé un peu en retrait, il avait une vision d'ensemble de la scène de théâtre. Et justement, le premier acte venait de commencer. Marie Verdier, qui avait disparu depuis un petit moment de la salle de bal, fit à nouveau son entrée après avoir surgi du couloir. Son visage affichait une expression de joie hébétée. Elle n'avait finalement pas changé de chaussures et boitait un peu plus que les heures précédentes. En passant devant l'impressionnant buffet, elle croisa le regard incisif d'Évariste. Elle ralentit le pas, hésita, puis s'avança vers lui avec un air de petite fille.

— Il me semble que votre vie est sur le point de changer, prophétisa le notaire avec un sourire complice.

— Comment le savez-vous ?

— Personne n'est à ce point nerveux sans grands bouleversements à venir. Alors, quel est le vôtre ?

Elle réussit l'exploit de se mordiller les lèvres en plus de sourire avant de tendre fièrement une main en direction d'Évariste. Son annulaire gauche arborait un très joli solitaire qui, sous les lumières des lustres, scintilla de mille feux.

— Jacques ?

Elle opina de la tête.

— Alors c'était ce qui vous mettait dans un tel état ?

— En fait... j'ai cru qu'il voulait m'annoncer qu'il mettait fin à notre histoire. J'ai cru que...

—... que vous n'étiez pas assez bien pour lui ?

— Oui. Et finalement, il m'a fait sa demande, juste à l'instant. Je suis si heureuse.

— Vous brillez, ma chère, et cela vous va à ravir. Je note cependant que vous n'avez pas changé de chaussures.

— Mais elles sont si parfaites, minauda la jeune femme.

— Vous avez raison.

Des éclats de voix s'élevèrent du couloir. Adam et Jacques riaient à gorge déployée et échangeaient toutes sortes de blagues sur le mariage, au moins aussi vieilles et éculées que l'humanité. Ils firent semblant d'être honteux quand ils passèrent près de Marie, laquelle fit *semblant* de les croire. En quelques instants de félicitations et de rires, les jeunes gens disparurent avec toujours autant de bruit. Les lèvres d'Évariste s'étaient tirées d'un sourire tendre tandis qu'il laissait traîner son regard sur la silhouette de Marie. S'emparant d'une minuscule brochette composée d'un morceau de poulet mariné dans du citron vert et de deux bouts de mangue, il traversa la salle de sa démarche nonchalante. Il circula entre les convives, laissant traîner un œil implacable sur l'assemblée. Il se fondait parfaitement dans le décor, et aucun des invités présents ne remarqua qu'ils étaient étudiés à la loupe comme des animaux de laboratoire. *Aucun*, excepté un.

— Qu'y a-t-il ? demanda Claire en remarquant la mine songeuse d'Isabeau.

— Rien... Rien, se défendit mollement le jeune homme.

— Vous mentez tellement mal, s'amusa-t-elle.

— Tant que ça ?

— Même pas l'ombre d'un début de savoir-faire en la matière.

— Je fais des efforts, pourtant, sourit-il avant de désigner Évariste d'un mouvement de tête.

— Qui est-ce ?

— Mon mentor. Et associé, c'est ce qu'il aime dire. En réalité, je suis toujours en apprentissage.

— Et pourquoi avez-vous l'air d'être si contrarié ?

— *Contrarié* ? Non, inquiet, plutôt. Vous voyez, là, l'expression satisfaite sur son visage ?

— Eh bien, heu... vaguement.

— C'est sa tête de quand il prépare un mauvais coup.

— Quel *genre* de mauvais coup ?

— Le genre *vraiment mauvais*. Le genre qui pourrait mettre le feu à toute cette maison. Je ne sais pas exactement quand ou comment, mais ce soir nous allons assister à une explosion.

— Quelque chose en rapport avec la mort d'Ombeline et de la vieille femme ?

— Absolument.

— Bien. Alors je vous remercie deux fois de m'avoir invitée.

Durant presque trois heures, les invités profitèrent de la soirée entre les murmures et le champagne, les étoiles en spectatrices derrière les voilages. Quelques personnes utilisèrent l'extrémité de la salle comme piste de danse, mais la moyenne d'âge étant un peu plus élevée que celle de l'époque, il s'agissait surtout de discussions et de pauses buffet. Un peu avant minuit, les lieux s'étaient vidés de la moitié des convives. Ceux qui restaient s'étaient installés autour des tables, sur des chaises ou des bancs disposés à cet effet. L'ambiance était bien plus détendue et bien moins mondaine. L'alcool aidant, les conversations et les rires se faisaient plus bruyants qu'en début de soirée.

Lydia et Fidélia jugeaient d'un œil satisfait le tableau des festivités. Elles ne cachaient pas leur fierté d'avoir organisé un si bel événement en si peu de temps. Ou, plus précisément, d'avoir *fait organiser* un si bel événement en si peu de temps.

— C'est une bien belle soirée, ça c'est certain, commenta Lydia en ne boudant pas le plaisir qu'elle avait à se féliciter elle-même.

— C'est vrai, tout le monde a l'air de s'amuser, répondit Fidélia.

— Es-tu aussi nostalgique que moi ?

— Sans nul doute.

— Oh, voilà Évariste, lâcha Lydia avec un peu plus d'entrain qu'elle n'aurait aimé le montrer.

— Je crois qu'il t'a entendu, nota sa belle-sœur avec amusement.

Le notaire les rejoignit.

— Alors, mesdames, cette soirée est-elle conforme à vos souhaits ? demanda-t-il une fois à leur hauteur.

— Absolument, répondit Lydia. Ne passez-vous pas un agréable moment ?

— Plus qu'agréable. Et est-ce également *conforme à vos souvenirs* ?

— Eh bien, il y a beaucoup plus de vieux, confia-t-elle en éclatant de rire immédiatement après. Et bien moins de diamants, je trouve. Mais sinon, c'est assez ressemblant.

— Oh, je vois que vous avez mis vos chaussures de bal, remarqua le notaire.

— Oui, c'est bien la seule chose que je pourrais reporter de cette époque, ironisa-t-elle en tendant le pied. Évariste a remis la main sur cette paire par je ne sais quel miracle.

— Tes chaussures ?

— Oui, de ce fameux créateur qu'on adorait. Celui qui était si cher. Tu as porté ces modèles, aussi. Je ne sais même pas ce qu'il est devenu, ce génie de l'escarpin.

— Elles ne sont pas trop abîmées, jugea son interlocutrice avant de changer de sujet. Je vais nous servir une petite coupe.

Fidélia alla droit vers un serveur figé comme un piquet derrière les grandes tables du buffet.

— Je voulais encore vous remercier pour la manière dont vous nous avez reçu, mes collaborateurs et moi, déclara Évariste.

— Cela sonne un peu comme un au revoir.

— Eh bien, il est temps pour nous de rentrer.

— Vraiment ?

— Oui, ma mission ici touche à sa fin.

— Vous allez beaucoup me manquer. J'ai apprécié la présence d'un homme entre ces murs immenses, confia Lydia, le ton chargé de tout un monde de sous-entendus qui n'échappèrent pas au notaire.

— Je crois qu'il va falloir garder ici un certain nombre de nos voisins, fit remarquer Fidélia en tendant deux flûtes à ses interlocuteurs. Ils ont oublié que cela fait trente ans qu'ils n'ont plus vingt ans.

— Non merci, je ne suis pas un grand amateur de champagne, déclina Évariste.

— Oh, peut-être autre chose ? tenta de corriger Fidélia.

— Vous aurez besoin d'hommes valides, si nous devons vraiment en transporter certains dans les chambres du haut, plaisanta-t-il.

Les deux femmes éclatèrent de rire. Un peu plus loin dans la salle, Adam leur fit soudain de grands signes avant de les interpeller. Il demanda si certains étaient partants pour un bain de minuit, ce qui choqua une bonne partie de l'assemblée mais nourrit sa jubilation. Isabeau, qui n'avait pas perdu une miette de la conversation entre son mentor et les deux organisatrices de la soirée, opéra un rapprochement stratégique.

— Bien ! lança Adam. Je vais donc y aller le premier et attendre que les aventuriers parmi vous se décident. Jacques, mon ami, tu ne vas pas me laisser y aller tout seul ?

— Je m'en voudrais pour le reste de ma vie.

— Promis, Marie, il sera plus sage après que tu lui auras passé la corde au cou. Mademoiselle Levenneur, vous qui n'avez peur de rien ?

— Ce n'est pas parce qu'on peut tout faire qu'on *doit* tout faire, mon ami, répondit Siloé, l'air passablement dégoûtée par la proposition.

— Il est impossible, plaisanta Lydia avec un sourire tendre.

Fidélia acquiesça avant de tourner les talons et se diriger vers le couloir. Évariste s'avança alors au milieu de la salle.

— Mesdames et messieurs ! s'exclama-t-il de sorte que sa voix couvre les babillages de chacun. Je vous demande un petit instant d'attention. Personne ne l'a fait jusque-là, aussi, si vous le permettez, j'aimerais porter un toast en l'honneur des personnes qui ont organisé cette magnifique soirée !

L'ensemble des convives se mit à applaudir.

— Je vous en prie, Fidélia, ne vous défilez pas et venez ici. Lydia ?

Les deux femmes durent s'exécuter et se rapprochèrent du notaire.

— Vraiment, ce n'est rien d'extraordinaire, se défendit Fidélia.

— Je ne suis pas du tout de votre avis, avoua Évariste sur le ton de la confidence, avant de reprendre plus haut : Ce soir je voudrais remercier chaleureusement ces deux femmes pour l'hospitalité dont elles ont fait preuve envers mes amis et moi. Voyez-vous, je n'avais qu'un rapport très lointain avec cette famille et, pourtant, elle m'a accueilli les bras ouverts pendant tout mon séjour sur cette île. Et je dois avouer que l'hospitalité de la Martinique n'est pas une légende.

Les invités approuvèrent bruyamment.

— Mais ce soir j'aimerais aussi rendre un hommage particulier à l'un des esprits les plus brillants qu'il m'ait été donné de rencontrer. Un esprit si puissant qu'il a pu recomposer sa propre réalité.

Évariste désigna Fidélia d'un geste théâtral.

— Ma chère, je doute que votre entourage sache à quel point vous êtes intelligente.

— Vous exagérez, répondit Fidélia avec gêne.

— Eh bien, maman, intervint Adam en riant, je ne sais pas ce que tu as fait à ce bon Évariste, mais ça l'a mis dans tous ses états.

— Oh, mais ne vous moquez pas. Je crois que vous l'avez toujours grandement sous-estimée, Adam.

— Ma mère ? Au contraire, c'est la personne que je connais le mieux et qui m'est le plus proche, précisa le jeune homme en couvrant Fidélia d'un regard tendre. Je sais qu'elle est pleine de talents.

— Je l'ignore, Adam, je n'ai pas connu votre mère. Vous non plus, d'ailleurs, pour ainsi dire.

— Quoi ?

— *Cette femme n'est pas votre mère*, mon ami.

RIDEAU

41

23 août 1952, Résidence La Paquemard, 0 h 10

Il y a des instants suspendus où le temps est comme vitrifié par les événements. Les consciences se glacent, les attentions se crispent, et la réalité s'enraye comme un mécanisme abîmé.

Les invités encore présents dans la salle de réception étaient en train de vivre ce genre de moment. Les secondes immobiles s'étirèrent encore et encore, jusqu'à ce que quelques murmures d'étonnement et d'incompréhension fassent à nouveau repartir la course du temps.

— Qu'est-ce que vous racontez, Évariste ? interrogea Adam, qui hésitait entre l'éclat de rire et la panique.

— Rien de plus que ce que je viens de vous dire : cette femme n'est pas votre mère. Elle n'est pas Fidélia Frémont, mais sa sœur, Madeleine. Votre tante.

La mécanique s'enraya à nouveau.

— Il me semble juste qu'il a un peu trop bu, répondit celle qui était directement visée. Comme beaucoup d'entre nous. Le champagne était, je dois dire, excellent.

— Il me faut vous avouer, à vous tous, que j'ai dû mentir sur les raisons qui m'ont amené, ainsi que mes amis, sur cette île. Voyez-vous, je suis un spécialiste de la résolution d'énigmes et de problèmes. On fait appel à moi lorsqu'on a une difficulté qu'il faut régler et qu'on ne peut le faire seul ou qu'on ne veut pas que d'autres la découvrent. J'ai été engagé par Anatole Bélanger, que beaucoup d'entre vous connaissent, pour trouver l'assassin de l'épouse de son fils, morte brûlée vive le jour de son mariage. Et Isabeau, que voilà, a par la suite été sollicité par Adam pour la même raison. Nous travaillons ensemble. Enfin, plus moi que lui, mais c'est un autre débat. Et j'ai, je dois le confesser, très largement sous-estimé cette affaire. À aucun moment je n'ai soupçonné la nature exacte de l'esprit machiavélique que j'avais en face de moi. Oh, ma chère, comme vous m'avez donné du fil à retordre.

— Bon, cela suffit, maintenant, coupa Fidélia froidement. Cessons ce petit jeu, et si vous le voulez bien, je pense qu'il est temps que tout le monde rentre chez soi.

Elle fit volte-face, mais c'était sans compter sur la ténacité de son adversaire.

— Vous avez tué la femme d'Adam ainsi que Vilaire Rochefort afin de pouvoir savourer la chute de l'empire de votre mari et de ses amis.

— Je vous demande pardon ? s'offusqua Fidélia. Êtes-vous devenu fou ?

— Pas au point de ne pas savoir ce que je dis ni ce que je fais.

— Mais... Mais enfin pourquoi aurais-je fait une chose pareille à mon fils et à Apolline ?

— Ah... le mobile... Pour cela, il faut remonter trente ans auparavant. C'est une histoire véritablement passionnante. Et comme je lis dans les yeux de l'assemblée une certaine curiosité, je vais prendre la liberté de la raconter. Dans cette belle demeure, il y a près de trois décennies, vivaient deux sœurs, Fidélia et Madeleine Frémont. *Deux sœurs* qui se ressemblaient tant qu'étant petites elles s'amusaient à se faire passer l'une pour l'autre. Mais la ressemblance n'était que physique. Car tandis que Fidélia brillait en société et adorait le prestige de la mondanité, Madeleine se sentait de plus en plus proche des populations les plus démunies. L'une virevolte de soirée en soirée et n'a de cesse de se trouver un mari à la hauteur de ses ambitions, quand l'autre prend fait et cause pour les populations opprimées. Et pourtant, les deux sœurs sont proches, elles s'aiment, et même si Madeleine ne voit guère d'un bon œil le mariage de sa sœur avec cet arrogant et ambitieux jeune premier, Anatole Bélanger, je crois qu'elle s'est vraiment réjouie de la venue au monde de son neveu Adam.

— Vous dites n'importe quoi…, souffla Fidélia, que sa belle-sœur s'était mise à dévisager.

— Et tandis que la vie s'écoule tranquillement entre ces murs impressionnants, Fidélia s'épanouit dans son rôle de mère et Anatole Bélanger prépare son plan de bataille pour bâtir son empire. Et pour y parvenir, lui et ses amis ont une idée. Ils veulent investir dans l'industrie pharmaceutique, car ils sont des visionnaires. Mais pour cela il leur faut des capitaux. *Beaucoup* de capitaux. Or, ils sont jeunes et bien nés, mais pas assez pour qu'on leur fasse à ce point confiance. C'est alors qu'entre en jeu l'insipide Vilaire Rochefort. Petite créature locale, sans odeur et sans saveur, avec cependant un talent : celui d'être un brillant scientifique. De leur collaboration naît un projet fou. Ils remarquent que certaines jeunes Martiniquaises rêvent d'un avenir meilleur et d'une ascension sociale digne d'un conte de fées. Alors, Bélanger et ses complices les charment, les abusent, les consomment, les rendent impropres au mariage et les précipitent dans les bras d'une clientèle aisée qui paient pour de la chair fraîche. À partir de là, la légende est en marche. Car la grande invention de Rochefort consiste à créer un aphrodisiaque surpuissant qui rend la personne qui l'utilise irrésistible. Une sorte d'huile dont il enduit les filles pour qu'elles fidélisent toujours plus de clients. Mais voilà, l'apprenti sorcier doit d'abord tester son produit, et dans un premier temps celui-ci provoque d'horribles effets secondaires. Brûlures des chairs, coups de folie… Pas de quoi s'émouvoir, cependant, car qui se soucie de la mort de filles qui s'étaient perdues aux yeux de la société ? Personne.

Le visage de Fidélia s'était transfiguré. Sa peau avait tant pâli qu'on pouvait presque voir son réseau veineux à travers. Ses pupilles flambaient d'une colère froide qu'elle contenait impeccablement, si on ne remarquait pas la légère vibration de sa lèvre inférieure.

— Vous divaguez.

— Enfin, *personne*, pas tout à fait. En réalité, il y avait quelqu'un pour qui le sort de ces filles, punies pour avoir rêvé au-dessus de leur condition, comptait. *Quelqu'un* pour qui leur vie était essentielle. Vous, Madeleine. À force de fréquenter les villageois et le dispensaire, le pire que craignaient vos parents s'est produit.

Vous êtes tombée amoureuse. Éperdument amoureuse. Mais voilà, la créature qui avait ravi votre cœur n'était pas un de ces cuisiniers ou simples ouvriers que vos géniteurs méprisaient. C'était une jeune femme. Ombeline Sapotille. Une jeune femme magnifique qui s'était perdue au milieu de ces rapaces qui l'exploitaient. Un des cobayes de Bélanger, Rochefort et leurs amis.

Isabeau sentit que Claire lui saisit la main et la serra de toutes ses forces. Ce fut la seule manifestation d'émotion que s'accorda sa cavalière, dont les yeux ne quittaient pas la bouche d'Évariste.

— Quand votre histoire a démarré, vous étiez sans doute toutes les deux dans votre bulle, n'est-ce pas ? Rien d'autre ne comptait. Ombeline pensait mettre un terme à sa relation avec ses souteneurs. Vous vous seriez alors aimées à l'ombre des palmiers, sur les plages les moins accessibles, à l'abri des regards et baignées de soleil tout le reste de votre vie. Le plan était parfait. J'imagine qu'Ombeline s'est laissé convaincre par votre vision de l'avenir. Vous étiez *son prince charmant qui jouait du piano et la couvrait de lys*. Deux choses pour lesquelles vous avez une passion. Je suppose qu'Ombeline a dû accepter une dernière soirée avec quelques amis riches avant d'annoncer sa retraite, et peut-être a-t-elle même confiée son intention d'arrêter à ce bon Rochefort qui se faisait passer pour le bienfaiteur de ces femmes. Alors que s'est-il donc passé ? Je pense que Rochefort lui a peut-être donné la dose de trop parce qu'elle risquait de lui échapper. Et voilà, votre rêve détruit. En un instant. La seule personne qui partageait votre vision du monde, qui vous voyait telle que vous étiez sans les artifices et au-delà des limites de la société, *cette personne* n'était plus. On vous l'avait prise. Est-ce que je divague toujours ?

— Maman ? geignit Adam, qui crut déceler dans les yeux de la femme qu'il ne reconnaissait plus la formation de quelques larmes.

— Vous êtes brillante, tellement brillante, reprit Évariste. Vous avez probablement enquêté sur ces hommes, lorsque vous avez compris qu'on ne chercherait pas à comprendre ce qui était arrivé à l'amour de votre vie. Et vous finissez par découvrir qui se cache derrière les souteneurs. Comble de l'ironie, le propre mari de votre sœur était l'une des têtes pensantes de toute l'organisation, tandis que ce sorcier de Rochefort avait transformé votre amante en corps rongé par l'acide. Comment leur faire payer ? Il fallait que la chute soit terrible. Elle devait être à la hauteur de votre infinie douleur. Vous avez réfléchi et continué de fouiller. À un moment, vous avez dû trouver dans les affaires d'Ombeline les traces de la fameuse huile aphrodisiaque, celle dont peut-être les amies de votre amour vous ont aussi parlé lorsque vous les avez interrogées. Vous êtes intelligente, vous êtes sans doute parvenue à la même conclusion que mes collaborateurs et moi-même. Quand vous avez reconstitué le puzzle, vous avez décidé d'attendre pour concocter la plus parfaite des vengeances.

Évariste pivota sur lui-même et changea de ton pour se faire plus incisif et plus dur, de sorte que toute l'assemblée l'entende bien.

— Et voilà que la Providence est enfin de votre côté. Elle vous sert la perspective d'un plan abominable, à l'image de la mort d'Ombeline. Vous avez un accident de voiture avec votre sœur Fidélia et Anatole. Et j'ai aussi ma petite idée sur ce qui s'est alors passé. Personne ne prend garde à la façon dont vous êtes habillées toutes les deux, c'est une journée écrasante de chaleur, vous vous rendez à un mariage, vous portez probablement chacune quelque chose de clair et de léger. Au cours du trajet, comme à son habitude, Belanger conduit trop vite. Et c'est l'accident. Vous reprenez connaissance au milieu de la tôle froissée, et là vous constatez que votre sœur est décédée, alors qu'Anatole respire toujours. Vous avez un flash, votre vengeance se dessine plus clairement que sur une toile. Vous allez attendre qu'Anatole bâtisse son empire et possède enfin quelque chose auquel il tient réellement plus que tout. Puis vous le lui enlèverez. Mais pour cela, il vous faudra rester proche de lui, toute proche, tapie dans son ombre, attendant l'instant idéal pour frapper.

» Le jour de l'accident, vous comprenez donc que c'est votre unique fenêtre d'opportunité et que vous n'aurez jamais une meilleure chance. Vous changez de place avec votre sœur et vous la passez à l'arrière du véhicule. Peut-être que vous échangez vos chapeaux, vos gants et vos accessoires. Vous avez l'idée de marquer votre visage. Il y a du verre partout, tout ce qu'il faut pour que vous soyez obligée d'avoir recours à la chirurgie esthétique et qu'ainsi personne ne remarque que vos traits, s'ils sont certes très ressemblants avec ceux de votre sœur, ne sont néanmoins pas totalement identiques. Les secours arrivent et, là encore, la chance est de votre côté. Anatole a de graves séquelles. Il a perdu une partie de sa mémoire. Le subterfuge est parfait ! Rappelez-vous, dans votre enfance, vous vous faisiez passer l'une pour l'autre. Vous connaissiez Fidélia par cœur, sa gestuelle, sa voix, ses intonations, vous alliez réussir à la copier. Et si jamais l'imitation n'était pas parfaite, tout le monde mettrait ça sur le compte de votre convalescence et du choc. Le fait est que l'imitation a été impeccable, vous aviez eu des mois d'hospitalisation pour peaufiner le subterfuge. Mais il y avait une chose que vous ne pouviez pas imiter : les pieds de Fidélia. Car si vous ressembliez énormément à votre sœur, vous ne faisiez en revanche pas du tout la même pointure. Fidélia, tout comme Lydia, chaussait un 36, alors que vous faites à vue de nez un 39. Vous feignez donc d'avoir été traumatisée par l'accident et vous jetez toute votre garde-robe pour que personne ne puisse remarquer que plus aucune de vos prétendues chaussures ne vous allait.

» Vous vous immiscez dans la vie d'Anatole comme un ver dans un fruit, et vous patientez. Près de trente ans. Enfin, le signe que vous attendiez se produit. Anatole est sur le point de jouer le plus gros coup de sa carrière, dans un domaine totalement avant-gardiste, au point qu'il pourrait tenir les gouvernements européens dans le creux de sa main. Parallèlement, votre neveu, celui que vous avez élevé comme un fils, s'apprête à épouser une femme qu'il n'aime pas. Parce que celle qu'il aime est aussi une fille perdue, tout comme votre Ombeline. Vous le savez, parce que depuis trois décennies vous observez les moindres faits et gestes de votre époux et de ses associés. Je pense qu'à ce moment-là, quelque chose se brise dans votre conscience. Vous voulez le sauver pour lui éviter d'avoir le cœur brisé comme vous l'avez eu. Vous passez donc à l'action. Vous vous servez du réseau de prostituées de votre époux et vous envoyez une de leurs filles, Catherine Buisson, chez Apolline, le matin de son mariage. Pour une somme rondelette, Catherine n'a pas dû poser beaucoup de questions sur la raison pour laquelle elle devait jouer les masseuses. Vous lui donnez l'onguent, celui que vous gardez précieusement depuis la mort d'Ombeline, et vous envoyez Catherine et Apolline à la mort. Une mort extraordinaire, si extraordinaire que le château fort construit par Anatole ne s'en remettrait pas. Car votre époux ne pourrait jamais étouffer l'affaire de la mariée brûlée vive. Mais vous vouliez sortir de l'ombre, je crois que vous n'en pouvez plus de jouer à être votre sœur. Alors vous offrez sans doute les gants d'Ombeline à Apolline, comme un cadeau de famille, un geste d'affection. Vous pensez qu'Anatole et ses amis vont comprendre l'allusion. Le plus cruel, voyez-vous, c'est qu'Anatole n'a jamais dû faire le lien entre les gants et la mort des filles de l'île, trente ans plus tôt, pour la simple raison qu'il n'a jamais dû s'intéresser aux expériences de Rochefort ni à leurs conséquences. Il ne voulait voir que le résultat. Quant à Vilaire, il n'a jamais vu le corps d'Apolline. Ce fut votre première erreur, car en réalité c'est le côté personnel de votre vengeance qui m'a mis sur la voie, dès le départ.

Un silence chargé d'électricité s'était abattu dans la salle de réception. Plus personne n'osait respirer.

— C'est une bien jolie histoire, rétorqua finalement Fidélia, mais ce n'est qu'une histoire que vous avez inventée pour vous donner en spectacle et avoir votre instant de gloire. Je ne sais pas ce que vous avez réellement à y gagner, mais vous ne pouvez prouver aucune de ces accusations.

— Oh, mais je n'ai pas besoin de prouver quoi que ce soit. Mon travail consiste à apporter une solution à un problème. Il me suffit d'aller voir la police avec mes conclusions, et eux se chargeront de trouver les preuves. Car voyez-vous, ma chère, nul meurtrier n'est jamais infaillible. Et vous avez commis en tout quatre erreurs. La première concerne les gants que vous avez laissés à Apolline. La deuxième est qu'une des paires de chaussures appartenant à votre sœur a échappée à votre vigilance. Une paire qui, en réalité, appartenait à Lydia, avec qui elle avait l'habitude d'échanger des accessoires. *Les chaussures* que porte justement Lydia, ce soir. La troisième erreur vient du fait que vous avez oublié un témoin. Une personne qui a su immédiatement que vous n'étiez pas Fidélia, parce qu'elle vous connaissait mieux que personne. Une personne qui n'a pas été dupe un seul instant, mais qui s'est tue toutes ces années parce qu'elle a cru que c'était mieux pour Adam.

— Eulalie, souffla Fidélia de façon à peine audible.

— Celle que personne n'écoute jamais. Voyez l'ironie de cette histoire, ma chère : vous avez été le serpent dans le jardin d'Eden d'Anatole, mais vous n'avez pas vu que vous gardiez le vôtre sous votre sein. Et quand Apolline est morte, quand Adam a été arrêté, ce tout petit serpent dans votre jardin a décidé d'agir. Il a récupéré la paire de chaussures dont vous aviez oublié l'existence dans vos placards et me l'a transmise.

— Fidélia, interpella Lydia en quittant un de ses escarpins, mets-le.

— Oh, je t'en prie, tu ne vas pas croire toutes ses idioties ? C'était il y a trente ans, Lydia. Tes souvenirs sont altérés. Je n'ai jamais fait la même pointure que toi.

— Essaie cette chaussure ! s'écria sa belle-sœur, la voix vibrante d'émotion.

— Je ne m'abaisserai pas à cette humiliation !

— Oh mon Dieu... oh mon Dieu... Madel... Madeleine ? Ma...

L'émotion priva de Lydia de parole. Elle plaqua les mains devant sa bouche pour retenir un sanglot.

— Entre son témoignage, celui d'Eulalie et l'onguent que je pense trouver dans vos affaires, bien caché au milieu de quelques reliques sacrées de votre ancienne vie, je pense que la police fera le reste.

— Attendez, mais... je..., suffoqua Adam. Évariste, est-ce vrai ? C'est ma tante, c'est ça ? Depuis toutes ces années, la femme que je crois être ma mère est ma tante ? Et elle a tué ma femme ?

— Je ne vous ai jamais menti, Adam.

— Mais... je... Quel genre de monstre es-tu ? hurla-t-il en direction de celle qui n'était plus sa mère.

— Adam, je t'en prie, gémit-elle en faisant finalement éclater une vive émotion pour la première fois depuis le début de la soirée. Ce... Ce n'est pas ce que tu crois...

— Alors c'est quoi ? Qu'est-ce que je crois ?

— Ton père... Ton père est un monstre !

— Et Apolline ? C'était un monstre, elle aussi ? Je ne l'aimais pas, alors elle méritait de mourir ?

— Maudit soyez-vous, Évariste ! s'exclama-t-elle soudain, les yeux injectés de haine. Vous avez détruit tout ce que j'avais créé, et pourquoi ? Pour sauver des assassins !

— Vous avez créé la mort, ma chère. Ni plus ni moins.

— Allez au diable..., murmura-t-elle, avant de porter à ses lèvres la coupe de champagne qu'elle avait proposée à Évariste quelques instants plus tôt.

Isabeau lui saisit brusquement le poignet et envoya le verre se briser au sol avant qu'elle n'ait eu le temps d'avaler une gorgée.

— La seule chance pour qu'Évariste refuse du champagne serait qu'il soit empoisonné, déclara-t-il sur un ton glacial. Je ne vous laisserai pas la rejoindre. Ce serait trop facile.

— Pitié...

— Vous voulez parler de celle dont vous avez fait preuve pour Apolline et Catherine, répliqua-t-il sèchement, de cette pitié-là ? Je suis d'accord.

Madeleine Frémont balaya la salle du regard et croisa ceux des convives. Rien n'aurait pu décrire ce que leurs visages exprimaient, car aucune personne saine d'esprit ne pouvait comprendre les mécanismes torturés qui avaient poussé une créature à penser une telle vengeance, trente années plus tard. Elle se mit à chercher de l'oxygène, comme si l'assemblée avait décidé de l'en priver. Portant la main à sa poitrine, elle quémanda un soutien de son entourage. Mais ni Lydia ni Adam n'accepta de lui apporter de l'aide. Par un réflexe désespéré, elle fit volte-face et s'apprêta à courir aussi loin qu'elle pouvait pour que personne ne puisse la rattraper. Mais dans le couloir, quatre policiers l'attendaient en formant un mur infranchissable. Elle se figea, aussi spectrale que la mort.

Évariste lui tendit le bras.

— Allons, ma chère, vous êtes trop intelligente pour perdre sans dignité.

Madeleine se mit à respirer doucement pour calmer les tremblements de son corps. Elle passa la main sur ses joues pour s'assurer qu'elles étaient sèches, redressa le menton en signe de défi, et prit la main d'Évariste. Il fit signe aux policiers de s'écarter pour l'emmener jusqu'à leur voiture.

— S'il n'y avait pas eu Eulalie, vous n'auriez jamais fait le rapprochement, déclara-t-elle, la voix à nouveau froide.

— Détrompez-vous, Eulalie ne vous a pas clairement dénoncée. Elle a juste envoyé les chaussures. Sans doute se disait-elle qu'elle vous donnait autant de chances de gagner que de perdre. Et même quand j'ai compris que vous ne pouviez pas être Fidélia, je doutais encore. Cependant, malgré votre immense talent, il y a un moment où j'ai vu votre vrai visage. Pas celui de votre sœur, mais bien le vôtre. C'est là que tout a pris un sens.

— Quand ?

— Aujourd'hui, quand vous avez appris qu'Anatole avait été arrêté. C'était la quintessence de votre plan, ce pour quoi vous aviez attendu toute votre vie. À ce moment-là, il vous a été impossible de feindre le vrai désespoir et la tristesse. Vous veniez d'apprendre que vous étiez ruinée, que le nom de votre famille serait couvert de honte et que l'avenir de votre fils unique allait être largement mis à mal. Et qu'avez-vous fait ? Vous vous êtes inquiétée des serviettes. Des serviettes qui n'avaient pas de liseré. J'ai vérifié, il fallait un sacré coup d'œil pour les différencier, même Eulalie n'a pas compris où était l'erreur. Quelle épouse, quelle mère aimante réagirait comme ça ? Je me suis dit : « Pourquoi n'est-elle pas plus triste ? Quelle est la vraie nature de sa relation avec son époux ? » De plus, vous ne cessiez d'essayer de me convaincre que vous n'entendiez rien aux affaires de votre mari, que vous étiez une femme ignorante. Pourtant, vous n'avez pas hésité une seconde sur le vocabulaire juridique. Une personne qui entend pour la première fois « chef d'accusation » ou « recel de trafic d'influence » ne répète pas ces termes avec autant d'assurance. Une fois le soupçon présent dans mon esprit, je ne vous ai plus lâchée et j'ai essayé de faire les liens.

Après avoir traversé l'immense couloir qui menait jusqu'à la sortie sous l'œil incrédule des domestiques, Évariste s'arrêta.

— Puis-je vous poser une question ?

— N'avez-vous pas déjà toutes les réponses ? ironisa-t-elle avec amertume.

— Pourquoi ? Après tout ce temps, Adam était devenu comme votre fils. Je suis certain que vous l'aimez, vos yeux ne mentent pas quand vous le regardez.

Des larmes silencieuses se mirent à couler le long des joues de son interlocutrice. Elle mit quelques secondes à être capable de répondre.

— Parce que je l'aimais elle encore plus que lui, lâcha-t-elle dans un soupir qui déchira ce qui restait de son cœur. Pouvez-vous concevoir cela ? Un amour infini ?

Évariste garda le silence.

— Vous avez parlé de quatre erreurs.

— Oh oui, effectivement, se souvint le notaire, vous avez essayé de me tuer. Deux fois.

Deux policiers vinrent encadrer Madeleine et l'entraînèrent jusqu'à leur voiture. Elle se laissa manipuler comme une poupée désarticulée et, quand ils l'installèrent à l'arrière, ils durent presque la porter. Évariste resta immobile tout le temps de la manœuvre et observa le véhicule s'éloigner de la propriété.

— Vous aviez appelé les policiers, nota Isabeau qui venait de le rejoindre.

— En fait, j'ai appelé Lapointe, qui les a appelés. Comment va Adam ?

— Il vomit.

— Je dois dire que vous m'avez impressionné, tout à l'heure. De quelle manière avez-vous su, pour le champagne ?

— Comme je l'ai dit, la seule chose qui puisse vous faire refuser une coupe, c'est qu'elle soit empoisonnée. Je vous ai vu la décliner.

— Bien joué. Je ne vais peut-être pas vous rendre, finalement.

— Très spirituel.

— Je trouve aussi.

— Où est passée Siloé ?

— Disparue.

— Bien.

— Je me demande une chose... Que s'est-il passé avec Félicité ? Fidélia, enfin, Madeleine ne l'a pas tuée, alors qui l'a fait ?

— La bêtise de Bélanger et de ses associés. Félicité et David ont été les accidents de l'utilisation abusive de cette huile aphrodisiaque. Même stabilisée, son utilisation trop longue provoquait des effets secondaires. Il est possible que la maladie de David et sa consommation abusive de drogues ait créé une sorte de cocktail détonant dans son cerveau.

— Tellement de victimes...

— Et cela ne fait que commencer. Si Belanger et Granger échappent à la police, je gage que votre amie se chargera de leur sort.

— Madame X n'est pas mon amie. Finalement, Rochefort est le seul que Madeleine a tué de ses propres mains.

— C'était celui qui lui avait directement ravi son amour.

— Eh bien, vous savez vous amuser en soirée, vous deux ! interrompit Siloé en surgissant dans leur dos.

— Nous avons cru t'avoir perdue, sourit le notaire.

— Non, juste vous, corrigea Isabeau.

Siloé tendit à Évariste une bouteille en verre légèrement rayée avec à l'intérieur un résidu de liquide visqueux jaunâtre.

— Précieusement emballée dans l'une de ses malles, juste à côté de ceci, expliqua-t-elle en leur tendant une vieille photographie aux bords abîmés par le temps. Je ne suis pas chimiste, mais je dirais que c'est l'huile que nous cherchons. Tu as vu ? J'ai tout bien écouté ce que tu as dit, pourtant il y a eu des longueurs, par moments. Il faut que tu apprennes à faire plus court, la prochaine fois. Bref, je suis allée fouiller ses affaires.

Tous trois jetèrent un œil à la bouteille puis à l'image qui représentait deux jeunes filles assises côte à côte sur un canapé. L'une d'elles était de profil et perdait son regard dans le visage de l'autre. La fille de face aurait pu faire penser à Madeleine, si celle-ci n'avait pas subi les outrages du temps et de la chirurgie.

— C'est Ombeline, précisa Isabeau en pointant l'autre femme.

— Ce qu'elles étaient jeunes, nota Siloé. Et si jolies.

Ils observèrent un instant de silence, tandis qu'au-dehors les domestiques commençaient à éteindre les immenses torches.

— Allons, mes amis, annonça doucement Évariste. Il faut préparer nos affaires. Nous quittons *La Paquemard*. Demain, nous aurons pas mal de choses à expliquer à la police, ou nous appellerons Lapointe qui le fera pour nous. Après tout, il va me devoir sa carrière.

Isabeau et Siloé obtempérèrent et disparurent à l'intérieur de la maison. Évariste demeura encore quelques secondes en haut des marches, puis se décida à rentrer. Eulalie l'attendait dans l'ombre du couloir, figée, muette, le visage scintillant de restes de larmes.

— Comment vous avez su que c'était moi ? demanda-t-elle, la voix brisée.

— Oh, à Monaco, il n'y a pas beaucoup de personnes qui peuvent attacher de l'importance à une vieille paire d'escarpins, si ce n'est leur propriétaire ou celui qui s'occupe quotidiennement de ses affaires. Et puis, à force de répéter que vous ne saviez pas ce qu'il fallait faire pour qu'on vous écoute, j'ai fait le lien.

— La police devrait aussi m'arrêter. J'aurais dû la dénoncer, quand je l'ai vue revenir de l'hôpital.

— Comment auriez-vous pu imaginer que cela se terminerait de cette façon ?

— J'aurais dû prendre une meilleure décision.

— Vous avez pris la meilleure, Eulalie. *La meilleure*, compte tenu de vos moyens. Elle a été la mère qu'Adam a perdue ce jour-là dans l'accident. Du moins, pendant un temps.

— Je l'adorais, vous savez ? Madeleine, je veux dire. Je l'aimais d'autant plus qu'elle s'intéressait à nous autres, plus qu'à son monde et plus qu'à elle-même. Enfin, comment peut-on aimer au point de tuer ?

— Quand on aime à la folie.

1

18 juin 1923, plage de Sainte-Anne,
Martinique, 7 h 30

Le ciel était si vaste. Elle n'avait jamais remarqué à quel point l'immensité la couvrait tous les jours. Elle sentit sa poitrine se gonfler d'oxygène et eut l'impression de planer. Le vent brassait sa chevelure, et c'était comme si des milliers de petits doigts d'anges invisibles caressaient son crâne. Elle leva les bras au ciel et se mit sur la pointe des pieds. Elle était le monde, et le monde la traversait.

— Maddie ! Tu traînes !

Elle éclata de rire en la regardant courir dans sa magnifique robe blanche. Ombeline rendait tout magnifique, elle avait ce don extraordinaire de mettre de la magie dans les choses les plus insignifiantes. Quand ses grands yeux noirs ombrés de cils interminables embrassaient l'horizon, Maddie voyait toute sa vie défiler, et l'Univers lui-même retenait son souffle.

La première fois qu'elle l'avait vue, son cœur avait cessé de battre. Il n'avait recommencé à fonctionner que lorsqu'elle avait enfin pu lui parler. Ce jour-là, elle avait su que tomber amoureuse changerait son destin tout entier. Peu importe le temps, les autres, les circonstances, leur lien était d'une autre nature, d'un autre acier. Elles allaient s'aimer dans cette vie et aussi dans toutes les autres.

Quand elle put la rejoindre, elles se laissèrent tomber sur le sable encore rafraîchi par la nuit. À cette heure, la plage était déserte, elles pouvaient régner sur tout ce qui les entourait. Ombeline mit ses jambes en tailleur et Maddie posa la tête sur ses cuisses.

— Ça y est, déclara Ombeline sur un ton solennel.

— Quoi ?

— C'est le moment.

— Quel *moment* ?

— Le moment de ma vie où je suis la plus heureuse.

— Quelle drôle d'idée, répondit Maddie en éclatant de rire. Demain aussi, nous serons heureuses, et les jours d'après.

— Bien sûr qu'on le sera. Mais aujourd'hui, en cet instant, c'est le *moment parfait*. Écoute l'océan et regarde le ciel. Ce moment, c'est le nôtre. Il résume tout ce qu'on est. Surtout garde-le bien précieusement. Intact, immaculé, parfait. Promets-moi que tu te souviendras de cet instant et qu'il représentera *toute notre vie* concentrée en ces quelques minutes de pure félicité.

Maddie redressa la tête et plongea ses yeux dans ceux de sa bien-aimée.

— Je te le promets. Ici, et maintenant, je déclare que c'est toute notre vie. Et demain, tu seras enfin libre. Tu n'auras plus de chaînes. Tu pourras enfin faire ce que tu veux, loin de ces monstres. Demain...

— *Demain* ? interrompit Ombeline. Je me fiche de demain. Tout comme d'hier. Ils n'existent déjà plus, ou pas encore. *Maintenant* est notre boucle temporelle.

Maintenant est notre éternité.

Remerciements

Je ne serais pas l'auteur que je suis sans l'amour de mes proches qui me soutiennent depuis mes premiers pas littéraires jusqu'à mes chutes et mes réussites. Chaque mot dans chacun de mes livres est inspiré par eux et leur est dédié. Je pense à Fleur, à Jaina, à ma maman, à mon frère, mon époux et mes amis.

Et je ne serais pas l'auteur que je suis sans votre soutien, à vous qui m'avez lue, me lisez et me lirez un peu, beaucoup, toujours ou quelques fois. Vous tous, lecteurs, êtes des muses à votre manière, car j'écris avant tout pour partager. En tournant les pages, c'est mon inspiration que vous nourrissez.

Imprimé en France par CPI Firmin Didot
N° d'impression: 140704
Dépôt légal : avril 2017
ISBN 978-2-918541-56-1